政學先生

李村 著

生活·讀書·新知 三联书店

目　录

I

王世杰的"学者外交"

　　王世杰是现代史上的重要人物。他早年留学英、法，1920年获巴黎大学法学博士学位。翌年初回国任北京大学教授、法律系主任。南京国民政府成立后，1929年3月，他被任命为武汉大学校长。1933年4月经胡适（另说为顾孟余）举荐，出任汪精卫政府教育部长。不料抗战爆发后，他刚刚结束各大学的内迁工作，开始对战时教育实施规划与调整，1937年12月行政院改组，他竟遭到国民党元老派的反对，被解除了教育部长职务。

　　他这次被解除职务，显然是从政道路上的严重挫折。然而挫折也带来了机遇。次年5月，朱家骅出任中央党部秘书长，他又接替朱家骅的职位，任军事委员会参事室主任，从此很快获得蒋介石的信任，成为蒋介石在外交事务上的核心幕僚。不久，又兼任国民党宣传部长，三青团干事长，在政学系中举足轻重。

　　军委会参事室是在蒋介石的授意下，由熊式辉规划设立的[1]，下设政治、经济、外交、教育文化四个小组，其中以外交为首要。名义上是"最高幕僚组织"，号称"智囊团"，实际上只是一个清议机构，地位尊而不要。参事的工作只是"沟通下情，向当局建议"，平时连按时办公都不用。他以一

1　熊式辉：《海桑集》，香港明镜出版社2008年版，第268页。

介书生，凭借一职清要的地位，能够获得蒋介石的信任，成为蒋介石的入幕之宾，主要是靠心思细密，了解国际形势，熟悉欧洲的政治与政情。以张忠绂的说法，王世杰"虽非素习国际外交者"，但是自执掌参事室后，经常"不耻下问"，"就他所知的情报"与下属商量讨论，不久便进入角色，对国际形势有了深入了解，可以就时局变化随时向蒋介石提供意见，纠正蒋介石在对外发言上的不当。1942 年 10 月，顾维钧在回国述职时，拜访了所有中枢政要，发现王世杰对国际局势的了解，"远胜过其他政府首脑"[1]。1940 年以后，蒋介石对外发言的文稿，大部分都是由王世杰起草的。

从《王世杰日记》中看，他早在任教育部长时，便关心政府的外交事务，对外交部的工作极为不满，认为外交部头脑僵化，不知进取，"对于一切问题，均缺乏准备，其行动均缺乏自动精神"[2]，因循守旧于北洋政府时代，经常在国防最高会议上与外交部长王宠惠发生争执。据王宠惠说，他做外交部长时遇到的最大困难，并非来自"最高当局"，而是"来自于王世杰"。在每周的外交例会上，他每次就外交问题发表意见，"一定要遭到王世杰的评论与批评"[3]。后来甚至发展到"外交部处理的任何一项问题"，王世杰都看不顺眼，"都要向委员长提出建议"[4]。因此当王世杰获得蒋介石的信任，介入政府的外交事务后，政府的外交路线也发生变化，逐渐脱离了"职业外交"的轨道，出现"学者外交"的倾向。

这种所谓"学者化"的外交，首先表现在用人上。

王世杰认为中国自清末以来，在外交上之所以屡屡失败，割地赔款，受尽了屈辱，主要是外交人才严重落后，从事外交事务者，不是"媚外"便是"昧外"[5]；这种状况延续下来，使外交部现任官员和驻外使节中，除

---

1 《顾维钧回忆录》第 5 册，中华书局 1987 年版，第 94 页。

2 《王世杰日记》第 1 册，台北"中央研究院"近代史所 1990 年版，第 191 页。

3 《顾维钧回忆录》第 5 册，第 603 页。

4 同上。

5 《武汉大学周刊》第 112 期。

了郭泰祺和顾维钧之外，"思想细密者甚少"[1]，很难积极进取，使外交局面有所改观。这也使西方国家对中国政府长期缺乏了解，以至于在西安事变之前，美国一直认为蒋介石只是一般的军阀，中美关系也始终较为疏远。他接任参事室主任后，便一再介入外交部的人事安排，利用各种机会向蒋介石推荐人才。当时他最看重的外交人才，有胡适、郭泰祺、周鲠生、钱端升、罗家伦、杭立武等人。郭泰祺出任外交部长、胡适出任驻美大使、杭立武担任对英外交联络人，他都起了关键作用。

依照钱昌照的说法，蒋介石派胡适去英、美"做国际宣传"，主要是为了保全胡适的名誉，免遭孙科、居正等人的挞伐[2]，但是1938年7月，王正廷因为在对美借款上遭人欺诈，"耗费巨款，毫无成效"，遭到了国内各方的指责，王世杰立刻抓住这个机会，通过周鲠生，在"向蒋介石提供外交方略时""力言关于对美外交，应调整使节"[3]，建议由胡适接任驻美大使。理由是，今天的外交官已经与以往不同，不再需要那种擅于辞令、虚与委蛇的宫廷式人物，经过民主政治的洗礼，20世纪的外交家应当平易近人、受当地人民爱戴，所以最好由知名学者担任，而胡适"正是这种理想人物"[4]。为了让胡适顺利接任驻美大使，他还几次请陈布雷出面，要蒋介石催促孔祥熙，将王正廷"毅然撤回，勿使再误国事"，将"胡适使美一事在一星期内发表"[5]。同时草拟了一份节略，"规划对美外交工作"，准备请蒋介石阅后，"交由外交部电达新任美使胡适之"[6]。

钱端升以留学美国，学习欧美政治出身，也是王世杰最看重的外交人才之一。他在任教育部长时，听说朱家骅可能出任驻德大使，便曾向朱建议

1 《王世杰日记》第6册，第8页。
2 《钱昌照回忆录》，中国文史出版社1998年版，第144页。
3 《王世杰日记》第1册，第317页。
4 张忠绂：《迷惘集》，台湾双子星出版社1971年版，第90页。
5 《王世杰日记》第1册，第385页。
6 同上书，第379页。

"在英、德、法各设一永久性质之机关，以统一宣传工作，并提议请钱端升主其事"[1]。之后，又将钱端升介绍给蒋介石，派钱端升作胡适的助手，去欧美从事宣传活动。他接任参事室主任后，对钱端升更是竭力提拔，先是托付陈布雷，为钱端升"另为设法"[2]，将钱端升留在重庆任职。继而又让郭泰祺出面，推荐钱端升任外交部次长。两案不成后，他又给钱端升提供经费，主编《今日评论》杂志，评论政府的内政外交政策，为钱端升从政创造条件。钱端升在西南联大任教期间，他还多次派钱端升出席太平洋学会会议，从事所谓"学术外交"和"民间外交"。1943年11月，他率团出访英国时，途中发现美国的新闻媒体受保守势力影响，出现了许多对中国不利的报道，而国民党在北美的宣传机构CNS却听之任之，没有做出及时反应，又打电报给蒋介石，要蒋介石"考虑加派钱端升君来美"[3]，加强对英、美的宣传工作。

王世杰的"学者外交"，还表现在外交政策上。他对王宠惠的不满，主要是认为王宠惠颟顸迟钝，"其一切动作，纯属被动，无一贯的负责的政策"，对国际局势不能及时应变，更谈不上未雨绸缪，致使"抗战一年有余，对外联络乃至贷款等事，毫无所成"[4]。王世杰出任参事室主任后，首先试图改变的，就是这种因循保守、"毫无热力"的状态，每隔几天便起草一份节略，向蒋介石献计献策。

王世杰接任参事室主任时，欧洲战事已经开启肇端。德国吞并奥地利之后，意大利也蠢蠢欲动，图谋吞并阿比西尼亚（今埃塞俄比亚）。故他上任后不久，便两次上书蒋介石，要蒋介石提醒外交部注意两件事，一是"英国终或承认意大利吞并阿比西尼亚，我国对于此事应早定应付方案"；二是"日本如果对华宣战，我之对策应如何？"[5]他还几次让张忠绂"起草上委

---

1 《王世杰日记》第1册，第178页。

2 《胡适来往书信集》中，中华书局1979年版，第381页。

3 《王世杰日记》第4册，第262页。

4 《王世杰日记》第1册，第393页。

5 同上书，第201页。

座的意见书",说明"欧战将起,中国应谋如何应对"[1]。不久,他听说孙科、蒋百里对外宣称,"欧洲发生战事,于我极为有利",又极不以为然,"力向蒋先生言,此说殊不可信",认为"欧战发生后,中日问题将来能否在结束欧战之议和会中解决尚属疑问,即令在该会中解决,其解决亦不必于我有利,巴黎和会之往事可为殷鉴"。他甚至认为欧战爆发后,日本很可能"以无须顾忌英、俄之故",对中国大打出手,"一面断我海上交通,一面增兵三十万攻我",在三五个月内,即"可制我死命"[2]。所以"欧洲和平之维持,于我较为有利",一旦欧战爆发,中国立刻有亡国的危险。故于几天后,又向蒋介石上了一份节略,建议蒋介石料敌为先,考虑运用国联盟约第十六条款,"以为预防或抵制日本对华宣战时封锁或进攻华南之一种武器"[3]。

德国进攻波兰,欧战全面爆发后,王世杰又立即催促蒋介石"商对欧战方针"。他对欧战的态度最初与蒋介石一样,主张"先发制人",首先对德宣战。但经过考虑后,担心"中国对德宣战后,苏联对华之物质援助,是否受影响",又退而改为向国联提交一项议案,"要求国联制裁侵略",同时召回驻德大使陈介。王世杰提出这项主张,除了要表示中国的反侵略立场,主张公理与正义之外,主要是为了向英、法示好,以免英、法两国为了应付对德作战,对日本采取妥协合作的态度。而他的这项主张,遭到了孔祥熙、王宠惠、张群等人的反对,认为在目前的事态下"不必即有表示,尤反对为显明之表示"。因为以中国的国力,自顾不暇,贸然提出"道义上的援助",弄不好反会自取其辱。孔祥熙还指示王宠惠取消前议,撤销召回驻德大使的电令。王世杰得知后非常不满,立刻去找王宠惠,"力斥其态度之不定,举措之失当"[4],并再次催促蒋介石对欧战表态,立即召

---

1 张忠绂:《迷惘集》,第103页。

2 《王世杰日记》第1册,第387页。

3 同上书,第391页。

4 《王世杰日记》第2册,第147页。

回驻德大使。[1]

但是王世杰这些"学者外交"举措，往往不尽如人意，经常因为用人不明，行事不当，造成许多不良后果。就用人而言，郭泰祺任外交部长不久，蒋介石便对郭的表现极为不满，不断在日记中指责郭泰祺"不忠于职，任意贻误""毫无志气，不知责任，更无国家观念，惟以私利权位为谋"，对于外交"之无常识，与其官僚成性，毫无活气，区区说帖拟稿至五小时尚杂乱不清，令人为之脑痛气闷"。有时甚至迁怒于王世杰，说："外交人员之无能无学，与郭部长之官僚习气，以及王雪艇之小见私心，更令人烦闷痛苦。"[2]

而其社会观感尤其恶劣。1941年12月，王芸生在重庆《大公报》上发表文章，题为《拥护修明政治》，以不点名的方式，历数郭泰祺的各项外交失误，还揭露他生活腐化，在国难当头之际，每到周末下午，便同一位从英国带回来的情人窦小姐（窦学谦）去黄山沐浴；他还以65万元的公款购买了一座公馆，用以金屋藏娇，每天学韩寿偷香，张敞画眉，"戏谑之声达于户外"，其"私行之不检，不堪揭举"[3]。蒋介石见到报纸后，次日便在国民党五届九中全会上，要孙科当众宣布免除郭泰祺外交部长职务，令他当场呆若木鸡。蒋介石事后余怒未消，在日记中说："外交部长郭泰祺免职，是为平生用人不可操切之一大教训，此人真是小人之尤者，永不能有改变气质之望，于此免职之令，实为余平生最得安心之一事。"[4]

胡适出任驻美大使后，也一再饱受非议，在国民参政会上还曾遭人质

1　从蒋介石日记中看，蒋介石在对德外交上，观点与孔祥熙、王世杰两方都不同。他曾在1941年1月16日的"反省录"中说："余对德国外交，本来友好精神为主，自德倭防共协定发表与德承认伪满之时，余仍不赞成与德绝交，或撤退我驻德大使。——国际局势变化莫测，应静观以待其定，再决对外方针，犹未为晚。"
2　蒋介石日记，1941年11月至12月。
3　李铁铮：《我所知道的郭泰祺》，《文史资料选辑》第78辑。
4　蒋介石日记，1941年12月29日。

问。客观地说，胡适在驻美大使任上并非一无是处，他一年行两万里，讲演百余次，的确拉近了中美两国的距离，增进了美国政府对中国的同情与了解。他的学识与人品也给许多美国人留下良好印象。但是他在上任之前，便给自己定了一条原则，对美国人"不悂不求"，实行"四不主义"："不谈借款，不谈军援，不搞募捐，不做宣传。"以他这种立场，只适合从事民间外交和学术交流，而无法担当政府的对外使节，使政府在美援问题上尽快取得进展。正如宋子文所说，"欲其切实援助，非空文宣传所能奏效，务面向各政要及各界不断活动"[1]。

所以胡适上任不久，蒋介石便对他的表现"特起忿懑，不可抑止"，为之"脑痛气闷"，认为胡适实与一般政客无异，"无胆无能，而不愿为国家略费心神，凡事只听其成败，是诚可痛可悲之至也"[2]，决定另派宋子文去华盛顿，直接与美国政府接触，商谈经济与军事援助问题。胡适在离任的前一个月，曾写信给王世杰，说他"数月来未接政府一电"[3]，可见他的驻美大使一职早就有名无实，被蒋介石废置了。

至于王世杰对钱端升的信任、倚重，更是识人不明。钱端升虽然学问很好，在教育界享有盛名，两人曾合作过《比较宪法》一书，但是钱平时为人高傲，趾高气扬，"总是过分勇于自信，目空一切"，令"许多人抱敬而远之的态度"[4]。以他这种性格根本不适合从政，更不适合代表政府从事外交活动。而且他在政治立场上也与政府相去甚远。据浦薛凤说，钱端升早在抗战前，便好谈民主、宪政一类时调，抗战期间兼任政府职务时，"依旧拉唱自由主义"，对于"对内对外重要问题"，皆采取"模棱两可"的态度。因此他在接受政府指派，从事民间外交、学术外交时，经常违背政府立场，

1　宋子文致蒋介石寒电，《战时外交》（一），《中美关系》，国民党党史会1981年版，第99页。
2　蒋介石日记，1941年12月6日。
3　《王世杰日记》第3册，第323页。
4　浦薛凤：《太虚空里一游尘》，台湾商务印书馆1979年版，第163页。

大唱反调，发表与政府不同的主张。

例如 1942 年 11 月，政府派钱去加拿大参加太平洋学会会议，原本希望他能代表政府阐明立场，说明中国军队在缅甸战场上的失败，英国政府要负主要责任。英军在战役开始不久，便一方面谎称自己在坚守阵地，一方面急于撤出战场，诱骗中国军队孤军深入缅南，掩护自己撤退，致使"我军被欺受诈，为其牺牲，而且仍在缅境被围，未脱险境"[1]，蒙受了重大损失。但是钱端升却在会上表示，这是中国政府的一面之词，"就缅甸局势而言，中国的看法是不正确的"。他还特别指出，"在缅甸战役中，中国第六军的表现也不好。他们用在当地征用的汽车做买卖，甚至还以一些缅甸僧侣充当日本第五纵队为理由，焚烧了一些缅甸寺庙"[2]。使出席会议的外国学者都对中国政府留下了恶劣的印象。

了解中国现代史的人都知道，在抗战期间，中英关系始终不好。两国名义上是盟国，实际却貌合神离，彼此嫌恶，相互指责对方无能。特别是第一次缅甸战役失败后，蒋介石对英国人更加不满，认为英国人诡计多端，损人利己，卑鄙下流。[3] 在日记中不称英国人为"英人"，而称"英猞"，发誓今后"不可共事也"[4]。但是两国关系的恶化，在国民政府是极不明智的。这不仅会破坏两国间的同盟关系，也会伤害中美关系，最终影响中国的战后利益与国际地位。是以外交部门从大局出发，一直在两国政府与民间做沟通、疏导工作，以减少彼此间的成见。1943 年 11 月，王世杰还以国民党中宣部长的身份，组织一个代表团访问英国，自任团长，目的就在"增进英人对华之了解"，造成友好空气，为中英合作增加便利[5]；而原定的代表团成员名单中，就有钱端升。想不到据叶公超说，钱端升却倒行逆施，写

1　蒋介石日记，1942 年 5 月 12 日。
2　《顾维钧回忆录》第 5 册，第 116 页。
3　蒋介石日记，1942 年 4 月 26 日。
4　蒋介石日记，1942 年 5 月 12—13 日。
5　《王世杰日记》第 4 册，第 182 页。

信给英国联合援华委员会主席克里浦斯，说"国民党和中国军人都是反英的"，甚至"还给首相和政府其他人写信，批评重庆政府"[1]。宋子文也在给蒋介石的电报中提及此事，谓："少川言，克里浦斯告彼，钱端升分函丘相与重要阁员及本人，谈中国政局：一、国民党专制；二、党外优秀分子，无法参加政府；三、经济状况危急，弊端百出，政府要人亦通同舞弊。"[2]蒋介石不同意钱端升参加访英团，将他从名单中删除，显然与这件事有关。

王世杰在识人、用人上如此，处理外交事务也免不了书生气。他以法学家出身，思维周致，"头脑细密"。在判断外交人才时，也习惯将头脑是否"细密"作为首要项目。但是处理外交事务光靠"头脑细密"远远不够，还必须有一定的实务经验，否则，很可能纸上谈兵，最终适得其反。以欧战爆发后，政府是否应对德宣战一事为例，就可见他在这件事上的自以为是，不切实际。从《顾维钧回忆录》中看，当时因为兹事体大，政府为了慎重起见，在做最后决策之前，曾致电驻法大使顾维钧和驻英大使郭泰祺，请两人先征询英、法两国的意见。

顾维钧为此拜会了法国外交部秘书长莱热，莱热的回答很坦率，他说"在目前的情况下"，这种想法"完全是学究式的"，中国政府"拟议提出的声明"，根本"无补于时局"。相反只会"造成一种印象"，即中国采取这种做法，"只不过是打算作为一种技术手段，把中日冲突跟欧洲的战争连在一起，从而让中国参加英、法集团"，以获得英、法的援助。可是莱热告诉顾维钧，"由于欧洲局势的严重"，现在不论英国还是法国，都必须集中自己的人力、物力和资源，"全力以赴地进行这场战争"，在欧洲战场上取得胜利，"不可能像以前那样援助中国"，"甚至可能被迫不得不放弃远东的部分利益"。而"如果日本以武力解决相威胁时，英国和法国甚至

---

1 《顾维钧回忆录》第 5 册，第 343 页。
2 《宋子文驻美时期电报选》，复旦大学出版社 2008 年版，第 205 页。顾维钧字"少川"。

可能向日本屈服"[1]。莱热向顾维钧表示歉意,说他这些话"可能有些鲁莽,但这就是他的看法"[2]。

英国的态度也很冷淡。英国在中日问题上本来就持中立立场,甚至为了维护它在亚洲的领土利益,急于同日本达成妥协,根本不愿与中国走得太近。郭泰祺接到电报后,给英国外交大臣哈里法克斯留了一份备忘录,哈里法克斯看过后,请他转告蒋介石,英国政府对他的好意表示"欣赏和感谢",也不反对中国主动发表这项声明,但是英国政府认为,"这一声明不能改变任何现实,因为中国并无在欧洲帮助英、法的条件,中国本身也不能从中得到什么益处"[3]。英国与法国一样,目前必须在欧洲战场上全力以赴,"不能像过去那样继续供应那么多物质"[4]。中国人准备的"道义上的援助",真是热脸贴了冷屁股。

类似的例子还有很多,有些甚至更为荒唐。例如王世杰发现抗战爆发后,苏联虽然向中国提供援助,但"不愿与日本发生直接战事",而美国受中立法的束缚,在对华援助上又难以进展,便别出心裁,建议蒋介石与苏联接洽,"一、请其向美借款,而余则向苏借款。二、请其以大量技术军队供吾作战,而用志愿军名义"。如此异想天开,真令人哭笑不得。从以上几个例子已经可以看出,王世杰任参事室主任后,尽管自己踌躇满志,在外交事务上提出许多建议,也引起了蒋介石的重视,但他其实对外交事务还很生疏,有些建议自以为是,实际上有害无益。而且这种情况后来就更加严重,最突出的例子是他在旧金山会议时,建议中国代表团对安理会否决权问题提出反对意见。

所谓安理会的否决权,是指安理会通过的提案,必须经过四个常任理

---

1 《顾维钧回忆录》第4册,第66页。

2 同上书,第64—65页。

3 同上书,第64页。

4 同上书,第68页。

事国的一致同意，其中任何一国反对，都有一票否决权。这项条款是1944年8月，中、美、英、苏四国在敦巴顿橡树园会议上讨论联合国宪章时，由苏联首先提出来的，最初英、美两国曾表示反对，后来经过讨论，一致接受了这项条款，认为这项条款符合罗斯福有关"大国政治"的构想。英、美改变立场后，曾向中国方面做过解释，认为联合国组织的成败，"取决于四个大国能否团结一致"。而这项条款，有助于大国之间的团结与合作。从"现实的立场"上说，这项条款对四个大国也很有利。如果没有这项条款，大国在国际争端中很容易受小国的利用和摆布，最后"即使不愿意，也可能会被迫参战"，使大国穷于应付。[1]

但是王世杰则认为，这项条款违背公平与正义原则，也违背了联合国宪章的精神，要蒋介石致电中国代表团，在这项条款上不可以"贸然附和"[2]。据顾维钧说，1945年3月，他去参加旧金山会议之前，王世杰又再次要求他在会议上表明立场，"当其他国家就这一提案表示反对时，中国必须响亮地说话"。顾维钧以为不妥，强调这样做很可能引起其他大国的反感，使中国失去常任理事国的地位。王世杰却坚持认为，"此点毋庸顾虑"。中国为了公平和正义，宁愿不做大国，放弃常任理事国资格，与大多数中小国家站在一起，"因为这样我们倒可以畅所欲言。我们在二等强国中当个代言人，地位倒是很硬的"[3]。

王世杰提出这项主张，很可能采纳了张忠绂的意见。张忠绂始终认为，在联合国的地位问题上，中国任常任理事国得不偿失，因为"否决权只有利于强国，不益于弱小。中国号称五强之一，而实力则相去悬殊"，只能被人侵略，无力侵略别人。而战后中国的心腹大患，不是别人，就是苏联，一旦苏联入侵中国，同时又在安理会上持有否决权，"很明显于中国不利"。

1 《顾维钧回忆录》第5册，第415页。

2 《王世杰日记》第4册，第382页。

3 《顾维钧回忆录》第5册，第490页。

当然，中国也有权利行使否决权，"但我国既不至为侵略国"，即便握有否决权，又"于我国有何益处？"如同书生怀藏利器，只能徒招人嫉、惹祸上身而已！反不如"声明反对立场，一则可为日后留地步，一则可以争取四强以外国家的好感"[1]。可见两人观点一致，英雄所见略同。只是现在回过头去看，这种自以为是的见解，真是将"学者外交"的弱点暴露到极致。

需要说明的是，王世杰接任参事室主任后，最初刚刚取得蒋介石的信任，在外交事务上所起的作用还很有限。从《王世杰日记》中看，抗战初期，政府采取的许多外交决策，他事先并不了解，事后也没有征求他的意见。直到抗战后期，他才真正进入政府决策的核心。他在外交部的人事任用上，更心有余而力不足，经常要找陈布雷帮忙。1945 年王世杰出任外交部长，直接掌管外交事务后，才开始"以他自己的方式执行外交政策"[2]，全面推行"学者外交"。所以抗战结束后，北洋政府时代的外交人才便彻底退出历史舞台，由新一代学者人物所取代。

而这种改变，对当时的民国政府非常不利。抗战结束后，中国的内忧外患并没有解除，在处理雅尔塔密约问题上正面临巨大困难。英国外交大臣艾登在回忆录中说过，斯大林是他遇到的"最厉害的谈判对手"，如果以他"三十年形形色色国际会议的经验"去"挑选一个出席会议的班子"，他首选斯大林。[3] 相比之下，中国的外交实力就很薄弱。这种对比在中苏条约的谈判上表现得十分明显。中方在谈判过程中始终处于被动，进退失据，应变无方，最终不仅丧权辱国，葬送国家利益，也直接导致了蒋介石政权的垮台。有关这一问题，留待下一篇再谈。

2013.2.18

---

1 张忠绂：《迷惘集》，第 128 页。

2 同上。

3 《艾登回忆录》，商务印书馆 1976 年版，第 898 页。

再谈王世杰的"学者外交"

　　我在上篇文章中说，王世杰任军委会参事室主任后，作为蒋介石的核心幕僚，在外交事务上竭力推行"学者外交"。但是他的"学者外交"，经常识人不明，决策不当，造成许多不良后果。在抗战后期，已经遭到许多人的指责。但是他仍然能够大行其道，甚至最后出任外交部长，"以自己的方式执行外交政策"，关键还在于蒋介石的信任。换言之，与蒋介石自己的书生气有关。

　　说蒋介石有书生气，可能令人匪夷所思。其实蒋介石身上书生气很重，而他的书生气，既与早年的私塾教育有关，也与他修习宋明理学有关，更与他担任过黄埔军校校长有关。蒋介石一生很愿意别人称他为校长。北伐成功后，他便一直以孙中山为榜样，"作之君，作之师"，无论走到哪里，都要发表长篇演讲，教人做人做事的道理。因此一生行事，也就常常出现"书生病"。有关这一问题，可以专题讨论，这里只能略谈几点：

　　一、蒋介石的自尊心极强，总怕被人瞧不起。中美同盟关系建立后，蒋介石一直想会见罗斯福，但是又不肯去华盛顿。罗斯福明白他的心理后，先是亲笔写信邀宋美龄赴美，为他来美国访问"暖身"；后来在安排开罗会议时，又特意将地点选在处于两国中间的埃及。但是即便如此，他心里还是很不踏实，说"余之参加不过为彼辈陪衬"，想借口"拟电婉拒"[1]。二、既感情用事，又犹豫不决。这一点在史迪威事件上表现最为显著。早在 1942 年 6 月，他对史迪威已经忍无可忍，必欲去之而后快，但当宋子文代他做出决定后，他在"最后五分钟"又改变主意，结果是自取其辱，遭受了"平生最大之污辱"[2]，差点死在史迪威手上。三、好名之心甚重。蒋介石虽然一生独裁，但在国际交往中却陈义甚高，主张"凡对国际，皆以彼以其利，我以其义，彼以其力，我以其理应之"[3]，希望做世界民族解放运动的领袖。1942 年 2 月，他受丘吉尔邀请访问印度时，竟然不顾英国政府的反对，去监狱看望甘地，声称自己作为"中国革命的领袖"，支持印度的独立运动，要将重庆建设成亚洲民族独立运动的堡垒。[4]

因为有这些"书生病"，他在外交事务上便缺乏冷静，经常意气用事，将个人喜怒上升为民族情绪，用民族情绪判断政府决策。1942 年 8 月，他在日记中说，"近日对外交经验所得，无论其为友为敌，凡我应得之权利与地位，只可进取与坚强，而不可有丝毫之退让。以我退一步，必彼进一步。不仅不以我为知礼见情，而反视我为怯弱可欺也"，即是这种情绪的反映。在这之后，他更将外交视作畏途，决定"今而后，务必少见欧美人员，非万不得已，不可接见，更不可常见。以余之粗直短拙，应隐藏不露，为国自重也"[5]。

但也因为这样，他在外交事务上，对顾维钧、颜惠庆这些职业外交家总是有所保留，待之尊而不亲，亲而不密，反倒是王世杰的"学者外交"更能投合他的心理。所以外界总是弄不懂，为什么王世杰既无外交资历，外交经验也明显不足，却总能"深切了解委员长对所有外交政策问题的看

---

1 《蒋中正总统档案·事略稿本》第 53 册，台北"国史馆"印行，第 577 页。
2 蒋介石日记，1944 年 9 月 19 日。
3 蒋介石日记，1942 年 8 月 15 日。
4 《蒋中正总统档案·事略稿本》第 48 册，第 340 页。
5 蒋介石日记，1943 年 8 月 19 日。

法，每当出现争论时，他总是能提出建议，而且总是迎合委员长的意图"[1]。据顾维钧说，宋子文任行政院长后，本来希望他出任外交部长，共同参加中苏友好条约谈判。客观地说，在当时的外交人才中，顾维钧的确是出席谈判的最佳人选，所以苏联方面听到风声后，立刻以顾维钧"只系一职业外交家"，不能代表蒋介石为理由[2]，强烈表示反对。而在苏联的反对下，蒋介石也不再坚持，因为他更信任的是王世杰。

众所周知，中苏友好条约谈判，是雅尔塔会议所留下的问题。1945年2月，美、英、苏三国在克里米亚举行会议，安排战后的世界格局，建立了所谓"雅尔塔体系"。罗斯福与斯大林在会议期间，就远东事务达成一项协议。罗斯福希望苏联结束对德作战后，在三个月内加入对日作战，斯大林表示同意，但提出了几项"交换条件"：一、千岛群岛及库页岛南部归还苏联；二、租借旅顺、大连及周边地区；三、中东铁路与南满铁路由中俄共管；四、承认外蒙古现状，即维护蒙古人民共和国的独立。最后美苏达成一致意见，签订了《苏俄对日作战协议书》。这份协议完全是罗斯福与斯大林的幕后交易，不仅没有征得中国的同意，也没有告知英国。据艾登说，英国方面见到这份文件后，也认为"极不公平"，是"这一会议中一个自毁声誉的副产物"[3]，艾登还建议丘吉尔不要在文件上签字。文件中有关中国的部分，严重伤害了中国的领土与主权。中国被"盟友"出卖后，不仅外蒙古被彻底分裂出去，失去了七分之一的领土，辽东半岛也被纳入苏俄的控制之下，实际成为苏联的领土。中苏条约签订后不久，苏联外长莫洛托夫便在塔斯社发表讲演，将旅顺和大连归入苏联版图，称作苏联"新开辟的领土"。1947年2月，苏联又在与朝鲜签订的一项协定里，

1 《顾维钧回忆录》第5册，第603页。
2 《中华民国重要史料初编——对日抗战时期》第三编（二），中国国民党中央委员会党史委员会1981年版，第567页。
3 《艾登回忆录》，第896页。

把东北间岛（安东）、延吉、吉林三地划为"朝鲜自治区"，将这片广阔领土纳入苏联的掌控。[1]

然而正如艾登所说，中国在蒙古问题上"对罗斯福没有做过任何承诺"[2]。罗斯福尽可以代人作嫁，慷他人之慨，而中国是否一定要接受，最后还要取决于中国自己。何况在中苏条约谈判时，国际局势已经发生了变化。在雅尔塔会议时日本还没有放弃抵抗，以美国军方的估计，如果苏联不加入对日作战，美国要单独战胜日本，还要牺牲一百万人。但是在中苏开启谈判时，日本已经在太平洋战场上全面溃败，表露出投降的迹象。据王世杰说，他到达莫斯科的第三天，便听到"伦敦 BBC 广播，谓日本已声明愿投降"，接受《波茨坦公告》。[3]

在这种情况下，谈判是否还要继续下去，就成了更大的问题。即便不能终止谈判，至少可以因势利导，利用国际形势的变化，减少谈判中付出的代价。从情形的发展上分析，当时急于结束谈判签订条约的，也是苏联，而不是中国。莫洛托夫后来承认，早在六月中旬，日本天皇已经致函苏联，希望苏联出面调停，而苏联表示拒绝。因此，当美国在广岛投下第一枚原子弹后，苏联便匆忙对日宣战，知道时不我待，再推迟一两天，就会失去宣战的理由。中方正可以利用苏方的心理，以拖待变，结果却对形势做了错误的判断，认为"苏军已大规模攻入东三省，倘再拖延交涉，或生根本变化"[4]，进而决定"大原则不变更，且求速签订"[5]，不仅没有抓住时机，一举改变谈判地位，反而在谈判中付出了更大的代价。

这也使王世杰回到国内后，在党内外不断遭到指责，称其"丧权辱

---

1 唐屹主编：《外交部档案资料丛书·界务类第一册·东北卷》，第 276 页。
2 《顾维钧回忆录》第 5 册，第 565 页。
3 《王世杰日记》第 5 册，第 147 页。
4 同上书，第 149 页。
5 熊式辉：《海桑集》，第 387 页。

国"[1]。据蒋匀田说,1949 年初,蒋介石准备下野时,王世杰说:"假使以总统下野为对中共和谈的条件,这样的条件,未免太屈辱了。"吴铁城"立刻站起来高声说,最丧权辱国的条件,莫过于中苏友好条约了"[2],令王世杰十分难堪。这件事后来也成了他的一块心病。1966 年 2 月,他担心死后没有人替自己辩白,特意给在美国的儿子女儿写了一封信,"叙述四五年中苏同盟条约缔结之结果,与该约未能挽救中国大局之原因",并嘱咐儿子王纪五"保留此信"[3]。

不过,从国民党的立场上看,《中苏友好条约》带来的最严重后果,还不在其丧权辱国,使国家的领土和主权遭受损失,而在于使东北问题首当其冲,变成了抗战后的"第一要务"。因为抗战结束后,首先接收东北,对于国民党是非常不利的,天时地利都不在手上。孙科在一年前就认识到,欧战结束以后,"苏联必在东方参战,东北将为苏军力所及;如我内政上无良好措施,可能将政治交与中共,中共将于其间大扩张武力,黄河以北全入掌握"[4]。可见抗日结束后,无论有没有这项条约,苏联的势力都会进入东北,伸张在帝俄时代的权利,东北问题不可能在短时间内解决。所以魏德迈曾建议蒋介石,在进入东北之前,应当"首先巩固长城以南、长江以北之地区,并稳定该区以内之陆上交通线"[5]。否则,一旦失败,势必牵动全局,"棋错一着全盘输"。

这种态势很快就出现了。依《中苏友好条约》的规定,苏军应在日本投降三个月后,即 11 月底前撤出东北,交由国民党政府接收。但苏军进入东北后,便"到处宣传,鼓动人心,组织民众,以为其卵翼共匪,制造傀

---

1 黄宇人:《我的小故事》上,香港吴兴记书报社 1982 年版,第 316 页。

2 蒋匀田:《中国近代史转折点》,香港友联出版社 1976 年版,第 242 页。

3 《王世杰日记》第 7 册,第 302 页。

4 《黄炎培日记》第 8 卷,华文出版社 2008 年版,第 263 页。

5 台湾"交通部"译印:《美国与中国之关系》,第 83 页。

傀之张本",令蒋介石意识到"俄国是否能践约守信,谁亦不能保证"[1]。熊式辉、张公权、蒋经国等人到达长春后,果然受到苏军的刁难和阻挠。熊式辉提出的接收预案几乎一概被苏方拒绝。"其不容许我方在东北有强大武力,已十分明显。"[2]熊式辉要在寓所挂一个东北行营的牌子,也被苏军强行摘除,理由是在苏军占领期间,不允许任何军事机关进驻,中国政府只能派文职人员接管地方政权。熊式辉向苏方解释,"行营"不是单纯的军事机关,也是兼管地方经济与行政的机构,但是苏军根本不予理睬,说"除非有莫斯科的指示,苏军不能承认这个机构"[3]。

相反,中共军队却在苏军的默许下大量进入东北,经过短短几个月,在东北的兵力便达到20万,控制了许多重要地区,包括铁路沿线的20个县。[4]11月12日,有消息说,"沈阳开来八路军两千余人","长春机场附近,已潜伏大部武装匪部,东北行营内更人心惶惶",以为大难将至,"苏方另有阴谋,甚至纵容反政府武装匪军,劫持中央接收人员"[5],从此惊魂不定,急于离开东北。国民党要依据《中苏友好条约》按部就班地接收东北,已经是不可能的了。

在这种情形下,蒋介石只好决定停止接收,将东北行营撤回北平。台湾学者蒋永敬、刘维开认为,蒋介石经过审时度势,曾做出一个正确决定:放弃接收东北,留待以后解决,即"先安内,后攘外"。1945年11月16日,蒋介石在国民党高级将领训练班上说:"统帅部原定三个军接收东北,后来又加派两个军,一共五个军。现在苏联不负责任,借口登陆的地点为共军占领,给我们以种种阻碍,因此我们军队入境,事实非常困难。而且我们

1 蒋介石日记,1945年9月18日。

2 姚崧龄编注:《张公权先生年谱初稿》上册,台湾传记文学出版社1982年版,第524页。

3 张令澳:《侍从室回梦录》,上海书店出版社1998年版,第329页。

4 据梁漱溟说,在政协会议期间,张公权就告诉他,"东北百分之九十都是共产党的了"。而王若飞则说,"东北百分之九十五都是我们共产党的了"。见《我参加国共和谈的经过》。

5 伊原泽周编注:《战后东北接收交涉纪实》,中国人民大学出版社2012年版,第31页。

即令将这五个军开入东北，仍不能确实控制地方，东北的政权仍然不得完整，一切接收都不能进行，建设更无从谈起。在这种情形之下，我们宁可将东北问题暂时搁置，留待将来解决。"[1]后来放弃这项决定，完全是听从了马歇尔的建议。没有马歇尔的馊主意，国民党不会这么快一败涂地。[2]所以蒋介石过后十分懊悔，几次在日记中说，自己重阅这段讲词，"至东北一节，极感为何当时不依既定方针贯彻到底，而后竟为依赖外交，误信马歇尔之主张态度，将最精华各军开入东北，以致舍本逐末，无法挽救矣"[3]。东北战场的失败，是自己"依赖外力转移政策，决心不坚之报应"[4]。

信则信矣，但是这种说法却很难成立。客观地说，当时放弃接收东北，或者接受魏德迈的建议将东北交国际共管，留待以后解决，都不失为明智之举。但是东北行营撤回北平后，苏联政府立刻察觉不当，两天后便改变了立场，表示愿意"严格遵守中苏条约"，"保证我方运军之飞机在长春、沈阳无阻碍地降落"[5]，强制中共军队退出沈阳、长春和哈尔滨，甚至主动提出为了协助国民党的接收，苏军可以缓延一个月撤离东北。在这种情况下，蒋介石必须有所回应。因为他不惜代价签订《中苏友好条约》，就是希望依据这项条约，"可以明中苏之关系，减少中共之猖獗，保证苏军之撤退，限定苏方在东北之权益"[6]。大而言之，"就是要求战后确保胜利战果，奠定国家独立，民族复兴的基础"[7]。

1　秦孝仪主编：《总统蒋公言论集》第21卷，台北国民党党史会印行，第189—190页。

2　见蒋永敬：《国民党兴衰史》，台湾商务印书馆2009年版"增订部分"，及蒋永敬、刘维开：《一箸失全盘败》，台湾《传记文学》2010年第3期。

3　蒋介石日记，1951年8月7日。

4　蒋介石日记，1951年10月25日。郝伯村在解读蒋介石日记时，也认为当日蒋介石应当放弃东北，"先以二十年时间建设黄河以南的中国。战略上，有时可以退一步进两步，惜未采取"。(《郝伯村解读蒋公日记1945—1949》，台北天下文化出版公司，第一部，第58页。)

5　《王世杰日记》第5册，第219页。

6　同上书，第156页。

7　蒋介石：《对第七次全国代表大会政治报告》。

因此条约签署后，王世杰返回国内，"自以为向苏俄取得了三十年的和平，立了大功"[1]，在立法院报告签约经过时，一度踌躇满志，颇为感慨地说，"三年以来，予所旦夕忧虑者，为抗战虽胜利，东三省仍不能收回。此约之订立，可以保全东三省"[2]。两天后，在国防最高委员会和国民党中常会的联席会议上，又再次强调"此约之订立，虽使吾人对于实际上业已脱离中国统治二十余年之外蒙，不能不承认其独立，但是战事结束后三个月内苏联依约不能不自东北撤退，对于旅顺及中东、南满两路，予虽有所让步，但范围有限，东三省之主权可以收回。如国论统一，批准迅速，我可收缔约之效"[3]。

而蒋介石在当天的会议上，甚至将签订这项条约的意义看得更为重大，认为此"乃为我党革命与我国盛衰最大问题之一"。理由是"依照民族自决与民族主义之原则以及国际之现状及国家之利害轻重而论，则当断然允许外蒙之独立，扶植西藏之自治，此一政策之转变与决定，乃为存亡盛衰之枢机"[4]。几天后，又以《完成民族主义维护国际和平》为题发表了长篇讲演，强调遵照总理遗训，以后对西藏问题也将援此为例，"与对外蒙古一样，扶助其独立"[5]。将外蒙古与西藏问题的解决，称为"我们国民革命重大的任务"。许多人听了他的演讲，一时间"多现惊骇之色"，认为失去外蒙古已经是莫大的国耻，是"最痛心之事"了，对"西藏不可再令其如此"。吴稚晖、戴季陶等人自恃为国民党的元老，集体劝他不可孟浪，以免被外人利用，作为分裂中国的借口，但他仍然坚持己见，责怪彼辈白活了一大把年纪，竟"不知政治与革命为何物也"[6]。

1　黄宇人：《我的小故事》上，第316页。
2　《王世杰日记》第5册，第156页。
3　同上书，第158页。
4　《蒋中正总统档案·事略稿本》第62册，第275页。
5　同上书，第324页。
6　同上书，第340页。

经过两人的这番渲染，许多人一时难以判断是非，在经立法院批准时通过得也比较顺利。据王世杰记，讨论虽"亘三小时之久，议论颇分歧。吕复卫挺生等人均反对"，但"最后起立表决时，亦只数人不赞成"。随后，在国民参政会上讨论时，也只有少数人表示反对，"多数人仍主批准"。"辽宁钱公来尤热烈，至向予呼万岁，谓为东三省之救星。"[1]不过随着接收受阻，苏方背信弃义，条约难以履行，反对的声音便逐渐抬头，一浪高过一浪。王世杰在国民参政会上遂屡遭挞伐，成为众矢之的。《中央日报》主笔胡秋原甚至在《中央日报》上发表社论，公开反对这项条约，遭到撤职处分。蒋介石还下令禁止反对意见。在这种情况下，蒋介石如果放弃接收东北，留待以后解决，无疑形同自杀，政权立刻就会有垮台的危险。

据郭汝瑰说，当时任军令部次长的刘斐曾对美、苏两国及蒋介石在东北问题上的态度做过准确的分析，说"苏军看中共军队能抵抗住国军的进攻，就撤退，否则必然停撤。美方心理是：只要苏军撤出东北，美方就佯装不知，让中共军队占领东北之大部也无不可。委员长（蒋介石）则不敢明言放弃东北，暗中的主意是：能争到如何程度，即争到如何程度"[2]。因此，苏联改变立场后，国民党已经无须再叩其两端，想想还有没有更好的办法，立刻表示了妥协。王世杰在会上主张"重定接收东北办法送交苏联，如彼同意，则我亦同意，苏军之撤退延期一月，即延至明年一月三日"[3]。

经过这番挫折后，王世杰等人很难再以正常心理处理条约的后续问题。东北行营返回长春后，首先遇到的是经济合作问题。经济合作问题是东北行营设立后，苏方在第三次会谈时首先提出来的。苏方要求将日本人在东北设立的工厂作为"战利品"，用以与中方合办股份公司，还当场提出了

1 《王世杰日记》第5册，第158—159页。
2 《郭汝瑰回忆录》，中共党史出版社2009年版，第148页。
3 《王世杰日记》第5册，第216页。

154 个工矿事业的合作清单。[1] 当时中方以"所谈之事，其中包含战事赔偿问题，成为所谈问题之中心，应由两国政府间交涉解决"为由，没有同意。现在苏方再次提出来，已经无法回避了。按理说，中方为了达成《中苏友好条约》，已经付出巨大代价，没必要在这件事上再采取强硬立场，更没必要为"战利品"进行法理上的纠缠，一定要将"战利品"定义为给苏军的"补偿"。何况与苏联签订经济合作协议，可以有效抵制中共势力在东北的发展。所以张公权、蒋经国都主张接受苏联的建议，但是宋子文、王世杰却表示反对，认为"以日人东北投资为苏方战利品，作为合作投资，出乎中苏条约之外，无论如何，不能同意"[2]。王世杰的态度尤其强硬，坚持"在东北接收问题未有成就前，不可成立中苏经济合作之协定"[3]。

在这之后，苏联为了达成协议，几次做出让步，表示"愿意将一部分（工矿企业）交还中国，亦允将吾方愿意自办者，提出一部分归我方自办"[4]，将合作清单由 154 项减为 60 余项，又由 60 余项减至 7 项，但王世杰仍拒不同意，要求苏方"再将抚顺煤矿与辽东半岛盐场删去"[5]。即便如此，他还是坚持"在苏军未撤退完成以前，不与成立最后协定"[6]。直到苏军公布了在东北各地的撤军时间，通知中方在 4 月 30 日前全部撤离东北后，他才在蒋介石的要求下，召集翁文灏、何廉、张公权等人，商议"对于苏联提出各项合作事业之对策"。但是仍然坚持苏方必须首先保证，"协助我军北上接防，再行开谈"[7]。然而，根据张公权的观察，当时苏方的态度恰恰相反，"是否协助我军北上接防之枢纽"，全在于"经济合作之协议达成与否"[8]。这

1 董彦平：《苏俄据东北》，台北反攻出版社 1965 年版，第 27 页。

2 《张公权先生年谱初稿》上册，第 570 页。

3 《王世杰日记》第 5 册，第 222 页。

4 同上书，第 72 页。

5 同上书，第 302 页。

6 同上书，第 293 页。

7 《战后东北接收交涉纪实》，第 142 页。

8 同上。

样一来，不啻又成了僵局。

苏方在僵局之下，也终于失去了耐心。"放弃与国民政府妥协政策，而以支援中共为选择。"[1]彭真在 3 月 16 日报告延安：友人再表示，凡友方撤退之地包括沈阳、四平街，我们可以放手大打，并希望我们放手大打。[2]接着，从前线传来消息，3 月 18 日，继四平街之后，长春也被中共军队攻陷。而"长春陷落时，闻有苏联战车及苏联炮兵参加"[3]。几天后，郑洞国又报告，新一军在"进抵开原时受到强烈抵抗，匪方有苏军参加，其火力尚大于我军云"[4]。4 月 14 日，《解放日报》还刊登了一则消息，谓东北中共中央局发布指示，"开展大生产运动，以农为主，同时恢复工业生产，再展开民主选举，人民代表选出民主政府，建立临时参议会，各阶层之公开人士，纷纷选入政府会议"。消息表明中共在苏军的庇护下，已经着手建立地方政权，恢复工农业生产，"其军事、政治均在进行中"[5]。

这时正在沈阳的蒋介石发觉了事态的严重性，急电重庆，要王世杰"对中苏在东北经济合作问题，加速与苏联大使谈判。并谓以苏方所提将珲春煤矿列入合作范围一节予以同意"。结果王世杰还是固执己见，认为"此事仍不宜急速进行，以长苏方之欲"[6]。坚持要在苏方明确保证"协助接防长、哈，勿重演四平故事"以后，再进行经济合作谈判。而且还在斤斤计较，强调"两国有关经济合作的任何安排"，都必须苏方首先承认"从东北拿走的所有东西是中国赠与的礼物"，不是"战利品"[7]。他还向张公权表示，如果苏方不肯承诺，他宁愿局势恶化下去，等到中共政权建立后，再"与中

---

1 《王世杰日记》第 5 册，第 309 页。

2 《彭真年谱》上卷，中央文献出版社 2002 年版，第 389 页。

3 《王世杰日记》第 5 册，第 309 页。

4 熊式辉：《海桑集》，第 517 页。

5 《战后东北接收交涉纪实》，第 147 页。

6 《王世杰日记》第 5 册，第 326 页。

7 《顾维钧回忆录》第 5 册，第 719 页。

共谈判，且谓蒋主席宜大胆与中共商谈"。张公权听了大吃一惊，"今日与中共谈东北问题，何不早日与谈？"[1]这岂不是早知如此，何必当初吗？

现在回头去看这段历史，王世杰在《中苏友好条约》问题上，先后犯了一系列的错误。首先是不应当签订这项协议。其次，是没有利用日本投降的时机，扭转谈判的地位，相反却在谈判中一再退让，以致付出了更大的代价。据胡世泽说，中方在谈判中"极不高明"，"当一项建议被拒绝后，中方代表就吓得不敢再提了"。反而以请罪的姿态，要苏方首先"息怒"，由斯大林或莫洛托夫"先讲几句话，打破随之而来的沉默和紧张局面"[2]。再次是条约签订后，便以为水到渠成了，坐待"三十年和平"的到来。在东北的接收程序上，既不与苏方做进一步的接触，也未与苏方达成任何协议。据张公权说，他被任命为行营经济委员会主任后，便首先去外交部了解具体的接收方案，结果是一无所获。外交部"仅对苏方撤兵及我方接防问题有交换文件。而对于我军如何进入东北，行政人员如何接收政权，及经济事业如何移交，并无协议。良以我政府以为我军一到东北，一切可以迎刃而解"[3]。这致使后来的接收工作举步维艰，到处遇到极大的困难。最后是"因当签署中苏友好条约之冲，唯恐再受攻击"，在经济合作问题上采取反常的强硬立场。张公权与苏联接触不久，便"发现经济问题不得解决，即接收问题无法解决"[4]，但王世杰还是一意孤行，给接收东北增加了更大困难。

正因为这样，东北行营返回长春后，张公权便发现中苏双方在东北问题上，无论形势判断还是外交手段的运用，都高下悬殊，苏方"外交手段之敏捷，令人钦佩。而吾方则行动迟缓，手段呆板。徒主张原则，而不知运用方法以贯彻原则。尤以宋院长认为对于苏方交涉，不能有所成就，

---

1 《战后东北接收交涉纪实》，第150页。
2 《顾维钧回忆录》第5册，第571页。
3 《张公权先生年谱初稿》上册，第512页。
4 《战后东北接收交涉纪实》，第34页。

结果无非徒劳。王部长谨慎小心,处处从法理上立论。余在重庆与各方接触后,深虑中苏交涉,或将归于失败"。最后果然如此,所谓"书生误国语偏工",王世杰的"学者外交"成了"书生误国"的同义语。我记得有人说过,"共产党对大陆的征服,就军事说,是打败了国民党;而就文化说,是打垮了知识分子"。这话很值得深思。

当然,也会有人替他辩解,认为《中苏友好条约》的签订,最终是蒋介石决定的。蒋介石早在条约签署之前已经向苏联大使表示,中方接受外蒙古的独立。以后更不止一次地承认,签订中苏条约是他"个人的决策",他愿意"独负其责,功罪毁誉自当置之度外,在所不计也"[1]。但事情并非如此。王世杰在中苏条约问题上与蒋介石的立场是一致的。我怀疑蒋介石的某些主张,甚至受了他的影响。

因此,王世杰在《中苏友好条约》的立场上比蒋介石更为顽固,始终不认为签订条约有任何不当,更不承认签订这项条约是促成国民党政权垮台的败政。直到蒋介石下令废除这项条约多年之后,1965 年 12 月王世杰仍向李济、李开先、郭廷以等强调,"中苏条约本身为我方在当时所能争取之最大限度,且为不能不予以接纳之条约。此一条约后来未能救亡,(一)在苏联之不守约而美方不予我以充分支援;(二)我方军队因货币恶性膨胀及共匪渗透,而内部腐化,以致我方入东北之军队虽已有二三十万,而多为共匪所诱降或毁灭"[2]。简言之,错误不在自己;一切后果都是其他因素造成的,这种死不认错的立场,真让人无话可说了。

2013. 2. 26

---

1 《蒋中正总统档案·事略稿本》第 62 册,第 275 页。

2 《王世杰日记》第 7 册,第 289 页。

王世杰与北大派

　　王世杰早年留学欧洲，1920年底回国，任北京大学教授。在民国历史上，北大一直是政治领袖的摇篮。他离开北大，以学者身份从政后，很快便进入政府的权力核心。从《王世杰日记》中看，他在抗战中期，已经成为蒋介石的近臣，除担任军委会参事室主任外，还兼任国民党中央宣传部长、国民参政会秘书长、中央设计局秘书长，权力到达内政外交、党内党外各个领域。因此，在外界看来，他和朱家骅一样，都是北大派在国民党内的重镇。

　　两人虽然都是学者出身，但是性格却完全不同，作风也大相径庭。

　　朱家骅在北大根基深厚，是"五四"时代的政治领袖，"气度恢宏，壮志凌云"[1]。1932年他接任教育部长后，便对中央大学实行改组，任命罗家伦为中央大学校长，以北大入主"南大"。他任中央组织部部长时，反过来又以"教授办党"的名义在北大建立党团组织，扩大北大派在国民党内的势力。特别是抗战期间，他不仅将一些北大出身的国民党党员派往各省任党部主委（如傅启学、李寿雍等人），还通过陈雪屏、姚从吾、田培林等人，在素有"民主堡垒"之称的西南联大也设立了国民党党部，将许多学者、教授

---

1 高廷梓:《对朱骝先先生的片断回忆》，台湾《传记文学》第29卷，第6期。

拉入国民党内。抗战后，他再次出任教育部长，在全国教育善后复原会议上也不加掩饰，优先照顾北大的利益，任由傅斯年在会上指手画脚、予取予求。这件事曾引起蒋廷黻的强烈反感，说傅斯年是"太上教育部长、太上中央研究院总干事、太上北大校长"。这既是挖苦傅斯年，也是对朱家骅旁敲侧击，指责他在分配教育资源时，对北大过于偏袒。

而王世杰则处处谨小慎微，以"举轻若重"著称。[1]他任教育部长近五年，坚持不以"任何派系自居"，对各大学采取一视同仁的态度，在经费与资源分配上"决不偏袒任何一派一系或某一学校，而不顾公道与公益"，以致令北大派十分失望，认为他移情于武大，在外面养了"私生子"。1938年初行政院改组，他被免除教育部长职务，蒋梦麟作为北大校长不仅未表同情，反而幸灾乐祸，说他"不能代表北大派"[2]。他在权力高峰时，也很少向北大征求人才，更没有向北大安置亲信。在国民党上层人物当中，北大派真正与他关系密切的，只有罗家伦一个，至多再加上一个陈雪屏。

但是在国民党内的各种政治力量中，北大派不同于其他派系，它跨越政学两界，在文化上代表"西化派"，在政治上代表民主派，在国民党内则延伸到党政系统的各个领域，而与政学系关系密切。蔡元培移居香港后，朱家骅便与胡适旗鼓相当，代表北大派的两个中心。所以要深入了解王世杰与北大派的关系，不能单从党内活动着眼。国民党北伐成功后，教育部长成了北大派的禁脔，历任教育部长都是由北大派出任的。王世杰出任教育部长，也是朱家骅离开后，由他以北大派的身份接任；两人宦辙相循，同样是代表北大派执掌这一要津。

据周德伟说，王世杰出任教育部长，是由顾孟余向汪精卫推荐的。顾孟余本来看上的是周鲠生，而周鲠生为人谦抑，自认为才干不足，"力荐了

1　吴铁城、熊式辉与王世杰同为政学系要员，但两人对王世杰的为人行事都有这样的评价，谓"此君遇事小心，每每举轻若重"。见《海桑集》，第456页。
2　《王世杰日记》第1册，第168页。

王世杰"。顾孟余为了让王世杰能够站稳脚跟，完成权力的交接，又说服段锡朋留任政务次长，"以北大同事及学生为班底也"[1]。王世杰上任后，碍于教育经费不足，计划难以施展，也是在顾孟余的照顾和安排下，由朱家骅主管的铁道部予以提供。因此，王世杰对自己后来被免去教育部长，使教育部落到了CC派手上，一直耿耿于怀，觉得自己有负所托，做了北大派的罪人。据顾维钧说，孔祥熙曾经告诉他，王世杰怨恨孔祥熙，就是"因为他任行政院长时，没有使王世杰入阁任教育部长"。孔祥熙还解释说，这不是他不愿意，而是"他当时无能为力，因为那是委员长的意思"[2]。这便很让人怀疑，孔祥熙任行政院长不久，傅斯年便接连上书蒋介石，指责孔祥熙"一切措施不副内外之望"，又不断在国民参政会上发动连署，要求蒋介石大义灭亲，免去孔祥熙的职务，恐怕与这件事大有关系。

这些话也许扯远了。我要说的是，王世杰被免去教育部长后，虽然因祸得福，有了接近蒋介石的机会，从此进入权力的核心，但是他也念兹在兹，没有放弃对北大的义务。蒋介石似乎也了解这些来龙去脉，蔡元培在香港病逝后，蒋介石特意请王世杰出面沟通，提名顾孟余为中央研究院院长。这件事虽然没有成功，但说明王世杰辞去教育部长后，反而成为蒋介石与北大派之间的桥梁。

将王世杰与北大派联系在一起的，还有胡适。王世杰与胡适相互倚重，彼此间的关系可谓从政学者的典范。据钱昌照说，蒋介石在抗战开始以前，就有意请胡适任驻美大使，还当面向胡适征求过意见。胡适"听了很高兴，喜形于色"[3]，"当即说，这对他再合适不过了"[4]。王世杰显然了解胡适的意愿，也相信在当时的条件下，胡适是打通对美外交的佳人选。当王正廷

1　周德伟：《笔落惊风雨》，台湾远流出版公司2011年版，第324页。
2　《顾维钧回忆录》第5册，第546页。
3　《钱昌照回忆录》，第142页。
4　同上书，第149页。

"在美办理借款，耗费巨款，毫无成绩，受各方之指责"时，他立刻授意周鲠生，在向蒋介石提供外交意见时，建议蒋介石"应调换使节"[1]。王世杰为了成就这件事，甚至一反常态，不惜得罪孔祥熙，几次要孔祥熙电促王正廷，尽快办理移交手续，还将10月1日这一天，"预定为胡适之赴美递国书之期"[2]。不唯如此，他还请蒋介石直接电告孔祥熙，谓"儒堂应毅然撤回，勿使再误国事，胡适之使美事应于一星期内发表"[3]。

在这之后，王世杰为了维护胡适的地位，也不遗余力。胡适上任后不久，蒋介石便认为他"无胆无能"，"凡事只听其成败"[4]，几次考虑撤换胡适，改派颜惠庆或施肇基任驻美大使。而每次王世杰都据理力争，站出来解围，向蒋介石"指陈三点：（一）战时外交人选，非有重大过失不宜常换。（二）胡适之如被内调，彼或拒绝新职。（三）适之信望在颜、施诸人之上"[5]。强调如果撤换胡适，就会使中美关系严重倒退，重新陷入僵局。胡适被解除大使职务后，他仍然继续关照胡适，至少两次以中央宣传部的名义，给胡适汇寄了一万六千美金，以解决胡适在美国的生活费用。这笔钱在今天也许不算什么，但在当时则是一笔巨款。

王世杰对胡适的敬重和推许，甚至还不仅于此。1948年首届总统选举时，他一再力劝胡适接受蒋介石的提议，做国民党提名的总统候选人，参加首届总统选举。他后来对这件事也始终深感遗憾，认为如果当年蒋介石不失信于人，让胡适能够当选总统，中国历史一定会大为改观，"不知将变化为何样"[6]。1960年2月，蒋介石为了连任第三任"总统"，收买"国大"代表，准备修改"宪法"及临时条款时，他已经被蒋介石打入冷宫，仍然

---

1 《王世杰日记》第1册，第317页。

2 同上书，第355页。

3 同上书，第358页。

4 蒋介石日记，1941年12月6日。

5 《王世杰日记》第2册，第267页。

6 《王世杰日记》第8册，第254页。

冒着绝大的风险，以"戴罪之身"旧事重提，主张"解决方案不外两种，一、蒋先生采以党领政方式，领导政府而不自参加政府。以为上策。二、推定有立场有国际声望之人如胡适者为候选人，自任行政院院长，辞修（陈诚）为副院长，而将实际院务多交副院长负责"[1]。

王世杰如此爱重胡适，主要是敬重胡适的人格。在他看来，"北大只有两根半骨头，即蔡元培、胡适之、傅孟真也"[2]。他在政治立场上也与胡适完全一致，信仰自由、宪政与民主。所以他虽然不像朱家骅那样以北大为己任，充分利用手上的权力，在国民党内扶植北大派的势力，对提高北大在教育界的地位，做过许多实质的贡献，但在北大派中的声望却不落人后，甚或高于朱家骅。因为许多人认为，朱家骅对于北大的重视，不外是为了结党营私；利用北大这块招牌，扩大自己在国民党内势力，充其量是个党棍。而王世杰则是政治上的清流，是国民党内自由派的核心人物。

因此 1949 年 3 月，国民党仓皇辞庙，败走台湾之前，雷震发起成立"自由中国大同盟运动"，试图以《自由中国》杂志为核心，建立一道精神防线，"反对共产主义，阻止政府走向投降之路"[3]，便实际是以胡适做招牌，而以王世杰为后盾的。换言之，没有王世杰的支持，《自由中国》不可能大张旗鼓地聚集大批自由派分子。这时王世杰身为"总统府"秘书长，也成了台湾自由派的领袖。当然，这种情况没有持续多久。1953 年 12 月，王世杰便在"两航案"中成为"替罪羊"，被蒋介石下令免职，"交监察院察办"。晚年只能回到北大派的领地，作为一生的归宿。

1962 年 2 月，王世杰继胡适之后，出任"中央研究院"院长，成为北大派的新一届掌门人。只是在他接任掌门人时，北大派已经式微，进入了历史的末期。而北大派的式微，又与胡适的病逝有很大关系。1949 年国民

---

1 《王世杰日记》第 6 册，第 357 页。
2 《王世杰日记》第 7 册，第 171 页。
3 《雷震日记》，《雷震全集》第 31 卷，台湾桂冠图书股份有限公司 1989 年版，第 167 页。

党撤守台湾时，胡适虽然被蒋介石派往美国，一时没有回台湾定居，但在台湾社会享有崇高地位。他每一次回台湾，几乎都是台湾史上的一件大事。几年前，蒋介石为了请胡适回来任"中研院院长"，还亲自去南港考察风水，由自己出钱"送胡先生一栋房子"[1]。以至于胡适接任"中研院院长"后，便有人看不惯他与北大派的气焰，认为他在台湾受到的礼遇，不是因为他个人的伟大，而"首先便因胡适先生不是单纯个人，他是一大学派之老领袖。又是中研院院长，门生、故吏、新吏极多。如是成为偶像，而此种偶像极盛，乃以前大陆上胡先生所不曾享有的，因地盘狭小得到了台湾了。"[2]

但是随着傅斯年、蒋梦麟、朱家骅，特别是胡适先后去世，北大派的历史已经翻过一页，从此风光不再，连"中研院"这座最坚固的堡垒，也开始摇摇欲坠。

俗话说："家必自毁，尔后人毁之。"王世杰上任后，首先遇到的挑战，便来自于北大派内部。他上任处理的第一件事，是安排胡适的后事。以他与胡适的关系，他对这件事当然高度重视。经与院评议会商量后，决定在"中研院"设置胡适遗著整理委员会，聘请李济、毛子水、朱家骅、罗家伦、郭廷以、梁实秋等人为整理委员会委员，同时设立胡适纪念馆，筹备胡适纪念基金会，计划募集 25000 美金，"在此间大学及中研院，设置三名胡适纪念讲座"[3]，其中包括中国文学、史学、哲学各一名。

不料，计划刚着手进行，就引起了胡适太太江冬秀的不满。她有一次"出言不慎，责备钱校长思亮、杨树人诸人，颇引起若干报界误会，甚至牵连中研院及余本人"。接着，胡太太又在报上发表谈话，攻击王世杰"对胡先生纪念馆及坟墓事不肯尽力"[4]，这让王世杰颇感意外，也颇感无

1　《雷震全集》第 39 卷，第 147 页。据李济说，蒋介石决定送胡适的房子，用的是自己的版税。
2　胡颂平编著：《胡适之先生晚年谈话录》，新星出版社 2006 年版，第 247 页。
3　《王世杰日记》第 6 册，第 34 页。
4　《王世杰日记》第 7 册，第 173 页。

奈。他自问对胡适后事的安排无愧于心，胡太太如此不近人情，显然是受了某些人挑拨，不愿让他作北大派的掌门人。据说在背后主使的，很可能就是陶希圣。[1]

在这之后，他又出师不利，为了"中研院"的预算，在"立法院"遭到乔一凡等人攻击。指责"中研院"滥设项目，浪费"国科会"的资金，特别是他与李济、蒋廷黻共同主持的上古史编纂项目，成了被攻击的重点，致使预算迟迟未获批准。"国科社"的全称是"国家长期发展科学委员会"，是几年前胡适向蒋介石建议成立的，以台湾公营事业总收入的百分之三作为基金，设立讲座教授、资助学术研究项目。该会既是胡适一手创立的，成立后也由胡适任主任委员，并于该会的组织章程中，规定主任委员一职由"中研院"院长兼任。20 世纪 50 年代的台湾，地位风雨飘摇，财政极端困难，学术教育界因为经费匮乏几乎"民不聊生"，如此巨大的利益为"中研院"（也就是北大派）所独占，难免会让人眼红，致使"立法院若干人素与中研院相敌对者，主张由立法院通过条件改组此会，并谓此会职务为行政性质，应归教育部"。[2]几天后，"立法院"在审查"国科会"的资金使用时，乔一凡又无中生有，"蓄意攻击中研院及彼所谓北大派，并谓蔡子民先生在大陆变色时，流寓香港不来台湾"[3]。

此后更是一波未平，一波又起。先是"中研院"史语所研究员徐高阮[4]接连在《阳明》杂志上发表文章，"以绝对无稽之言"，攻击他"支领中美科学合作会月薪六百美元，且谓所用之人，为国际共产党派之人"[5]。接着，

1 《李敖回忆录》，中国友谊出版公司 1999 年版，第 141 页。另据雷震说，王世杰"过去深恶陶希圣之为人"，可知两人矛盾很深。见《雷震全集》第 39 卷，第 218 页。
2 《王世杰日记》第 6 册，第 158 页。
3 《王世杰日记》第 7 册，第 242 页。
4 徐高阮是历史学家，早年毕业于清华大学，是陈寅恪的高足。他在清华读书时加入共产党，是"一二·九"学生运动的领袖之一。后来在天津从事地下工作，其间因与刘少奇不和，脱离共产党。
5 《王世杰日记》第 8 册，第 58 页。

是何浩若、侯立朝两人紧随其后，也在《阳明》《文化旗》《现代》上发表文章，说他是"'第三国际共产党派'及被费正清所利用"。这对他是更严重的指控。几年前，费正清来台湾搜集资料，从事近代史研究时，洪业等人便通知台湾，国民党丢掉大陆，费正清要负"百分之五十的责任"，这种说法在台湾长期流行；费正清提出的"两个中国"的主张，更引起国民党的强烈不满。何浩若则利用这一背景，又在"立法院外交委员会"发表演讲，对北大派发动全面攻击，"以不实无稽之言，攻击胡适之、蒋廷黻、蒋梦麟及叶公超与余。谓我等勾结费正清，导致中国大陆之沦陷"[1]，同时还"捏造若干事，攻击中研院及近史所。"[2]

何浩若的这番言论，混淆视听，在"立法院"内外造成很大影响。"宣传外交组讨论此事甚久"，有些人还推波助澜，利用何浩若等人提供的"蓄意攻击之词"，对他"提出质问，提交行政院辨正"[3]，之后，又对他"提出书面质询"，交由"总统府"秘书长转给王世杰。[4]青年党籍的"国大代表"张一梦也随声附和，向"国民大会"提出一项提案，攻击王世杰与"中研院"，"所引言论仍是何浩若等曾在立法院及其他处所发表之议论"[5]。一时间颇有兴师问罪，向北大派和党内自由派算总账的态势，进而使这场风波又从"中研院"蔓延到台大。

据说国民党逃往台湾后，随着一部分北大派陆续来到台湾，有些人曾向蒋梦麟建议重整旗鼓，在台湾"复校"，但是遭到蒋梦麟的反对，说"只要我在世一天，'北大'决不复校"。理由是"'北大'所以成为'北大'，乃因拥有全国最好的教授，我无法在台湾找到当年那么好的师资，如果径

---

1 《王世杰日记》第8册，第11页。

2 同上书，第23页。

3 同上书，第16页。

4 同上书，第137页。

5 同上书，第73页。

行复校，只有砸了'北大'的招牌"[1]。因此，流落台湾的北大派人物，多以傅斯年的关系进入台大任教。台大是当时台湾唯一一所大学，也是台湾的学术中心和最高学府。1950年12月，傅斯年猝然病逝后，校长职位悬宕甚久，许多人通过国民党大佬的关系，希望谋求校长一职。当时胡适也曾写信给陈诚，推荐钱思亮做台大校长。最后陈诚"全凭胡适在美国一句话，便用了钱思亮"[2]，使北大派转危为安，巩固了在"中研院"之外的另一处堡垒。1953年9月，钱思亮由于在招生问题上处理不当，"所取太不合理"，引发了校内各方的不满，地位岌岌可危，几乎"做不下去"，也是由胡适出面写信给台湾省教育厅长陈雪屏，对"思亮能力极力称赞"[3]，才使他渡过这场难关。钱思亮也出于这层关系，与胡适感情深厚，彼此情同父子。胡适在正式接任"中研院"院长前，每一次回台湾，都住在钱思亮家里。

但是北大派的一手垄断，也势必会引起一些人的不满。认为他们"由政治的巧妙运用，而得到了学术中的重要地盘——北大、清华、中央研究院，便以把持排斥的工作，代替自己的研究工作"[4]。早在胡适在世时，就有人指控"中研院"院士的选举，认为"中研院所公布的新院士们的研究成绩，只能骗学术界以外的人"，而在学术界内不被承认。有些人甚至毫无成绩可言，"连一部以中文刊印的确为关键性的著作"都没有。像这样的院士选举"只在糟蹋国家学术荣誉"，进行交易性的学术分赃。胡适为"中研院"制定的学术方向也因此受到质疑，被看作"处处承望外国人的眼色，顺着外国人的口风讲话"，"以能当到外国人的一名研究助手，作外国人有预定目的的中国研究者的工具为满足"[5]。任卓宣、郑学稼等人由于曾被台大拒之门外，出于报复心理，干脆将胡适"连根拔起"，否定胡适在新文化运动中

1 刘真:《大学与大师》，香港《大成》杂志第181期。
2 《雷震日记》，《雷震全集》第39卷，第269页注。
3 《雷震全集》第35卷，第134页。
4 徐复观:《写给中央研究院王院长世杰先生的一封公开信》，《阳明》杂志第31期。
5 同上。

的作为，认为新文化运动的重要活动，根本与胡适无关，胡适"不是播种者而是拾穗者"[1]。钱思亮以与胡适的特殊关系，也因此受到了株连，在"立法院"多次遭到围攻，说他在台大排斥异己，"把持台湾教育"。他们这次向王世杰与"中研院"发难，又很自然地将矛头转向台大。"以质询案方式"对钱思亮"攻击彼甚烈"，"要求政府罢免其校长职务"[2]。

以王世杰之老于仕途，遇到这种局面，不难看出事情愈演愈烈，背景并不简单。他经过调查发现，徐高阮、何浩若等人攻击他与"中研院"，都不是自发的，在背后主使的是张其昀。《阳明》杂志的主编史学忱，曾经是张其昀的秘书；而何浩若与张其昀一直志同道合，早年曾共同参与创办《时代公论》杂志，就民主与宪政问题与《独立评论》展开论战，被胡适称为"政府派"。两年前，何浩若从美国回台湾后，则在张其昀主持的"国防"研究院任教，同时兼任中国文化学院教授。

而张其昀所以对"中研院"不满，主要是自己想当"中研院"院长。据说当时台湾教育界都知道，"台湾中研院的院士（何况院长），除胡适派外，不钻门路是得不到的"[3]。张其昀在这件事情上蓄谋已久，结果还是过不了北大派这一关，两次提名在评议会都没有通过。卸任"教育部长"后，张又开始"极力活动，企图接替朱家骅取得中研院院长之职，但评议会投票结果，彼终不得为候选人之一"。而恰巧在这次"中研院"的评议会上，王世杰"适被推为临时主席"[4]。这便使张其昀疑神疑鬼，怀疑是他从中作梗，从而"积忿在心"。两个月前，张其昀在国民党中常会上，已经开始对他挟怨报复，"力诋国家长期发展科学会"以及他"个人之偏私"，"使会中情形颇为紧张"[5]。而"何浩若等之颠倒是非黑白"，显然也是受张其昀的怂恿和

1　《新文化运动底真相》，见刘心皇《现代中国文学史话》附录，台湾正中书局1971年版，第132页。

2　《王世杰日记》第8册，第165页。

3　徐复观：《瞎游杂记之七》，《华侨日报》1977年8月3日。

4　《王世杰日记》第8册，第324页。

5　同上书，第324页。

指使,"欲借以泄张晓峰诸人对于中研院及本人之私怨"[1]。

张其昀在指使其手下亲信,打击王世杰与"中研院"的威信时,还"秉承梁启超之遗志","以诸种不合理的方法",在台北阳明山上成立了一所中国文化学院。学院建设规模甚大,设有二十几个研究所,延聘了钱穆、林语堂、吴经熊、顾毓琇、吴其保等"'哲士''议士'一百二十余人","自称将与美国国家科学院性质相同"。[2]张其昀还以"横渠四句教"为题旨,为学院写了一首校歌,号称要"承中原之道统",发扬三民主义,"为天地立心,为生民立命"。这显然有在教育思想和人才上与"中研院"全面分庭抗礼,进而取而代之的用意。

王世杰在这种压力下,只好致函"行政院长"严家淦,辞去"中科会"主任委员职务,将会务交由"教育部长"阎振兴代理。再将何浩若等人对他的攻击诬陷,"以书面将事实报告蒋先生"。他还请"总统府"副秘书长黄少谷,将"中研院"同人"对徐高阮造谣攻讦之谴责(内有李济之讲话),细向总统说过"[3]。然而得到的答复是,蒋先生虽然"似对何浩若之为人甚为不满,但似亦不愿纠正"[4]。这让王世杰大为失望,颇有被遗弃之感。王世杰在"立法院"对他提出质问,"提交行政院辨正"时,便发觉"行政院"唯唯否否,"颟顸其间,不负责纠正",现在看到蒋介石的态度,当即萌生退意,向蒋介石提出了辞呈。只是王世杰提出辞职后,心里很不情愿,认为"如无适当人选愿任此职,恐酿成意外局势,使此有三十七年基础之研究院,为野心不良之人所毁灭"[5]。换言之,怕自己一时负气偾事,使北大派的家产落入外人手里。

蒋介石当然明白王世杰的心理。几天后,便将辞呈退回来,在上面批

---

1 《王世杰日记》第8册,第73页。

2 《王世杰日记》第7册,第352页。

3 《王世杰日记》第8册,第62页。

4 同上书,第16页。

5 《王世杰日记》第7册,第325页。

有"慰留"两字。同时,"总统府"还将这一消息"向电视及新闻社宣布",以示蒋介石爱惜老成,顾念旧情。蒋介石为了对王世杰表示安慰,还下达一则手示,"阻止何浩若发表'不利国策'之言论"[1]。但是王世杰不相信事情会就此了结。后来果然如他所料,不仅何浩若还在"到处演说",继续攻击他与"中研院",徐复观也"追随在徐高阮"之后,在《阳明》杂志上发表了一封给他的公开信。

徐复观在公开信里说,"中央研究院"已经被人公器私用,"落入一派一系之手"。王世杰出于北大派的一己之私,更超乎前任,将公器滥用到了极致,"不惜歪曲国家最高学术机关所应有的正常发展方向及所应保持的水准,玩弄国外寄信投票选举院士的丑恶魔术,以巩固自己帮口的地盘,争取自己帮口的利益,使学术界成为不毛之地"。徐复观还指责他身为"中研院院长","学问和地位,未免太不相称了","实在对我们学术的发展,成为一种障碍"。他如果不知进退,还要"装腔作势地自以为有学问","违反学术良心地要政治手法,只有增加生活中的丑恶"[2]。

王世杰面对这一轮打击,知道自己再难应付,经与张群、陈雪屏商量后,"又以书上总统,作第二次辞中研院院长之申请"[3]。这次蒋介石迟迟未作批复,直到次年4月,张群通知王世杰,"谓总统同意余辞职,并拟以钱思亮校长继余之职"[4]。他得知蒋介石的批复,第二天,便在"中研院"的评议会上,宣布了自己退休的决定。他当时表达的理由是,"中研院各所所长,多有年龄逾七十而精力浸衰还宜于继续任所长者。唯余年已八十仍任院长,殊不便逼此年老同事退休。今余决定退休,则改革较无障碍,盼继任院长任人能多用年富力强之人为所长"。"北大年老之杨亮功、查良钊、

1 《王世杰日记》第8册,第61页。
2 《写给中央研究院王院长世杰先生的一封公开信》,《阳明》杂志第31期。
3 《王世杰日记》第8册,第64页。
4 同上书,第166页。

陈雪屏、蒋复聪"得知这个消息，第二天晚上，特以庆寿的名义，为他举办了告别晚宴。而就在这几位"老北大"为他庆寿时，北大旧人中又少了一个，"姚从吾突然逝世"[1]，这更象征着北大派已经走入末年。

王世杰辞去"中研院"院长后，很长时间心情不佳。他听说王云五年逾八十，"每天仍工作十二三小时以上"，近年刚刚完成一部巨作《中国政治思想史》，自己也"屡屡拟订一工作计划，但情绪及精神均不佳。乞无决定，颇自悔仄"[2]。1981 年 4 月，王世杰 91 岁高龄去世后，钱思亮以"中研院"的名义送他的挽联是："早参帷幄，壮主上庠，自邦教外交，而晚入天禄石渠，事业已归前辈录；名重江陵，家源太傅，有德望遐龄，已仰坿荣期潞国，典型留于后人看。"他将典型留于后人，也将功过留于后人，他与北大派的关系就此终结。

2013. 3. 28

---

1 《王世杰日记》第 8 册，第 168 页。

2 同上书，第 179 页。

王世杰的自白

王世杰在中国现代史上是个很有争议的人物。这些争议主要来自《中苏友好同盟条约》。有人说他出卖外蒙,是现代史上最大的卖国贼,比当年与俄国人签订《大清帝俄同盟条约》的崇厚尤有过之,"罪浮于崇厚之上"[1]。也有人认为,签订这项条约,是蒋介石处理战后问题的既定方针,他能够忍辱负重去承担这件事,很有"古大臣之风"。1988 年,台湾史学界就有关问题,做过长时间的讨论。蒋永敬先生为了澄清真相,曾就谈判的过程深入发掘,写过一篇长文。而现在有关这一谈判的资料早就公之于众了,读者对王世杰自己的说法,也许更感兴趣。

王世杰说他对这个问题,"为国家利益,守口如瓶二十余年"[2],从未对外发表过意见,更没有为自己做过辩护。甚至《自由中国》发表社论,谴责国民党政府签订《中苏友好条约》,他也没有做任何反驳。直到他接任"中研院"院长后,1965 年 12 月,李敖在文星书店出版《蒋廷黻选集》时,对他做"侮辱性抨击",说他在"1945 年拆下这个滥污,害得蒋廷黻在 1949年替他擦屁股",他这才借讨论院务的名义,在家里宴请各所所长及筹备主

---

1 李敖:《蒋介石、王世杰卖国》,《蒋介石研究》(四集),华文出版社 1988 年版,第 202 页。
2 《王世杰日记》第 8 册,第 235 页。

任，包括李济、李先开、郭廷以、邢慕寰、凌纯声等人，"对最近李敖所攻击之两事，作相当详细之说明"[1]。并于几天以后，在给子女的家书中，"叙述四五年中苏同盟条约缔结之结果，与该条约未能挽救中国大局之原因"[2]。嘱咐儿子王纪五将信保留起来，以后为自己辩诬。在这之后，他才彻底不顾"国家利益"，时常在日记中谈到这件事。

王世杰在学者从政派中，可以说是"愚而好自用"的典型人物。他的日记有一个特点，日记通常是给自己看的，一般人写日记，总会在日记里有所自责，虚心服善，承认自己有时候考虑不周，在一些事情上犯了错误，但是在《王世杰日记》里，类似的话绝对找不到一句。无论什么事，都是他正确，别人不对。他在《中苏友好条约》问题上，同样也是这种态度，认为"协商没有错，中苏条约没有错，我们没有运用好，则不能乱怪"[3]。具体地说：一、"中苏条约本身，为我方在当时所能争取之最大限度，且为不能不予以接纳之条约。"[4]所以，二、签订这项条约并没有错。它毕竟使国民党能够进入东北，"派遣具有精良武器之军队约三十八万人，接收沈阳、长春、哈尔滨、安东等地区"[5]。三、这项条约没有达成预想的目的，原因不在条约本身，而在"苏联不遵守条约而美方不予我以充分支援"，以及"我方军队因货币恶性膨胀及共匪渗透，而内部腐化，以致我方入东北之军队虽已有二三十万，而多为共匪所诱降或毁灭"[6]。

他在谈到国民党接收东北失败，以及最后败走台湾时，尤其强调通货膨胀的恶化给局势造成的严重后果，认为"中国对于通货膨胀未尝及早重

---

1 《王世杰日记》第 7 册，第 289 页。
2 同上书，第 302 页。
3 《雷震全集》第 40 卷，第 222 页。
4 《王世杰日记》第 7 册，第 289 页。
5 同上书，第 298 页。
6 同上书，第 289 页。

视或防范，以致中国军队均受通货膨胀而恶化腐化"[1]，"战斗力日趋衰退"。相反，"假如政府当时能一面尽力取得美方之援助，以逐渐控制通货；一面利用魏德迈与陈辞修之合作，整编军队，充实其武器，则后来整个崩溃之浩劫，容或可免"[2]。而忽视通货膨胀问题，对通货膨胀失于防范的，前期是孔祥熙，后期为宋子文。

1971年2月，他接到周谦冲的信，告诉他美国前驻苏联大使哈维曼在最近发表的回忆录中谈到《中苏友好条约》时，认为该条约"为宋子文所签订，未言及我参加"，他又利用这条证据，将责任全部推到宋子文身上。强调"就实际上，此约中最重要问题为承认外蒙古独立，此则在宋子文初次赴莫斯科时已与斯大林协议。宋返国后蒋先生坚要我接任外长，续与宋子文赴俄，余辞不获已乃于八月初偕宋往莫斯科，在那时，外蒙古问题因宋已先接受斯氏要求，势亦无可挽回"[3]。在此后的谈判中，也"大半由宋子文与斯大林谈辩，遇有彼等不能解决之争论，余始参加"[4]。而在整个谈判过程中，他只就"（一）苏俄不得接济中共问题，坚持苏俄应以正式换文声明，斯氏勉强应允。（二）苏军必须于对日作战结束后三个月完全自东北撤退，斯初不允，后亦接受。（三）苏俄不得参加大连行政机构或工作，最后仅允可由我遴选一俄人为 Harbor Master（港务长）。（四）在平时，苏俄不得用中东铁路运兵"。

他认为"这些成果，假使无中共叛变，当有相当保障"。他还提到，他在去莫斯科之前，曾请蒋介石训令宋子文，"向杜鲁门要求，对于所订之约，以第三者资格保证其实行，但宋子文对于此项训令，似未尽力交涉"[5]，致使美国作为条件的第三方，在中苏实际处理《雅尔塔条约》问题，签订《中

---

1 《王世杰日记》第10册，第248页。

2 《王世杰日记》第9册，第370页。

3 《王世杰日记》第8册，第235页。

4 同上书，第237页。

5 同上书，第235页。

苏友好条约》时，没有履行监督的职责。

总之，他在谈判中只有"成果"，没有任何过失。在整个谈判中，主持谈判的始终是宋子文，他只居于次要地位。而在他接任外交部长，到莫斯科参加谈判之前，宋子文已经在第四次谈判中，就外蒙古问题与斯大林达成协议。承诺在抗战结束后，中国政府对外"宣告外蒙独立"[1]。他到莫斯科参加第二阶段谈判，任务只是在条约上签字，与宋子文"共同负担此次对苏谈判结论之责任"而已。[2]应当说，这些都是事实。他唯独没有说明：在莫斯科主持谈判的是宋子文，在重庆主持决策的是蒋介石。而在蒋介石的决策中，他到底持什么态度？

我在其他文章中谈过，王世杰在《中苏友好条约》问题上，与蒋介石的立场是完全一致的，甚至蒋介石接受了他的某些主张，最终"对于中苏交涉下一大决心"[3]。例如蒋介石在给宋子文的电报中，强调中方承认外蒙古独立是"依照大西洋宪章"，以及在宣告外蒙古独立之前，首先要"确定外蒙之疆界"，这两项主张都很有"学者气"，显然是由他提供给蒋介石的。所以他在参与后期谈判时，在外蒙古疆界划定上始终坚持最力。而他能够在这个重大问题上发挥关键作用，影响蒋介石的决策，主要是他为蒋介石接受《雅尔塔条约》提供了最有说服力的理由。

从蒋介石日记中看，蒋介石在得知《雅尔塔条约》后，一度极为愤怒，曾不惜以对美、苏决裂的态度，表示决不接受这项密约，在外蒙古、新疆和东三省问题上，"苟被其武力占领而不退，则我亦唯有以不承认、不签字以应之"，"断不可稍予法律上之根据"[4]，认为这是弱国外交的唯一手段。但

---

1 《中苏关系》，第607页。

2 《王世杰日记》第5册，第131页。王世杰还在日记中提到，蒋介石让他接任外交部长时说："子文因中苏谈判涉及承认外蒙战后独立之事，颇畏负责，其所以先行返渝，亦正为此。"

3 《周鲠生致胡适》，《胡适来往书信集》下，中华书局1980年版，第29页。

4 秦孝仪主编：《总统蒋公大事长编初稿》第5卷，下册，中国国民党中央党史委员会1978年版，第629页。

是王世杰不这样看，他认为罗斯福与斯大林签订这项密约，完全是出于好意，因为"德日之败当时已有定局，苏联于德国屈服后，不论有无美苏协议，势必进兵满洲，参加对日作战。故谓罗氏出了太大价以觅（？）致苏联参加对日作战，并非事实。罗氏盖欲于苏联参战前，限制其未来之要求，其用心亦实为中国着想……中国如单独对苏讲条件，显然无任何力量"[1]。他的这一说法，最终说服了蒋介石，使蒋介石相信，接受《雅尔塔条约》是"我方在当时所能争取之最大限度"。当然，要彻底了解蒋介石的思想变化，还要深入解读蒋介石日记。

以上，就是王世杰对这段历史，自己所做的自白和辩解。感兴趣的读者可以结合历史背景，对照相关的资料，做出自己的理解。

2013. 4. 2

---

1 《王世杰日记》第 6 册，第 282—283 页。

胡适的"双重身份"

　　我在《胡适是学者还是政客》里提到，1949年美国政府发表《对华关系白皮书》，决定彻底抛弃国民党政权之后，国民党驻美外交官几乎都"忍气吞声"，不敢去做任何辩解。只有胡适站出来替蒋介石辩护，说国民党的失败是美国人一手造成的。美国人很不服气，反问他："依你这么说，这都是美国人的错误了？"他回答说："正是这样。"[1]他还坚决反对美国人扶持"第三势力"，认为蒋介石是海内外唯一能够"团结一切反共力量，光复大陆的领袖"[2]。但是与此同时，他也严厉"督导"蒋介石，要求蒋介石遵守"宪法"，承认反对党的地位，保障言论自由，在台湾"实现真正的民主制度"[3]。这就使他具有一种"双重身份"：既是"国民党的发言人"[4]，也是美国对台政策的代理人；在美国代表蒋介石和国民党，回台湾则代表美国，成为被国民党认可的"唯一的诤友"[5]。

　　正因为这样，他每一次回台湾，无论是蒋介石还是自由派分子，都将其看作一件大事。蒋介石每次都派蒋经国及文武百官去机场迎接，并在"总

1　《顾维钧回忆录》第8册，第55页。

2　《顾维钧回忆录》第11册，第225页。

3　《顾维钧回忆录》第8册，第56页。

4　《雷震全集》第35卷，第77页。

5　　周宏涛：《蒋公与我》，台湾天下远见出版有限公司2003年版，第347页。

统官邸"设宴，向胡适请教"反共复国"大计。"自由中国"和其他在野党团体，也都鱼贯出笼，各自打出自己的锦旗，"欢迎胡适先生返国"。胡适所到之处都有中小学生列队欢迎，"由军乐队奏乐"。他在公开场合发表的演讲，更在台湾社会造成空前的盛况，"听众有九千余人，各地收音机全部开放，听众当在数百万"[1]。

只是胡适的这种特殊地位，也让蒋介石父子十分紧张。国民党撤守台湾后，长期风雨飘摇，地位很不稳定。美国的对台政策虽然有所改变，但对蒋介石始终厌恶到极点，多次公开表示只要蒋介石放弃政权，"中国需要多少援助，美国都可以提供"。据陶涵在《蒋介石与现代中国》中披露，1950年朝鲜战争爆发前后，美国副国务卿鲁克斯曾约见胡适，希望他取代蒋介石，做"中华民国"的"总统"，胡适没有接受。然而蒋介石可能听到了一些消息，胡适每次回台湾，蒋介石都以超乎寻常的礼遇接待，甚至请胡适陪同自己一同检阅部队，令胡适受宠若惊，感慨地说："总统对我太好了。"蒋经国由于对胡适缺乏了解，更放心不下，每次都派人跟踪胡适的行踪，注意搜集他的言论，希望从中了解美国的对台政策。

例如1952年11月，胡适回台湾参加"国民大会"，本来是支持蒋介石连任，替蒋介石助选的，但是他在台北编辑人协会发表演讲，谈到"如何争取言论自由"时，以他当年办《独立评论》为例，夸说他在北洋政府的统治下能够"说话有自由"，不是政府恩赐来的，而是"自己争取来的"，便让蒋介石父子格外警惕，怀疑他这次回台"到处争言论自由，鼓励议会做合法的反对，是否负有使命"，是美国人所授意的。蒋经国特别指示《青年战士报》连续发表社论，强调"争自由要争国家的自由"，"而个人的自由宪法已有规定，用不着争取"。以致有人担心他这次返台，"与蒋先生之

---

1 《雷震全集》第34卷，第165页。

间，可能不欢而散"[1]。

从《雷震日记》中看，胡适在台湾政坛上的特殊地位，也让很多人感到不解。许多人认为他在大陆时期只不过是一位大学校长，在社会政治影响力上还不如黄炎培、梁漱溟等人，何以到了台湾就发生质变，成了政坛上的关键人物。即便在《自由中国》内部，也有人不理解何以一谈"反共救国"，就要谈"蒋先生如何如何，胡先生如何如何"，好像离开了胡适，台湾就少了"监护人"，没了"救世主"。但是熟悉台湾政情、与胡适关系密切的人，都很了解他身份的特殊性。据王世杰说，他曾与胡适达成一项"协议"，说："你尽可坚持你的主张，但台湾现时国际地位太脆弱，经不起你与蒋先生的公开决裂。"[2]换言之，胡适尽可以坚持一贯的主张，做自己信奉的"自由主义者"，但是为了保全台湾，不能不维护蒋介石的地位。因此，他们对雷震不断利用胡适，制造与蒋介石的对立非常反感。

最显著的事例是 1951 年 6 月，《自由中国》杂志发表了一篇社论：《政府不可诱民入罪》，引起"保安司令"彭孟缉的强烈不满，"说《自由中国》的文章，侮辱了保安司令部，他从今日起要与我算账，绝不放松，法律解决也可以"[3]。经过王世杰、陶希圣等人的调解，事情始得以平息。不料事情缓和下来后，雷震又刊出了胡适的一封信。胡适在信上说，他已经了解事情的经过，提出要正式辞去"发行人"的衔名，以示"对于这种'军事机关'干涉言论自由的抗议"。结果这封信刊出后，不仅引起王世杰等人的强烈不满，也造成了台湾自由派的分化。

《自由中国》杂志是 1948 年 2 月，国民党败退台湾之前，由雷震倡议发起创办的。目标是动员一切民主自由人士，建立一道超党派的精神防线，"以反对共产主义，阻止政府走向投降之路"。当时胡适正要起程去美

---

1 《雷震全集》第 34 卷，第 171 页。

2 《王世杰日记》第 6 册，第 360 页。

3 《雷震全集》第 33 卷，第 110 页。

国,但是他很赞成雷震的倡议,不仅为《自由中国》起了刊名,还在去往美国的船上,为杂志起草了发刊宗旨。在这之后,雷震和王聿修自作主张,将胡适作为《自由中国》的发行人。王聿修尤其坚持要这样做,说不打出胡适的旗号,"可能办不到三个月就要关门!"[1] 事后证明,这项决定很有远见。《自由中国》能在台湾生存十年之久,与胡适的金字招牌有很大关系。据说有人曾问"司法部长"谷凤翔,"政府觉得《自由中国》不好,何以让他办?"谷凤翔说:"因为系胡适之主办。"那人又问,"胡先生不是反共吗?"谷凤翔回答:"正因为胡先生反共,此刊才准其办。"[2] 国际新闻媒体在提到《自由中国》时,也一致称之为"胡适的杂志"。

《自由中国》在创办后最初两年,大多数文章都是"专就国际性或抽象之理论说话"[3],"建立思想斗争,宣布共党在大陆作恶之种种事实"[4],很少对政府的政策说三道四,即便有少数时评或通信"对台湾现实社会有所批评,然皆出诸善意",理解"政府的处境艰难,禁不起任何风吹草动"。文章涉及蒋介石更是非常谨慎,"均为对介石忠言",表达"蒋总统复职后我们的愿望"。但是经过一年的努力,雷震发现"台湾同胞阅者寥寥,几乎未生关系,这在宣传上是失败";决定在内容上有所调整,多发表一些切合实际、有关台湾现实的文章,"使台湾同胞对本刊发生兴趣"[5]。

1951年2月,《自由中国》的编委之一夏道平,听说最近台北市区接连发生了几起离奇的经济案件,他经过调查发现,这几起案件都是保安司令部的人员为了获取奖金,故意设计陷阱,"诱民入罪"的弊案。他将这件事告诉了雷震,雷震说这正是他要找的题目,要夏道平立刻写一篇社论,将真相公布出来。结果文章刊出后,彭孟缉见了勃然大怒。他先去找蒋介石

---

1 《雷震回忆录——我的母亲续篇》,香港《七十年代》杂志社1978年版,第60页。

2 《雷震全集》第38卷,第79页。

3 《雷震全集》第34卷,第7页。

4 《雷震全集》第32卷,第187页。

5 同上书,第180页。

告状，说《自由中国》诋毁、诽谤保安司令部，丑化政府的金融政策。接着，又直接打电话给雷震，威胁要采取司法手段。他还下令保安处长陈仙舟立刻派人将雷震和《自由中国》杂志社的人全部监视起来。

这件事发生后，首先让王世杰感到很为难。熟悉现代史的人都知道，雷震是靠王世杰起家的，是王世杰的"心腹"之一。王世杰作为"总统府"秘书长，也是当时台湾"自由派"的最大后台。他为了息事宁人，尽快让事态缓和下来，先找黄少谷和陶希圣商量，请两人以"行政院"和中央党部的名义出面调解[1]，"劝彭孟缉不可对《自由中国》采取什么行动，若如此，不仅保安司令部不好看，连整个台湾亦不好看"[2]。同时，要《自由中国》再发表一篇社论，换一种态度，说明自己只是监督不法，"并不反对经济管理与对办理人员之劳绩及操守廉洁"[3]，间接向保安司令部赔罪。但是雷震依旧固执己见，认为这是"违心之论"，心里很不情愿。经过陶希圣的劝告，知道"此事若不能了，则最后责任必落到雪公（王世杰）身上"，这才勉强同意了，要夏道平写一篇《再论经济管制的措施》。

这场风波以这种方式解决，本来可以就此了结。想不到雷震又节外生枝，利用胡适的影响将事态进一步扩大。《再论经济管制的措施》刊出后，他刚好收到了胡适的一封信，以为可以用来泄愤，便未经与王世杰商量，刊登在《自由中国》第5卷第5期上。胡适在信中说：他看到《政府不可诱民入罪》一文，"十分佩服，十分高兴"，认为"这篇文字有事实，有胆气，态度很严肃负责"，可以说是《自由中国》创办以来"数一数二的好文字"。不过就在他"正在高兴，正想写信给本社道贺"时，在新收到的4卷12期上，又看到了《再论经济管制的措施》一文，发现这两文前后矛盾，

---

1 黄少谷是当时"行政院"秘书长。陶希圣因为是"立法委员"，没有担任行政职务，但是国民党的中常委，在党内兼任重要职务，任"中央宣传督导会报"的负责人，是主持国民党宣传事务的最高负责人。
2 《雷震全集》第33卷，第111页。
3 同上书，第109页。

怀疑是"你们受了外力压迫之后写出的赔罪道歉的文字!"后来看到香港的《工商日报》,证实了自己的"猜想果然不错"。他"因此细想",《自由中国》不能没有言论自由,台湾不能没有言论自由,要求"正式辞去'发行人'的衔名","一来表示我一百分赞成《政府不可诱民入罪》社评,一来对这种'军事机关'干涉言论自由的行为表示抗议"。

这封信刊出后,立刻在海外造成反响。美国合众社首先做了郑重报道,说"胡适之先生主办的《自由中国》杂志,最近发表一文,批评台湾保安队导人犯罪,不为当局所喜,被迫登报道歉,胡先生认为奇耻,特辞去社长之职,用作抗议。不料辞职书昨(星期六)在该报发表后,星期日便不准报贩发售"。接着,前民社党副主席李大明也在美国《世界日报》上发表文章,说他读到这条消息后,"不禁感慨万千,大家都知道胡先生是怎样的人,以胡先生对蒋那么亲热,以蒋先生对胡那么礼重,尚有此不幸之事件发生,此何独令胡先生失望,实令所有平素附蒋之所谓自由分子,亦感觉失望矣"。他还强调,"几年以来胡先生袒蒋,故信胡先生者亦多信蒋,而蒋竟得以借重胡先生以讲民主,以欺天下。今蒋不自珍爱,居然管制到胡先生的刊物,不许其有言论自由,则何怪胡先生毅然抗议,使天下皆知台湾之所谓民主究作何解也"[1]。

这让国民党一下子紧张起来。"总统府"秘书李士英、萧自诚接连打电话给雷震,"认为此信不应发表,第一要被共匪引用,第二国际上反应不好,因胡先生地位太高了"[2]。国民党中央改造委员会也给雷震送来"以邮代电",指斥雷震违反组织原则,不顾政府信誉,将胡适的私人信函公开刊布,"在国际上影响甚巨",要雷震对案情提出答辩。杭立武还听到消息,说"有人做了报告给总裁","总裁十分震怒",曾在中央改造委员会上垂询

---

1 《胡适致雷震》附录,《雷震全集》第30卷,第169页。
2 《雷震全集》第33卷,第150页。

此事，"对雷震此举甚表痛绝"[1]。

事情发生时，王世杰适在病中。他知道后"大吃一惊"，认为雷震这样做根本是意气用事，不顾台湾的现实处境。他随即让罗家伦打电话给雷震，"嘱其转达三点"："一、（不应该）弄到胡先生与政府对立；二、上次答应调停人以后不再写文章，为何此次未事前通知他们？在友谊上说不过去；三、台湾今日风雨飘摇，受不起这个风浪。"[2]但是雷震不认为自己有错，连续给王世杰写了两封信，说："我们发表胡先生这封信，是基于胡先生的意旨，胡先生要在本刊发表这封信，他未始不多方考虑他的立场。他的立场是不是与政府对立，有他过去的言论和今后的言论来证明。不是别人可以把他'弄成'与政府对立的。"他最后表示，"我们认为：这封信的本身，不应构成什么风浪。如果政府对于这封信的发表不能宽容，因而起了什么风波，则这种风波是由政府造成的。因而，经不经得起这种风波，政府应该自己考虑，而不是我们的责任了"[3]。他还告诉张其昀，他要再写信给胡适，告诉胡适"《自由中国》半月刊发表了你的抗议——'军事机关'干涉言论自由的信，其结果是换来一张保安司令部军法处的传票"[4]。

王世杰看到这两封信，没有再多做表示。但回信的态度很冷淡，只简单地说，"两函悉诵，此事得失，杰不愿深论。病后尚未复原，亦不愿多所预闻，想能谅之。"但是他提醒雷震注意，"《自由中国》期刊，实际上系由兄及编辑诸公负责，胡先生久不愿意负责（海外来人屡传此信），远居海外，对当地情形，自亦不尽了然，倘使胡先生因此刊纠纷而与政府发生裂痕，或使国际及一般中国社会发生误解，其责任将不能由胡先生负责之也"[5]。暗示雷震要做最坏的准备。

---

1 周宏涛：《蒋公与我》，第 345 页。
2 《雷震全集》第 33 卷，第 151 页。
3 《雷震全集》第 30 卷，第 162 页。
4 《雷震回忆录——我的母亲续篇》，第 98 页。
5 《雷震全集》第 30 卷，第 163—164 页。

雷震这才意识到问题的严重性。第二天去找陈雪屏，"将《自由中国》事件详告"，说明自己发表胡适的信，不是故意和政府"呕气"，而是要"促进政府的改革"。但陈雪屏听了，同样也很反感，"认为发表此函，使目前困难局面益加困难，因毛邦初事件正在美国发展，此事此时演出，正供人以攻击之口实"。他责备雷震在发表胡适的信之前，为什么"不给雪艇一看，对三十余年老朋友不应如此云云"[1]。在这之后，杭立武又代表王世杰来找雷震，劝他不要再写文章，"以免再引起麻烦，而有严重后果，他们不能帮忙"，如此"关照再三"[2]。经过陈雪屏和杭立武的劝告，雷震终于冷静下来，决定"改变方针"，请王世杰的太太转告王世杰，他"今后一定终止此事"，对《自由中国》加以整改，"将社论改为国际文章，我的文章已腰斩不登，请雪公放心，我不会连累他"[3]。

但是无论他再怎样说，后果已经造成了。据罗家伦的女儿罗久芳说，这件事发生后，王世杰对雷震已经产生了戒心。他经与罗家伦商量，决定由罗家伦出面写一封信给胡适，说明《自由中国》目前的情况。于是罗家伦在 10 月 15 日，给胡适写了一封长信，开头便说："最近二三月来，我在良心上和道义上老是觉得欠先生一封信。"接着，便提到《自由中国》，说"关于《自由中国》的事，先生站在维护言论自由的立场来说话，本是先生一贯的主张，大家是了解而敬佩的。不过这里面也有许多情形，尤其是个人的成分，不幸夹在里面，或者先生不知道。……据我的愚见，以为此事已经和缓下去，并无什么了不得。只希望先生在各方面的言论行动不予人以口实或刺激，双方均不涉意气，共同顾全风雨飘摇的大局，则一切不成问题"。他还告诉胡适，以上这些，都是他与王世杰两人的共同意见。而作为胡适"忠实的老学生"，他自己还有个建议，那就是对于这件事，"先生目

1 《雷震全集》第 33 卷，第 156 页。

2 同上书，第 171 页。

3 同上书，第 175 页。

前最好不必过问","过几个月若是先生不能亲自到场来干,则在那时轻描淡写地脱离发行人的地位。'唯名与器不可以假人',这大概也是古人经验之谈"。

罗久芳说从这以后,王世杰、罗家伦、杭立武这些胡适的老朋友,《自由中国》的共同发起人,便对雷震敬而远之,"他们为了维护胡适作为国民党'诤友'的地位,与《自由中国》编辑人员的关系,也不免渐渐疏远了"[1]。

雷震在日记里也证实了这一点。说经过这件事后,王世杰便一反常态,对他有所疏远,不愿意再介入《自由中国》的事务。还陆续有人告诉他,"说罗志希与王雪艇怕见我的面,生怕我连累他,他要我们改变态度"[2]。这种情况后来更加明显。有一天,他去王世杰家里,希望将"自由中国社近来遭遇和他谈谈",请他向黄少谷解释一下,"并谓这是黄少谷的意思"。而王世杰则一再推脱,表示对"事务问题不愿过问,说话十分吞吞吐吐,闻之者殊不悦"。雷震的感觉是,"他的心境如何,不得而知,但对自由中国社事不愿沾边"[3]。

在这之后,他想请王世杰转告胡适,希望胡适在《自由中国》屡受围剿、处境越来越难的情况下,能多替《自由中国》说几句话,"在外面对本刊采取支持的态度",王世杰又一口拒绝,表示"用不着",说《自由中国》足以自己保护自己,"今日外面谁知道《自由中国》是雷儆寰在办?"[4]意谓大家都认为《自由中国》是"胡适的杂志",《自由中国》对胡适的利用已经足够了。

实际还不止如此。1952年11月,胡适回台湾出席"国民大会"之前,

1 罗久芳:《罗家伦与张维桢》,百花文艺出版社2006年版,第216页。
2 《雷震全集》第35卷,第147页。
3 《雷震全集》第40卷,第89页。
4 《雷震全集》第39卷,第261页。

王世杰为了照顾胡适的"安全",还预先做了安排。他写信给胡适说:"兄此次抵台后,此间招呼可否即由兄三个高弟子——杨亮功、陈雪屏、罗志希代为办理?"有意将雷震排除在外。而雷震不了解底细,胡适回到台湾后,他几次想找机会与胡适详谈,征求胡适对《自由中国》的意见,都被莫名其妙地挡在门外。

例如"国民大会"闭幕后,雷震约好了与胡适乘夜车去台南,结果他到了车站,"遍寻适之先生而不可得,车将开时,着人去车上一看,而适之先生早已入车矣"。他随车到了台南后,又再一次遭到冷遇。接待方根据"教育厅(陈雪屏)来电",只知道"胡先生外有杨亮功及杨日旭",不知道同来的还有雷震,早餐"只预备三个鸡蛋"[1],雷震只好尴尬在一边。他请胡适给《自由中国》写篇文章,按时去钱思亮家里取稿,又被钱思亮教训了一番,"说胡先生昨夜写文章写到今晨六时,文章未交出来",责备他太不通情理,"太不顾"一个"六十岁以外的老人"[2]。以至于胡适在台湾整整两个月,他竟"没有机会与他单独谈过"。

直到后来雷震才明白,这都是事先安排好的。所以他才一再受到冷遇,被说成"不懂情理,不仅逼胡先生写了一晚,且于次晨去把他吵醒。又说台南之行,渠(胡适)极不愿我去,我一定要跟着去,所以发表消息,胡先生也不要将我发表在内"[3]。即便这样,他还是不断受人指责,遭到不少埋怨。11月29日,在陈香梅举行的午餐会上,"到者均提到《自由中国》昨日茶会胡先生发表之意见,认为我可以轻松一下,似乎有保镖人到来"。言外之意,就是胡适又被他利用了。还有人说"胡先生争取自由和称赞'立法院'监督"的讲演,也是他别有用心"提前告诉"胡适的。总之,"一切

---

1 《雷震全集》第34卷,第179页。

2 同上书,第178页。

3 《雷震全集》第35卷,第18页。

是非都是他搬弄的",气得他"简直说不出话来"[1]。

这样的事后来又发生一次,而且情节更加激烈。

1958 年 4 月胡适回台湾时,正遇上"立法院"审议"出版法"修正案。因为这件事关系到台湾的政治前途,雷震介绍《联合报》记者于衡去钱思亮家里,访问胡适对"修正案"的意见。这件事本来是前一天说好的,不料,于衡到了钱府,钱家却将胡适"保护"起来,不让工友开门,于衡一时口不择言,与工友吵了起来,骂工友是"奴才"。这句话被钱太太听见了,"出来放赖",骂"新闻记者都不是好东西",双方闹得不可开交。雷震知道这件事后,赶去钱家劝解,"钱太太对于衡十分不高兴,认为他侮辱了她,说得很多,说于衡骂工友为奴才,骂钱公馆为铁幕"。第二天,雷震又接到胡适的信,责怪"于衡无理,对于衡太失望"。于衡听说胡适也偏袒钱家,气得也来找雷震评理,而"他所说与钱太太恰相反。他认为失言后已道歉,而钱太太放赖,不仅哭而且说吐血,他偷偷掀开痰盂一看,完全是一口痰,未含一点血"。于衡还当场发誓,"今后再不写胡先生的东西了"[2]。

问题是,以胡适的性格和政治经验,很难在政治对立中保持平衡,一面做"自由主义者",一面当国民党的"发言人"。特别是他一生好为人师,自以为很懂得政治,还传授给蒋介石"六字心法",而在胡汉民、王世杰等人看来,他"对政治很多地方还是门外汉"[3],这就更容易让他顾此失彼,不是得罪了国民党,就是得罪了自由派,而究竟是如何得罪的,他自己又不明白。[4]以至于连《自由中国》内部,据说"私底下也都对胡有不满";不理解雷震为什么对他如此爱戴,将台湾的希望"完全放在胡适的身上",怀疑"这是雷先生所犯的最大错误"[5]。有人还在香港《新生力》杂志上发表文

1 《雷震全集》第 35 卷,第 18 页。

2 《雷震全集》第 39 卷,第 269—270 页。

3 《雷震全集》第 35 卷,第 272 页。

4 《雷震全集》第 40 卷,第 23 页。

5 《雷震全集》第 39 卷,第 165 页。

章,说胡适是"假自由主义者",并且反问胡适:"你如果不承认是假自由主义者,请你拿出证据来。"[1]

因此,胡适每次回台湾出席"国民大会",都会犹豫不决,不知道"是出席会使政府更尴尬还是缺席会使政府更尴尬"[2]。从《胡适日记》中看,他每逢遇到与台湾有关的问题,无论事情大小,总是写信回台湾,征求"忠实的老学生"、老同事的意见,王世杰尤其是他政治上的向导。如1952年8月,牛津大学请胡适去学校任教,他便"很感觉迟疑","将Duds原信及我的回信抄本,都寄给外交部长叶公超,请他同王雪艇、罗志希商量,如必要时,可问蒋公的意见"。[3]最后还是听从王世杰的意见,将这件事"婉言谢绝"了。《胡适日记》里还收有一封毛子水的信,劝他"《时与潮》的谈话,以不发表为好","若发表非特无益,恐适足为一班偏激的人所利用"。胡适在信后批有:"此谈话没有发表。"

如果遇到了大事,更要他这些老学生、老同事提心吊胆,替他从长计议,做到既不得罪蒋介石,也能获得自由派的谅解。例如胡适对蒋介石三次连任"总统"本来很不赞成,反对蒋介石私心自用,践踏"中华民国"的"宪法"。他曾在《自立晚报》上发表谈话,"谓蒋先生应树立合法和平转移政权之范,不应为第三任总统"。有一天,在陈诚家里吃饭,还借机"大发酒疯",说"国民大会不可修宪,蒋先生此次也不可再为总统候选人,致遭违宪之责难"[4]。但是经过王世杰和陈诚两人的"疏解",他很快"承认了现实",同意"不发表谈论,不见新闻记者"。照常出席国民大会,参加"总统""副总统"选举。陈雪屏一时不放心,"打电话给他,怕他发什么宣言,他未待对方说完,即表示绝无此事"[5]。他还对《自由中国》"反修宪专号"上市后

1 《雷震全集》第35卷,第228页。

2 《胡适日记全编》8,安徽教育出版社2001年版,第322页。

3 同上书,第245页。

4 《王世杰日记》第6册,第358页。

5 《雷震全集》第40卷,第262页。

反响强烈，不断"再版，三版，极为忧虑"，告诫雷震"反对三任是没有希望的事"，继续下去只会被人利用，"杀君马者道旁儿"[1]。

"雷震案"发生时，胡适正在西雅图出席中美学术会议。据说当时"很多人都以为他必将在国际上为雷震呼冤，运用国际的压力来援救雷震"。而且断定"倘若胡适果能如此，台北当权派对内虽然横霸，对外国的压力，必然听从的"[2]，但他对这件事，实际是更不知如何是好，对"返台后应取之态度，颇有犹豫不决之状"。为了观察事态的发展，他以医治牙病为借口，将回程延后了一个月。当时王世杰适在美国筹办台北故宫藏品的展览，相见之下，发现他对"雷震案之愤激"超出自己"预计之外"，"言外之意似有改变其二十余年来支持政府之一贯态度"，立刻紧张起来，两次提醒胡适，他现在的身份十分敏感，回台湾后的一言一行都是海内外瞩目的焦点，绝不可以轻易表态。还要他顾全大局，今后只宜"注意其提倡科学，不可轻易放弃其最近两年来在此一方面努力之成果，至于政治问题，尽可继续为政府之诤友，不可改变其二十年之一贯态度"[3]。

胡适确定了回程的航班后，王世杰怕他一时冲动，在报刊记者的追问和诱导下说出一些"不中听的话"来，令蒋介石父子难堪，又电请陈雪屏、李济、杨亮功等人预做安排，避免胡适抵达台湾机场后，有与新闻记者接触的机会："无论如何不要接见记者，发表任何谈话。"[4]于是，陈雪屏、李济等人经过商量，决定派毛子水去日本，陪胡适一起回台湾，"在途中将最新情况恳切说明"[5]。而蒋介石也不愿与胡适对立，他特别给"驻日大使"张厉生发了一封密电，要张厉生在胡适于日本转机时，留胡适多住几天，让毛子水有机会向胡适解释政府的难处，说服胡适在发表谈话时，尽量回避

---

1 《雷震全集》第 40 卷，第 270 页。
2 黄宇人：《我的小故事》下，第 175 页。
3 《王世杰日记》第 6 册，第 413—414 页。
4 常胜君：《三十年前"夜访胡适谈三事"追忆》，《传记文学》第 58 卷，第 1 期。
5 同上。

《自由中国》的问题。

但是胡适身份太敏感，地位太重要了。无论在美国还是台湾，都会遇到太多的问题。连一些意想不到的谈话，都可能惹出很大的麻烦。[1] 总是靠这种方法处理，毕竟不是长久之计。时间一久，胡适自己不堪重负，别人也会不胜其扰。特别是 1957 年以后，台湾岛内政治气氛日益紧张，社会对立严峻，不断发生各种政治事件，如"李万居事件""倪师坛事件""孙秋源事件""中国文学史事件"以及"雷震案"等等。而每有事情发生，当事人几乎都会向胡适求助，将他当作"真理与正义"之所在。甚至在香港和大陆发生的事，也有媒体找上门来，要他及时做出表态。这都需要他不断写信回台湾，反复问计。而这在台湾戒严时代，给他自己也给别人都带来许多麻烦。所以早在 50 年代初期，他应该回台湾还是继续留在美国，就一直是他的老学生、老同事、老朋友经常争论的问题。

张佛泉认为胡适最好还是回台湾，长期留在美国，会被美国人看作台湾的"说客"，也就是蒋廷黻所说的国民党的"发言人"，伤害他一生的名誉。雷震当然更希望胡适回台湾，"站出来组党"，领导"自由中国运动"。王世杰则持中间立场，认为"并不一定要他回来，只要他答应领导就可以了"[2]。但是端木恺、胡秋原都"甚不赞成适之先生返国"[3]，认为胡适一回台湾，就会成为蒋介石的"人质"，失去说话的自由。最后的结局只能是"称病不出，以免和政府弄僵，此地不好住下去，而又不能出国"[4]。即便是为了组织反对党考虑，胡适也应该留在美国。因为"在海外组反对党才有办法，在国内组反对党则不许可"[5]。相反，如果反对党能"在海外做得有声有色，台湾自

---

1 例如 1957 年 9 月，胡适有一次在美国讲演，有人问他对大陆"大鸣大放"的看法，他由于没有借题发挥，将这件事说成"是台湾所鼓励与支持"的，是台湾反攻大陆的成果，便让台湾政府"很不满意"。

2 《雷震全集》第 32 卷，第 17 页。

3 《雷震全集》第 39 卷，第 297 页。

4 《雷震全集》第 40 卷，第 256 页。

5 《雷震全集》第 38 卷，第 334 页。

然可以响应"[1]。雷震还为这件事征求过张厉生的意见，张厉生表示："胡先生可以回来短期住在此地，不可太久，他是爱政府、爱国家，但看事角度不同，可能引起误会。"[2]

因此，1958年4月，蒋介石为了笼络胡适，为自己第三次连任清除障碍，请胡适回台湾接任"中研院"院长时，大部分人都表示反对，认为他就任了院长后，也就失去了自由，再"无法讲话，他如果再讲话，人家必视之为吴国桢，对其行动感到可惜"。杜衡之在《自由人》杂志上公开发表文章，"责备他不应就任院长"，为蒋介石服务。黄少谷还透露说，胡适这次受蒋介石利诱，同意做"中研院"院长，完全是被蒋介石所利用了，"其目的是把他捧到高高在上，然后打击民主人士，且为三任铺路"[3]。所以当蒋介石一意孤行，坚持做第三任"总统"后，很多人都希望胡适不要再回台湾，认为"蒋先生如三任则是伪朝，胡先生不能事伪朝"[4]。

这些争论都说明了他一旦回台湾定居，在国民党政府和"自由派"之间，势必陷入两难的境地，既无法彻底面对蒋介石，也无法诚实地面对"自由派"，很难再以自己的"双重身份"左右逢源，与台湾的政治环境保持距离。甚至自以为在做"自由主义者"，而实际上受人驱使，被卷入国民党的政争里面，令人产生"陈诚利用胡适，胡适利用雷震"[5]的观感。这对他一生的人格，也构成了严峻的考验。果然，他回台湾不久，《中央日报》副刊就登出一幅漫画，画的是一个与胡适面貌相似的老头，在街上叫卖膏药，药名是"自由中国半月刊"，警告他说话要小心。同时，自由派分子也开始感到

---

1 《雷震全集》第40卷，第25页。

2 《雷震全集》第35卷，第258页。

3 同上书，第267页。

4 同上书，第223页。据说当时学界曾经盛传，若胡适拒绝，蒋介石将指派"中央大员接任"，"整顿中研院"，"中研院可能落入国民党人士之手"，这使学界甚感忧虑。故胡适经过考虑，决定接下院长一职，以为自由主义知识分子保留一块阵地［见黄克武主编：《迁台初期的蒋中正（1949—1952）》，中正纪念堂2011年版］。但我很怀疑这个说法。

5 《雷震全集》第39卷，第22页。

失望，对他"返国后的言论，只说反共，不说当前问题，甚不满意"[1]。当时胡秋原为了帮他摆脱困境，曾给他提供了三条路："第一，大有一番作为，这是大家所希望的；第二，专研究学术，不谈时事；第三，拥护陈诚，跟着走走这是下策，读书人不愿为也。"[2]但是这三条路，都不是他"二十年之一贯态度"。

1959 年 11 月，胡适在《自由中国》创办十周年的庆祝会上，发表了一篇著名的演讲：《容忍比自由更重要》。他提醒自由派分子：我们尽可以争取言论自由，但"言论所以必须有自由，最基本的理由是：可能我们自己的信仰是错误的；我们所认为是真理的，可能不完全是真理，可能是错的"。他说他的这些话，"不仅是对压迫言论自由的人说的，也是对我们主持言论的人自己说的，这就是说，我们自己要存有一种容忍的态度"。

然而他的话还没有说完，就引起殷海光等人的不满，说"同是容忍，无权无势的人容易容忍，有权有势的人容忍很难"。意谓他的这些话讲错了地方，应该先讲给"有权有势的人听"。傅正后来在总结这段历史时，认为台湾"自由派"最大的错误，就是对胡适期待太高，不理解胡适与国民党集团的关系，这影响了台湾的"民主化"进程。而有关这些问题，只能留待以后再谈。

2013.10.10

---

1 《雷震全集》第 39 卷，第 418 页。
2 同上书，第 25 页。

胡适与蒋介石

　　胡适在晚年回到台湾，任"中研院"院长之前，与蒋介石的关系一直都很默契。虽然谈不上"无话不谈"，却几乎什么话都可以谈了。从台湾"国史馆"收藏的蒋介石与俞国华的往来电报看，蒋介石至少从1951年到1955年，每年都通过俞国华赠送胡适近一万美元巨款，几乎成为定制。[1]但是胡适担任"中研院"院长后，也就是他一生的最后几年，两人的关系出现了变故。1959年12月，胡适参加中西哲学会议回到台湾后，告诉张群，"说他有意见想和蒋先生谈谈"，不料张群却很为难，经过十几天的考虑，最后请王云五转告胡适：有什么意见请先告诉他，"他会忠实地转达"[2]。胡适心里当然明白，这是过去从来没有过的。以前他每次从美国回台湾，都会受到蒋介石的礼遇，在"总统府"单独召见。这次他回来20天了，主动求见，竟然遭到拒绝，显然是蒋介石对他有所不满。

　　因此"雷案"发生后，他从美国回到台湾，又再一次求见蒋介石。蒋介石这次没有拒绝，而且在见面时把话讲得很清楚，说："去年蒋廷黻回来，我对他谈起，胡先生同我向来是感情很好的。但是这一两年来，胡先

1　准确地说，为平均每年9000美元。其中1952年为5000美元。

2　《雷震日记》，《雷震全集》第40卷，第205页。

生好像只相信雷儆寰，不相信我们政府。"他又问胡适："蒋廷黻对你说过没有？"

这些话都说得很重，让胡适立刻激动起来。说蒋廷黻没有对他说过，"现在总统说了，这话太重了，我当不起"。他随即提起一件旧事，说1949年4月，蒋介石派他去美国，他船一到旧金山，美国的新闻记者便拿着早报拥到船上，头条大字新闻是"红军和谈破裂了，红军过江了！"请他对时局发表意见，他说他发表的意见中有一句是："我愿意用我道义力量来支持蒋先生的政府。"他接着又向蒋介石表示，"我在十一年前说的这句话，我至今没有改变。当时我也说过，我的道义的支持也许不值什么，但我说的话是诚心的。"他还特别强调，他的这番话"屡次对雷儆寰说过"。所以"今天总统说的话太重，我受不了，我要向总统重述我在民国卅八年（1949年）四月二十一日很郑重地说过的那句话"[1]。

他的这番话虽然是自我表白，而几近于向蒋介石"输诚"，但却没有打动蒋介石，使蒋介石心下释然。从雷震的日记中看，蒋介石所说胡适近一两年来，"只相信雷儆寰，不相信我们政府"，主要当指两件事，一是反对蒋介石修改"宪法"，第三次连任"总统"；二是支持雷震组织"反对党"，而这两件事都触犯了蒋介石的大忌。

说起来，蒋介石两年前请胡适回台，接任"中研院"院长，本来是希望胡适能像上次那样，为自己的第三次连任"助选"。因此1957年11月，蒋介石亲自去南港考察风水，决定"由总统府出资"，赠送胡适一所房子，要"中研院"尽快拿出图纸，寄往美国征求胡适的意见；两天后，又派蒋经国督促其事，向代院长李济说明，所谓"总统府出资"，是蒋介石用自己的稿费。蒋介石还派王云五专程去美国，说服胡适回台。当时蒋介石的这番用意，黄少谷看得最明白。他跟洪兰友说，胡适这一次任"中研院"院长，

1 《胡适日记全编》10，第725页。

"完全供总统利用，其目的把他捧到高高在上，然后打击民主人士，且为三任铺路"[1]。其他了解台湾政情的人，也普遍怀疑"胡先生这次回国，好像不完全是他自己的主动，与蒋总统的再三敦促也不无关系"[2]。

不料胡适回到台湾以后，并没有尽遂蒋介石之愿。相反，在就职典礼上，便不顾蒋介石的面子，当众驳斥了蒋介石。这令蒋介石十分不快，在当天的日记中，说这是他"平生所遭遇的第二次最大的横逆"，提醒自己"轻交过誉，待人过厚，反为人所轻侮，应切戒之"[3]。而更让蒋介石忌惮的，是胡适回台湾不久，便和陈诚走得很近。1959 年 2 月，《新闻天地》的记者发现，胡适与王世杰、蒋梦麟和梅贻琦三人，一起陪同陈诚"出游"，去东海参观"农复会"的工作，将这条新闻登在报上，称四人为"嵩（商）山四皓"，这随即引起蒋介石的警惕，怀疑北大派想"同陈诚连在一起"，"义不为汉臣"，推举陈诚为第三任"总统"。蒋经国还为此成立了一支特务小组，监视胡适的行动日程，"专研究陈与胡之关系"[4]。

在这之后，随着第三届"总统"选举日益临近，台湾岛内围绕这个问题，开始闹得甚嚣尘上。一派主张"修宪"，一派反对"修宪"，而主张"修宪"的又有三种意见，相互争执不下。海外报刊也纷纷"请蒋总统释疑"。而当时蒋介石已经着手做第三任准备，以徐复观对蒋介石的了解，认为蒋介石要唐纵代理中央党部秘书长，"即为蒋先生三任布置也"[5]。只是碍于"宪法"，

1　《雷震日记》，《雷震全集》第 39 卷，第 267 页。

2　左舜生：《从若干消息所引起的一些感想》，《左舜生先生晚期言论集》（下），"中央研究院"近代史研究所 1996 年版，第 1388 页。

3　蒋介石日记，1958 年 4 月 10 日。

4　蒋介石日记，第 40 卷，第 25 页。据周宏涛说，后来陈诚明显表现出做"总统"的意愿。有一天，国民党中常会结束后，他与陈诚、张道藩、黄少谷一起闲谈，谈到"宪法"对"总统"连任的规定，陈诚突然说："根本不用修宪，他可以像毛泽东一样，当党总裁就好了嘛。"周宏涛说，"陈诚的意思很明显——由自己出任总统，而蒋公则任党总裁。"见《蒋公与我》，天下远见出版有限公司 2003 年版，第 421 页。

5　《雷震全集》第 40 卷，第 80 页。

一时还找不到最佳方案。所谓"足将进而越趄，口将言而嗫嚅"。1958 年
12 月，蒋介石曾在党内公开表示，"不修改'宪法'做第三任"。但次年 5 月，
在总理纪念周上发表长篇讲话，对"总统三任问题"又暧昧其辞；既说反
对"修宪"，却又故意不谈"临时条款"；既说第三任"总统"自己"可以不做"，
又说"几十万军人是他带来的，他有责任把他们带回去"。蒋介石在这个时
候很希望胡适能像上次一样，站出来帮他解决"宪法"上的难题。而胡适
却迟不表态，反而抓住他"不修宪"这句话，认定"不修宪当然包括不
三任在内"，说"世界上的人都是如此了解的"[1]。胡适还在私下里表示，蒋
介石如果明智，应该提张群、蒋梦麟或吴忠信做"总统"候选人。蒋梦麟
最适宜做"总统"，只是年龄大了点；而吴忠信是蒋介石最信任者，他当年
做李宗仁的秘书长时，实际"就是做蒋与李之桥梁"，蒋介石应该请吴忠信
做"总统"，这简直是"乱点鸳鸯谱"，拿"总统"大位作儿戏。

在这种情况下，蒋介石只好将第三任的难题交给其他人去处理。要他
们商讨出一个好的办法，让他能堂而皇之地连任。1959 年 6 月初，齐世
英便听说，蒋介石的几位亲信在"总统府"开会，"决定增加临时条款第
三项，在戡乱时期宪法第四十七条停止适用"。他说王世杰还在会上主张，
"不必修改'宪法'，由国民大会做一决议可也"[2]。后来证明，这条消息虽然
不尽确切，王世杰否认他说过这句话，但大家"问他何人所言，他说是两
个近臣讲的"。这又间接证实了确有其事。在这之后，胡适也从美国方面获
知，"政府重要人物有信给蒋廷黻和叶公超，说蒋公决定三任有三条途径可
寻"：一为"国大修宪"，二为"立委修宪"，而这两条目前都有困难，故蒋
介石"决定采取第三条途径，即用国民大会的决议。请他两人看看美国人
意见"[3]。10 月 26 日，《大华晚报》也刊登了合众社台北电讯："一位中国政

1 《雷震全集》第 40 卷，第 92 页。

2 同上书，第 103 页。

3 同上书，第 209 页。

府高级官员今天说，'尽管宪法上有限制总统任期两届的规定，但蒋总统之连任三届几乎已成定局。'"胡适还特意将这条消息收入《胡适日记》。可见蒋介石决定连任的意图，已经昭然若揭了。

这中间还出现一则插曲。据说1959年4月，章士钊托人带一封信给吴忠信。信的内容是转达毛泽东的口信，谓毛泽东愿意与蒋先生合作，以抵制陈诚上台。"盖金马随时可取，去年未取金马，就是为蒋先生留地步，如取金马，蒋先生必垮了。陈辞修上台，则向美国一面倒，而蒋先生必反美，最少保持独立。如蒋公愿合作，大陆上中华人民共和国主席，可让蒋先生干"，"他并劝蒋先生三任总统"，中共方面一定支持。[1]是否真有其事，目前还真假难辨。

但是"凡是敌人反对的，我们就要拥护"。"共匪"的意愿和主张，《自由中国》也必须坚决反对。1959年5月，民社党在党刊《民主中国》杂志上，首先发表了一篇反对"总统"连任的文章，题目为《修宪与连任》。这篇文章是"用措辞平易的方法写的"，用胡适的话说，内容"写得弯弯曲曲"。接着，《自由中国》便紧随其后。雷震交代戴杜衡：《民主中国》下一期已发表了《修宪与连任》的意见，表示反对"，"我们下期也要写一篇"，要戴杜衡尽快准备，"早日着手"[2]。

在这之后，《自由中国》便连篇累牍，发表了大量反对"修宪"与连任的文章。临近"总统"选举前的几期，几成为反对蒋介石"修宪"连任的专号。例如1960年3月的《自由中国》，反"修宪"、反连任的文章共达10篇，其中包括两篇社论、四篇专论、三篇通讯和一篇读者投书。无须细看内容，有些文章仅标题便声色俱厉。如傅正执笔的两篇社论：《不要再玩政治魔术——告国民党当局》《岂容"御用"大法官滥用解释权？》，这几乎是向

---

1 《雷震全集》第40卷，第77页。
2 同上书，第99页。

蒋介石和国民党公开宣战。左舜生、李璜、张君劢、张发奎、黄宇人等"第三势力",也在海外积极配合,发表了《我们对毁宪策动者的警告》:"国民党当权派如此行动,无异是自己丧失了中华民国法统下的合法地位,即将使本以宪法为根据的政府,变成一个毁宪的非法政府。"说这正是"考验中国人的智慧,中国人的良心的时候",要"国民党当权派悬崖勒马","国大"代表自爱自重,"不要做历史的罪人"[1]。《自由中国》则予以全文转载。在这些口诛笔伐的压力下,国民党内部也开始动摇。据说当时蒋介石曾接获情报,"指称组织部有同志在兴风作浪"。他将张道藩、余井塘、程天放、胡建中召来,严厉训斥一番,说反对"总统"连任是共产党的阴谋。[2]

胡适接任"中研院"院长后,对蒋介石的连任问题一直持谨慎态度,除了私下说几句怪话,从不在公开场合表态,"不见新闻记者,不发表谈话"[3]。但是在这种氛围下,态度也明确起来。1959年11月,他从美国回到台湾,首次在机场回答记者的提问,说他"听说纽约侨领不赞成参加第三任竞选运动",并否认"各地华侨纷纷致电台湾,敦请总统连任",肯定"纽约并没有发出此种电报"。正如《公论报》记者所言,胡适的这些话说得"非常含蓄",但却戳破了国民党为蒋介石宣传造势的谎言。所以尽管他的话很"含蓄",各报仍然以《胡适先生的话》为题纷纷刊载。不久后,他又请张群向蒋介石转达四点意见:"一、这部宪法能否实行,明年二三月间是考验的时候;二、实行宪法要有好的传统,希望由蒋先生起造一好传统;三、蒋先生应找一机会,声明自己不做,并举出继任人选,助其主持政务,则蒋先生声望立可增高;四、国民党如另有打算,不妨明明白白地做,不要假手于郑彦棻,这是侮辱了蒋先生,侮辱了国民党。"[4]

1 《雷震全集》第4卷,第468页。

2 《余井塘先生轶事》,《大成》月刊第198期。

3 《雷震日记》,《雷震全集》第40卷,第251页。

4 同上书,第205页。

这样一来，他对蒋介石连任的态度便彻底公开化了。1960 年 2 月 8 日，他又在《自立晚报》上发表了一篇谈话，"反对修宪或其临时条款，并谓蒋先生应树立合法和平转移政权之范，不应为第三任总统"。这更吓了王世杰一跳。据王世杰说，胡适曾经向他承诺，"不与政府公开决裂"。现在公开发表谈话，已经是近乎"与政府公开决裂"了。而且《自立晚报》不同于其他报纸，背后是台湾本地势力的代表人物吴三连。国民党"宣传部"副部长许孝炎对人说过，《自立晚报》背后有一大阴谋"，即拉拢、组织反对党，获取美国人的帮助，"为吴三连将来省长民选铺路"。胡适在这家报纸上发表谈话，更会引起蒋介石的猜忌。

因此，第二天一早，王世杰便告诫胡适，"勿再发表谈话"，随后，又在"行政院"院会上替胡适解释，说政府对于胡适的发言，"应当大度容忍"。他还举张治中做例子，说"过去向蒋先生当面喊过万岁的人，后来做了他的第一个叛徒。而反对他的人，却不一定是他的敌人"[1]。

当然，以王世杰对胡适的了解，知道他是不可能与蒋介石决裂的。其实早在胡适去美国参加中西哲学会议之前，就有许多人劝他不要再回来，说"蒋先生如三任则是伪朝，胡先生不能事伪朝，必须辞职"[2]。但胡适却不置可否，仅表示"必要时他将辞去国大代表，并拟行前写一信给蒋先生。与其事后讲话，不如事前讲话"[3]。但是最后不仅回国了，他声言的几件事一件也没做到。因此当蒋介石的连任既成事实后，他就不再发表意见，还劝雷震适可而止，不要再"坚决反对"了，别忘了"杀君马者道旁儿"。此后经过一番做作，还照常出席了"国民大会"，在"总统选举"那天行礼如仪，为蒋介石的连任投下了"神圣的一票"。雷震说，他听说胡适去参加投票，"心中很难过"。但正如雷震所理解的，"可能胡先生有不得已之苦衷，因为

---

1 《王世杰日记》第 6 册，第 358 页。

2 《雷震全集》第 40 卷，第 223 页。

3 同上书，第 118 页。

他今后不能不和蒋先生见面也"[1]。

但是这些内情，蒋介石可能并不知道，即便知道，也不会轻易谅解。从"雷案"平反后公布的材料看，蒋介石决定成立"雨田小组"，处理雷震一案，正是在《自由中国》"为了对历史负责"，强烈反对蒋介石三任期间。傅正后来在整理《雷震日记》时，也注意到这一点，说《自由中国》"坚决反对老蒋三任，是后来雷案的祸根"[2]。而在蒋介石的心目中，《自由中国》始终是胡适的杂志，社会也普遍认为胡适是《自由中国》的后台，"哪个知道《自由中国》是雷儆寰在办？"[3]蒋介石自然会将对雷震、对《自由中国》的不满，转嫁到胡适身上。

至于雷震组建"中国民主党"一事，更是触犯了蒋介石的禁忌。《自由中国》自从创办以后，便一直主张成立反对党，以监督政府实行民主。雷震在这件事情上更是一位"绝对主义者"，认为民主政治是一剂万灵丹，台湾的一切问题只有通过反对党来解决；"有一反对党即可救国"[4]，被人戏称为"自由主义者布尔什维克，即自由主义者独裁"[5]。因此，他从50年代起，便希望胡适能出来组党，并准备将《自由中国》社"组织化，制度化"[6]，使其"有信条（或称纲领亦可），有组织，一如政党相同"[7]，为今后的组党做好准备。而胡适却始终态度暧昧，声称自己"对政治无兴趣，不配做领导"[8]，即便下决心出来，也不可以专妄，"还要先和蒋先生谈一谈"[9]。要雷震

1 《雷震全集》第40卷，第275页。
2 同上书，第272页。
3 《雷震全集》第39卷，第261页。
4 《胡秋原致雷震》，《雷震全集》第30卷，第504页。
5 《雷震全集》第39卷，第14页。
6 《雷震全集》第38卷，第356页。
7 《雷震致蒋廷黻、陈之迈》，《雷震全集》第30卷，第67页。
8 《雷震全集》第39卷，第272页。
9 同上书，第406页。

不妨先行一步，说"你们搞好了，我一定参加"[1]。致使这个反对党经过长期讨论和酝酿，迟迟不能落实。直到 1960 年 5 月，蒋介石再次连任"总统"后，才真正拉开序幕。

但是这个着手组建的反对党，并不是雷震设想的反对党，更不是胡适心目中的反对党，而是后来民进党的先声。从《雷震日记》中看，"中国民主党"的迅速组建，完全是国民党操纵选举一手造成的。这种情况由来已久。1949 年国民党撤守台湾，陈诚出任省主席后，便遵从"总理遗教"，在台湾试行地方自治，于 1951 年举行首届地方选举。1952 年 10 月，蒋介石在国民党七全大会上，更明确将"养成守法精神，实行地方自治"[2]，作为今后政府施政的五大方针之一。然而每一次的地方选举，都是国民党赢了选举，却失去了民心，造成"本省人"与"外省人"的族群对立。例如第三届地方选举结束后，李万居、郭雨新、杨金虎、高玉树、余登发等台湾当地的政治领袖，为了"求下届选举之圆满"，便发起成立了在野党及无党派人士的"选举人座谈会"，检讨"选举法"的修改、选举机关的健全、投开票所的监察等问题。杨金虎任首届座谈会主席，在会上对国民党表达了强烈不满，说"国民党的选举太不公正，连日治时代都不如，而今日之司法亦不如日治时代"[3]。吴三连等人还准备在台湾各地进行巡回演讲，"唤起老百姓注意选举"，揭发、检举国民党的丑行。

这一次国民党又故技重演。1960 年 4 月，第三届"总统选举"结束后，接下来是台湾各县市长及"省议员"的选举。由于以往历次选举的积怨以及"外省人"只占选民中的少数，台湾人在这一次的地方选举中，更占有了绝对的优势。然而选举的结果又是台湾本地候选人纷纷落选。例如

---

1 《雷震全集》第 39 卷，第 272 页。
2 秦孝仪编：《先总统蒋公思想言论总集》第 25 卷，台北党史会、"国史馆"、中国文化大学出版，第 137 页。
3 《雷震全集》第 39 卷，第 94 页。

台北市市长选举，林清安的选票远高于国民党的黄瑞芳，然而开票时，投票所管理员交代，"凡是有疑问者均唱给黄瑞芳"。他解释说，这是"上级的意思，不怕事"，最后使林清安落选。台北县长选举同样如此，"刘秉义之票本多于谢文程，均是在唱票时改掉的"[1]。同年 5 月 18 日，民社党、青年党及无党派参选人再次召开"本届选举检讨会"，由李万居、杨金虎任主席，雷震、吴三连、李万居、杨金虎、许世贤为主席团成员。参加会议的有六十余人，除台北市、县外，还有台东、花莲两地的参选人员。

检讨会开了近五个小时，从下午 4 时开会，直到晚上 9 时始散会，中间只休息了二十分钟。会场上群情激愤，"大家一致抨击国民党选举舞弊违法"，列举出选举中的各种违法舞弊现象，"如唱票张冠李戴，党外人士废票增多，管理人员替未到之选民按捺指纹投票"，以及"军警公务人员助选，利用军车、公车接送选民去投票等等"。经过一番讨论后，突然有人站起来，说事已至此，不必再检讨了，"国民党不会办好，目前只有组织新党，要讨论新党应如何组织"，以对抗国民党的"一党专政"[2]。

他的这项提议，当即获得了参会者的响应。"最后责成主席团主席吴三连、杨金虎、王地、李万居、许世贤、高玉树、雷震等人，在最短期内推举二十一人至三十人的一个筹备会，由筹备会来策划有关事宜"[3]，推进下一步的组党工作。一个月后，随着筹备活动的展开，雷震与高玉树、李万居等人经过讨论，将反对党正式定名为"中国民主党"。该党设立常务委员会，由李万居任主席，雷震任秘书长，高玉树、杨金虎、齐世英、杨毓滋任常务委员。[4]

从以上可见，"中国民主党"从一开始组建，便充满了火药味，对国民

---

1 《雷震全集》第 39 卷，第 300 页。

2 同上书，第 309 页。

3 《自立晚报》，1960 年 5 月 19 日。

4 《雷震回忆录——我的母亲续篇》，第 279 页。

党有强烈的敌对情绪。而且负责组党的核心人物中，除了雷震之外，其他都是当地的政治领袖，其中还有后来的"台独"分子。他们虽然很敬重雷震，称他是"台湾人的总统"，是"台湾人的救星"，但实际上雷震并不能左右大局，真正发挥领导作用。正如他自己所说，这次反对党的发起，他"非主动者，只是赞成人"，在讨论时"大部分人都说台湾话"，他根本"听不懂，故不能知其详也"[1]。何况组织反对党是需要钱的，"大陆人太穷"，"我们无办法，只有此地人才有办法"[2]。这都使这个正在筹划、组建中的反对党，只能是"本地人的政党"。

"中国民主党"在组党过程中为了更广泛地发展党员，在台湾各地开了许多座谈会。雷震说他利用座谈会之便，在彰化、台中、嘉义、丰原等地拜访了许多人，发现"地方上对国民党深恶痛绝，揆其原因，该党党务人员在地方上作恶太多，而以统治阶级和大陆人面临台湾人态度，益使地方上人士抱反感"[3]。当年"二二八事件"留下的创伤，在台湾社会历久弥新，更是台湾人的心头之痛。有一次，吴三连、郭雨新、杨肇嘉等人请胡适和雷震两人吃饭，商议筹组反对党问题。胡适劝他们组织起来，"因有台湾的民众也"，杨肇嘉立刻站起来说，"二二八时期，台湾知识分子被杀有一万七千五百人，三十年亦补不过来的"，刻意夸大事实，制造仇恨，已经开启了后来蓝绿对立的肇端。

因此，《自由中国》内部也意见分歧，很多人反对组织这样的反对党，"认为台湾人起来了，不好办，将来很难受"，"大陆人将来要受其欺压的，大陆来的人，百分之九十不赞成这种做法"。戴杜衡、夏涛声更是反对雷震"出面领导"，做反对党的发起人。[4]真正赞成组织反对党的，只有傅正。他

---

1 《雷震全集》第40卷，第310页。
2 同上书，第313页。
3 同上书，第356页。
4 同上书，第310页。

说"《自由中国》鼓吹反对党十多年了，现在既有了这样一个机会，我们为什么不尽力一试？中国知识分子的最大毛病，就是只能坐而言，不能起而行，难道我们也应该这样？"[1]但这时候雷震实已骑虎难下，处于被人利用的地位。他对人说："我过去提倡反对党，今天大家要组织，我又不出来参加，做人的道理，也是不应该的。"[2]

现在以"后见之明"，回头去看这段历史，雷震发起成立"中国自由党"是十分不理智的。1960年前后的台湾，是国民党统治最艰难的时期。经过十年的白色恐怖，国民党与台湾人的矛盾日益深化，财政状况的恶化和军队士气的涣散，都超过50年代初期。以至于"去年攻击某岛，台湾士兵上去就投降，声明自己是台湾人，反攻与他无关"[3]。大陆籍官兵也因为看不到前途，认识到回家无路，反攻无望，斗志日益衰退。更严重的是，美国政府正在重新评估对台政策。1950年朝鲜战争爆发后，美国总统杜鲁门曾发表声明说："我已下令第七舰队要阻止对台湾所做的任何攻击行动……台湾未来状态的决定，必须等到太平洋地区恢复安全之后再说，也就是等日本和平的完整重建，或依联合国的考量而定。"[4]现在对台湾的"未来状态"，已经到了"再说"的时候。

根据国民党政权的了解，美国对台政策"有三个方案：一为承认两个中国，《中美联合公报》即此事之表现；二为扶持台湾人独立；三为联合国托管"[5]。在1954年前后，当以"托管派"占上风，杜勒斯曾在伦敦明确告诉丘吉尔，这是美国政府的"最终意愿"。但是在1958年前后，则更倾向于支持"台独"，或制造"两个中国"。就在雷震等人策划组党期间，费正清等人便与他们频繁接触，建议他们接受"台湾共和国"，强调依照"欧洲

---

1 《雷震全集》第40卷，第312页。

2 同上书，第367页。

3 《雷震全集》第39卷，第171页。

4 《中央日报》，1950年6月28日。

5 《雷震全集》第40卷，第18页。

人的思想，某处有若干民族，自然成立一个国家"，劝他们不必再拘泥中国人的成见，"认为语言相同自应是一个国家"[1]。肯尼迪当选总统后，甚至准备给廖文毅签发外交文件，允许这位"台湾独立国大统领"入境美国，这明显透露了美国政府的政策取向。

因此，在国民党内部，有很多人对未来的前途极为悲观，认为"今日局势已是三十七八年之局面"，"可能是末日之前夕也"[2]，"在一个晚上倒台"[3]。而且也是在这段时间，韩国汉城、釜山、仁川等地爆发了大规模的示威活动，由150多名大学教授带队，抗议总统、副总统选举舞弊，冲进内阁所在地中央厅高呼"李承晚滚下台来"。在接连几天示威活动中，各地不断发生流血惨案，死伤一千多人。美国政府出面干涉，要求韩国政府"必须保护言论自由、集会自由及新闻自由的民主权利"，副总统赵启鹏全家自杀，总统李承晚无奈下台，被美国驻韩大使马康卫策动民众，驱逐出境。从许多迹象看，某些人急于组织新党，在艾森豪威尔访台之前宣布成立，显然想利用这一国际背景，促使蒋介石下台。

由此可以想见，"中国民主党"一旦成立，势必与国民党尖锐对立，最后演变成严重的族群冲突，使台湾从中国分裂出去，导致由"台独"分子领导的"两个中国"的局面。正如胡秋原所说："反对党本民主常道，不足为奇。但台湾本身是一奇局。有反共之大事，有种种政治之特殊，如有反对党之运动，国民党内将有一种'反反对党'运动，国民党难于反共矣。此一运动，势将变成大陆人与本省人之争，外力与台独将乘机而入，而反对党亦将为反反对党开升官发财之路。"[4]这样一来，雷震就不仅是国民党的罪人，也将成为历史和民族的罪人。

---

1 《雷震全集》第40卷，第315页。

2 同上书，第306页。

3 《雷震全集》第39卷，第246页。

4 《胡秋原致雷震》，《雷震全集》第30卷，第504页。

但是雷震始终没有重视这一点。早在他发起组党之前，许孝炎、杭立武等人都提醒过他"不要和台湾人来往"，说这是"他们"（指国民党上层）要他们转告的。[1] 徐复观也告诉他，蒋经国曾对卜少夫说，他对孙立人可以谅解，但雷震"不能谅解，因为他与台湾独立人士搞在一起"[2]。而雷震却不以为意，反而天真地认为，"新党实有必要，组织起来，不仅可改善政治，对于台湾人之向心力亦有关系"[3]。而且这次发起反对党的，实际也不是他，而是台湾人主导的，"我们不参加，他们也会出来组织，因为选举舞弊太甚，而韩国事件又鼓励了他们；我们参加之后，还可以防止恶化"。8月9日，在美国合众社工作的"萧君"专程来找他，告诉他"新党情形甚多，担心此党将来变为台湾人的党，对大陆人不利"。继续发展下去，台湾民主运动就会成为"台独"运动的借口。他依然胸有成竹，"劝他不必害怕"，说如果自己不参加，"此党倒可能会成为台湾人的党"。

从《雷震日记》中看，胡适也同雷震一样，没有认识到新党的危险性。他虽然没有出席发起组党的座谈会，但是几天后，他听了雷震的报告，"对新党甚兴奋，并谓不和台湾人在一起，在新党不会有力量"。当天晚上，雷震邀请主席团成员与胡适见面时，胡适更是"语多勖勉，并向新党道贺"[4]。直到"雷案"发生后，他也不认为成立这个"反对党"对国民党构成多大的威胁。他没有看到这种危险性，当然有他自己的理由。国民党撤守台湾后，胡适便成为台湾社会的"精神偶像"。他每次回台湾来发表演讲，都是"礼堂挤满，座无虚席"，而且"各地收音机都全部开放，听众当在数百万"[5]。有些台湾人还以胡适的父亲胡铁花曾在台湾做过官，当过台南盐务总局的提调，将胡适视同于"自己人"。告诉他如果台湾实行直选，"胡

---

1 《雷震全集》第39卷，第410页。

2 同上书，第271页。

3 同上书，第171页。

4 同上书，第316页。

5 《雷震全集》第34卷，第165页。

先生一定是总统"。因此，当雷震一再劝说胡适出来组党，做反对党的领袖时，"大家都认为胡先生如出来组党，可以把台湾匡入，省得流血。因为台湾人对国民党及现政府之恶感太深也"[1]。这就使胡适相信，他对台湾人有足够的影响力。

这让他已经"想好了一席话"，准备告诉"李万居一班人"，第一，不要急于组党，"应该看看雷案的发展，应该看看世界形势，如美国大选一类的事件"。第二，要根本改变态度，"第一，要采取和平态度，不可对政府党采取敌对的态度。你要推翻政府党，政府党当然要先打倒你了。第二，且不可使你们的党成为台湾人的党，必须和民、青两党合作，和无党派的大陆同胞合作。第三，最好是要能够争取政府的谅解——同情的谅解"。他相信经过他的引导，新党自然会与国民党和平共处，对政府实施监督，改善国民党由于"一党专制"而必然产生的问题。因此，他向蒋介石"表示一个希望"，说："十年前总统曾对我说，如果我组织一个政党，他不反对，并且可以支持我。总统大概知道我不会组党的。但他的雅量，我至今不忘记。我今天盼望的是：总统和国民党的其他领袖能不能把那十年前对我的雅量分一点来对待今日要组织一个新党的人？"

他的这项要求，蒋介石当然无法回答。蒋介石曾经说过："我虽无学识，但是有几十年之经验，对亡国也有亡国的经验。"[2]这是胡适无法体会的。所以蒋只是"很客气地表示"："将来胡适从南边回来，可以再谈谈。"两人这次见面话不投机，可以说是不欢而散。不过两人经过这次谈话，毕竟"把话说开了"。在这之后，蒋介石故意将"雷案"复审判决书的时间提前了六天，提到与胡适见面的前一天，这既可以说是弄虚作假，也可以说是向胡适表达一些善意。

---

1 《雷震全集》第39卷，第295页。
2 《雷震全集》第35卷，第46页。

在这之后，两人又进一步"相向而行"，希望改善彼此间的关系，恢复到从前"感情很好"的状态。1960 年 12 月 17 日，是胡适的 69 岁生日。蒋介石原想这一天在官邸为胡适举办一席"寿宴"，后来又改变了主意，自己伸纸拈笔，写了一幅很大的"寿"字，要"总统府"副秘书长黄伯度制成匾额，提前一天送给胡适。向胡适表示："总统对你很关心，他给你写了这幅'寿'字后，一再嘱我装裱成框，第一次看了不满意，又要我重装，并要我代他送给你。"三天后，胡适去"总统府"见张群，给蒋介石留下一封信，对蒋介石的"厚意"表示了"最诚恳的谢意"，并祝蒋介石、宋美龄夫妇"新年百福"。

1961 年，胡适两度因心脏病住院治疗，蒋介石每次都派蒋经国代表自己去医院表达问候。蒋经国第二次去医院时，特别向胡适表示，今年是胡先生的 70 大寿，"总统要给先生庆祝整 70 岁生日，等先生出院以后再定吃饭的时日"。胡适出院后，1962 年 2 月 6 日，蒋经国又代表蒋介石来给胡适拜年，并邀请胡适夫妇"于 8 日中午到士林官邸吃饭"[1]。两天后，中午 12 点，胡适偕夫人江冬秀如约到了士林官邸，蒋介石、宋美龄早就等在门口，一同陪胡适夫妇吃了年饭。吃过年饭后，宋美龄觉得情谊未尽，又送了江冬秀许多年糕和腊肉。

在这之后不久，"中央研究院"举行第五届院士会议，选举 1960、1961 年度的院士。"中研院"举办的这一次会议，是迁台 12 年以来出席人数最多、场面最隆重的一次。吴大猷、吴健雄、袁家骝、刘大中四位"海外院士"也应邀回台湾出席了会议。2 月 24 日上午，经过三轮投票，任之恭、梅贻琦、陈槃、何廉等七人当选为新一届院士。下午五时，胡适代表"中央研究院"为本届会议举行酒会。

他在这一天特别高兴，稍作午睡即对胡颂平说："今天我是主人，我们

---

1 胡颂平编著：《胡适之先生晚年谈话录》，第 261 页。

应该早点上山去。"早早就到达了会场。五时酒会准时开始,"他高高兴兴地走到麦克风前致辞"。说完一段开场白之后,接下来讲了一段故事。他说:"我常向人说,我是一个对物理学一窍不通的人,但我却有两个学生是物理学家:一个是北京大学物理系主任饶毓泰,一个是曾与李政道、杨振宁合作证验'对等律之不可靠性'的吴健雄女士。而吴大猷却是饶毓泰的学生,李政道、杨振宁又是吴大猷的学生。排行起来,饶毓泰、吴健雄是第二代,吴大猷是第三代,杨振宁、李政道是第四代了。中午聚餐时,吴健雄还对吴大猷说:'我高一辈,你该叫我师叔呢!'"胡适说这一件事是他"生平最得意,也是最值得自豪的"。

讲完这段话,他犹且兴致未尽,说"今天太太没来,可以多说几句"。当李济、吴大猷、刘大中发言结束后,他又接过话头:"我赞成吴大猷先生的话,李济先生太悲观了——我去年说过二十五分钟的话,引起了围剿,不要去管它。我挨了四十年的骂,从不生气,并且欢迎之至,因为这是代表了自由中国的言论自由和思想自由。"他说到这里,声调开始高亢、激动起来,面向吴大猷、吴健雄几个人说:"海外回国的各位:自由中国,的确有言论和思想的自由。各位可以参观立法院、监察院、省议会。立法院新建了一座会场,在那儿,委员们发表意见,批评政府,充分地表现了自由中国的言论自由。监察院那个破房子里,一群老先生老小姐聚在一起讨论批评,非常自由。还有省议会,还有二百多种杂志,大家可以看看。从这些杂志上表示了我们的言论自由。"

说到这里,他似乎感觉有些不适,突然停下来,匆忙说道:"好了,好了,今天我们就说到这里,大家再喝点酒,再吃点点心吧,谢谢大家!"[1]当时正是晚上六点半。很多人开始离去。他站在刚刚讲话的地方,"含着笑容和一些告辞的人握手,正要转身和谁说话,忽然面色苍白,晃了一晃仰

---

1 胡颂平编著:《胡适之先生晚年谈话录》,第280—281页。

身向后倒下", 再也没有起来。他一生的最后一幕应该如何解读, 可以见仁见智。胡适逝世后, 徐复观曾在一篇悼念文章中说, 胡适"是这一代中最幸运的书生。但是从某一方面说, 他依然是一个悲剧性的书生。正因为他是悲剧性的书生, 所以也是一个伟大的书生"[1]。我想这几句话, 正是这篇文章的结语。

2013.9.10

---

1 《一个伟大书生的悲剧》,《文星》杂志第 53 期。

胡适晚年的困境：胡适与雷震

我在《胡适的"双重身份"》里说，胡适于 1958 年接任"中研院"院长，回台湾定居后，由于自己的双重身份，在蒋介石与台湾的"自由派"之间陷入了一种困境，既无法彻底地面对蒋介石，也无法诚实地面对"自由派"。这对他一生的人格，构成了严峻的考验。但是具体地说，这种困境所带来的压力，主要不是来自于国民党，而是来自于台湾的"自由派"，再具体地说，主要来自雷震。

从现有的材料看，雷震与胡适结识较晚。大约是 1949 年初，胡适由南京到上海，住在陈光甫的上海银行时，雷震才认识胡适。当时正是国民党土崩瓦解，撤离大陆的前夕。许多国民党"革新派分子"为了挽救大局，阻止山河色变，都试图从事"新党运动"，"发动一个新组织以支持当时困难日增的蒋公"[1]。雷震与许孝炎等人"集谈的结果"，是发起"自由中国大同盟"，"号召信仰相同之人士，以反对共产主义，阻止政府走向投降之路"。[2] 而首先要做的，是"办一份刊物，宣传民主与自由，用以对抗共产党"，造成一道"反共救国"的精神防线。胡适当时正准备去美国，但是

1　如徐复观、胡秋原、罗贡华等人当时都有这类活动。参见胡秋原：《回忆徐复观先生》，台北《中华杂志》第 22 卷，总第 429 期。

2　《雷震全集》第 31 卷，第 166—167 页。

很赞成他这项主张，建议杂志"就在上海办，可以影响共产党统治下的人心"[1]，并仿照当年戴高乐的《自由法国》，为《自由中国》起了刊名。

在这之后，雷震便以两人"志同道合"的关系，将胡适作为"自由中国运动"的精神领袖，无论是《自由中国》杂志还是他个人遇到困难，都会首先想到胡适，向胡适寻求援助，不断造成胡适与蒋介石的对立。特别是他计划组建反对党之后，积极争取胡适做反对党的领袖，这给胡适的何去何从，造成了更大的压力。

客观地说，《自由中国》创办后的最初两年，在言论上还很克制，希望国民党通过自上而下的改造，能够洗心革面，转变成一个民主政党，将台湾建设成"自由中国"。杂志发表的文章大多是"专就国际性或抽象理论说话"，"建立思想斗争，宣布共党在大陆作恶之种种事实"，"使大家明白共党之真面目"[2]，很少对政府的具体政策发表反对意见，实行"舆论监督与批评"。凡涉及蒋介石的文章更是非常谨慎，认为胡适与蒋介石互为表里，是"反共救国的两面大旗"；要团结和动员海内外自由民主人士，"只有适之先生这块招牌有力量"，但要"实际负担反共抗俄，又非介公则不可"。所以《自由中国》对蒋介石的建言，一致出于善意，"均为对介石忠言"，表达"蒋总统复职后我们的愿望"。

但是1951年雷震再次去香港，接触到台湾以外的政治环境后，对国民党和蒋介石的态度都发生了很大改变。1951年2月，他受蒋介石的指派与洪兰友一起去香港，慰问滞留在香港的国民党上层人物，以及"立法委员"和"国大"代表。雷震发现香港的各党各派，特别是所谓"第三势力"的代表，对国民党政权意见很大。左舜生在座谈会上质问雷震："台湾做法变更否？是否仍为武力统一、一党专制、一个领袖？"[3]令雷震无言以对。而左舜生

---

1 《雷震回忆录——我的母亲续篇》，第59页。

2 《雷震全集》第32卷，第187页。

3 《雷震全集》第33卷，第38页。

在香港政治人物中，还是在"公开场合，对政府、对国民党辩护最多者"[1]，其他人对台湾的态度更坏。据左舜生说，"此间言论"对待台湾的态度，大体可以分作三派，其中"反共抗俄而又无条件拥护台湾者，可能只占百分之十至二十"，而对台湾"不表示态度"甚至"对台湾的改造仍不放心者"，要占百分之八十以上。[2]他们普遍认为，国民党"作风狭隘""政治不民主"，情治机关目无法制，"随意捕人"，同过去在大陆没什么两样。民社党在香港主办的《再生》杂志，在"反共救国"问题上更是拒不承认国民党的领导地位，不承认蒋介石是社会民众当然的领袖。认为反共不是国民党一家的"私产"，而是各党各派的共同事业。要真正实现"反共救国"，必须"各党各派站在平等的地位，为民主而反共，而不是为一人、一党而反共"[3]。

从后来的情况看，这趟香港之行使雷震深受触动。他回到台湾后，同洪兰友向"中央改造委员会"提交了一份报告，"转述港方人士之建议"，内容包括取消军队中的党部、废除学校三民主义课程、建立"反共联合阵线"等等。当时国民党正在台湾全面开展"改造运动"，提出要"革新党的组织、整肃党的纪律、改造党的作风，把党改造为实施三民主义的一个坚强战斗体"[4]。雷震认为国民党要实现这个目标，将自己改造成"坚强的战斗体"，必须要吸收海内外各方的意见，扩大国民党的政治基础。

想不到蒋介石看了他的报告，在总理纪念周上大发雷霆，"对予及兰友转述港方人士之建议，予以痛切申斥，并责骂我等此等行动与匪谍及汉奸无异，为一寡廉鲜耻之行为"，而且"一再责骂，最严厉者有以上数语，内容大都系责骂之辞"[5]。有一天，雷震在忠烈祠参加公祭时，遇到蒋经国，又被蒋经国训斥一番。蒋经国问他："你们有个提案，要撤销军队党部是不

1　《雷震秘藏书信选》，《雷震全集》第 30 卷，第 122 页。

2　同上。

3　《论联合阵线》，《再生》第 2 卷第 10 期，1951 年 2 月。

4　《国民党中央改造委员会第十次会议记录》（1950 年 9 月 1 日），油印本。

5　《雷震全集》第 33 卷，第 81 页。

是？"雷震回答说确有这件事，"并云今日军队有政工人员，何必再来另一组织之党部"。蒋经国听了大怒，以极其蛮横的态度说："你们是受了共产党的唆使，这是最反动的思想。你们这批人，本党不知吃了多少亏，今日你们仍不觉悟，又想来危害本党……"

从《雷震日记》中看，他遭受两蒋的训斥后，心里受了很大刺激，气得"回家后即倒在床上睡觉，连午饭都未吃"[1]；认为"军队设党部一事，在行民主政治之国家，实不应有，究竟应否设立，见解可有不同，但予等自港返台，自应将港意见反映出来，党部可不采用，但不必如此咒骂"。第二天，又在日记中悲愤地说："上午访兰友，渠将总裁昨日讲话，大致面告。今日心中甚苦闷，国家至此，个人又复言？终日心绪不宁，所忧者今后如何回大陆，回大陆如何使政治走上轨道，而且施行民主政治？个人荣辱事小，国家前途事大。"[2]

因此，在这之后不久，《自由中国》便以挑战的姿态，刊登了《政府不可诱民入罪》一文。他后来告诉殷海光，他的"态度亦于是时起改变。认为政府这样做法，不仅不实行民主，反变本加厉，走独裁政治路线，而当时之保安司令部，对我们压迫备至，几乎透不过气来，我自不能不以全力照料刊物也"[3]。

更重要的是，他经过这几件事的刺激，对蒋介石的独裁作风产生强烈反感，进而激发了组党的意愿。他认为台湾在目前的政治状况下，已经别无选择，"非有一有力之反对党出现，则不能走上民主政治的道路"[4]；否则，今后即便能以武力夺回大陆，也得不到大陆人民的拥护。根据现有的材料，他在发起"自由中国运动"时，就已经在为组党做准备。所以主张"此

---

1 《雷震秘藏书信选》，《雷震全集》第 30 卷，第 519 页。

2 《雷震全集》第 33 卷，第 82 页。

3 《雷震全集》第 38 卷，第 356 页。

4 同上书，第 75 页。

运动必须有信条（或称有纲领亦可）、有组织，一如政党相同"，只是他认为当时还不具备组党的条件，"故不云政党"而已[1]；在《自由中国》上也没有明白提出反对党的主张。1952 年 4 月，他在写《贡献给立法院几点意见》时，有人建议他将"承认反对党一点，提出来作为专文"，他没有同意，认为"专文太着痕迹"，只能"夹在里面讲"[2]。徐复观建议他"约集十几位有志节、有远见之士，组成一个经常性的座谈会，分别写文章，鞭策国民党能走向合理的方向"，他也没有同意，认为"我们批评时政的言论，因为他们（国民党的领导层）知道我们没有组织，尚可以忍耐。经常性的座谈会，他们会误解为组织，更难讲话了"[3]。

但是现在，他在立场上已经有所改变，希望在民、青两党的基础上组建一个超党派的反对党，促进台湾走向民主。1953 年 5 月，他在调解青年党的纠纷时说："你们都是被压迫者，有何不能容忍之事，而必须自相内讧。民主政治需要有两大政党，我不仅希望民、青两党内部要团结，并希望国民党以外人士能大团结，这样才有力量，而实行两党政治之民主政治。"[4]1954 年 4 月，青年党各派暂时和解，成立中央联席会议时，他接受陈启天的邀请，在联席会议上发表讲话，又再一次表达了这项意愿："我认为民主政治就是议会政治，亦即政党政治，故政治要健全。去年因为某一机会，我愿意为此目标而努力，我对'友党'一名词不了解，不晓得应如何译英文，我赞成要有一个有力的反对党。"[5]

在这段时间，他还曾与徐复观一起，就组党问题征求过蒋廷黻的意见。蒋廷黻也同意两人的看法，认为民主政治虽然"进步缓慢"，但发凡起例，行之有效，可以从根本上改造台湾社会。蒋廷黻还表示，民主政治是"国

1 《雷震全集》第 30 卷，第 67 页。

2 《雷震全集》第 34 卷，第 55 页。

3 徐复观：《"死而后已"的民主斗士——敬悼雷儆寰先生》，《华侨日报》1972 年 3 月 13 日。

4 《雷震全集》第 34 卷，第 72 页。

5 同上书，第 261 页。

际趋势"，人民争取民主自由的决心，已经达到了白热化的程度。即便蒋介石不能接受，他为了"表达个人的良心"，"还是会向蒋介石提出来的"[1]。只是蒋廷黻认为组织反对党在"此时无法进行"，"第一，他以为（组织反对党）要适之出来领导，今日适之先生不愿意。第二，中国（'中华民国'）在联合国地位问题，仍在风雨飘摇之中，如出来另行组党，对台湾局势不利"。但是三个人都同意，这件事"今日虽然不能做，必要时不妨进行"[2]，"今后大家要努力朝这一方面特别努力"[3]。

当然，雷震当时所设想的反对党，不是后来在台湾出现的反对党。这个"反对党并不是天天同政府捣乱，而是与政府党竞赛"，促使执政的国民党改变作风。为了在现有的条件下尽早实现这一愿望，他在蒋廷黻的启示下，决定请胡适出任反对党的领袖。事实上早在《自由中国》创刊时，他就听说 1950 年前后，胡适曾与蒋廷黻等人在美国策划成立一个"第三党"，该党名为"中国自由党"。《自由中国》当时还分两期，刊发了"中国自由党"的党纲。1951 年 4 月，蒋廷黻回台湾述职时，他也曾就这件事问过蒋廷黻，蒋廷黻告诉他"组党之经过，开始乃系前年八月，纲领草成后，经适之先生多次修改，最后发表者，适之虽有一两点不满意，其余是同意的。对领导一事，适之先前答应任名誉职，经渠一再邀请，并建议设一副的负实际之责，适之亦允可以考虑"[4]。这使雷震坚信，胡适在台湾的十字路口上，为了台湾的民主会再次"站出来"，担任反对党的领袖。

因此 1954 年 3 月，胡适回台湾参加"国民大会"时，雷震便利用这个机会在《自由中国》的社论里，正式提出了反对党的问题。强调今天的台湾因为"没有强有力的反对党"，"国民大会"只能流于形式，"发言无目

---

1 蔡孟坚：《外交斗士蒋廷黻未受褒扬之谜》，台湾《传记文学》第 54 卷，第 3 期。

2 《雷震全集》第 34 卷，第 77 页。

3 同上书，第 264 页。

4 《雷震全集》第 33 卷，第 76 页。

的";"总统"与"副总统"的选举也因为没有反对党的候选人,需要请人出来陪选,给人以弄虚作假,伪造民主的印象。而这种情况不能改变,对"自由中国"是不利的。之后,他又同许多"立法委员"一道,"请胡先生向总统进言,说明反对党之必要也"[1];"请总统允许成立有力反对党一事,要胡先生出来领导"[2]。

殊不知胡适在组党问题上,早就改变了立场,放弃了组党的念头。据周宏涛说,1951 年 5 月,胡适曾给蒋介石写过一封信,说自己"研究二十多年的历史",发现国民党的失败关键在于两点:一是"联俄容共"引狼入室。其二,便是"清共"之后仍然奉行"一党专制",高谈"党外无党,党内无派",使党、政、军的权力都集中在一个人手上。他建议蒋介石辞去"总裁"职务,"承认党内几大派系对立的事实,使他们各自成为新的政党",经过"公开的竞争",为两党政治奠定基础。但是蒋介石没有接受,因为国民党在这一问题上已有定案。

1948 年 8 月,国民党在撤离大陆之前,立法委员陈志文、崔书琴等人便建议中央党部,为了适应国民党的"制宪",最好是国民党"一分为二",建立两党制衡的政治制度。但是中央党部经过讨论,否定了这项主张,认为国民党固然可以分化,但主义、党纲难以划分,蒋介石一人担任两党的党魁,也难以自处。当时中央党部秘书长吴铁城曾将讨论的结果草成《报告党务座谈会案》。因此蒋介石对于胡适的建议,也在回信中表示:"当前情形之下,胡适所主张的国民党分裂,现在尚不可行。"[3]而就在胡适这次回台湾时,蒋介石还指示中央党部再次讨论胡适的建议,结论仍是"对国民党分裂为二党一事,大家认为不可能"[4]。

---

1 《雷震全集》第 35 卷,第 238 页。

2 同上书,第 242 页。

3 周宏涛:《蒋公与我》,第 340 页。

4 《雷震全集》第 35 卷,第 257 页。

胡适从蒋介石的回信里，已经知道了蒋介石的态度。国民党既然不肯分散权力，走自我分化、自我改造的道路，就更不可能接受一个外来的反对党。因此，他对雷震等人的提议，没有做任何表示，好像根本没有这件事一样。但是雷震却没有死心，仍然相信"今日中国政治，如无有力的反对党，不仅民主政治没有希望，根本上无改进之可能"[1]。在1956年9月到10月间，又接连给胡适写了三封信，继续向胡适晓以大义，说"我们要爱护中华民国，爱护国民党，必须有反对党从旁监督，不然国民党必腐败至于崩溃"，"中国之能否渡过难关，在此一举"。而以"先生这样爱国，还只谈学术而不真实负起救国责任吗？"请胡适"再考虑一下，能不能担任反对党领袖"。他还建议这个反对党采取同盟会的策略，动员海外的民主力量，首先从海外发起。所以"甚盼"胡适与蒋廷黻商量，"您二人决定了，再与君劢先生交换意见，反对党就可以组织起来了"。[2]

为了给反对党创造社会氛围，《自由中国》还在雷震的主导下，发表了一系列论述反对党的文章，并"刊出一序列问题，为反对党铺路"。雷震自己也在以《今日的问题》为总题的社论中，多次发表有关反对党的社论。

在这段时间里，雷震有关反对党的规划，也逐渐成熟起来。1957年6月，香港文化团到台湾访问。他两次在与陆海安谈话时表示："今日局势有成立反对党必要，因为今日国民党执政，而民、青两党太软弱无力，最好联合民、青两党、国民党一部分及无党无派人士成立一反对党，由胡先生出来领导。这个党不必马上执政，但须有监督力量。在立法院要有百分之四十左右席次。"至于这百分之四十的席次从何而来，他也有了初步的设想。依照他的设想，"立法院现有缺额二百余人，此缺额可用协商遴选方法，大部分由反对党产生。再加上民、青两党和同情反对党人士，大致可得到百

1 《雷震全集》第39卷，第74页。
2 万丽鹃编注：《万山不许一溪奔——胡适雷震来往书信选集》，台湾"中研院"近代史所2001年版，第107页。

分之三十到四十"。只是他强调,反对党要实现这个目标,国民党必须能够"退为普通政党,不然新党成立不起来"[1]。于是,1957年8月,他又给胡适写了封长信,再次请胡适"切实把这个问题想想"。

胡适在收到这封信之前,对雷震前几封信始终反应冷淡,"没有回过一个字,没有复过一封信"。而这一次终于写了回信,话说得很不客气。胡适说雷震在台北时已经"屡次对朋友说过,盼望胡适之出来组织政党,其痴心可比后唐明皇每夜焚香告天,愿天早生圣人以安中国!"他说他从来不敢相信,自己"有政治能力可以领导一个政党",也从来不相信"在政治上有拯救中国的能力与精力"。胡适还说自己之所以没有成为一个"妄人","就是因为他没有这种自信";他甚至否认几年前曾同意与蒋廷黻组建"中国自由党",说这件事"完全没有一丝一毫的事实做根据。此种传说,无论如何'传说得像煞有介事的',都不可相信"。

最后,胡适还提醒雷震,他不出来组党,并不是反对成立反对党。相反,"如果台湾真有许多渴望有个反对党的人们",他们就"应该自己把这个反对党建立起来,用现有的可靠的材料与人才做现实的本钱,在那个现实的基层上,自己把这个新政党组织起来",而不是高喊口号,寄希望于别人。"胡适之、张君劢、顾孟余……一班人都太老了,这些老招牌都不中用了。"[2]

在胡适的一生中,这种态度是很少见的。对照雷震的日记,他所以把话说得这么决绝,主要与陆海安的两篇文章有关。陆海安从台湾回香港后,在《新天》上发表了两篇文章,一篇题为《反对党呼之欲出》,一篇题为《为反对而反对》。他在这两篇文章里,都以夸大不实的报道,"形容反对党的声势,实在使热心反对党的人有所忌惮"。特别是第二篇文章,严重歪曲

<hr/>

1 《雷震全集》第30卷,第353页。
2 万丽娟编注:《万山不许一溪奔——胡适雷震来往书信选集》,第117—119页。

了台湾的"反对党活动"。说根据他的观察，台湾的"在野党和民主人士"，并不是真要建立民主政治，而是"以向国民党争取分一杯羹的机会为第一目标"。进而看不惯政府所做的一切，对任何政策"都持反对的态度"。似乎"只要国民党把权力分出来给我们，就万事俱休，否则，就要反对下去"。这根本就是"为反对而反对"[1]。

这两篇文章经台湾《新闻天地》杂志转载后，在台湾社会造成了很大的影响。以胡适与蒋介石的关系，他在反对党问题上本来就很谨慎，现在看到这些报道显然感到非常意外，对雷震等人的活动产生了戒备。因此，他在给雷震的信里一开始便提到，几天前有《联合报》的记者来采访他，手上拿着一张《自立晚报》，上面的半个版面都是谈反对党的，题目耸人听闻，"有《反对党呼之欲出》等等标题"。而且将反对党的"呼之欲出"归功于他，说"胡适博士始作俑"。

客观地说，以雷震的社会阅历和政治经验，他虽然与胡适接触不多，但并非不了解胡适的性格。他在日记中早就说过，胡适性格软弱，"不是政治人物"，"无斗争性格"。民社党的王世宪、蒋匀田等人更看不起胡适，几次在讨论组党问题时提醒他，"我们对胡适之估价太高了"，胡的"妥协性甚大，如在北平不出来，一定靠拢，连梁漱溟这种表现都没有"[2]。黄宇人也曾劝告雷震，"我不敢说很了解适之先生；但我很担心他不会应允做新党的领袖，倘若你们靠他来领导，而又不能得到他的同意，岂不是自陷困境？"[3]所以雷震从胡适这封信里，理应知道以胡适的政治性格，不可能出来组党，更不可能实际担任反对党的党魁。但是他坚信在台湾目前的政治环境下，只有胡适具备组党的条件；只有胡适"出来组党，才可以吸收国

---

1 《雷震全集》第 30 卷，第 354—355 页。

2 《雷震全集》第 34 卷，第 157 页。

3 黄宇人：《我的小故事》下，第 173 页。

民党一部分及其他各党派合作组成一大党，使中国走上两党政治之路"[1]。

因此他在 9 月 19 日，又给胡适写了一封长信，请胡适做反对党的领袖。其中"所说理由甚多，大约有八点：一、胡适赞成中国要有反对党。二、他为四十年来民主自由思想的领导人。三、民、青两党之合不拢来，因领导人问题。四、国民党自由分子与无党派自由分子需他出来领导。五、新反对党要以台湾为重心，台湾人认他为乡亲。六、对外联系上，尤其对美关系上。七、影响大陆人心。八、当权者怕他出来。"简言之，胡适的反对党领袖地位，是别人无法替代的。

胡适对他这封信，没有再做回应。然而从 1958 年起，台湾的政治情势发生了变化。随着蒋介石"总统"任期的临近，许多自由派分子开始担心，蒋介石很可能不顾"宪法"的规定，要求第三次连任。这进一步激发了自由派组党的意愿。更重要的是，以往倡导反对党、从事反对党活动的，主要是大陆来台的自由派分子，现在由于国民党一再在地方选举中舞弊，排斥在野党和台湾本地候选人，本地的政治领袖为了对抗国民党，也开始"反对国民党一党专制，要组反对党耳"。

台湾地方政治势力的组党活动，是从成立地方自治研究会开始的。1958 年 8 月，吴三连、高玉树、李万居、郭雨新等人，便决定发起"自治研究会"。不料"自治研究会"报请立案后，竟然"引起政府的注意"，没有获得"内政部"的允准。雷震当时便预感到，"自治研究会"成立受阻，"就是反对党之先声"。而且"此组织地方色彩太重"[2]，不是他所设想的反对党，一旦成立，很可能与国民党严重对立，在台湾造成流血冲突的局面。果然，几天后郭雨新告诉雷震，"自治研究会将来就是反对党。唯政府可能不准，他将以另外名义成立"[3]。

---

1 《雷震全集》第 39 卷，第 39 页。

2 同上书，第 346 页。

3 同上书，第 352 页。

这更促使雷震要加快步伐，抢在前面，尽快完成组党意愿。他经与胡秋原、夏涛声、成舍我、王世宪、端木恺等人商量，他们也都赞同他的看法，认为在这种局面下，胡适能出来最好，即便"胡先生不出来，我们还是要搞的"。其中"以胡秋原最为坚决"，他明确表示，只有"以和平手段，组织起一支反对党，才能使政权的交替不流血，不革命"，"非此则不能救国"。胡秋原还建议雷震，"如果胡先生不出来，你可以当仁不让，应该自己出来搞。"[1]

于是 1958 年 4 月，胡适回台湾时，雷震找胡适做了一次长谈，说目前台湾已经面临三大困难，"即财政、军队和台湾人"。形势的危险性，"已到三十七八年的边缘"。这些困难"这个政府不能解决，如有强大的反对党，则反对党来主政，当可解决"[2]。为了说服胡适，他还向胡适转达了美国驻台记者马丁的意见，说马丁认为"中国士大夫的明哲保身，是使国家不能进步的原因"。所以，在"国家危机之时"，士大夫应该首当其冲，"站出来承担这种责任"。马丁还明确表示："胡先生今日出来，无人敢阻止，胡先生的事，美国人从来没拆过台。如果雷震被捕了，美国大使馆可能问一问；如王世宪被捕了，不过五百名立委之一被捕而已。如胡先生被捕则全世界震惊。"正因为这样，如果胡适能站出来，"他今日已是世界有名，他出来，张君劢、左舜生可跟上来，而左、张出来，则大家又能跟来"[3]。

这些强烈的意见，显然给胡适的压力很大。据胡健中说，胡适曾于这段时间，抄寄给他两首白居易的《桂花》诗，其一是："遥知天上桂花孤，为问嫦娥再要无。月中自有闲天地，何不中央种两株？"其二是："桂花辞意苦叮咛，唱得嫦娥醉更醒。此是人间断肠曲，莫教不得人意听。"[4]胡适在

1 《雷震全集》第 39 卷，第 304 页。
2 同上书，第 263 页。
3 同上书，第 259 页。
4 胡健中：《我和胡适之先生诗文上的交往》，台湾《传记文学》第 28 卷，第 5 期。

这时抄录这两首诗，当然怀抱琵琶，别有深意。因为白居易写这两首诗时，正是牛李党争最激烈的时候。白居易自己是牛党，但在李党方面也有朋友，夹在中间非常痛苦。胡适显然是以白居易自拟，暗示他现在的处境，一边抱怨国民党不接受反对党，"何不中央种两株？"一边表明自己的难处。特别是"桂花辞意苦叮咛"一句，尤其说出了他当下的感受。

只是他心里虽然很矛盾，却依然心智不乱，在态度上没有改变。两人"谈了一小时又十五分钟"，他仍然表示：他不反对成立反对党，而且"可以加入"，但不能做反对党的领袖，也不能做发起人，更不能接受一些台湾政治领袖的意愿，领导反对党去推翻国民党政权。为了彻底说明他对反对党的态度，他在《自由中国》举行的欢迎会上，又以《从争取言论自由谈到反对党》为题，发表了一篇长篇演讲。这是他第一次在台湾公开发表对反对党的意见，他说："谈到反对党，我个人对此问题，认为最好不要用'反对党'这个名词，一讲'反对'就有人害怕了。不明道理的人，有捣乱、有颠覆政府的意味。所以最好是不用'反对党'这个名词。"他说他早在多年前，便建议国民党学学土耳其的凯末尔，"将国民党分化成两个、三个或四个党，后来慢慢归并为两个大党。这样等于都是自己的子女，今天我的大少爷执政，明天我的二小姐执政，结果都是自家人"。可是这话说了好多次，也说了好多年，"到现在还是没有实现"。现在退而求其次，只能是"让教育界、青年、知识分子出来，组织一个不希望取得政权的'在野党'"。为什么只能从教育界、从知识分子出来呢？因为"一般手无寸铁的书生或书呆子出来组党，大家总可相信不会有什么危险。政府也不必害怕，在朝党也不必害怕"。他最后还强调，"这样一个在野党，也许五年、十年，甚至二十年都在野也无妨。不知道我们是否可以从这方面想，从这里找出一个新的方向走去，产生一个没有危险、不可怕的在野党"[1]。

---

1 台湾《自立晚报》，1958 年 5 月 28 日。

实话说，他这套关于反对党的说法，听起来颠三倒四，很让人气沮，已经不是雷震等人心目中的反对党。这样的反对党即或成立了，结果也是有名无实，无法解决台湾当时的问题。正如胡适自己所说，"这样的党组成，当然也不能解决'今日的问题'中所包括的十几个问题"。所以很多人听了他的演讲，都感觉失望。《自由中国》内部的反感情绪就更为强烈，不理解以雷震对于民主政治的信仰，何以长期执迷不悟，一定把反对党的希望放在胡适身上，将胡适作为台湾的"救世主"。傅正后来在总结这段历史时，甚至认为雷震的错误决定，影响了台湾的民主进程。王世宪、齐世英等人也多次表示，海外民主派早就"对胡适心生不满"，认为胡适是"假自由主义者"，政治上与国民党同流合污，海外蓬勃一时的"第三势力运动"，就是"胡适先生打垮的"[1]。但雷震依然坚持己见，说"你们不了解胡先生"，最后还"不客气地说：今日之局面，如胡不出来，我不相信反对党可组成"[2]。

因此 1958 年 11 月，胡适回台湾接掌"中研院"后，雷震又与夏涛声一起去找胡适，"劝他担任反对党领袖"，再次强调"要联合今日民主力量，只有他一个人可以领导"。[3]他怕这些话自己说得太多了，已经失去了说服力，又请胡秋原与胡适做了一次长谈。胡秋原在反对党问题上本来是持怀疑态度的，认为知识分子个个自以为是，嘴上喊得山响，实际上意志薄弱，成不了事，即便"胡先生愿为领袖，第一日可得党员百万，然一遇打击，则鸟兽散矣"[4]。故"从不劝胡先生组党"。但是去年"陈怀琪事件"发生后，他开始改变了态度，"认为组织反对党，在政治上不失为一条出路"。这次在雷震的建议下，他与胡适谈了两小时，一再"激励"胡适，说"胡先生

1 《雷震全集》第 38 卷，第 326 页。

2 《雷震全集》第 39 卷，第 405 页。

3 同上书，第 414 页。

4 《雷震全集》第 30 卷，第 504 页。

今天可谓功成名就，若组反对党，可能失败，则累及清誉"，将他的"不肯出来"，称作是"爱惜羽毛"。

这句话显然刺激了胡适。他立刻辩驳说：自己不出来，不是"爱惜羽毛"，"在此时爱惜羽毛是下流，唯他对政治太外行，故需考虑，对此事他还要和蒋先生谈一谈"[1]。据《雷震日记》说，"此为星期二的话，胡先生本周三看过蒋先生"。他与蒋介石见面时，是否真的谈到过反对党的问题，目前虽然不能确知，但是组党问题经过一再讨论，还是毫无进展，继续"停留在纸上"。

1959年以后，台湾的政治情势又进一步发生变化。随着"国民大会"的临近，蒋介石一意孤行、谋求连任的意图更加明确。这在国民党内部也引起反弹，在蒋介石是否应当连任、是否应当"修宪"的问题上，开始出现了争论。其中以陈诚的态度最耐人寻味。据周宏涛说，当时陈诚很希望蒋介石能放弃连任，由自己继任"总统"。有一天，中常会结束后，陈诚在与周宏涛、张道藩等人闲谈时，谈到"宪法"对"总统"连任的规定，陈诚立刻表示："根本不用修宪，他可以……当党总裁就好了嘛。"周宏涛说当时大家听了，都知道陈诚说的"他"，指的是蒋介石，于是"大家都笑了"[2]。陈诚出于这种心理，一面让罗卓英代他表态，说自己在"总统"连任问题上"无意不要蒋先生干"[3]；一面又向外界表示，他"赞成两党制"，同意成立反对党[4]，希望通过反对党的活动，抵制蒋介石的连任。

陈诚一向与"自由派"关系密切，他的这项表态，对于反对党的活动无疑是个催化剂。雷震听到这个消息后便去找陈启天，请他以青年党领导人的身份，再次请胡适考虑发起反对党问题，"盖今日胡不出来，工作至为

---

1 《雷震全集》第39卷，第406页。
2 周宏涛：《蒋公与我》，第421页。
3 《雷震全集》第40卷，第25页。
4 同上书，第22页。

困难也”[1]。1959 年 6 月，胡适去美国出席“东西方哲学学术讨论会”时，他还打电报给余家菊的儿子余传韬，要余传韬去找张君劢，请张君劢在胡适路过旧金山时，约胡适一谈；邀请胡适在美国共同发表一个“联合宣言”，宣布组织反对党，从而抗议蒋介石践踏“宪法”，试图连任第三届“总统”。[2] 同时，雷震也在台湾积极活动，联络民社党与青年党，在《民主评论》《民主潮》和《自由中国》杂志上连续发表文章，反对修改“宪法”，反对蒋介石连任“总统”。一时之间，《自由中国》更是铺天盖地，几乎成了“反修宪反连任”的专刊。

但是雷震的希望再一次落空。胡适与张君劢见面后，两人虽然“过谈甚欢”，但既没有发表“联合宣言”，反对蒋介石连任，更没有同行共进，在海外宣布成立反对党。胡适由美国返回台湾后，也只在《自立晚报》上发表了一篇谈话，表示自己不赞成“修宪”，而且经过王世杰、陈诚的劝说，又很快就回心转意“承认现实”[3] 了。他还劝雷震也不要再闹了，“反对连任是没有意义的”，以免被人利用，“杀君马者道旁儿”。在这之后，他更一塌糊涂，不仅如期出席了“总统”选举，还在选举台上行礼如仪，为蒋介石投下了“神圣的一票”。

这让雷震极为失望。他在失望之余，又“与胡先生谈甚久”，说“局面长此下去，前途暗淡了”，问胡适“今后怎么办”。胡适大约也感到有些惭愧，说“只有民、青两党、国民党民主派和台湾人合组反对党，如果组成了，他首先表示赞成”。这也是胡适在反对党问题上做出的最积极的表态。胡适的积极态度，让雷震又产生了误解。第二天，他便将夏涛声约来，“告以胡先生嘱反对党意思”，请他去征求蒋匀田的意见。蒋匀田听说胡适

1 《雷震全集》第 40 卷，第 22 页。

2 据梁敬錞说，他曾受张君劢之托，将这个意愿转达给胡适。见梁敬錞《忆胡适之先生》，台湾《传记文学》杂志第 28 卷，第 2 期。

3 《雷震全集》第 40 卷，第 253 页。

的态度有了变化，也表示同意。而且他还听到一个好消息，说潘公展在纽约请客时，"也请胡先生出来组党"[1]，当时在座的还有张君劢、陈立夫和萧铮。潘公展是国民党《美洲日报》的主笔，也是 CC 派的要角，他"请胡适出来组党"，简直是匪夷所思的事情。

但是在这个时候，台湾岛内政治情势已经风声鹤唳，发展到最严峻的状态。有人公开在报上发表文章，题为《孔子与少正卯》，说："有些文人以自由、科学、民主为掩护，从事乱政的工作。"警示政府"孔子如生在现代，对于这些现代的少正卯不会不予制裁"[2]。两个月前，王世杰曾派人转告雷震，《自由中国》不可以再登《曹丕是怎样做皇帝的》一类文章，"恐他们要暗杀"，劝他"以杨杏佛为戒"[3]。特别是雷震为了组织反对党，开始与台湾当地政治领袖密切接触后，更接连受到这样的威胁，说"台湾要不把雷某去掉，当局不能抬头"[4]。前几天，还有人明确告诉他："五月二十日总统就职后要杀人，第一个杀雷震，最少把雷震送到火烧岛。"[5]台湾自由派与国民党的决裂，已经到了一触即发的边缘。

他在这种心情下，又和夏涛声去找胡适，说这是台湾"最需要先生的时候"，希望胡适为了台湾的民主，能够"真正地站出来"，不仅对反对党"首先表示赞成"，"最好出来发起，担任主席一年"。他说："胡先生过去说过，美国大学六十五岁强迫退休，现在胡先生又做了一年中研院院长，到今年十二月七日，已经六十九岁了，应该退休，来做反对党的事了。"他还解释说，胡先生如果有所顾虑，可以"只做一年即辞去，任顾问，由副的代理"。但胡适还是"不允"，只表示"你们做好了，他立刻声明支持"[6]。

1 《雷震全集》第 40 卷，第 274 页。
2 萧欣义：《良心和勇气的典范——悼徐师复观》，《亚洲人》第 2 卷第 6 期。
3 《雷震全集》第 40 卷，第 143 页。
4 同上书，第 181 页。
5 同上书，第 284 页。
6 同上书，第 290 页。

这对雷震来说，不啻于又兜头浇了一盆冷水。他回到家里后，简直是以悲愤欲绝的心情，写了一篇《我们为什么迫切需要一个强有力的反对党》，发表在《自由中国》第22卷第10期。希望胡适看了这篇文章，能够有所触动，接受大家对他的期待。他写完了这篇社论后，鉴于自己家里和《自由中国》杂志社已经长期被警备总部和保安司令部监控起来，又与夏涛声、蒋匀田等人商量，决定借用吴三连的家，请胡适就组党问题再"最后谈一次"。5月1日，他借胡适出席清华校庆的机会，守候在会场里"与胡适谈了甚久"。说"局面长此下去，前途太暗淡了"，请胡适"想出个办法来"，情绪几近崩溃，态度几近哀求。但胡适说他"对时局实不乐观"，自己"也没有好的意见"，"想不出方法改善现局也"，只同意届时去吴三连家一谈。[1]

5月4日，为了尽最后的努力，同胡适做"最后一谈"，台湾的自由派领袖几乎都到了会场。除了雷震、夏涛声、蒋匀田、王世宪、齐世英之外，还有吴三连、杨肇嘉、郭雨新、李万居等台湾当地的政治领袖。这也暗示了台湾的政治情势发生了质变。反对党的活动已经改变性质，从"竞争"走向"抗争"，从"监督"走向"对抗"。郭雨新在当天首先表示，"请胡先生出来组反对党"。杨肇嘉则向胡适保证：有台湾人做后盾，新党成立后绝不会缺少党员。经费上更无须顾虑，"吴三连可以负责"。"只要胡先生肯出来，一切都不成问题。"他还告诉胡适，台湾人对国民党积怨已深，"二二八时期，台湾知识分子被杀有一万七千五百人，三十年亦补不过来的"。现在若成立了新党，也就"走近了一步"，有了向国民党讨还公道的一天。但胡适还是不为所动，坚定地表示："你们干，因有台湾人的民众也。"[2]雷震二十年来组织反对党的意愿，几近于彻底破产了。

想不到半个月后，这个"反对党"竟然绝处逢生，意外地拉开了序幕。

1 《雷震全集》第40卷，第299页。
2 同上书，第301页。

5月18日，台湾在野党和无党派参选人在民社党党部召开会议，检讨国民党操纵选举，在本届选举中的违法舞弊现象。会议从下午4点开始，晚上9点才结束，几近五个小时。会场上群情激愤，列举出选举中的各种违法舞弊现象，"如唱票张冠李戴，党外人士废票增多，管理人员替未到之选民按捺指纹投票"，以及"军警公务人员助选，利用军车、公车接送选民去投票等等"。在讨论最激烈时，突然有人站起来说，事已至此，不必再检讨了，"国民党不会办好，目前只有组织新党，要讨论新党应如何组织"，以对抗国民党的"一党专政"[1]。最后大会做出四点决议，将这个决定组建的反对党，定名为"中国民主党"。

几天后，雷震和夏涛声"去南港胡先生处"，将这件事报告给胡适。据说胡适听说后，"对新党甚兴奋，并谓不和台湾人在一起，在新党不会有力量"。当天晚上，新党"主席团"召开筹备会，胡适也来到现场。对吴三连、高玉树、李万居、郭雨新等人"语多勖勉，并向新党祝贺"[2]。在这之后，国民党内对新党的反应也陆续传递出来。齐世英听说，"立法院"革新俱乐部"很多人赞成这个组织"，陶百川也对反对党"表示同情"[3]。6月3日，陈诚在记者招待会上回答《今晚报》的提问时，也公开表示"政府赞成有强大的反对党"，"赞成新党"[4]。

陈诚的表态使"自由派"产生了错误的判断，误认为国民党害怕美国人干涉，不敢取缔反对党。民社党在《民主中国》上还就《政党的承认问题》发表了一篇社论，口气非常强硬，说新党的出现绝非偶然，是被国民党"逼上梁山"的，"即便今天能勉强消灭掉反对党，而明天必将有另一个新的反对党出现"，"我们不接受国民党这种'形式的尊重与信任'"。雷震听到的

1 《雷震全集》第40卷，第309页。
2 同上书，第316页。
3 同上书，第320页。
4 同上书，第321页。

消息，也是"国民党当局已告诉美国人，他们对新党不取缔，任其组织"[1]。根据台湾国民党党史会收藏的文件，当时雷震还曾写信给黄宇人，希望香港自由派"采取配合行动"，在香港成立"中国民主党港九支部"，争取海外自由派及工商界的支持。[2]

然而从后来公布的材料看，早在《自由中国》接连发表文章，反对蒋介石三连任时，"警备总部"已经成立了"雨田小组"，开始侦办和彻查"雷案"。因此两个月后，就在雷震去台湾各地举办座谈会，筹备组织新党时，"雷案"便爆发了。国民党以《自由中国》长期发表反政府言论、故意破坏团结、影响民心士气、涉嫌叛乱的罪名，将雷震逮捕入狱。与雷震同时被捕的，还有傅正、马之骕和刘子英。这个筹备中的新党，也胎死腹中了。

"雷案"发生时，胡适正与梅贻琦一同在美国出席"中美学术合作会议"。从《雷震日记》中看，胡适对"雷案"的发生其实早有预感。就在雷震约他去吴三连家，做"最后一谈"的那天下午，胡适已经看到了"新党"的危险性，发现这个正准备筹建的新党，已经不是几年前讨论中的反对党。因此在北大同学会上演讲时说："五四运动提倡的是科学、民主和新文化运动，而以民族运动起家的，都走上了反对之路。"新党着手组建后，他看了新党的《组党宣言》，又曾劝告过雷震、郭雨新和李万居等人，说他"希望新党要有容忍精神，不要一成立就骂人，因为我们力量太小，不要多得罪人，骂人做号召不是上策"[3]。

这些话，他在给雷震的信里说得更清楚："我的意思是说'太骂人'，'太攻击人'。你们的党还没有组成，先就痛骂人，先就说要打倒国民党，先就'对国民党深恶痛绝'。国民党当然不会'承认'你们的党了。"他还"郑

1 万丽鹃编注：《万山不许一溪奔——胡适雷震来往书信选集》，第235页。

2 《为签报有关海内外分歧分子酝酿合流，筹组新党及其斗争策略情报》，"总统"签批，台（49）央秘字第0152号，1960年7月6日。

3 《雷震全集》第40卷，第340页。

重地"通知雷震，《组党宣言》可以随时发表，不要等他回台湾再发表《组党宣言》，"把两件不相干的事，故意联系在一起"。因为"你们的想法、看法、做法，我往往不能了解。我的想法、看法、做法，你也往往不能了解（别人更不用说了）"[1]。

只是尽管如此，他对国民党动用专制手段，以《惩治叛乱条例》处置"雷案"，仍有强烈的不满。在 9 月 4 日曾致电陈诚，说："今晨此间新闻广播雷震等被捕之消息，且说明雷是主持反对党运动的人，鄙意政府此举不甚明智，其不良影响，可以预言。"当时王世杰适在纽约筹办台北故宫藏品的展览，在日记中也谈到胡适对"雷案"的反应，说胡适"对雷案之愤激，超出余预计之外。言外之意似有改变其二十年来支持政府之一贯态度"[2]。这也让王世杰大为紧张，两次告诫胡适，他现在的身份十分敏感，绝不能轻易发言。当胡适确定了回程日期，订好了机票后，王世杰担心他回台湾，在记者的追问下发表对蒋介石不利的言论，又打电报给陈雪屏、杨亮功和李济等人，请他们预先做好准备，避免胡适抵达台湾时，在机场上有与媒体记者接触的机会。"无论如何不要接见记者，发表任何谈话。"[3]

因此 10 月 22 日晚上，胡适抵达台北松山机场后，便出现了常胜君描述的场面。胡适和太太江冬秀一走下飞机，罗家伦、陈雪屏、朱家骅、李济、姚从吾、杨亮功等人便一拥而上，将他团团包围，簇拥着走向汽车。胡适一路上目不斜视，对记者的追问充耳不闻，不做任何回答。只有胡适的秘书王志维在上车之前对媒体说了一句："胡先生今天很累，不能和各位谈话，对不起！"

不料，尽管计划做得很周密，最后还是百密一疏。就在胡适上了汽车，车正要启动时，世新电视台的女记者宣文中突然从人群冲出来，钻进胡适

---

1 万丽鹃编注：《万山不许一溪奔——胡适雷震来往书信选集》，第 236 页。
2 《王世杰日记》第 6 册，第 409 页。
3 常胜君：《三十年前"夜访胡适谈三事"追忆》，台湾《传记文学》第 58 卷，第 1 期。

的车里面。她于几个月前刚刚在电视上采访过胡适，胡适见了她不好拒绝，只好同意她随行。在场的其他记者见到这种情景，"丢不起这个人"，也一哄而起，分别乘车赶往"中央研究院"，堵在门口求见胡适。胡适迫于无奈，只好接受了采访。

胡适在当晚的"记者招待会"上，一开始还避重就轻，不愿意谈有关"雷案"的问题。但是《中国时报》的常胜君不顾胡适的回避，几次先发制人，逼胡适就"雷案"表态，说："据美联社电讯报道，胡先生曾对记者说，不相信雷儆寰会叛国，是不是确有其事？"胡适在他的追问下，只好说："我没有说过雷儆寰究竟会不会叛国的话，我只是说'相信雷震是一个爱国的人'。以我和雷先生相交几十年的了解，自信有资格说这句话。"常胜君还不满意，又继续追问："如果军法复审局传胡先生出庭，你愿不愿意去做雷震的'品格证人'？"胡适沉默了一会儿，没有立刻回答，然后"才严肃地说出七个字：'我愿意出庭作证'"[1]。

第二天一早，《中国时报》便将这段采访，以《夜访胡适谈三事：雷案、自由中国、反对党》为题做了如实报道。说当晚谈到"雷案"时，这位"曾提出唯容忍才能自由的学人，似乎非常激动"，说："雷震一生为国家服务，十一年来主持《自由中国》，已替中华民国作了不少的面子，而且是光荣的面子。十一年来，雷震办的《自由中国》，已经成为自由中国言论自由的象征；现在不料换来的是十年坐监，这，是很不公平的。"据说蒋介石看到这篇报道，一度气急败坏，对胡适的态度非常不满，拍桌子说："胡适之竟要给雷震作证！"一个月后，他在"总统府"会见胡适时，又向胡适当面表达了这种情绪，说："胡先生同我向来感情是很好的。但这一两年来，胡先生好像只相信雷儆寰，不相信我们政府。"

这是胡、蒋两人相遇以来，蒋介石第一次当面向胡适表达不满。胡适

---

1 常胜君：《三十年前"夜访胡适谈三事"追忆》，台湾《传记文学》第58卷，第1期。

看到蒋介石一反常态，情绪也激动起来，他首先提起了一件往事，说：
1949年4月，"总统要我去美国，我坐的船一到旧金山，船还没进港口，美
国新闻记者多人已坐小汽艇到大船上来了。他们手里拿着早报，头条大字
新闻是：'中国和谈破裂了，红军过江了！'这些访员要我发表意见，我说
了一些话，其中有一句话，'我愿意用我道义力量来支持蒋先生的政府'"。
接着说，"我在十一年前说的话，我至今没有改变。这番话，我屡次对雷儆
寰说过。今天总统说的话太重了，我受不了。"[1]他的这番话，既反驳了蒋介
石，又几近于向蒋介石"输诚"。但是蒋介石并没有被感动，对他心下释然。
在这之后，胡适与蒋介石的关系虽然有所缓和，两人都试图"相向而行"，
但已经不能回到"感情很好"的状态了。

这对胡适一生的最后一段，造成了空前的压力。他最终是做学者还是做
政客，是继续坚持"自由主义"，还是做国民党的"净友"，已经到了做最后
选择的时候。特别是雷震被判处十年监禁后，他理应明白，雷震的"十年监
狱，是替我们要求民主的人们坐的"[2]，而首先是替他胡适坐的。以至于雷震
在狱中依然将他视为精神上的导师，说"世人都会跟着你向前进"，《自由中
国》刊物，是真正承继你的思想的"。1961年8月3日，雷震在给他的信里
还借用蒋介石的话说："不拯救他人自由，自己即终必失去自由"，"公理正
义是永远存在的，亦必永远获得胜利的"，我相信，这对胡适更是一种催促
和震撼。我真不知道当时的胡适，究竟是何以自处，又曾做何感想。

据称当时曾有报刊透露，胡适"有可能"去监狱探视雷震，但是他"顾
虑现实的得失"，经过"权衡和计较利害"，最终没有去。这让他在许多人
心目中地位一落千丈，从过去的"胡适之先生"，"换成了一个徒具虚名的
有着深厚烟火气，但又自吹自赏的连普通人还不如的人物"。[3]雷震说，他

1 《胡适日记全编》10，第725页。
2 徐复观：《"死而后已"的民主斗士——敬悼雷儆寰先生》。
3 《樊迪光致雷震》，《雷震全集》第30卷，第386页。

妻子宋英去"中研院"看望胡适时，胡适曾向她表示，雷震坐牢十年他却帮不上忙，心里非常难过，"对于自由中国和国民党失望得很"[1]。从陈雪屏《谈胡适之先生最后四年的生活》中看，胡适接掌"中研院"院长时，"身体健康颇佳"，但是从 1960 年开始，他的健康状况便每况愈下，各项病症都迅速恶化，在冠状动脉堵塞的旧症之外，又新得了狭心症。不仅长期住在医院里，还经常处在危险期。[2]这显然既有身体上的原因，也有心理上的压力。

好在这四年的时间不是很长。1962 年 2 月 24 日，他在"中央研究院"第五届院士会议上，发表完最后一次演讲，正准备送走客人，"含着笑容和一些告辞的人握手"时，忽然面色苍白，仰身向后倒下，从此再没有起来。我说"好在"，并不是庆幸他的死。但是我很难想象，他在困境中继续活下去，到底会何去何从；在必须做最后的选择时，能否经受住人格的考验。胡适逝世后，"龚大炮"龚德柏曾送了他一挽联："王者贵乎？士贵乎？王者不贵；权力尊欤？道尊欤？权力不尊。"胡适的一生是否真的完成了这副挽联，恐怕还有待评说。

2013.10.30

---

1 《雷震回忆录——我的母亲续篇》，第 335 页。
2 台湾《传记文学》第 57 卷，第 6 期。

再说胡适与第三党问题

我在《胡适与"第三党"问题》[1]一文中，谈到 1950 年前后，蒋廷黻在纽约组织"中国民主党"时，胡适本来已经同意出任该党的党魁，可是后来又出尔反尔，退出组党活动，致使这一计划不幸中途流产。最近，我从程思远的《我在香港从事第三势力活动的前前后后》中，知道蒋廷黻在筹备组党期间，还邀请过顾孟余。据说 1949 年 10 月 30 日，顾孟余在"自由民主大同盟"的干事会议上说，"近日蒋廷黻来函，说他要发起成立中国民主党，拟请顾同胡适之为发起人。如此议实现，台湾将成为多党制"，当即决定"自由民主大同盟"应当"扩大范围，增强影响力"，并决定请程思远"去重庆一行，邀请梁漱溟来港共同领导"[2]，我猜测如果这个说法属实，胡适退出组党活动，拒绝出任党魁即当与这件事有关。

我的这个说法，可能让人觉得意外。以胡、顾两人的关系而论，两人早年曾是北大的同事，校评议会评议员，又先后担任过教务长；顾孟余加入汪精卫政府后，很快成为汪精卫的军师，"犹诸葛亮之于刘备"[3]；胡适虽然没有加入汪政府，出任"教育部长"或"驻德大使"，但是他与汪精卫关

1　李村：《世风士像——民国学人从政记》，生活·读书·新知三联书店 2013 年版，第 40 页。
2　程思远：《我的回忆》，北方文艺出版社 2011 年版，第 29 页。
3　周德伟：《落笔惊风雨》，台北远流出版事业有限公司 2011 年版，第 166 页。

系密切，在对日外交上更志同道合，可以说是汪记政府的"编外人员"。他的那段名言："盼先生容许我留在政府之外，为国家做一个诤臣，为政府做一个诤友"[1]，就是向汪精卫表达的。因此胡、顾两人出于历史渊源，理应能够相互合作。事实却完全相反。

首先，胡适向来心高气傲，具有强烈的领袖欲，将名位看得很重，很难在组党问题上与他人合作，共同担任发起人。这从他当年为了一点小怨，便决定退出新月书店这件小事上就可以看出来。新月书店成立于 1927 年 6 月，主要由余上沅夫妇经营，胡适、徐志摩都是"大股东"。不料 1928 年 1 月，新月书店经营得正好，胡适却突然写信给徐志摩，要求撤走他名下的股份，辞去董事一职，脱离新月书店。原因则很简单：胡适是新月派的精神领袖，《新月》杂志原定由胡适任社长，徐志摩任编辑，但是梁实秋、潘光旦提出异议，"觉得事情不应该这样由一二人独断专行，应该更民主化，同大家商量"，两人将意见告诉了余上沅，胡适知道后很不满，觉得自己的地位受到挑战。[2]试想，他连这点"民主"都不能接受，在组党问题上，怎么可能与顾孟余同做发起人呢？

其次，胡适对顾孟余早有不满，彼此成见很深。据周德伟说，1924 年 12 月，段祺瑞为了对抗孙中山的九项主张，悍然召开善后会议时，为了拉拢部分名流装潢门面，曾邀请胡、顾两人参加善后会议。胡适接受邀请，出席了会议，而顾孟余接到聘书后，却当即退还，并在北京《晨报》上登出一则启事，谓："孟余决不入此猪圈。"结果顾孟余这种激烈的态度，"得罪了不少所谓名流，尤其伤了胡适之。从激进的学生看来，胡先生太不成才，顾先生方是青年真正的领导人物！从此顾、胡之间相处甚不愉快，直到两人之死未恢复交情。"[3]

---

1 《胡适致汪精卫》，《胡适来往书信集》上，中华书局 1979 年版，第 208 页。
2 有关该事的详细经过，参见韩石山《民国文人的风骨》，陕西人民出版社 2009 年版，第 101 页。
3 周德伟：《落笔惊风雨》，第 164 页。

周德伟还提到，"此插曲发生了若干后果"。其中之一，便是1933年4月，顾孟余不计前嫌，建议汪精卫请胡适任教育部长。汪精卫为了表达诚意，特别请"胡适之密友张慰慈持函赴北平迎胡"，而胡适虽然表示"很感动""很惭愧"，却没有接受，说自己"在政府外边能为国家效力之处，似比参加政府为更多"，另荐王世杰为教育部长。而以周德伟的了解，胡适不肯接受的原因，并不是为了"站在政府外面""为国家效力"，反而是因为"有政治欲望，思附于实力派，嫌汪无实力，又不愿因顾孟余而进"，于是才故作清高，"力辞不就"[1]。

胡、顾两人的志不同，道不合，也通过傅斯年表现出来。1940年3月，蔡元培在香港病逝后，中央研究院补选举新一任院长。当时一般认为，最合适的继任人选是胡适、翁文灏和朱家骅，而翁文灏则"极思继任"。但是王世杰认为，"院长席以专任为宜，顾孟余可供考虑"，准备向各方推荐。[2]王世杰推荐顾孟余，显然是蒋介石授意的，至少是有意迎合蒋介石的意图。[3]顾孟余本来"是汪精卫集团的最重要成员，是汪的决策智囊"[4]，但是汪精卫由重庆出逃，去南京成立伪政府时，他却毅然与汪精卫决裂，留在香港，深受海内外人士的敬佩。据《王世杰日记》记，1939年11月22日，蒋介石曾亲自致函顾孟余，"促其来渝，似欲孟余加入行政院"。12月8日又记："孟余自港来渝。"但是顾孟余到重庆后，蒋介石显然在安排上遇到了困难，顾孟余逡巡数月，一直得不到安置。所以几天之后，陈布雷也"受蒋先生之托，向翁咏霓等接洽，希望评议会选出顾孟余"[5]。

---

1 周德伟：《落笔惊风雨》，第324页。

2 《王世杰日记》第2册，第240页。

3 王世杰任教育部长，虽然有胡适、周鲠生的推荐，但关键还在顾孟余。王世杰任教育部长后，顾还要段锡朋留任教育次长，帮助王世杰熟悉部务。因此这次选举中研院院长，王、段两人拥顾上是最热心的。

4 《张发奎口述自传》，当代中国出版社2012年版，第207页。

5 《王世杰日记》第2册，第244页。

蒋介石一生最受人诟病的，就是破坏体制，滥下"条子"。但是客观地说，他这次"下条子"却很合情合理。一是以顾孟余的资历和人品，完全有资格做中研院院长。梁漱溟曾经说过，顾孟余是国民党里学识、头脑最好的。傅斯年也承认"平情而论，孟余清风亮节，有可佩之处，其办教育，有欧洲大陆之理想，不能说比朱（家骅）、王（世杰）差"。二是蒋介石希望顾孟余任中研院院长，除了"酬庸"之外，还有政治上的考虑。就在中研院补选院长之前，汪精卫刚刚到达南京，决定成立伪政府。同时，"南京伪中央政治会议决议，'在国民政府主席林森未归南京前，由汪兆铭代理主席'"[1]，这给重庆政府造成很大的压力。蒋介石显然想借顾孟余的清望，"影响外界对汪之观感"[2]，以免造成党内的分裂。

所以像李四光这样没有党派成见，正直无私的学者，便很理解蒋介石的苦衷，"对此说甚赞成，且不以下条子为气"，认为即便是"酬庸"也是应该的。反倒是傅斯年不识大体，说蒋介石这样做"于法不符"，对此"颇表愤慨"[3]。选举还没有开始，他便开始对外扬言，称蒋介石给顾孟余"下条子"，是王世杰"鼓动"的，号召大家站出来维护中研院的"法制"。

傅斯年虽然名为"大炮"，但这一招却很有智略，既责备蒋介石的"独裁"，也揭发了王世杰的逢迎，而将"于法不符"的责任，归罪于王世杰的身上。自抗战以来，傅斯年以其不畏强权，几次上书蒋介石，在国民参政会上发动"倒孔运动"，已经成了学界、教育界的意见领袖。出席投票的中研院评议员受其鼓动，立刻群情激愤，认为国难当头，学术自由不容侵犯，退此一步即无死所。"一般对政治没有兴趣的科学家"，普遍"不愿以研究院为酬庸的奖品"[4]，"皆以选举应凭各人自心，不宜有所勉强"。至于"我辈

---

1 《王世杰日记》第 2 册，第 245 页。

2 同上书，第 195 页。

3 《翁文灏日记》，中华书局 2012 年版，第 441 页。

4 《陈源致胡适》，《胡适来往书信集》中，第 465 页。

友人更不肯，颇为激昂"。据说陈寅恪还当众宣布，他这次来重庆一行，没有别的打算，就是"为投胡适一票"，以显示"学界的正气、理想、不屈等义"[1]。于是，选举的结果可想而知，顾孟余最终只获得一票，如期落选，转任中央大学校长。

傅斯年事后向胡适解释，他这样做，不是刻意要反对顾孟余，完全是因为顾孟余不孚人望，"除非北大出身或任教者，教界多不识他，恐怕举不出来"；"如取运动法，必为所笑，于事无补"[2]。汪敬熙当场便宣布："我决不投他票，他只是个政客。"事实上并非如此。傅斯年自己就说过，王世杰同他商量这件事，是知道他神通广大，"以为我们几个人可以左右大势"。他如果认为事不可行，"这般学者'一人一义'，只有任其自然，看其有无公道"，将事情压下来就是了，何必扬言于众，既令蒋介石难堪，又让王世杰下不了台？可见他另有用意。他说这次中研院选举，他一到重庆，便向王世杰、段锡朋表示，"要把孟余选出，适之也必须选出，给他们看看"。所以他明知胡适在国外任驻美大使，不可能回来任职，还坚持要"投一废票"，目的就是抵制顾孟余。

但是这样一来，也给胡适带来不少麻烦。据傅斯年说，他们推举胡适的本意，只是想替胡适争名，以为"他选出来一定高兴，且有此荣誉在国外也好"，对胡适只有好处没有坏处，不料却正中蒋介石的下怀。蒋介石对胡适在美国的表现本来已经有所不满，现在又"以顾未选出"，第二天便通知孔祥熙，说"他们既然要适之，就打电报让他回来吧"。这不啻坏了胡适的大事，傅斯年又极为紧张，立刻"加入运动先生留在美任之友人之中"。他给胡适写这封信的目的，就是为了说明"此番经过，是无组织，无运动"的，"举先生者之心理，盖大多数以为只是投一废票，作一个表演，从未料

---

1 《陈源致胡适》，《胡适来往书信集》中，第465页。
2 《傅斯年致胡适》，《胡适来往书信集》中，第475页。

到政府要圈您也"[1]。如果说他有错，也是无心之过。只是除此之外，他还得罪了王世杰，遭到王世杰的质问。因此，傅斯年在给胡适的信里，矢口否定他对人说过王世杰鼓动蒋介石"下条子"，反倒曾替王世杰辩诬，当众打保票说，"雪艇决不会做此事"，但是王世杰"总不释然"[2]。翁文灏在日记里也证明了傅斯年说的都是假话，傅斯年便曾向他"怪王世杰建议此意"[3]。

从以上可以知道，胡适、顾孟余之间成见很深，留下很多恩怨，甚至影响到彼此的追随者，在组党问题上不可能合作。即使两人能不计前嫌，各自的追随者也不会罢休，所谓"树欲静而风不止"。蒋廷黻为了扩大"中国民主党"的声势，同时邀两人做发起人，显然是疏忽不察，没有顾及两人的历史关系。

更重要的是，我在《胡适与"第三势力"》[4]中说过，胡适对1950年前后的第三势力运动，一直存在戒心，生怕被人利用。1949年底，蒋廷黻在美国召开新闻发布会，宣布成立"中国自由党"后，曾将《中国自由党组织纲要草案》寄回台湾，分两期发表在《自由中国》上。从这份《组织纲要》上看，中国自由党并不是真正意义上的"第三党"或反对党，而是只反对共产党，"不反对国民党"。相反"第三势力"则一方面反共，一方面反蒋，反对任何"反共先于民主"的主张。这使胡适很怕他的组党活动被人误解，将两者混为一谈，视同于"第三党"；更不愿与李宗仁有任何瓜葛，造成蒋介石的疑虑。

但是"第三势力运动"的兴起，从一开始便与顾孟余有关。由于顾孟余在政治上享有清誉，1949年8月，李宗仁在决定组织"第三势力"时，便通过立法院院长童冠贤、美国大使馆顾问何义均邀请顾孟余出面，以立

---

1 《傅斯年致胡适》，《胡适来往书信集》中，第476页。
2 同上。
3 《翁文灏日记》，第441页。
4 李村：《世风士像——民国学人从政记》，第50页。

法院的"民主自由社""新政俱乐部"为基础,在广州成立了"自由民主大同盟",任"自由民主大同盟"的主席。同年 10 月,"大同盟"迁往香港后,据程思远说,他曾持李宗仁的条子去香港,从广西银行总经理罗豫禄处领得一笔经费,以其中的 20 万港币作为大同盟的开办费,另以三万元交给顾孟余。他为了支持顾孟余主编的《大道》杂志,还请徐亮之出面,在九龙狮子道创办了《人言报》,以求相互呼应。而更重要的是,李宗仁在这段时间里还做好了"狡兔三窟"的准备,"刻正与此间(美国)当局秘密接洽,一俟外交上稍具眉目,即拟飞东京一行",再寻求日本的支持,以实现"反共复国大业"[1]。

总之,由顾孟余领导的"第三势力"活动,背后是由李宗仁在实际指挥的。以胡适社会关系之广大,不可能不知道这些内情。其他人姑且不论,1950 年 10 月,雷震被蒋介石派往香港,慰问国民党上层人物,调查《香港时报》的发行量时,便与"第三势力"有广泛的接触,很了解"第三势力"在香港的组织与活动。因此胡适知道,他如果与顾孟余合作,共同担任中国自由党的发起人,便等于加入了"第三势力",也与李宗仁站在了一起,这与他的初衷是完全背离的。

当然,以上所论,只是胡适放弃参加组党活动,不愿出任党魁的原因之一。其他一些原因,我在《胡适与"第三势力"》中已经有所介绍,这里就不再重复了。据说 1960 年雷震在台湾组织新党时,胡适一度也跃跃欲试,表示愿意站出来做该党的党魁,而当时就有人不相信他的话,私下里说,"胡先生好热闹,怕麻烦",意谓他对很多事都感兴趣,但不论对什么事,最后都是虎头蛇尾。如果真是这样,他这次放弃组党、不做党魁就更无话可说了。

2010.11.8

---

1 林熙:《李宗仁、徐亮之、人言报》,《大成》杂志第 161 期。

奇人龚德柏

　　龚德柏的名字在今天已经很陌生了，但在六十年前，却是新闻界的"奇人"。他一生没有离开过报业，早在日本留学时，即兼做"中日通讯社"的编辑，回国后既在《申报》《世界日报》做过主笔，也创办过《大同晚报》《救国晚报》《救国日报》等多家报纸，在北京、南京两地"横行一时"。他72岁时总结自己的一生，在回忆录的"开场白"里说："我天性好奇，一生行事，不循轨道。他人都想做的事，我却没有兴趣；他人不愿做的事，我则毫不退避。所以一生行事，总离不开'奇特'二字。求学、服官、办报，都是如此。"有时"我自己做的事，我自己怀疑我是发狂。要别人信以为真，岂非无理要求"。所以他给自己的评价，是"胆大妄为"四个字，说这四个字"生是我的美评，死是我的嘉谥"[1]。

　　他的"胆大妄为"，总括有三点：一、说话不留余地；二、骂人不分对象；三、行事出人意表。这类的事在他一生中很多，例如他在办《大同晚报》时，国民党左派发动群众焚烧了《晨报》馆，其他各报都胆小怕事，"不敢登载一字"，只有他"提笔就写一大题《本报欢迎放火》"，向国民党左派

---

1 《龚德柏回忆录》下，台湾大立书店 1970 年版，第 1 页。

下战帖，称："每日下午一时到三时，在社候驾，有本领者，尽管前来。"[1]
他在南京办《救国日报》时更是变本加厉，对政府的内政外交"无所不骂"。
以至于"骂宋子文连续两个月"，"骂汪兆铭一个月"，与褚民谊更闹得不可
开交，"几在法庭相见"。抗战爆发后，他又将矛头指向了孔祥熙，说上海
公债市场的波动，幕后黑手就是"孔太太"。以《豺狼当道只问狐狸》为题，
一连发表两篇社论，要政府"擒贼先擒王，对于小蟊贼，虽杀千万，不如
杀一个孔太太有效"[2]，被人称为"龚大炮"。

但我称他是"奇人"，主要不是指这些。而是他对当时的中日关系，有
许多独到的见解；抗战爆发后，对于战事的发展也总有一些高明的预见。
这都使他在各报发表的文章成为一时之焦点。具体地说，他留学日本时就
是有名的"反日派"，多次参与和领导留学生的反日活动。五四运动的第二
年，国内各地学生会在上海成立联合会，他作为东京留学生总会的代表，
在会上被推选为议长，任大会主席。他在上海出席会议时，为了让国内各
界更了解日本，还翻译了陆奥宗光的《蹇蹇录》，后以《日本侵略中国外交
秘史》的书名，由商务印书馆出版。

陆奥宗光是甲午战争时的日本外相，他在这本书里，将日本如何处心
积虑地利用朝鲜东学党之乱，制造中日战争的计划和盘托出，"其用心之
毒辣，真使世人惊为得未曾有。可证明日本不许中国之存在，必灭之而独
吞之而后已"。龚德柏说，他因为看了这本书，"对日警惕，由此更为增加，
一世不忘"。在书出版时，他写了一篇五千字的序言，提醒国民对日本放弃
幻想，"以后对日战争，务须长期，须牺牲十余省，供其占领，俟其精疲力
竭，然后讲和，才能使之不敢再行侵略"[3]。他于几十年前的这套主张，后来
在《征倭论》里又有进一步的发挥，几乎就是抗日战争爆发后，蒋介石"积

1 《龚德柏回忆录》下，第113页。
2 同上书，第180页。
3 同上书，第53页。

小胜为大胜，以空间换时间"的先声。

龚德柏如此认识中日关系，在主办《救国晚报》《救国日报》时，便针对日本的内外政策，发表了许多与时调不同的观点。《救国日报》的报名不是他最先使用的，原来的《救国日报》是 1918 年初中日签订军事协定后，大批留日学生回国抗议，在上海发起和创办的，由曾琦、喻育之、温晋城等人共同主编。"九一八"事变后，在日本留学的黄埔学生纷纷回国，他又与黄慕松、雷震等人，结合这批黄埔学生组织了一个"留日学生抗日救国会"，重新启用这个报名，创办了一份报纸作为会刊，并将报社设在新街口的留学生总会。[1] 自从民初以来，政府在对日外交上一直唯唯诺诺，不敢据理力争，《救国日报》创办后，政府的对日政策更进一步软化，进入由"主和派"主政时期。先后由唐有壬、黄郛、张群任外交部长，高宗武、董道宁、周隆庠负责具体处理对日事务，坚持在外交上继续忍让。

外交上的一再退让，带来的是"恐日"思想的流行。这期间最有代表性的观点，来自于胡适和蒋廷黻。蒋廷黻说："以武力收复失地这条路，我看是走不通，是死路……愈集中精力来抗日，未失的疆土愈要糜烂。我们不要唱高调唱到日本人或英美人来替我们发丧的日子。"[2] 胡适则认为，中国在经济、政治、科技和国民道德上都远不如日本，以"中世纪的中国"对抗现代化的日本，绝无胜理。中国要救亡图存，必须要从自我改造做起，与其花钱建设国防，不如花钱办教育。1937 年 8 月抗战爆发后，他还与陶希圣联名向蒋介石密陈一份国是意见，建议蒋介石不可扩大战事，应当通过外交手段"解决中日两国间一切悬案"。

但是龚德柏反对这种意见，认为通过外交手段"调整中日关系，建立

---

1 这批归国的黄埔学生，包括萧赞育、滕杰、任觉五、叶维等人，都是力行社的发起人和核心人物。因此他在这段时间与力行社分子来往密切，后来虽然没有加入力行社，但私人关系很深。所以他在回忆录中说，他后来被蒋介石聘为军事委员会参议，是由萧赞育推荐的。
2 《热河失守以后》，《独立评论》第 43 号。

两国之间的友谊与合作",根本是痴人说梦。"中国若没有开战的决心,则只有做日本的附庸,或竟做日本的奴隶。我们要独立,只有同日本拼死一战。"而只要中国决心"执干戈以卫国家,同日本拼死一战","日本亦不敢轻易冒险"。因为"日本对中国固野心极大,时时想吞我灭我,但日本北有苏俄,东有美国,都是强敌"。"美国俄国并非愚痴,必不能让日本从容吞并满蒙,贻祸自身,决乘中日战争时,将日本解决,以去后患无异。"相反,若中国只知道忍气吞声,畏首畏尾,"让日本人得寸进尺","则此种民族,除沉没于太平洋海底之外,实无在现世纪生存之价值"。[1]他认为,这就是兵书上的"置之死地而后生,置之亡地而后存"[2]。

因此,他不断在《救国日报》上发表文章,"严词斥责汪兆铭等之误国行为",称汪精卫、唐有壬为"无骨汉"[3]。他还别出心裁地将苏洵的《六国论》,作为"本报社论"完整地刊登出来,标题为《苏老泉论六国》,讽示汪精卫的对日政策,就是当年六国的"赂秦"政策,也正在步六国灭亡的后尘。除了汪、唐两人,他也不放过胡适。他在主办《大同晚报》时,就喜欢挑战名流,"打击徒负虚名的大角色"。这一次为了"教训胡适",他接连在《救国日报》上发表了三篇文章,反驳《教育万能与胡适万能》。认为"国家没有武力保护国土,那些受过优良教育的人,只能是高等的日本奴隶,决非中国的优秀人才"。

他为了宣传自己的主张,还写了一本五万字的小册子,取名作《中国必胜论》,每天五千字,一连十天在《救国日报》上连载。后来结集成册,在抗战时期十分畅销,发行量达到50万册,几乎成了后方民众的"空谷足音"和"安定神经的镇静剂"。据陈纪滢说,"自(民国)二十八年春起,直到三十一二年,由重庆下半城太平门轮渡码头渡江到海棠溪的轮渡上,

1 《日本果足畏乎》,《救国日报》1931年10月19日。
2 《龚德柏回忆录》下,第140页。
3 同上书,第161页。

经常有一个卖书报的人，当轮渡一开动，就叫卖龚先生的大著《日本必亡论》这本小册子。同时手举书本，向乘客兜售"，使人"对于当前的一些挫折，也就不自不觉中置之度外了"[1]。

他的"中国必胜论"里，有一种很奇特的说法，认为中国必胜与中国人喜欢打麻将有关。他说打麻将不同于打梭哈，打梭哈只要手里牌不好，没有取胜的把握，可以中途放弃，"不再同别人做最后的胜负"。打麻将则不行，牌再不好，你也要陪着打下去。而且一开始牌不好的，最后可能和了；牌好的，反倒有可能不和。由于赌具的不同，民族性也就随之不同。中国因此成了一个"打麻将的民族，所以对国家大事，一向以打麻将的精神来应付"[2]。这就使中国在不利的条件下，有了最后取胜的机会。换言之，就是一手烂牌，最后却和了。

欧战爆发后，国际战事的演变，似乎也证实了龚德柏的理论，使他将这套理论又发挥了一番。他说法国敢于对德宣战，靠的是马其顿防线，相信有了马其顿防线，无论如何不会惨败。结果德国经过八个月的准备，只用一天就长驱直入，突破了马其顿防线。法国在惊慌失措之余，只得放下武器投降。这就等于打梭哈，发现牌不好，中途退场了，"这一行动，确实可作为打梭哈民族之代表"。后来英国人在香港，在缅甸，在新加坡一路溃败，特别是在新加坡，八万五千英军一下子丧失斗志，向远少于自己的日军屈膝投降，都是同样的道理。相反，中国在淞沪会战中惨败，连首都南京也丢了，走向亡国的边缘，却没有像法国那样一败涂地，"仍以打麻将的精神继续打下去"，"这是世界其他国家所万万想不到的事"[3]。

当然，这只是戏说民族心理，可以看作一种理论，也可以当作笑谈。他的"中国必胜论"中，还有许多具体的思想内容，是"就政略战略，我

---

1 陈纪滢：《老报人龚德柏》，台湾《中央日报》1980 年 7 月 5 日。
2 《从麻将说到民族性》，《也是愚话》，传记文学出版社 1978 年版，第 3 页。
3 同上。

情敌情作精确之估计，而非泛泛之论"。他对中国的对日政策，有一个基本观点，即认为日本在国家战略上，一向有"北进"与"南进"两种意见；这两种意见体现在军事准备上，即是以陆空军主力对付苏联，以海空军主力对付英美，而以"北进"的意见占上风，希望借路中国，进攻苏联。日德防共协定附有秘密条款，目的就在这里。

而有鉴于此，中国就应当对症下药，采用段祺瑞之遗策，"诱导他们两个大国大打特打，所谓两虎相争，中国占卞庄子地位"，"若日俄两国能打起来，中国作壁上观，无论谁胜谁败，于我国都是有利的"[1]。这既可以消耗强敌，也可以使自己保全实力，在以后的对日作战中减少损失。因此，上海"一·二八"抗战后，龚德柏不赞成政府为了备战，继续在上海及周边修筑工事，期望下一次作战时，可以"以优势兵力，出其不意，将上海之敌全部歼灭，而占领之，使之以后增援，失所凭借"。因为上海的地理位置不适合长期作战，发挥中国人打麻将的优势。更重要的是，将上海作为主战场，势必为渊驱鱼，促使日本改变国策，为了断绝外援封锁中国的海上通道，将"北进"改为"南进"。这样一来，日本势必放弃北方的强敌，"不打俄国，而打我国"，使原本应当出现的日德俄战争，转移战场，变成中日战争，俄国反倒坐收渔人之利。这对于中国，无疑是个失策。

龚德柏还认为中日之战，殆无可免，早晚要开战，而一旦中日开战，中国的领海就会被日本所控制，使中国处于孤立状态，无法从海上获得援助。长期抗战，殆不可能。中国要陪着打下去，必须预先有所准备，为自己开一个陆上的"后门"。而要开这个后门，只有两条路可行。一是打通西

---

[1]《从麻将说到民族性》，《也是愚话》，第30页。据陈立夫说，抗战爆发后，德国驻华大使陶德曼奉命调停中日战事时，他也曾向德国提出过这项建议，说："日本军阀一直想打我们，你要他们停战，最好想个方法转移他们的目标，他们自然就不会打我们了，我以为你们轴心国家应该联合起来，要日本往北进，德国向东进，这才是轴心国组合的目标。"只要德国能够保证战争结束后，日本退出中国，中国就同意"假我们领土去的苏联"（见《成败之鉴》第217页）。抗战初期，苏联是唯一援助中国抗战的国家，陈立夫竟要借路给日本去进攻苏联，真是荒谬不堪。

北，接连新疆与苏联的中亚细亚。一是开辟西南，从云南连通缅甸。但是要打通西北，必须扩建陇海铁路，将陇海线由连云港延伸到新疆西部。这一段有五千公里以上，以中国之积贫积弱，人力、物力都难以办到。事实上，直到1938年，陇海线也只修到河南西部，再没有能力向西北延展。

所以龚德柏主张开辟西南，由昆明修建一条公路，向西到达缅甸，再经过缅甸铁路与外界联系。他认为开辟这个后门，有两个优点：一是路程短。由昆明向西南延伸，只有一千多公里，途中虽然地势险峻，要经过横断山脉，跨越怒江、澜沧江和漾濞江，又有惠通、功果、漾濞三座大桥，但借助舟船之力，并非不能克服。二是比较安全。在西北开设"后门"，一路经过的都是中国的领土，战事爆发后这些地区中国是否还能控制，殊难预料。而西南的通道路程既短，还有一半离开了中国。他当时绝对想不到，日本后来竟然铤而走险，向英国宣战，占领了缅甸和新加坡，又从缅甸攻入滇西，因而认为日本军力再强，也不会到达云南。而越过云南的西部，就到达了缅甸境内，进入了英国人的保护之下。

他的"中国必胜论"理直气壮，咄咄逼人，对于"主和派"是很大的挑战。蒋百里就曾质问过胡适："你对龚德柏的文章，何以不答复？"胡适无法回答，只好自我解嘲，说："以不教教之，是为教也。"但是具有反日情绪的人都认同他的主张，而"尤其引起了许多军人的注意"。据说直到多年后，还有军人与他讨论书里的问题。当时南京的外国使馆也有人找他请教。除了日本使馆不论，美国情报人员也经常造访他，请教有关日本的问题。1933年，中苏重新恢复邦交后，苏联大使鲍克莫洛夫对他更为关注，每次招待新闻界领袖，他都堂而皇之地出现在被邀请的名单上，"成了俄国大使的贵客"。他的放言高论，自然也惊动了蒋介石。1933年2月，他经过何键的保荐，在南昌得到蒋介石的召见。虽然"时间只有数分钟，未得详谈"，但他返回到南京后，便接到了蒋介石的聘任，被任命为军事委员会参议，官拜少将。同时还收到一份密码本，指示他遇有紧急事务，可以不经过他人，"直接电告委员长"[1]。

据龚德柏自己说，他经蒋介石召见后，开始意识到"情报与新闻，名虽不同，实则一也"。他早在东京留学、做"中日通讯社"的记者时，就懂得搜集日本的秘密出版物，"对于新闻与情报的判断，有一日之长"[2]。现在更可以利用自己这项特长，直接参与军政国策的制定，进而一展怀抱。因此，他回到南京后，便将自己"开辟滇南交通"的构想整理成一份意见书，"又赴南昌，要求见委员长，面呈该意见书"[3]。他说蒋介石看了果然非常重视。就他所附呈的地图，"反复观看，甚为注意"。他根据蒋介石的"注意之专"，认为"此项建议，尚未有人向委员长提到"。"开通西南后门"的建议，当以他提出的最早。

了解抗战史的人都知道，滇缅公路的开辟，在抗战史上具有非凡的意义。1939 年滇缅公路全线开通后，西南运输处便成为抗战的枢纽，有员工两万多人，汽车三千余辆，运送的战略物资逐年增加。1939 年为 28000 吨，1941 年则达到 132000 多吨。特别是南宁失守，日军侵入越南后，滇缅公路在艰难条件下，成为中国仅有的国际通道，为中国的长期抗战提供了物质上的保障。所以如果他说得不错，就居功至伟，是抗战事业的重大贡献。[4]

这件事尽管有待证实，但龚德柏晋见蒋介石之后，的确受到蒋介石的重视。蒋介石不久便指示贺耀祖，"应派专员数人"负责满蒙情报，"一面探查实情，一面研究其国内及大连各报所发表消息"，其中特别交代，"龚德柏等令负专责"，"每周择要详报为要"[5]。1938 年，蒋介石为了改进情报

---

1 他在回忆录中说他被任命为参议，是由萧赞育保荐的。但是根据蒋介石的电文，保荐他的是何键，见《蒋中正总统档案·事略稿本》（18），第 503 页。

2 《龚德柏回忆录》下，第 208 页。

3 同上书，第 145 页。

4 但是齐世英说，他在 1931 年 "九一八" 事变后，便向蒋介石提出过开辟西南通道，称 "西北、西南的交通线，至少要修好一条"。见《齐世英口述自传》，中国大百科全书出版社 2011 年版，第 105 页。

5 《蒋中正总统档案·事略稿本》（19），第 399 页。

工作，曾考虑在军统局、调查局和军令部二厅之上，成立一个"最高情报委员会"，自己亲自主持，又将龚德柏作为重要人选；要王芃生通知他来武汉，在情报委员会成立之前，暂在国际问题研究所任职，做王芃生的主任秘书，主管对日情报的统筹工作。

龚德柏与王芃生都是湖南人，也是老朋友，而且他对王芃生仕途上的崛起有过很大的帮助。他说 1922 年 10 月，美国在华盛顿召开九国会议，这次会议主要是解决巴黎和会留下的问题，不仅涉及远东秩序的安排，还将直接讨论山东问题，因此对中国非常重要。中国政府接到邀请后，也对会议期待很高。"盼望彻底解决山东问题，废除不平等条约，免受日本在中国大陆推行领土扩张和经济渗透之害。"[1] 当时他和王芃生正在日本留学，都很关心这个会议，"谓此次如再失败，中国休矣！"[2] 但是根据平时的接触，两人深知政府的驻日官员"对日本情形毫无所知"，将心思都用在了做官上，怀疑国内官员也同样如此，在会上势必毫无建树。于是他同王芃生商量，由王芃生写一篇关于日本问题的意见书（即《华会之预测与中国应有之准备》），"由他携往北京，代他向政府活动，使他得参加华盛顿会议"。这件异想天开的事，他回到北京后，通过范源濂的关系找到了汪大燮，居然成功了。王芃生得以咨议的身份加入中国代表团，出席了华盛顿会议。王芃生正是凭着这份资历在外交界异军突起，赞襄办理山东一案，任鲁案督公署调查部副部长，行政处副处长。"从此一帆风顺，到死为止。"[3]

按理说，两人既有这份交情，理应相互信任，合作愉快，结果却出乎意料，两人的合作不仅不欢而散，还反目成仇，发展到"近于绝交的状态"[4]。有关这个话题我想以后另写文章讨论，这里只做一个简单的交代。简

---

1 《顾维钧回忆录》第 1 册，第 220 页。

2 王芃生：《一个平凡党员的回忆与自我检讨》，《王芃生与国际问题研究所》，《株洲文史》第 15 辑，第 233 页。

3 《龚德柏回忆录》上，第 79 页。

4 《龚德柏回忆录》下，第 237 页。

要地说，两人的不欢而散，主要是因为双方都心胸狭窄；既相互嫉妒，又自以为是，有些"瑜亮情结"。只是将他两人比作瑜、亮，未免具体而微。

有关这件事，王芃生死得较早，生前没有留下文字，但替他说话的人不少。其中最有代表性的是张令澳。他说他在侍从室六组主管情报业务时，经常与王芃生接触。以他的观察与了解，王芃生学识丰富，在政治、经济、军事、文艺方面都有广博修养，有很强的研判情报能力，而且在处理事务时有奇谋，"这是军统、中统的一般特务所不能望其项背的"，所以深蒙蒋介石的器重。[1]而龚德柏则"平时疯疯癫癫，说话大言不惭，时常写些不伦不类的条陈、策论，献给当权者，但总不见对其重用"。这就让龚德柏产生嫉妒心理，"羡忌王的地位，颇想取而代之"。于是"开始造谣生事，肆意攻击王芃生"，使研究所"矛盾迭起"。

张令澳说他还记得，龚德柏曾写过一封检举信，交给侍从室，称"王芃生经常去中共领袖周恩来房中同周密谈，而且一谈就是几个小时。还说所内被王信任重用的好几个职员都是共产党"。侍从室吩咐军统做了调查，证实这完全是无中生有，"于是侍从室认为所告不实，不予处理"。而"诬告被拆穿后，龚德柏自觉丢脸，便无法在国际问题研究所待下去了，1941年他辞职离所"[2]。

但是龚德柏的说法完全相反。他说不是他"羡忌王的地位"，而是王芃生对他有戒心，故意加以排斥。这件事起因甚早，由来已久。他说他是1938年7月接到王芃生通知，从长沙到武汉的。一个月后，首次进见蒋介石时，有王芃生和杨宣诚陪坐。蒋介石问龚德柏："对日本有什么看法？"当时日本刚刚经历一次台风，粮食损失严重，据报有数百万石之多。他预料日本经过这次风灾，以后粮价将会上涨，便将这件事"略略向委员长报

1　张令澳：《侍从室回梦录》，第84、86页。
2　同上书，第94页。

告"。他本以为这是件小事，不料蒋介石听了非常重视，又问了许多相关问题。他第二天遇见蒋百里，蒋百里也很奇怪地问他："今天委员长谈过日本大米要涨的问题，不知是谁告诉他的？"他怀疑就是这件事，使王芃生起了戒心，"盖在他的脑海中，我在委员长面前如此受尊敬，弄得不好，将夺了他的地位"[1]。从此之后，"两人间的裂痕，便由此慢慢发生"，王芃生开始对他敬而远之，有了"弃而不再用的神气"[2]。

龚德柏说他意识到这件事后，便采取了回避的态度，"借避警报方便为名，迁往李子坝一处办公，对于所中之事，一概不闻不问，只管情报之编缮"[3]。甚至为了避嫌，故意不与侍从室的人接触，怠慢了不少老朋友。但王芃生还是放心不下，不仅对他处处排挤，还以"小事情不必烦你"为借口，将他束之高阁，不让他有接触情报的机会。即便这样，王芃生还不如意，又指使庶务王国康对他行凶，以"一个小小庶务，公然敢打第二位长官的嘴巴"[4]。他去找王芃生质问，王芃生则一再狡辩，不承认是自己指使的。他一怒之下提出辞职，于1940年8月离开了国际问题研究所。

客观地说，两人到底谁是谁非，一时很难判断。目前有关王芃生的文章，在这件事上对他都很偏袒，认为问题出在龚德柏。龚德柏既有"龚大炮"的笑名，前言往行庶亦难合常理。但是结合相关的材料，龚德柏的说法更值得重视。他说王芃生对日本问题确有研究，也有自己的情报网，但性格上是个书生，对日本问题的了解，也是学术性高于实用性，而且他知识狭窄，缺乏国际常识，这都影响了他的判断力。他给侍从室的情报经常闹出笑话，"借虚伪情报邀功"。

龚德柏列举了几个例子，其中之一是1940年3月，王芃生接到仰光发

---

1 《龚德柏回忆录》下，第207页。

2 同上书，第215页。

3 同上书，第235页。

4 同上书，第236页。

来的情报，"报告英国有一百五十万兵在荷兰，拟于初夏向德国进攻"。立刻当作重要情报，自己亲自整理出来，"直接发交缮写人员缮好，以便赶快呈报侍从室"。但是龚德柏看了以后，"发现其绝对可笑"，便在签注中指出："自开战至今半年多，英国只送十五万兵至法国战场，足证英国陆军人数之少，何来百五十万人送至荷兰。即令有此项大军，但欧洲国家，绝不许敌对国家，有一兵一卒借中立国为根据地以入侵己国。若英国果有百五十万人入驻荷兰，德国何以一言不发？"

还有一件事，在常识上更为可笑，而王芃生也没有看出问题。他说研究所的一位驻英情报官员（应指何凤山），从美国寄来一份报告，说德国的军事进步甚快，在武器装备上已经优于美国。目前美国只有 150 厘米口径的大炮，而德国有 240 厘米口径的大炮。王芃生以为这个情报十分重要，又亲自编好，准备"呈送委员长侍从室"。但是龚德柏看了，认为这完全没有军事常识，于是卖弄文字，对报告极尽挖苦了一番。他在 150 厘米的"美国大炮"下面，签上了一句："我们可在炮内打一桌牌。"在 240 厘米德国大炮下面，又签上一句："我们可在炮身内开一桌酒席。"可是报告里这类错误，还有几十处，他没办法一一纠正，最后又"签了一个总条"说："这一报告，我绝对反对呈送委员长。"[1]

龚德柏说这类错误一再出现，使侍从室对王芃生非常不满，二处六组的组长唐纵更是"极看王芃生不起"。以致抗战结束后，国民政府机构重整时，由于唐纵的坚决反对，国际问题研究所终遭裁撤。他的说法绝非无稽之谈，在唐纵日记中可以得到证实。1940 年 10 月 3 日，唐纵曾在日记中说："敌首相阿部在其对地方长官会议上报告，促进伪中央政权之成立，以其事变之速为解决。然若认此为事变之结束，则又属错误，此正否定王芃生之结论。王芃生判断敌情，从未应验。如料敌不会在广州登陆，料敌在

---

1 《龚德柏回忆录》下，第 222—223 页。

今年 7 月会崩溃。委座骂王芄生谓，你的言论有时比没有理智的还没有理智，比无常识的更无常识。其言虽苛，但不为过。"[1] 可见"极看王芄生不起的"，不只有唐纵，甚至还有蒋介石。龚德柏想必也看出了这一点，这才"羡忌王的地位，颇想取而代之"。否则如果像张令澳所说，王芄生深受蒋介石器重，"倚之为左右手"，龚德柏再无头脑，也不会动这个脑筋。

话说到这里，有必要纠正一种说法。张令澳在介绍王芄生"出色的情报工作"时，曾举过一个很重要的例子，说 1941 年 5 月 20 日，侍从室六组收到一份急件，急件称："据国际问题研究所王芄生急报，6 月份内如美国与德国关系仍能维持现状，则德国将在一个半月内有对苏俄发动战争之可能。"他说当时罗斯福的特使居里正在重庆，于是蒋介石在阅后批示："请夫人即告居里先生。"一个月后，情报果然被证实。德国对苏联发动了突然袭击。他说这件事很让美国人感到意外，开始对中国人的情报刮目相看。"记得在两天后"，居里在给蒋介石的电报里，便提出希望在对日情报上能够继续与中方合作，其中有如下一段："苏联突遭德军入侵，使总统深感阁下提供情报之准确，倘阁下日后能将有关日本可能之动向及其他重要急切之情报随时见示，此当为总统所希望者也。"

他的这个说法也言之凿凿，几乎成了定论。许多文章都采用他的说法，认为蒋介石交给罗斯福的情报，是由王芄生提供的。但事实也不尽然。张令澳在侍从室只是普通官员，接触的情报范围有限。从唐纵日记中看，早在王芄生之前，驻德大使陈介、武官桂永清、专员谭伯羽，都向国内提供过同样的情报。桂永清的情报更加肯定，说至迟在 6 月，德国即会攻击苏联。1940 年 5 月 10 日，唐纵在"上星期反省录"中说："近来驻德陈介大使及桂武官、谭专员等均先后来电，谓德军有于最近攻苏之讯，桂武官且

1　唐纵：《在蒋介石身边八年》，群众出版社 1992 年版，第 101 页。

有至迟至六月即可实行之说。"[1]

所以实际情况很可能是，唐纵在接到这些情报后，对情报的准确性有些怀疑，"认为此种消息含有反间之作用"。侍从室六组的主要业务，就是"集中各方面的情报，及各方面呈给委员长的意见书，选择何者值得呈阅，何者不值得呈阅；值得呈阅的加以摘要，有时附加意见"[2]，可谓蒋介石的"耳目之所寄"。唐纵既然对情报有了怀疑，便在上面做了签注："德国攻苏，在地中海战事尚未解决之先，言之未免过早。……故此种消息不为德人轻弄之语，则系德方故为此言，以冀我转播英美人耳中，甚至含有离间中美、中苏合作之企图。"[3]而他的判断也就影响了蒋介石，使蒋介石对这份情报未加重视。直到 5 月 20 日，德国发动进攻的迹象更加明显，蒋介石再次接到王芃生的情报，才决定通知美国。王芃生在这件事上固然有功，但不能独占鳌头，将功劳都算在他的头上。

龚德柏说他离开国际问题研究所后，并没有脱离情报工作，蒋介石仍每月给他五千元，作为他研究情报的费用。因此，他离开国际问题研究所，反倒"等于被解放了。由此以后，可以利用自己掌握的情报，自由写稿，自由演讲，绝无任何顾虑"[4]，成了今天所谓的"公共知识分子"。而据他自己说，他其实在研究所时已经应王芸生之约，以每篇 20 元的价格，为重庆《大公报》撰写社评。只是他怕"引起王芃生的嫉妒"，这些文章都以《大公报》的名义发表，自己概不署名。现在他既与王芃生"完全破裂了"，便"不需再顾虑他的嫉妒，任何报纸或杂志，只要请我写文章，我都有求必应"[5]。

龚德柏说他早在办《大同晚报》时，以一人之力办一张报纸，已经练成了"飞笔"，每天写一万字是稀松平常的事。现在重操旧业，风采依然

---

1 《龚德柏回忆录》下，第 207 页。

2 徐复观：《未光碎影》，《中国时报》1980 年 4 月 4 日。

3 唐纵：《在蒋介石身边八年》，第 208 页。

4 《龚德柏回忆录》下，第 242 页。

5 同上书，第 232 页。

不逊于当年。南京和重庆气候相近，夏天都是极热，暑气难熬。他一向怕热，在南京办《大同晚报》时，每到夏天，写文章总坐在水缸里，一边写作，一边沐浴。而现在于国难时期到了重庆，反倒有了更优越的条件，可以在防空洞里写。只要没有遇上空袭，洞里清静阴凉，精神更加舒畅，所以他"每日都要写七八千字，甚至有时写一万字以上，下午四时，就可完工"，简直成了他的"黄金时代"。

龚德柏除了写文章，还热衷于讲演。当时名人讲演与今天不同，不但没有出场费，连车马费也要自己出。如同票友唱戏，所有费用都要算在自己头上。但他就是乐此不疲，只要"有人请我演讲，不论到任何远的地方，我都非常高兴去，甚至要走很远的山路，亦是愿去的"[1]。例如有一次社会学院请他讲演，学校在璧山县，距重庆有一百公里，他提前一天便坐公共汽车出发，第二天才到璧山县。当晚演讲三小时，第二天一早，就要坐公共汽车回来，在化龙桥下车，走十余里才到家。如此"三天苦工，一文未拿"，他照样"也乐于干，毫无怨言"[2]。

龚德柏无论是写文章还是演讲，都是依据自己的情报，就日本问题和国际局势发表评论。而且总是独具慧眼，言谈微中。例如太平洋战争爆发前，中国的对日作战已经陷入困境，"唯一的希望是美国与日本打起来，然后击败日本，我们才能获得最后胜利"。但是在1940年11月28日之前，"没有一个人敢做此种预言"。只有他在这一天的报纸上，注意到美国国务卿赫尔在发表讲话时，对日本驻美大使野村三郎有一项重要答复，重申美国不承认"满洲国"，要求日本从东北撤军，"恢复到'九一八'事变前的状态"。他认为这是美国对日本的"最后通牒"，美日之间即将开战。[3]太平洋战争爆发后，他对战事的预料就更加准确。1943年2月，美军攻占了马

1 《龚德柏回忆录》下，第247页。
2 同上书，第248页。
3 同上书，第258页。

绍尔群岛。"下一攻势向何处展开？是当时的大问题，为世人所注意。"他于三月底便写了一篇文章，在《政治与军事》月刊上发表，预言下次攻势将是塞班岛。三个月后，美国在塞班岛登陆，他的预言"完全实现"。

在塞班岛之后，他又在《政治与军事》月刊上预言，下一个目标是小笠原岛。美军随后攻占了硫磺岛，他的预言又对了大半。在硫磺岛战役后，他又对战事做了更大胆预测。当时大部分人认为，在琉球群岛南边，还有台湾，美军不会越过台湾，直接向琉球发起进攻。连日本参谋本部也认为，美国将先攻取台湾，然后琉球，所以将兵力更多部署在台湾岛上。但是他注意到美军的"跳岛战术"，"认为美国将只攻琉球，而置台湾于不顾。因为琉球占后，台湾完全孤立，美国只由菲律宾与琉球，以飞机向台湾轰炸，毁灭其空军根据地，则台湾对于美军，绝不能为害"。后来美国采取的军事战略又果然如他所料。[1]

龚德柏对日本政局的观察，积年累月，当然就更为精准。例如1944年7月17日，东京广播报道，东条英机对内阁做了重要改组，自己放弃参谋总长的兼职，任命山杉元为参谋总长，同时岛田辞去海相，专任军令部总长，而以野村邦直担任海相。他根据这条报道，见微知著，认为这是东条英机为下台做准备，以免内阁总辞后，军令无人负责。于是便向蒋介石提交了一份报告，于19日送到侍从室。而只隔一天，20日上午8时，东条内阁便宣布了总辞。他这份报告的准确性让侍从室非常惊讶。二处六组的副组长邵毓麟本来是王芃生的至交，这时见了他也刮目相看，称赞他"分析得非常好"[2]。

因为龚德柏每发必中，算无遗策，在报纸上大出风头，重庆的各家报纸都喜欢刊登他的文章，他的"文稿销路极佳"，不论是否是对方的约稿，

---

1 《龚德柏回忆录》下，第246页。
2 同上书，第260页。

只要他"寄文章去，没有不登的"。正如陈纪滢所说，他的文章文风坦率、肯定，虽然"有点夸张，但很能餍足读者的需求，尤其在敌机滥炸、前方攻势激烈、人心浮动的时候，他的文章有足够的打气作用"[1]。所以他在重庆发表的文章，一经刊诸报端，外地读者便开始翘首以待，"任何小地方的杂志，都愿意转载"。他最常发表文章的报刊，除了《大公报》，还有《扫荡报》、《战斗中国》、《政治与军事》月刊、《世界日报》。他还为文化供应社写了大批文章，由文化供应社以篇计价，统购统销，"分寄东西南北地区报纸杂志发表"，究竟都发表在哪里了，他根本不知道。甚至弄到最后，"凡是抗战区域，大概都知道有龚德柏这一作家"。不仅西安、贵阳、昆明这类大城市，"连湖南沅陵这样小地方的报纸，都直接向我要稿子"，他也"来者不拒，照样应酬"。

但是从 1944 年起，他的行情突然发生了变化。有些官方报纸吞吞吐吐，开始不愿登他的稿子了。例如黄少谷主编的《扫荡报》，是他最常发表文章的地方。经常半夜将他叫起来，为报纸写社论；他每次将文章送去，"他们都得之如获至宝"。可是 1944 年以后，他送去的文章总是受到冷遇，"迟迟未能见报"。更谈不上半夜叫他起来，给报纸写社论了。他有些不解，乃通过黄太太打听，是不是有人威胁黄少谷，不许他刊登自己的文章。结果果然如此。原因是他这段时间送来的文章，写的都是一个内容，就是预告对日战争已经进入最后阶段，不久之后"日本必定投降"。而政府不赞成这种说法，所以不但《扫荡报》不便发表，其他报纸也不便发表。

所谓"政府不赞成这种说法"，其实也不难理解。当时研究日本问题的学者普遍认为日本是个"自负心很强的民族"，不会轻易无条件投降。例如左舜生在 1945 年 5 月底依然发表文章提出六点理由，断定日本在短期内不

---

1 《老报人龚德柏》。

可能投降，"这是铁一样的事实"[1]。而蒋介石对日本军事实力的估计，更一向比较审慎，直到1945年7月下旬，日本即将投降之前，仍认为要结束战争至少还要三个月，甚至半年。更重要的是，以蒋介石当时的心理，并不希望战争很快结束，所以一直采取"消极抗战"的政策，将大量精锐部队驻扎在西北，限制中共力量的发展，希望积累美国的经济援助，为战后的重建做准备。而龚德柏一再预告"日本必定投降"，不啻是在拆蒋介石的台。

但是他却执迷不悟，自从意大利宣布投降后，他脑子里想的都是这件事，认定日本投降只是时间问题。1943年8月，中野正刚在《日本及日本人》杂志上发表文章，提示"天皇应当效法意大利，采取行动，领导日本投降"，就是个明显的征兆。所以他除了断言"日寇精神上已被征服""解决日本已迫在眉睫"，预报"战争一年内结束"之外，再无别的兴趣了，"也不愿意写以外的文章了"[2]。好在重庆的报纸很多，除了官办的还有民间的，特别是《世界日报》在重庆的发行量很大，社长成舍我、总编辑程沧波都是他的老朋友，还是照样约他写文章。即便报社里有人反对，不相信他的预言，"但成兄始终认为我不会看错，故每篇都照登"[3]。于是，他在每个周末的《世界日报》上，都会预告一次"日本必定投降"。以至于有人跟他打赌："日本人到底哪天投降？"他被逼急了，便断言："两个星期内，苏联必与日本宣战，否则取我头去。"结果两个星期过去了，苏联并没有宣战。"而大炮戴其头往来如常，于是大炮之名益著。"[4]这件事也就成了笑谈。

但是他不以为忤，还是照样写他的"日本投降论"。问题最大的倒是演讲。他的文章既被官方拒登，而大部分的演讲会都是官方主办的，官方既不登他的文章了，又焉能要他演讲？"所以在重庆市内大场合的演讲，

1 《日本最近有投降的可能吗？》，《民宪》半月刊第2卷，第2期。
2 《龚德柏回忆录》下，第244页。
3 同上书，第247页。
4 曹聚仁：《天一阁人物谭》，生活·读书·新知三联书店2007年版，第318页。

就没有我的份了。"按说讲演是没有收入的，讲不讲对他没有什么，但是他已经深入此道，讲得上瘾，对之"不可抑制，而且有些事非向大众报告不可"。只好自找场所，自己开演讲会。只是自己开演讲会，花销很大，场地、广告都需要钱，所以他决定"略收票价，以资抵补"，开始在重庆卖起了门票。当时在陪都重庆，演讲卖门票的，在他之前只有黎方东，而黎东方讲的是"三国"，略等于在茶馆里说书，而他讲的是时事，性质截然不同。但是他的门票，竟然也卖得很好，听众络绎不绝，有时座位没有了，宁愿站着听讲。甚至一些"有车阶级"也趋车前来买票听讲，"在重庆坐汽车，谈何容易！所以不是高官，也是大商"。这就证明他的演讲具有足够的号召力。

他还记得他最后一次演讲，是1945年7月20日左右与刘清扬等人同台，在训懿女中所做的讲演。当时正值暑假，大部分学生已经放假了，在台下听讲的只有百余人。他在这次演讲之前，刚在《世界日报》上发表了一篇文章，称《日本将在数星期后投降》。在这次演讲时，他根据日本政坛的动向，"对于战争前途，做一全盘之估计"，更肯定地说，"日本在暑假期内，必然投降"，下学期开学时战争已经结束了。放假回家的同学，回重庆已经看不到欢庆胜利的一天。

他说做完了这次演讲，便决定不再离开重庆，开始准备迎接日本的投降。因为从1944年开始，他为了宣告"日本必定投降"，在1年又7个月里，不仅写秃了笔，作了至少二百万字的文章，也喊破了喉咙，发表了50多场演讲。现在这一天终于临近了，"一旦日本投降，我若不在重庆似不无遗憾"。因此一定"要在重庆亲眼看日本投降，以便浮一大白"[1]。还不到一个月，他就迎来了这一天。他说这一天，是他一生最难忘的经验，重庆人民都如发狂了一样，街道上挤满了人，鞭炮震耳欲聋，大家同声高呼："日本

1 《龚德柏回忆录》下，第272页。

投降了！日本投降了！"

日本投降了，也就证实了他的预言。他当晚一晚没有睡着。他的"当晚一晚没有睡着，是在打定主意"，认为日本投降了，共产党问题还没有解决。外战既停，内战必起。他听说"此时共军已向近海地点集结，拟乘美军在中国大陆登陆时，与美军合作，凡美军攻克一地，他们即收一地，以扩大他们的地盘"，日本投降后的中国，就要落到共产党也就是苏俄的手上。如果出现了这种局面，八年浴血抗战，又何苦来哉！所以他凭彻夜之力，想出了一条"扫灭共党的毒计"，"想命令日本投降的军队，此时不要集中，不要缴械，就用他们的原建制，与国军共同行动，把共军包围歼灭"[1]。

他打定主意后，第二天一早，就去找陈方。陈方是他的老朋友，任侍从室第四组组长。他要陈方带他去见蒋介石，请蒋介石派他去南京，要求冈村宁次下令实行他这项计划。"若日军剿共有功，当给重赏，对已投降的日本国家亦有报酬。使日军可以努力从事。"不料任他说得天花乱坠，陈方都不认同，怀疑他被胜利冲昏了头脑。早在抗战开始之前，社会各界就反对蒋介石的"安内攘外"政策，要求国共联合抗日，声势一浪高过一浪。现在抗战刚刚结束，山河待整，百废待兴，政府又要发动内战，而且还养寇自盗，驱使仇敌屠杀自己的同胞，这岂不是倒行逆施，自取灭亡之路？陈方这里行不通，他又去找李惟果，而李惟果同陈方一样，"也拒绝转呈"[2]。他最后想到了张治中。

张治中听完他这条"毒计"，沉吟半晌，说："我现在要说的，有泄露国家机密之嫌。政府现在正在那里照你的计划进行。"他听了信以为真，以为政府正在进行，"所以我们就不谈了！"[3] 结果事后发现，张治中根本就是

---

1 《龚德柏回忆录》下，第281页。
2 龚德柏：《俄国才真正是日本的死敌》，《愚人愚话》，传记文学出版社1978年版，第75页。
3 《龚德柏回忆录》下，第282页。

搪塞，政府从来没有这项计划。"假使有的话，没有完全不露痕迹的道理。"
他从此对张治中恨之入骨，将他与熊式辉视同一类，称之为"亡国的妖孽"。

其实他不知道，早在他之前，蒋介石已经接到这类建议。阎锡山还先
行一步，擅自在山西征调日本战俘袭击中共军队。而蒋介石顾及民族大义，
很不赞成这种做法。在日记中说："阎锡山仍利用日寇编入其部队，一面谎
报已完全缴械，近竟为共匪发觉，捕获其队内之日兵，乃向执行组提出抗
议，殊为我军最大之污点，阎之卑劣不仅丧失其个人之人格，而且丧失我
国格矣，可痛。"[1] 蒋介石还在日记中告诫自己，"个人失败之事小，而民族
存亡之前途大……此时除本身诚敬为主以外，万不可借外力或弄小智，徒
陷党国于不可收拾之地。应以此戒慎恐惧视处之！"[2] 龚德柏骂张治中、熊
式辉是"亡国的妖孽"，实在没有道理。

龚德柏的"良策"不能实现，虽然于国家"有失"，于个人还是大有斩
获。他说日本投降后，蒋介石对他的态度也有所改变，从前不愿意听他说
"日本必定投降"，现在却对他"颇有好感"，使他的"行市非常高"[3]。他说
就在他去见张治中那天，恰巧遇见了何应钦。何应钦一见他就说："啊！日
本通！不要走，跟我当顾问去。"要他去湖南芷江，襄赞日军的受降事宜。
他到了芷江后，又随冷欣、邵毓麟、顾毓琇等人一起去南京，出席日军的
受降仪式。这也使他亲眼看到冈村宁次在世界正义力量面前，低下头签署
了投降书后，双手呈送给何应钦，然后率领全部人员，自己解下佩剑，双
手捧呈交给中国官员，成为中国人民的俘虏。

龚德柏首先回到南京，便有机会捷足先登，抢先接收敌伪财产。进而
又招兵买马，利用日本人和汪伪留下的印刷设备，率先恢复了《救国日报》，
又在南京报界"横行一时"起来。1946 年 8 月，他在抗战后的首个纪念日，

1　蒋介石日记，1936 年 3 月 28 日。
2　蒋介石日记，1945 年 9 月 8 日。
3　《龚德柏回忆录》下，第 273 页。

还同萧同兹、成舍我、王芸生、曹谷冰等人一起，获得政府颁发的胜利勋章，成为新闻界最荣耀的人物。

他一生信命，曾写过一篇《命运篇》，说"命运始终是支配人世的"，国家的兴亡和个人的成败，都是命运使然。即如中国抗战胜利，也是靠老天爷帮助。所以"抗战八年间，长江、黄河均无水患，而后方各省均告丰收，这是非常稀有的事。故人心安定，抗战得以继续进行"。反观日本，"每年均有灾害，故民食非常缺乏，民心大不安定，这影响战局甚大"。但是他能预见到抗战胜利，"日本必定投降"，却绝然想不到他此时的荣耀，也是他一生的转折点。

1947年4月，首届总统、副总统选举，参加副总统选举的四人中，以李宗仁和孙科的支持率最高，几乎势均力敌。但蒋介石属意于孙科，一般人都认为孙科更有机会当选。说"讲人望，孙先生比李宗仁好；讲小组织，总裁比李宗仁的强；讲威胁，总裁的权威比李宗仁大好多倍；讲利诱，总裁有全国的财富，可以给人高官厚禄，李宗仁只有广西和安徽两省，只能给人小官小钱。孙先生得到总裁的全力支持，李宗仁怎么能和他竞争？"[1]但龚德柏偏不信邪，不知道出于什么心理，在《救国日报》上大唱反调，竭力支持李宗仁；还以头版头条登出一则孙科与蓝妮的丑闻，在会场上免费发放。蓝妮本名蓝巽宜，是云南哈尼族苗王的女儿，1943年与李调生离婚后，被孙科纳作如夫人，在政坛上尽人皆知。[2]龚德柏说，抗战爆发后，蓝妮以住不惯重庆，曾一个人前往南京、上海，住在敌占区，这期间与陈公博、周佛海来往密切。日本投降后，中央信托局在上海没收了一批德国进口的染料，作为敌伪财产处理。孙科曾为此致函国民大会秘书长洪兰友，

---

1 黄宇人：《我的小故事》下，第63页。
2 1946年6月25日，孙科曾为蓝妮写过一份身份证明，称"我只有原配夫人陈氏与二夫人蓝氏两位太太"，1993年7月，上海《世纪》杂志创刊号曾发表过这份手迹。2011年在台湾出车祸逝世的孙惠芬，就是孙科与蓝妮的独生女儿。

说这批染料为蓝妮所有，要求政府予以发还。

这桩丑闻经他揭出后，孙科的选情受到很大的打击。这意味孙科不但有"通敌"之嫌，还曾利用职权徇私舞弊。据说4月23日那天，国大代表一进入会场，就发现每个人的桌面上都摆放着这张《救国日报》。随即群情耸动，会场为之哗然。龚德柏与孙科原本就结有宿怨，1932年蒋介石下野，孙科任行政院长时，他就在《救国晚报》上大骂广东派，说"广东政客"争权夺利不顾国家存亡，"措辞之激烈，无以复加"。孙科内阁被他"这样连续的臭骂，只干了二十五日，就逃到上海去了"[1]，改由汪精卫接任。孙科是广东派的领袖，龚德柏这次卷土重来，更让广东派"勃然大怒"，将新仇旧恨一起算在他头上。

据张发奎说，当天他与薛岳找来两辆公共汽车，带领一百多人，直接闯进了救国日报社，进门便大喊："龚德柏在吗？"里面的人刚问了声："你们想干什么？"张发奎便大喊道："我是张发奎，打！"薛岳随声而起，手起杖落，将一名报社职员打得血流如注。最后一百多人同时挥拳舞棒，指东打西，指南打北，将龚德柏的家当砸个稀巴烂。张发奎说，他们在楼下找不到龚德柏，又上楼去找，还是不见踪影。不知道是原本不在，还是见势不妙，先自躲了起来。他肯定"如果龚德柏在场，他一定会被打死！"[2]

只是龚德柏既然没被打死，态度便很强硬。他于当天下午编发了一张号外，公布《救国日报》被毁的经过。几天后，又发表了一份声明，称"这次国大开会，孙科竞选副总统，我认为其不当，故十九日有'反对孙科任副总统'一文。……今且在国民大会进行期间，诉诸暴行，国大代表乘大会交通车，由宪警跟随，捣毁报社，这将使我中国宪政蒙羞。盖国民选出之代表，尚对言论机构施以暴行，其他则可类推也。世界各国，将认为中

---

1 《我办晚报的经验》，《愚人愚话》第43页。

2 《张发奎口述自传》，当代中国出版社2012年版，第344页。

国绝无行宪资格也。本人及报社同人，乃身受其害者，对此种行为，实不能不深表痛愤也"[1]。

程思远说，事情发生后，李宗仁很过意不去，拿出四根金条，要他转交给龚德柏。[2]但是这四根金条法力有限，没有挽回龚德柏的命运。他一生本来大起大落，一时的挫败不足措意，然而经过这次打击却一蹶不振，彻底走上了下坡路。1949年3月，《救国日报》因"连日发表荒谬言论"，"对我革命英勇将士妄加诬蔑"，并"受李宗仁等指使"，以"蒋不出国，救国无望"为题攻击蒋介石，被首都卫戍司令部"勒令停刊"，"并传讯该报发行人龚德柏"[3]，从此结束了他在大陆的活动。

1949年龚德柏随国民党迁往台湾后，依旧未能脱离厄运。第二年的3月9日，他去新竹的陆军大学演讲，讲演后便被国民党政府逮捕，先是被软禁，后又被正式监禁，"不审、不判、不杀、不放"，一关就是七年，而且"他究竟犯了什么罪？关在什么地方？谁都不知道"。吴国桢与蒋介石闹翻后，曾在给蒋介石的信中提到，当年龚德柏"被特务秘密拘捕"，他这个省主席，在事前竟然是"毫不知情"。1955年3月，成舍我在"立法院"质询时，也质问过"行政院长"俞鸿钧，要国民党政府说明真相，"如果他（龚德柏）是匪谍，政府早就应予枪毙，如果他不是匪谍，相反地，且是一位抗日反共爱国家爱民族的老斗士，就早应使其恢复自由"[4]。但以"案情重大"没有奏效。直到1958年才经黄少谷保释出狱，得以恢复自由。唯以整个案情"未经任何法院审判，白白关了七年，以何种原因而被捕，又以何种原因而被释，大家至今一无所知"[5]。

1　《救国日报》1948年4月25日。

2　程思远：《政海秘辛》，李敖出版社1995年版，第262页。

3　《蒋中正总统档案·事略稿本》（76），第196、228页。

4　同上。

5　左舜生：《由"吴案""孙案"到"雷案"》，《左舜生先生晚期言论集》（下），台湾"中研院"近代史所1996年版，第1469页。

当然，龚德柏后来将这场劫难也归之于命运，说他如果没遇见何应钦，就不会去南京受降。而不去南京受降，就没有机会首先回南京，这样待他"回到南京时，所有印刷生财，都被人收买去了，无论如何，不能再在南京恢复《救国日报》，造出许多纠纷，为将来之累"[1]。听起来很有道理，确有"命运"的味道。而最令人不解的，还是他被关押的原因。他对这件事一直噤口不谈。晚年在《新闻天地》上写回忆录时，还与卜少夫有个约定，"关于某人某事，现在是不能发表的"。所以这里所写的，不是自传的全部，"将来尚需补充"[2]。据说他写过一本《蒋介石黑狱亲历记》，原不准备发表，而后来被李敖得到了，发表在自己主办的《求是报》上，但是我没有见过。我只知道有关他被关押的原因，至少有三种说法：

一是雷震在回忆录中说，龚德柏在陆军大学演讲时，"曾批评孔祥熙和宋子文在做财政部长时贪污舞弊，把美金存在美国银行里，数目甚巨，比以色列总理拉宾夫人莉亚把其丈夫在美做大使时演讲所得美金，存在美国银行里，多出几百万倍"[3]。二是曹聚仁在《天一阁人物谭》里说，龚德柏在台湾遭到拘押，"就因为他到台湾以后，大声疾呼，要追究东北失陷的责任，说是要杀陈诚以谢国人。陈诚是台湾的省主席，行政院长，又是蒋介石的亲信；龚大炮一生骂人，这就真正吃了大亏了"[4]。三是周宏涛在《蒋公与我》里说，龚德柏1949年来台后，"又赴香港与叛逆程潜勾结，九月再度来台就到处对军民做反动宣传，'尤其在陆军大学演讲，公开毁谤政府，并指对日战争，是我政府首先发动，是最高当局为顾全个人名利所决定，并指责政府未提前议和为失策，尤其认为剿匪是犯了重大错误，其他各种谬论，不仅动摇人心，而且为共匪张目，如任其流播，实足颠覆政府，动

---

1 《龚德柏回忆录》下，第273页。

2 《龚德柏回忆录》上，第2页。

3 《雷震回忆录——我的母亲续篇》，第150—151页。

4 《天一阁人物谭》，第318页。

摇国本'”¹。单引号为原文所有，应当是龚德柏案的官方结论。

　　这三种说法截然相反，相同之处，是都与他的骂人有关。至于谁对谁错，我难以定论。总而言之，龚德柏一生跌宕起伏，光怪陆离，言行经历都奇特得很，甚至七年的牢狱（他称为"在山中休息"）也关不住他，他在狱中待了半年，就发明了一套黄河治理方案，据称可以使黄河"化大害为大利"，今后千秋万代再无水患，"成了中国历史上最最有名的人物"²。这样的人实在可以称为"奇人"。奇哉！龚德柏。

2013.12.8

1　周宏涛：《蒋公与我》，第 379 页。
2　龚德柏：《四愚集叙言》，《愚人愚话》，第 2 页。

学人王芃生

王芃生在中国现代史上，是著名的学者和外交家。他于抗战之前，长期从事外交工作；抗战爆发后，出任国际问题研究所所长，负责对日情报的搜集与研究。我在《龚德柏与王芃生》里，对他这段历史做过介绍。但是过后觉得，文章中的说法不尽全面，而且说龚德柏多，说王芃生少，这容易让人产生"抑王扬龚"的误解，有必要就相关内容再做些介绍和补充。

王芃生在现代史上的地位，远超过龚德柏。他在湖南陆军小学读书时，就加入了同盟会。武昌起义爆发后，他先参加了长沙起义。之后，又奉湖南都督焦达峰之命，随西南招讨使杨任、副招讨使余昭常赴常德，招抚常德巡防营统领陈斌升起义，不料策反失败，杨任、余昭常、向忠勇、米赞元等九人遇害，他因被派去联络新军，侥幸得以脱险，当时还未满20岁。民国建立后，他奉谭延闿之命北上，入陆军军需学校学习。在校期间，又经承文俊、漆英两人介绍，加入新改组的国民党，亲炙宋教仁的教诲，成为国民党资格最老的党员。

但是据他自己说，他从这时起，便认识到自己"性慈少威，本不宜于将兵"。开始放弃学习英文和德文，而改习日文，利用课余时间，学习国际法和外交史，重点放在日本问题。毕业后被派往日本留学时，对日本问题的兴趣更加浓厚，将主要精力都用于研究日本历史与政治。特别是1920年春，他再度回到日本，入东京帝国大学学习时，"已不重在学校功课，多在图书馆研读，并常川充各书店巡阅使"。而且对日本人伪造历史的劣迹，已经有所认识，意识到"对日本公开刊物及正统派之记录，均需采怀疑态度，重新检讨"。从而开始节衣缩食，大量搜集日本的秘籍书刊。

据潘世宪和郭福生说，国际问题研究所的图书馆藏有图书杂志近万册，"百分之八十系王芃生的私人藏书"，其中有不少珍贵文献，"单是缩刷版日文报纸就占了半间房，日本《外交时报》更是整套的"，后来都捐给了上海图书馆。唐纵也在日记中提到，他在王芃生家里看到过一本《冲口出》，就是王芃生当时搜集的。这是本"日本绝版历史"，其中"不讳日本天皇，系出中国血统台湾之苗裔"。这对了解日本觊觎台湾的心理，可以有很大的启示。王芃生也正是根据这些资料，撰写了《中日关系之科学研究》《日本交涉真相秘录》等著作。

从王芃生后来的回忆文章中看，他大约在这个时候认识了龚德柏。他说："龚德柏君留学早于予，予之日本研究，除戴季陶院长而外得其启发者不小。"龚德柏当然对他也很敬佩，两人惺惺相惜。王芃生说，当时彼此约定，"凡驳斥日本之对外宣传，彼任之；而沉潜探索，并为异日国际坫坛之准备，则予任之。自是多年，如斯响应"[1]。因此1921年初，两人听说美国愿意主持公道，拟于华盛顿召开九国会议解决巴黎和会遗留问题，"鉴于巴黎和会之痛史，认为这是唯一翻案惩日之良机"，便商量如何能出席会议，在会上为政府献计献策。最后决定由王芃生起草一份小册子，"为讨论对策，考求论据，搜集材料之用"，交给龚德柏，由龚德柏"携回北京，代向政府活动"，得使王芃生出席华盛顿会议。[2]

这件在今天异想天开的事，经过龚德柏的活动，居然成功了。两人一

1　王芃生：《一个平凡党员的回忆与自我检讨》，见《王芃生与国际问题研究所》，株洲市文史资料研究委员会编，第231页。
2　《龚德柏回忆录》上，第60页。

以咨议、一以随员的身份，一同出席了华盛顿会议。从两人后来的经历看，这段经历对王芸生尤其重要。他回国后凭这份资历，在外交界异军突起，出任鲁案督公署调查部副部长，行政处副处长，青岛准备接收委员会委员。青岛接收后，又出任胶州督办公署政务处长，此为市长之下的第一要职。而且他通过办理山东一案，进而得到王正廷的赏识。1928年6月，王正廷接替黄郛，出任外交部长之后，又派他"以私人资格，持其介绍私函"，去日本"作非正式之游说与宣传"，化解"济南事件"后中日之间迫在眉睫的军事危机。

而所以要采用"以私人资格"，首先是因为在1934年张群任外交部长之前，国民政府在对日外交上一直避免政府与政府间直接交涉。其次，是因为王正廷上台后，一反伍朝枢、黄郛的"协调外交"政策，大张旗鼓地推行"革命外交"，在报上公开宣布废除不平等条约，收回租界与租借地。这无异于火上浇油，加剧了中日之间的紧张局势。据当时日本驻上海领事重光葵说，"他怕报纸所载不甚正确，所以特地访王正廷，面质其事。王予以证实，并谓'外国之权利收回，固不待言，并包括东北在内。旅大之租借权，南满铁路之营运，当公布之顺序而取收之'"[1]。重光葵将他获取的消息，通知了日本政府。

日本政府极为不满，宣布国民政府"若采取单方面行动，则日本亦将采用适当行动"。5月7日，日本参谋本部在拟定的《对华方策》中明确表示要用武力解决"济南事件"，"以示震惊整个中国之威武，根除彼等蔑视日本之观念，以此向中外显扬皇军威信，并为在整个中国发展国运奠定基础"[2]，决定"派名古屋第三师团依照战时编制，以约两万人立即占领济南，管理胶州线，尤有大规模占领宁沪之酝酿"[3]。日本政府还通过第六师团长福

1 《龚德柏回忆录》下，第10页。

2 信夫庆三郎编：《日本外交史》下，商务印书馆1980年版，第532页。

3 殷汝耕致黄郛，1928年5月7日。

田彦助，向蒋介石提出五项要求，要国民革命军撤出济南及铁路沿线两侧20华里以外，严禁一切排日活动，限蒋介石在八小时内答复。到了5月中旬，日军在山东的总数已达15000人。中日间的紧张关系，已经无法用正当途径处理。

王芃生到达日本后，的确不辱使命，经过与日方代表"四小时的舌战"，不仅缓解了中日间的冲突，"使废约之一大危机，遂告消弥"，还促成日本与意大利、德国在同一天承认南京政府，使驻日公使汪荣宝得以代表国民政府出席了日皇加冕典礼。后人对王芃生这次外交活动一直给予很高评价，认为没有他的努力，中日冲突殆不可免，"至少关税交涉必被日本破坏"。但是我认为，意义没有这么重大。中日局势能够缓和下来，主要是蒋介石决定忍辱负重，在5月10日党政联席会议上宣布绕道北伐，对日"暂取不抵抗方针"，使日本失去继续扩大事端的借口。同时，田中内阁经过三次出兵山东，也认识到采取强硬政策已经无法阻止北伐军进入华北，从而将巩固和扩大在东北的既得利益作为日本对华政策的主轴。因此王芃生到达日本时，局势已进入缓解状态。而日本则于一年之后，借机挑动中韩关系，在吉林制造了"万宝山事件"，接着又悍然发动"九一八"事变。

但是无论如何，王芃生以"私人资格"进行外交活动，取得了一定的成就。所以他自己也很得意，经常以郭子仪自拟，将他这次成功称作"单骑见回纥，擒贼先擒王"[1]。特别是他在写《孤军舌战三岛纪要》时，一问一答都非常机敏，不卑不亢，一扫以往对日外交的屈辱。俗话说"弱国无外交"，而他却能以弱胜强，"以一卒子过河，将死老将"，这让很多人认为他"真不愧为一个深谋远虑、沉毅果敢的外交斗士"[2]。从而他回国后，立刻声名鹊起，社会各界的许多高层人物，都开始知道"外交界出了个王大桢"。

1　王芃生：《一个平凡党员的回忆与自我检讨》，《王芃生与国际问题研究所》，第238页。
2　邓文仪：《我与王芃生先生的交往》，《王芃生与国际问题研究所》，第153页。

1932年1月，张学良在北平延揽人才，他被聘为东北外交研究委员会委员，主编《外交杂志》。同年10月，又作为中国代表团成员，随颜惠庆、顾维钧去日内瓦出席国联特别大会，讨论李顿调查团的报告书，处理中日在东北问题上的争端。1934年回国后，即由贺耀祖提名，出任驻土耳其大使馆参事。一年以后，又经张群提议，获得许世英的邀请，出任驻日使馆参事。

只是王芃生虽然声名大噪，在外交界闯出天地，却未能与时俱进，结交蒋介石或汪精卫。这都影响了他在仕途上的进取。他在土耳其任参事时，郭泰祺便同他私下里说，"汝在华盛顿会议同资格者，多已早任公使"，对他"今尚屈就参事，颇为惋惜"[1]。因此，他于1931年7月，首先投石问路，向蒋介石提供了一份报告。通过分析日本的国情，预告"今年（1931年）9月日本将在东北有所行动"。但是蒋介石看到报告，反应冷淡，没有做出回应。

依照一般的说法，蒋介石之所以反应冷淡，没有重视他提供的情报，原因是中原大战刚刚结束，蒋介石又在汉口设立了湘鄂赣剿匪总司令部，正集中兵力围剿江西红军，实行自己的安内攘外政策，"无心考虑东北外患，甚至还欲借日人之力削弱或消灭东北地方割据武装。因此，对王提供的情报无所表示，致使一夜之间，东北大好河山变色"[2]。

但是我认为，原因可能不在这里。在他向蒋介石提交情报时，日本的侵略意图已经十分明显，连本来不熟悉日本事务的黄炎培，在1931年春，去日本短期考察教育时，也发现许多异常迹象。回到上海后，便在《申报》上发表文章，提醒国人日本正准备"向外发展"，"他们的目标比以前还要扩大，从前为的是满蒙，现在呢，黄河以北，全是他们馋涎所及呀！"[3]据

1　王芃生：《一个平凡党员的回忆与自我检讨》，《王芃生与国际问题研究所》，第238页。
2　辛先惠：《王芃生及其国际情报工作的回忆》，《王芃生与国际问题研究所》，第84页。
3　《黄海环游记》，生活书店1931年版。另据黄说，他回国后曾见蒋介石，说日人将在东北开衅。蒋介石嘱他去找王正廷谈，王正廷听了他的话，大笑说："如果黄任之知道日本要打我，日本还不打我哩；如果日本真要打我，黄任之不会知道的。"见《黄炎培日记》第3卷，第326页。

沈云龙说，"九一八"事变后，中央大学教师、学生冲击外交部、殴打王正廷时，参与行动的中大学生林时懋、崔炳钧告诉他，"在王（正廷）之公文抽屉中，发现有关东北报告密件多份，俱原封未动"。驻日公使汪荣宝病逝时，汪东在"哀启"中也提到，"东三省变将作，日本先有布置，君烛其萌兆，上书告危，当局者以为妄。君又请特派汤尔和先生至东京考察，命君所言。汤甫归国，而万宝山案起，朝鲜暴动，杀华侨无算，政府借证调查，君亲历抚慰，尽得其实，方具草陈复，政府遽撤君归，未一月，日本兵进据辽沈"[1]。可见当时向政府提供这项情报的，不止一个，驻日大使甚至两次"上书告危"，蒋介石既然都没有予以重视，也不可能特别注意到王芃生。

不过也有一种说法，说王芃生的情报已经引起了蒋介石的重视。王正廷因被殴去职后，蒋介石为了改组外交部，曾想到王芃生，有意委任他为外交部常务次长。但是蒋介石当时还没有"手谕"的习惯，在交办时话说得不够清楚，只说"此人系东北方面人士"。而经办人查来访去，发现东北人里没有王大桢，而只有一个王家桢，"以为蒋欲安抚东北人士而记错，遂发表王家桢为常务次长"。王芃生后来得知内情，不免引为恨事，从此"愤然改以字行"[2]，不再叫王大桢，而叫王芃生了。据说这件事不是谣传，确实"有本"，是侍从室秘书肖乃华亲口告诉王芃生的，只是听起来更像是传奇，无法当真。

王芃生这次投石问路不成，又遇到一次机会。1936年12月，他从日本方面听到消息，说张、杨两人有背叛中央，在西安发动兵谏的迹象。于是他匆忙赶回国内，准备向蒋介石提供这一情报。他是哪一天回到国内的，目前还不清楚。据潘世宪说，西安事变发生后，他与留日同学二三十人曾去驻日大使馆问询，许世英告诉他们，"王参事是一周前回国的"。许世英

1　沈云龙：《民国史事与人物》，中国大百科全书出版社2012年版，第342、343页。
2　辛先惠：《王芃生及其情报工作的回忆》，《王芃生与国际问题研究所》，第84页。

还解释说，"这是我国的内政问题，驻外使馆不宜过问"，但是王芃生了解到，日本方面已做好了"对应方案"，很可能借机采取更大规模的军事行动，紧急回国"去向中央报告"[1]。

不料他回到南京后，蒋介石已经离开南京，起程前往西安。他没有晋见的机会，只好将情报转交给张群。而结果同上次一样，蒋介石接到他的情报时，对于张学良和东北军的异常早有耳闻，"已查知东北军剿匪部队思想庞杂，言动歧异，且有勾结匪部，自由退却等种种复杂离奇之报告，甚至谓将有非常之密谋与叛乱者"，没有特别重视他的情报。这又让他甚感失望。因此 1937 年 5 月，西安事变落幕后，他根据近几个月得到的情报，又向蒋介石送陈了一份报告，大意说：欧洲战事将起，英、法两国苦于希特勒之崛起，无暇东顾，日本很可能会利用这个机会，向中国采取大举侵略扩张行动，"近卫文麿首相为仅次于天皇之大地主阶级，而关东军、少壮军人积极推行之侵略战争，对国内大地主阶级有巨大利益，将支持这一战争。"报告的结论是："今年（1937 年）日军在平津将有行动。"[2]

王芃生这次终于如愿以偿，引起了蒋介石的注意。蒋介石看到他的报告后，虽然半信半疑，但还是将他召往南京，进一步了解情报的内容。而两个月后，卢沟桥事变爆发，证实了他的揣测，他进一步获得了蒋介石的信任。他于这时向蒋介石密陈："战争不出三月，日将全面封锁包括北部湾的中国海域，外援断绝将无以为战。"建议蒋介石与法越当局商洽，实现滇越铁路的联运，并考虑修建新的国际通道。早在 1934 年，蒋介石就考虑过利用"剿匪"作掩护，在西南修筑国防工程。他的这两项建议，都是计划中的内容，故与蒋介石一拍即合。蒋介石随即任命他为交通部次长，去河内洽商滇越铁路联运问题。自 19 世纪以来，法国势力一直在向云南扩张，

1　潘世宪：《回忆王芃生与国际问题研究所》，《王芃生与国际问题研究所》，第 45 页。
2　辛先惠：《王芃生及其情报工作的回忆》，《王芃生与国际问题研究所》，第 85 页。

希望深入云南内地。他这项计划正合法方心意，因此进行得也很顺利，双方很快便签署了协议。照此协议，以后由欧洲输入中国的军需和工业原料，可以由西贡、海防两港转为陆运，至达广西、云南两地，这既缩短了海运距离，又可以避免日军的封锁。

在这期间，他还利用自己的军事后勤知识，向蒋介石提出一些很好的建议。例如他认为，"联运虽达成协议，但海防港吞吐量不大，越南铁路又系窄轨，运输量不大，难以应抗战之需。且日既能封锁北部湾，亦能封锁东京港，并能影响顺化、西贡海域，西贡亦不可靠"。建议蒋介石与泰国政府商洽，修建一条由云南通往泰国的公路，再由泰国接通至马来西亚吉隆坡的宽轨铁路。这样既可以缩短由欧洲至中国的海运的距离，也可以加大运输量。他的建议既符合欧洲的交通实际，也符合抗战的需要，蒋介石非常满意。因此，他此行的计划还没有完全达成，蒋介石便将他召回武汉，任命他为国际问题研究所所长，授予中将军衔。据说，蒋介石当时还曾考虑调整情报机构，在军统、中统和军令部二厅之上，成立一个最高情报委员会，自己亲自主持，由王芃生任办公室主任，杨宣诚为副主任，后来因故没有成立。

国际问题研究所是1937年5月，王芃生在南京向蒋介石建议的。抗战期间蒋介石属下有多家情报机构，除军统、中统和军令部二厅外，外交部也有独立的情报业务。但是国际问题研究所专门从事对日情报，对日情报的规模也比其他机构大得多。国际问题研究所分为内勤和外勤。内勤除机要、行政、总务三个组之外，还有三个业务组，一个电台，后来又增设了一个规模很大的印刷厂。其中一、二组下设两个科，第三组下设三个科。第一组为对敌作战组，主要负责日本内部情报。第二组为国际组，负责日本与欧美及南洋一带的情报。第三组为资料组，主管日文的书刊资料和有关敌情的专题文献。电台是研究所的核心部门，主管与外勤人员的联系，同时兼顾收听、抄送敌台广播。

除了以上部门，国研所还有一个"青山研究室"，由日本反战同盟成员青山和夫主持，下有四五个日本人，主要负责对日反战宣传工作。太平洋战争爆发后，国研所又应英国政府的要求，设立了一个英国顾问室，下设两个处，一个会计室，并配有独立的无线电台。

至于国研所的外勤机构，则分布更广，组织也更为庞大。在欧美与南亚的许多国家和城市，都设有情报中心或有情报人员活动。诸如葡萄牙首都里斯本、瑞士首都日内瓦、英国首都伦敦、美国东西部的各大城市，以及印度新德里、越南河内、海防，当然也包括日本在内。据郭福生说，这些外勤站点还不限于国外，也分布于国内各城市，主要有北平、天津、上海、香港、江西铅山、浙江淳安、陕西榆林等。

王芸生从一位普通外交官，一跃成为这个庞大的情报机构的首脑，在仕途上是个大跃进。这说明他在抗战初期，已经开始参与密勿，成为蒋介石的入幕之宾。但是从上面可以知道，他在国际问题研究所之前，主要是从事外交工作，从来没有行政管理上的经验，而且潘世宪说，他在性格上还有个弱点，即好高骛远，"不耐行政琐事"[1]。因此，国研所创办后，"头便开得很不好"。潘世宪说，王芸生接到蒋介石任命后，就感到"有些惶恐"。首先他长期在驻外使馆服务，不熟悉国内的情况，在政府中人脉不广，熟悉的人也不多，在情报系统更缺乏基础，于是只好求助于蒋介石，说自己"不堪此重任，请求协助"。这也使国研所成立后，"人员冗杂，矛盾迭起"，以他的性格和能力，根本无法左右逢源，处理得周匝妥适，最终弄得焦头烂额，简直有不堪负重之感。

据潘世宪说，国研所的第一组组长洪松龄、电台台长叶星奎，都是军统推荐来的。洪松龄在军统中地位很高，曾任蒋介石驻江西行辕的谍报科长。他来国研所后，王芸生对他也非常倚重，视他是国研所的"台柱子"。

1　潘世宪：《回忆王芸生与国际问题研究所》，《王芸生与国际问题研究所》，第36页。

而洪松龄却"依仗戴笠的权势经常给王芃生出难题,遇事不请示,不汇报,自作主张,实际形成了王芃生不能控制的局面"。有段时间王芃生去东南亚一带视察外勤,忘了名与器不可以假人,将自己的私章交给了洪松龄,请他代理所务,负"代拆代行"之责。想不到回来后发现,国研所几乎面目全非。洪松龄趁他不在之际,在所里安置了许多亲信,还利用他留下的印章,向新加坡私派情报人员,建立自己的外围组织。更有甚者,洪松龄不仅滥权私用,还将他的名章借给别人,造成大量盖着他印章的空白信笺流传到外面。他要洪松龄交回私章,洪不但毫无悔愧,还"恼羞成怒,和王芃生大吵一场",从此对他采取"不合作主义"。国研所上呈给蒋介石的情报,主要是《情报摘要》《研究报告》和《参考资料》三种。"洪松龄第一组所编的《情报资料》经常和《研究报告》闹矛盾,有时竟唱反调。"[1]而这种情况一再出现,就使侍从室对王芃生非常不满。

第三组组长罗坚白,也是大有来历的人物。他早年留学日本,东京帝国大学毕业,既有军统背景,又与土肥原有旧,曾在土肥原手下做过特务。王芃生知道他背景复杂,一开始就对他不太信任,将第三组安排在距市中心30里外的陈家桥,远离国研所本部。据龚德柏说,国研所迁往重庆后,曾发生过一桩违纪案件,有人密托财政部印刷厂代印了一批敌伪钞票,说是奉王芃生之命为所里"增加活动经费"。不料正在印刷时,被孔祥熙当场发现了。"乃扣留负责人员,查究其事。并将此事告诉委员长。委员长大怒,叫王芃生去大骂。"但王芃生拒不承认,"推系罗坚白所为",于是蒋介石"下令逮捕罗坚白,交军法执行总监部审问"。一个月后,罗才被释放出来,而案情到底怎样,却是一头雾水。而从此"王与罗也成了水火之势,终致大破裂。罗坚白后来脱退该所,为英国人办情报,与王敌对"[2]。

---

1 潘世宪:《回忆王芃生与国际问题研究所》,《王芃生与国际问题研究所》,第36页。
2 《龚德柏回忆录》下,第216页。

从有关的回忆文章中看，国研所的混乱状况，越到后来越严重。而严重的原因除"人员冗杂"外，还与王芃生的任用私人有关。王芃生虽然是个书生，在用人上却很讲"交情"，只要是同乡或故旧，一般都会得到他的照顾。他为了整顿所里的秩序，控制日益恶化的局面，在许多要害部门和关键位置上都安排了自己的亲信。

研究所最重要的部门，是机要组和总务组，机要组掌管外勤站点的人事与经费，而外勤站点和人员的具体情况，是研究所的首要机密，只有王芃生和机要组组长知道。机要组下设的无线电总台，也是研究所的咽喉，掌握最重要的情报来源。机要组的组长陈适生和下属电务科科长王大馥，都是王芃生的兄弟。总务组仅次于机要组，也是所里的重要部门，组长李庸和会计长唐孟超，都是王芃生在军需学校的老师。连资金、业务完全独立的英国顾问室，他也在其间安排了自己的亲信，会计长陈铁铮还与王芃生有亲戚关系。

他的这种做法，当然会有许多人看不惯。说他搞"家天下"，背地里称研究所是"王家祠堂"和"醴陵同乡会"。罗坚白则尤其不满。在国研所从泸溪迁往重庆的路上，他曾公开指责王芃生自私自利，"国际问题研究所搬家，竟成了王家搬家"。两人多次发生争吵，"使王之家天下主义，大受打击"。据龚德柏说，研究所搬到重庆两年后，由于物价高涨，每月三百元的薪水已不敷用，国研所里怨声载道，罗坚白又约同各级人员向王芃生交涉，要求增加薪水，被王芃生严词拒绝，说眼下是抗战时期，公务人员应体恤国家的困难，他身为国研所所长"也是三百元"。罗坚白不信，要求会计长当场公布账目。会计长被逼不过，"乃一一宣读，某日支多少，某日又支多少"，结果王芃生每月的支取都在五千元以上，"使王芃生下不得台"[1]。

他所任用的亲信，也经常因为资望不足，遭到其他人的抵制。例如

---

1 《龚德柏回忆录》下，第217页。

1939年洪松龄病逝后，经过张廷铮的短期代理，王芃生任命潘世宪为第一组组长。潘世宪以与王芃生有"世交"，自到研究所后，就一直受"特殊待遇"。但是他破格接任组长后，下面四个科长，三个都不买账。第四科是负责截收敌台广播的，科长傅筱仪欺他不会拉丁化日语，抄送日本共同社的广播，拿上来"错误百出，文义不通，有些条目简直不知是说什么"。他明知这是"拆台"，也毫无办法。只好自己通宵熬夜，"手头放一本字典，就电稿原文仔细校正，参考各种资料，把每一个人名、地名和有关专有名词都按当时日语改正"[1]，实在苦不堪言。这还是他肯于说出来的，他不能说、不便说的糗事，不知道还有多少。

据龚德柏说，王芃生的任用私人还有另一层内容，就是喜欢女人。龚德柏说他与王芃生"相交十余年"，原来不知道"他是极爱女人"的，这时才知道他也有"寡人之疾"。他有位女秘书，叫胡倩，几乎是王芃生的门禁，任何人要见王芃生，都要先经过她的安排。不过，在所里最出名的女人，叫邓名芳，是四川军阀邓锡侯的侄女。她不仅人很漂亮，风姿绰约，还交游广阔，极有魅力。军令部二厅的厅长徐培根，政治部副部长黄琪翔，都与她有很密切的关系。据说国民政府在武汉时，有一次，徐培根带她出游珞珈山，一路上喜笑颜开，却恰巧被蒋介石遇见，问徐培根：这女人是谁？徐答：是情报员。结果不出几天，徐培根便被免去厅长职务，"徐以后只办军事教育，未被用为统帅，或与此事有关"[2]。而即便这样，徐培根对她还是没有放下旧情，依依不舍。

龚德柏说，所里有人告诉他，邓名芳也与王芃生有染。王芃生"在武汉的机要室，就设在邓名芳的卧室内"。龚德柏怀疑她是共产党，或者是汉奸，其实两者都不确。她的真实身份是中统特务。早年曾与胡兰畦、谢冰

1 潘世宪：《回忆王芃生与国际问题研究所》，《王芃生与国际问题研究所》，第60页。
2 《龚德柏回忆录》下，第209页。

莹、赵一曼等人一起，在中央军校武汉分校受训，后留学德国。她与徐培根便是在德国认识的。1939年2月，她脱离国际问题研究所后，在桂林被军警督察处拘捕。军警督察处从她交给别人的行李里发现一幅日文标语，上书"暴力派军人倒也！人民之自由日本万岁"，下署"日中人民亲善同盟"，怀疑她是日本间谍。徐培根得知消息后，曾多次打电报到桂林行辕，称她"系留德学者"，"忠心爱国为徐所深知"，此次前往桂林是"受军令部密令，侦探外国记者行动"。要求军警督察处"查明释放"。当时重庆《大公报》对此事做过报道。

邓名芳后来在接受调查时，承认了自己的身份。她说这次来桂林，是受中统指派的，目的是监视法国记者李蒙夫妇。李蒙是法国一家报纸的记者，上个月受顾维钧的邀请，经国际宣传处介绍到桂林访问，后又去湖南349战区。但是李蒙在桂林时，已经招致中统桂林站的怀疑，通知349战区"严密注意"。同时将邓名芳调来桂林，以《大公报》记者的名义随行监视。不料她到了桂林以后，反倒弄巧成拙，遭到军警督察处的调查。她还提供了一份函件，内有"你如将李□、程□等行动查清即可回渝旅费不再发"云云，也间接证明了她的身份。邓名芳遭拘捕后曾写过一篇"感想"，历述自己认识的许多国民党要人，如何应钦、朱家骅、陈立夫、康泽、潘文华、黄季陆等人，其中也提到了王芸生。[1]

当然，最重要的还是共产党问题。国际问题研究所组建后，便有许多中共人员通过各种关系，打入国研所的内部。例如第二组的组长袁孟超、副组长漆宗堂、欧美科科长于绍文，便都是中共地下党员。袁孟超在任组长时，还以研究情报为名，订阅了大量中共和苏共的报纸，如《真理报》《消息报》《布尔什维克》以及苏联红军的《红星报》和《文学报》等等。《新华日报》更"几乎是人手一份，大家可以自由阅读"，使组内人员受到进步

---

[1] 宋云彬：《红尘冷眼》，山西人民出版社2002年版，第15、16页。

思想的熏陶和影响。

据胡又深说，他在国研所二组时，"因为酷爱进步文艺，对国民党的反动腐败深为不满"，经常会发点牢骚，"感到自己的前途渺茫，不知道如何去奋斗"，每到这个时候，袁孟超等人便不失时机，暗示他们"得民心者得天下，国民党如不改弦更张，最终必将失败。一个热血青年，无论在什么情况下，都要有清醒头脑，不要随波逐流，更不能同流合污"。胡又深说，袁孟超等人的谈话，对他们"起了潜移默化的作用"，所以他与黄操良、简伯村等人后来"都先后加入革命，成为中共党员"[1]。第二组也因此被称为"国研所的红色组"。

国研所的外勤人员，由于处在分散、隐蔽的状态，中共人员就更为普遍。据袁孟超说，"大部分主要站的负责人，多系中共地下工作同志和爱国进步人士"[2]。这个说法绝不夸张。例如国研所上海站的负责人徐明诚、北平站的姜寰宇、香港站的负责人谢南光、越南河内站的负责人李万居、缅甸仰光站的曾克念、瑞士伯尔尼站的朱宝贤、莫斯科站的李武官，不是共产党便是共产党的同路人，即所谓"爱国进步人士"。王芃生对这种情况显然是了解的。但是他对国共合作，有自己出色的理解，认为国共既然走到一起了，"今天我们在一起共事，将来胜利了，我们还可以住在一块，两起房子，两起门，两个大门都关上，各以著书为乐，两个阳台，设一通道，不时可以上阳台，尽兴畅谈"[3]。因此，对于共产党的活动，基本上放任自流，不予闻问，甚至还愿意提供方便。

例如国研所在上海有两个站点，一个由顾高第负责，一个由徐明诚负责。顾是军统，徐是中共地下党员，彼此相互防范。顾高第多次告发徐明

1　胡又深：《我在国际问题研究所的工作经历》，《王芃生与国际问题研究所》，第138页。
2　袁孟超：《缅怀爱国战士日本权威王芃生和国际问题研究所》，《王芃生与国际问题研究所》，第23—24页。
3　王亚文：《回忆王芃生在抗日战争中的贡献》，《王芃生与国际问题研究所》，第5页。

诚，王芸生不仅不予追究，反而"担心他会给徐的工作带来不利"[1]，为了息事宁人，将顾高第调回重庆本部，担任主任秘书。顾高第回到重庆后，利用同乡关系，通过电台的机务主任金超，监听上海站电台的活动，继续暗中调查徐明诚，事情被王芸生发现后，又"对金超逐渐失去信任"，派郭福生为电台机务主任，使上海站彻底脱离军统的监视，成为潘汉年直接领导的秘密电台，由李静安任台长。直到1948年冬天，电台才为国民党所破获，李静安被捕牺牲。电影《永不消逝的电波》，就是根据这段故事改编的，主人公李侠的原型，就是当时化名李白的李静安。

袁孟超还在回忆文章中提到，1944年下半年，日本天皇曾派东久迩宫亲王潜来上海，"同上海站要员联系，提出惊人要求"，意欲"向蒋投降，合作反共、反苏"。上海站派人将消息"面呈王芸生"，王芸生立刻约袁孟超密谈，决定电告上海"留下来人，仍由原联系人与之周旋"，同时，为了防止亲日派借机抬头，当机立断，"宁冒'欺君'之罪，压下情报不报，一面运用莫斯科密电，大力宣扬苏联红军必胜，使亲日派、汉奸无计可施"。不过，说法不尽确切，东久迩宫并没有到过上海，当时受东久委托到上海的，是中国派遣军副参谋长佐藤贤。而且从《今井武夫回忆录》中看，事情的经过也绝非这样简单。

至于共产党通过私人关系搜集国研所掌握的情报，王芸生更不愿张扬其事，引起军统的注意，给研究所带来麻烦。据简伯村说，他在二组任上校科长时，经常将自己知道的情报告诉鹿钟麟的秘书梁蔼然。他说当时他还不是党员，梁蔼然也没有说明身份，但是彼此"都心照不宣"。所以每次见面，梁蔼然提出要求，他都尽量满足，而"不问他作何用处"。有一次，梁蔼然向他要《欧战要报》和《研究报告》，他怕这些资料从自己手上流出，将来有所不测，便建议梁蔼然"以鹿钟麟的名义直接向王芸生索取，并把

1　郭福生：《我所知道的王芸生和国际问题研究所》，《王芸生与国际问题研究所》，第73页。

鹿的信交我转给王，以便从中说项"。梁蔼然如约照办，王芃生不但满口答应，还故意问一句，"听说冯鹿两公身边有一些中共朋友，你是否认识一些？"他只好承认，"我认识一位，但不知底蕴"。王芃生微笑表示，"抗战时期，只要团结一致，共同对敌，就是好朋友嘛！"可见"王芃生已看出苗头，但他并不顾虑这些情报资料会落到中共朋友手里"[1]。

胡又深在《我在国际问题研究所的工作经历》里提到一件事，也可以说明国研所的状况。他说"1944年，一位流亡在重庆的女学生，才貌双全，因为没有后台，又不愿受人玩弄，以致找工作到处碰壁，饱受欺凌和失业之苦"，他很同情这位女学生的遭遇，便写了一篇《我有什么路好走呢？》，发表在《新华日报》上。在这之后不久，他又在《新华日报》上写了篇杂文，讽刺国民党的达官贵人。这两篇文章，都在社会上"引起一定的反响"。国民党情报机关人员在共产党报纸上发表文章，批评和攻击自己的政府，这显然是相当严重的事情。但是王芃生知道后，尽管也很恼火，过后并没有严肃处理，只是把他找来当面教导一番，说"在共产党的报纸上发表这样的文章，对国研所对自己都是不利的。以后做事要小心谨慎，以免招致不必要的麻烦"。最后还劝他"安心工作，不要再发表这样的文章了"。

只是共产党的相关活动，在国研所内既然如此活跃，势必会引起人的注意。何况国研所与中统、军统类似，同为国民党军事委员会下属的情报机构。因此，龚德柏、罗坚白等人，便都向侍从室三处写过报告，举发共产党在国研所的活动。据说在罗坚白的报告《八年来的疑心暗鬼》里，被他列入黑名单的，不仅有袁孟超、刘子文、谢光南、李剑华等人，甚至还有王芃生。[2]龚德柏在检举报告里也提到王芃生与周恩来关系密切，经常"在周恩来房中，与周密谈，一谈几点钟"，断定"王芃生与周恩来的关系，

1　简伯村：《怀念王芃生及国际问题研究所》，《王芃生与国际问题研究所》，第133页。
2　潘世宪：《回忆王芃生与国际问题研究所》，《王芃生与国际问题研究所》，第47页。

绝非寻常"[1]。他为了证明王芃生是共产党，还提到王芃生曾不择手段地利用女色来勾引他。说国研所迁往重庆后，所里"来了好几位老小姐，其中有一位是大学毕业，学问容貌都不坏"，王芃生特将这位小姐安排在他办公室里。他不久便发现，这位小姐经常与刘斐接触，似乎有所企图，"又因偶然的机会，得悉该小姐曾在上海俘虏过一位教授，大功告成后，又被共产党调来重庆"，来钓他"这条大鱼"。好在他一向不解风情，不近女色，"对某小姐一本正经，从不说一句公事以外的话，才使某小姐英雌无用武之地"，没有上"共产党人的圈套"[2]。

唯独龚德柏举发的名单，却与后来公布的材料出入很大。袁孟超、潘世宪等人都说，洪松龄是国研所创办时，戴笠派进来"卧底"的，也是"有名的反共老手"。而龚德柏却说"洪松龄就是共产党"。洪松龄引进的唐伯陶、龚道广等人，也同洪松龄一样都是共产党。唐伯陶甚且是"共产党重要分子"，在马日事变时，曾被许克强悬赏通缉。近些年来，有关中共地下党的故事层出不穷，许多说法令人难以置信。据说著名的杀人魔王、汪伪76号组织的头子李士群，现在不仅是中共地下党员，还是苏军情报局"影子小组"的成员。据称他在密会潘汉年时说："日本人迟早要失败，国共又要争天下，中统、军统是老蒋的左右手，没有这双手，老蒋难得争天下。所以我在76号专门打击两统人员，为共产党夺天下扫除障碍。"[3]以此推断，龚德柏与其他人谁是谁非，还有待做进一步鉴别。

然而无论如何，国研所的混乱状况，都会使王芃生经常受人攻击，在国研所的威望日益下降，有了"独力难支"之感。邵毓麟说1943的秋天，王芃生忽然向他表示，希望他去国研所任副所长，邵毓麟以"已有工作岗位"，没有接受。1945年抗战胜利前后，王芃生为了应对各方的指责，曾以

---

1 《龚德柏回忆录》下，第222页。

2 同上书，第229页。

3 详见叶君健等著：《十大红色特工》，珠海出版社2009年版。

为党史保留"逸闻遗献"的名义，写了一份《一个平凡党员的回忆和自我检讨》，对国研所的工作做过解释。说他自主持国研所以来，"除自己所专外，尚须理解他人之专门。至少能欣赏或置疑得当，方能指导工作。故不但人事应酬，一切疏忽，甚至事务亦无暇巡视督导，疏漏之处尤多。尤其研究机关，与行政机关之组织原则多相反。须尊重各人专门，使能自由独立研究，并予以充分读书潜修时间，以增进其研究质力，而收集思广益之效。故除事务部分外，有难适应层层节制，以主观意志为最高决定者。有时深思熟考至某境界时，非夜以继日，坐以待旦，达此一间则思路一断，或不复来，故亦有难严格适用办公时间者。尤以研究非单纯训练可比，欲就一问题，求得三民主义之正确解决，则非同时研究法西斯主义与共产主义等，将无从由比较研究上，抽出结论"云云。

从这段文字中看，国研所受到的攻击，还不限于以上几点。但是他认为，这些问题主要是国研所性质造成的。国研所不是一般的行政机构，而是研究单位，组织原则多与行政机关相反。因此，以他这七年的经验，"在一般机构中，欲办研究机关，恰如在杂志界，欲办一图书批评杂志，非读书界已有丰富之供给来源，与批评界已养成公共信条，良好理解……客观条件成熟时，殊不易维持发展"。他的说法有一定的道理。国研所确有研究机构的属性，不同于一般的行政机构，但是这还不足以服人。因此从抗战中期开始，他便逐渐失去蒋介石的信任。张令澳在《侍从室回梦录》里说，抗战胜利前夕，王芃生因病入院时，曾"密呈"蒋介石一份报告，说自己因为有病，"拟辞去国研所职务"，想以此作为试剂，"试探一下蒋介石对他的看法"。王芃生身为国研所的所长，本来是蒋介石的重要幕僚，现在为了试探蒋介石的心意，换取蒋介石的同情，竟然出此下策，他的处境也就可想而知了。

只是他虽然敢于像郭子仪那样，"单骑见回纥"，却不能也像郭子仪那样"薄尚书而不为"，到了这种地步，还是心有不甘，希望有重新崛起的机会。据王芸生说，1945年国民党召开六全大会时，王芃生"忽然很热心竞选中委"，很多人不以为然，认为国民党的声望一天不如一天，他何必要如此热衷。王芸生说他也是这个态度，曾劝王芃生说："你本是一个学者，为了抗战，给最高统帅做顾问，是可以的，但因兼做情报工作，被人看作特务人员，很贬损你的身价，也很障碍你的前途，还是把这个主任及早摆脱了吧。"但是王芃生认为，"国事如此，还需要我们努力。国民党对于国家的影响，今后仍然极大。要国民党好，我应该取得发言的资格，以便进去补救"[1]。最后，只当选了一个"不上不下的候补中委"。

而这对改善他的处境，没有任何帮助。抗战结束之后，王芃生很希望被派驻日本，以专家身份代表中国政府，为日本的战后安排提供意见。"因为他感到，当时中国对日本渊源深者，除张群、何应钦外，非他莫属"，政府派他去日本参加"接收"，是顺理成章的事情。[2]因此在日本宣布无条件投降时，他已经写好了《对日管制实施纲要》，交谢南光、潘世宪等人组织座谈讨论，希望作为政府的官方文件。纲要的主要内容是就日本的国体问题、领土问题和战犯问题，提出中国政府的主张和意见。他认为在领土问题上，中国政府应当基于历史归属，主张琉球应脱离日本恢复独立，独岛应归还朝鲜，钓鱼岛应随台湾归还中国。库页岛在历史上和我国关系密切，中国政府也应争取库页岛归属我国。

孟子说："孤臣孽子，其操心也危，其虑患也深，故达。"可是他尽管危心虑患，却总不及这个"达"字。从蒋介石的档案中看，国民政府在最初组建驻日代表团时，也确曾考虑过他，蒋介石在给宋子文手谕中说："我国应即组织正式代表团派往东京常驻，其人选以陈介、王芃生、杨云竹等皆可被选，应取团长制，以陈介为团长。"[3]不知道为什么，蒋介石提名的三

---

1 王芸生：《悼芃生兄》，上海《大公报》1946年5月19日。

2 张令澳：《侍从室回梦录》，第95页。

3 《蒋中正总统档案·事略稿本》(62)，第646页。

个人，后来都没有入选，反而由完全不了解日本的朱世明、商震，先后出任代表团团长。据潘世宪说，1946 年 4 月，王芃生在南京时说，他在去南京的飞机上，遇见了吴铁城和贺衷寒，两人都劝他"可以休息了"。王芃生为此愤愤不平，"很气愤地说"："这些人懂得什么国际问题，他们不知道日本投降是太平洋战争打败的，一旦恢复过来，还将是中国的大患。"[1]从这段内容看，他似乎在如何处置日本的问题上，与蒋介石有不同意见。

王芃生经过这一次的打击，心情更加抑郁。"他感到茫然、烦闷，也相当牢骚。"[2]他的这种情绪，都反映在他的一首词里："卅载艰贞，千般困阻，孤忠耿耿忘家。南北东西，舟车远极天涯。存韩救赵劳心计，任世人毁誉交加。矢精诚，尽瘁宗邦，暗损年华。元戎睿智勤宵旰，问苍生夜阑，沐雨风斜。献替绸缪，誓戮封豚长蛇。而今酬得澄清愿，久自甘，淡饭粗茶。最堪怜，赠策无人，借箸兴嗟。"在这之后不久，他便在赴南京、上海、北平等地视察日侨、日俘问题时，旧病复发，于途中卧病北平。

他经过一番疗养，1946 年 5 月 16 日乘机返回南京。不料刚回到办事处，便又感到不适，于次日晚上 10 时，以心脏病恶化去世，终年只有 54 岁，真所谓寿夭之事不可测也。他知道自己即将离世时，曾急写遗言，但只写了"本所改组问题"几个字，便随即倒下，与世长辞了。他病逝后，了解他的人都知道，他的死，一半出于病情，一半出于心情。他的旧病复发，主要是心情所致。

总之，王芃生的一生很令人感慨。他本来是个学者，日本问题专家，特别是研究日本古代史，可谓一时无两，甚至被认为"旷世奇才"。但正如王芸生所说，"他是一个学者，一个外交家，只是不宜于做官"[3]。或如何凤山所说，"他不是政客，而是有抱负、有眼光的外交家、政治家，研究政治

---

1 潘世宪：《回忆王芃生与国际问题研究所》，《王芃生与国际问题研究所》，第 65 页。

2 王芸生：《悼芃生兄》。

3 同上。

问题，贡献外交大计，游刃有余，搞情报特务一时权宜之计固可，长久则非所宜"[1]。因此，他执掌国际问题研究所后，自以为得志，其实是困厄其间，有才而不能用，有志而不能伸，反而自犯其所短。让人看到的不是他的才智，而是他的颠顶。他的"孤忠忘家""尽瘁宗邦"，带来的竟是"悲哀的结局"[2]，最后"赠策无人"，落得被人遗弃的下场。

但是客观地说，他尽管结局不幸，让人"偶一追念，犹有余哀"，并没有让人特别痛惜的地方，称不上是一个"悲剧"。他一生经历的起伏，都是当时学人从政的常态。对于一个读书人来说，山林钟鼎，到头来都无关宏旨，反不如低首下心，著书立言。可惜他在孜孜以求当中忘记了这一点。据说他病逝后，邵毓麟整理他留下的账目，曾经很感慨地说，"这几天一直给王芃生擦屁股"，可见他在这件事上也未能免俗。苏秦执六国相印时，说过一句"位高多金"，看来真是千古名言。这其中的得失，见仁见智而已。

2014.1.5

1　何凤山：《怀念好友王芃生先生》，《王芃生与国际问题研究所》，第128页。

2　同上。

左舜生的另一面

　　左舜生是青年党的领袖之一，经常被人与曾琦、李璜两人并列，有"曾左李"之目。1968年他在香港病逝后，在社会上获得很高的评价，说他一生"特立独行，风骨凛然！"特别是1960年蒋介石准备违背"宪法"，连任第三届"总统"时，他曾与张君劢、张发奎、黄宇人等人联名，发表了《我们对毁宪发动者的警告》，警告蒋介石如果执迷不悟，必将"使反共力量分裂成两半"[1]；同年9月"雷案"发生后，他又在《联合评论》上发表文章，要求蒋介石"立即释放雷震"，不要做"东方一个硕果仅存的标准独裁者"[2]。他的这些表现，都在海内外获得一片喝彩，说他在维护"宪政民主"的立场上，比胡适更为坚定，也更有风骨。

　　以上固然都是事实，但是他与胡适一样，同蒋介石的关系还有另外一面。

　　了解左舜生的人都知道，他是由出版业起家的。他于1919年加入少年中国学会后，次年春天，经南洋商业专门学校校长郭虞裳举荐，进入中华书局编译所，先后编印出版了《新文化丛书》《教育丛书》《常识丛书》《少

1　《自由中国》第22卷，第5期。
2　《雷案与团结》，《左舜生先生晚期言论集》下，"中研院"近代史所1996年版，第1478页。

年中国学会丛书》。同年秋天，他又继王光祈之后，任少年中国学会执行部主任，主编《少年中国》《少年世界》和《中华教育界》三种月刊，在社会上造成相当广泛的影响，"故自此名重海内，士林争相结纳，其一生事业亦从此发轫"[1]。"九一八"事变后，国民政府决定邀请社会各界名流，在洛阳召开国难会议，在第二批公布的名单里，便有了他的名字。

据他在《近三十年见闻杂记》中说，大约 1934 年 7 月，一位他在法国认识的朋友，在蒋介石面前为他"吹了一番"，"大概吹得过分一点，所以蒋先生一定要约我谈谈"。他以与这位朋友"并无深交，不能十分信赖"，怕"商鞅因景监见，赵良寒心"，迟迟没有作答。直到次年 5 月，蒋介石再次打电报请他去庐山，他才接受了邀请。他说，他接受邀请后，碍于当时两党之间"仍有相当距离，怕引起同志的误会"，先征求了党主席曾琦的意见。曾琦明确表示赞成，说："现在国难如此严重，日本军阀发动对中国全面侵略，为时必不在远……到那时候，全国无论任何党派或个人，都非与国民党共赴国难不可，我们是一个国家主义的党，当然必须与国民党一致，您先去做一个底子当然更好。"[2]

所以左舜生这次见蒋介石，既可视为商鞅见秦孝公，也是国、青两党合作的开端。他为了郑重其事，临行前，特意去见了蒋百里和黄郛，希望对蒋介石有所了解，以免匆匆一见，无从应对，"无法了解蒋先生"。蒋百里告诉他："全国的大军人，我几乎无一个不认识，论到紧要关头，快刀斩乱麻，当机立断，我觉得在全国人物中，无有能出蒋之右者，他之有今天的成功，绝非偶然，今后就要看他对全局的规划怎样了。"[3]黄郛的看法也大致如此，说"士不可以不弘毅"，蒋介石已经做到了"毅"字，只欠在"弘"字上多下工夫。两人对蒋介石的看法，都让他相信蒋介石值得一见。然而

1　陈正茂：《醒狮精神》，台湾秀威资讯科技有限公司 2008 年版，第 25 页。

2　《青年党与国民党合作的史料》，《左舜生先生晚期言论集》中，第 1216 页。

3　《近三十年见闻杂忆》，中华艺林文物出版有限公司 1976 年版，第 40 页。

竟然不巧，他这次上庐山，刚好赶上蒋介石生病，他在山上盘桓了几天，"才和蒋先生匆匆地见了两次"。

不过这次见面的时间虽短，他对蒋介石的印象很好。1936 年 2 月，他在给曾琦的信里说："自庐山、南京两度晤谈以后，弟于介公谋国之诚，任事之勇，已充分了解，今后于救国剿匪之工作，凡可帮忙之处，自当唯力是视。"[1] 更重要的是，蒋介石对他也很有好感。他说临别时，"蒋先生似乎觉得意犹未尽，很恳切地表示，希望我和他通信"。于是他回上海不久，就给蒋介石写了一封信，针对蒋介石当时面临的政治难题，做了一番"全局的规划"。他建议蒋介石"不颁宪法，不举总统，即以现有地位苦干"；"对广西宜用和平方法解决，不宜用兵"，将这部分力量，保留至将来一致对外。"此外，对国民党的宣传工作也曾略略一提。"他说蒋介石看了他的信后，"似乎很感兴趣了，回答很快"。过后不久，便邀请他去中央政校任教。

众所周知，中央政校是国民党的党校，也是国民党实行训政，推行三民主义的实验区。在中央政校的历史上，邀请反对党人士来学校任教还没有先例。如沈云龙所说，"舜生先生以青年党领导人，而能在国民党培养干部的中央政校任教授，真是破天荒的奇迹"[2]。所以国民党中央组织部对这件事很重视，于次年春天，由陈立夫亲自打电报，请他去南京"与政校诸负责人见面"。并在他应约到南京之后，先同洪兰友到他所住的旅馆，预先与他做了一次"长谈"，以示"尊重蒋之意见"。[3]

他在《青年党与国民党合作的史料》里，还提到 1936 年春天，蒋介石为了备战抗日，有意团结国民党以外的力量，推动党内外的合作，准备成立一个相互"交换意见的机构"，曾几次邀他去南京面谈，还请他就自己所知"拟一个可参加此机构的名单"。他后来在陈布雷的催促下，提出了一个

1 《左舜生先生晚期言论集》下，第 1822 页。

2 《我所认识的"少中"师友》，《传记文学》第 35 卷，第 1 期。

3 左舜生：《致八千（李璜）函》，《左舜生先生晚期言论集》下，第 1826 页。

49 人的名单，"并于每个人名下面，附有一张简历"。他说蒋介石很重视这个名单，请他先邀请曾琦、余家菊和王造时三位，"到南京和他个别谈谈"。后来因为西安事变的关系，这件事虽然被搁置下来，但蒋介石回奉化休养时，曾致电曾、左、李，谓"棋局危劫，知袖手之难安；骇浪孤舟，赖同心共济，风雨如晦，敬候明教"，约三人去溪口一谈。三人在溪口留连三天，与蒋介石畅谈两次，每次都在两小时以上。双方就两党合作初步达成了协议，蒋介石还支持青年党创办《国论月刊》杂志。[1]

由此可见，他与蒋介石这一系列接触，既为两党"开启了合作之门"，奠定了两党关系后来"大体良好"的状态，也建立了他与蒋介石的私人友谊。抗战爆发后，蒋介石曾考虑成立一个"类似智囊团之组织，以备咨询决策"，"其见诸名单者，有张君劢、胡适、王世杰、张嘉璈、张季鸾、张群、蒋廷黻、朱家骅、周鲠生、左舜生、傅斯年凡 11 人"[2]。我想从这份名单里，既可以看出他的政治身份、社会地位，也可以看出他与蒋介石的私人关系。因此，1938 年 7 月，国民参政会成立后，前后凡四届九年，他始终是蒋介石最信任的参政员。1942 年参政员改选，蒋介石特意电嘱湖南省主席薛岳："此次湖南省参政员，不必皆选本党之党员，如能将左舜生当选，则在政治上影响必佳，希与有关者切商之。"[3]

当然，这并不是说，他与蒋介石始终一拍即合，相互间毫无矛盾。同胡适一样，他与蒋介石尽管过从甚密，但在蒋介石的心目中，他毕竟只是个"政客"。特别是 1944 年民盟开始左倾，被国民党视作"共产党的尾巴"以后，蒋介石一度对他有所猜忌，曾在日记中说："左舜生之态度语气已与共匪取一致行动，此种政客只知自私自利，而不顾国家民族之利益如何？彼等

1　左舜生：《致八千（李璜）函》，《左舜生先生晚期言论集》中，第 1216 页。同见李璜《学钝室回忆录》下，明报月刊社 1982 年版，第 428 页。
2　《蒋中正总统档案·事略稿本》（41），第 237 页。
3　《蒋中正总统档案·事略稿本》（49），第 337 页。

既经合流，则应另谋处理之道。"[1] 几天后，又在日记中对他的"依势附共之言行，思之欲呕"，说他"想不到读书人，真有此种寡廉鲜耻之卑污行动"。

只是他不待蒋介石"另谋处理之道"，很快便取得了蒋介石的谅解。从蒋介石档案《事略稿本》中看，他在民盟与共产党加强合作，倡议成立"联合政府"时期，经常与蒋介石接触，向蒋介石说明民盟内部的活动。他在《青年党与国民党合作的史料》里，便提到蒋介石曾要雷震陪他，到重庆对岸的黄山"谈天"，而谈天的目的无他，"只在明了民盟真实的情况"，尤其"颇注意民盟的几个重要分子"。他认为民盟"本来就是公开的，原无半点秘密"，对蒋介石也采取了毫无保留的态度，将民盟内部的情况"原原本本坦率地告诉了他"。

同时，他也经常就如何处理共产党问题，向蒋介石提供意见，献计献策。例如 1945 年 4 月，联合国在旧金山召开制宪会议，中国作为四强之一，在组建代表团时，蒋介石对于是否容纳中共代表一直委决不下，直到罗斯福来电催促，还是下不了决心。左舜生得知蒋介石的态度，立刻写信给蒋介石，"力请准派中共分子参加"。同时，又向王世杰"口头秘密表示"，"谓政府最好只派秦邦宪，因秦一人大概不会赴美"[2]。当时王世杰和宋子文都赞同他的建议，认为这既可满足中共的要求，也可以使罗斯福"以钧座为宽大，不能有何闲言"。虽然蒋介石经过"再三考虑"，最后没有采纳他的对策，但这并不妨碍加深他与蒋介石的关系。

在这之后不久，中共领导人接受美国人的建议，邀请左舜生与褚辅成、黄炎培等六人去延安访问，蒋介石便采取了"默许"的态度。从《黄炎培日记》中看，他们这次去延安的目的，主要是劝周恩来返渝，恢复国共协商，为以后组建"联合政府"创造条件。但是延安是个"神秘的地方"，对

1　蒋介石日记，1945 年 1 月 15 日。
2　《蒋中正总统档案·事略稿本》(60)，第 144 页。

来延安访问的人，要实行很严格的审查和限制。梁实秋说，参政会组织华北视察慰劳团时，他和余家菊也都希望去延安看看，借机会一探虚实，但没有得到中共的同意，到了西安便被挡驾了。所以他对左舜生能去延安很不理解，说左舜生和他同样都是反共分子，何以他"不受延安欢迎"，左舜生却能"独蒙他的湘潭老乡优惠"？怀疑左舜生这次去延安，在公开身份以外还"负了某种政治协调的使命"[1]。

我对梁实秋的这一揣测，因为没有证据不敢妄下论断。但是左舜生自己说，他在延安时曾向毛泽东提议："假定蒋先生约你去重庆谈谈，你去不去？"毛泽东当场表示："只要他有电报给我，我有什么不去？"8月底，蒋介石派张治中去延安，接毛泽东到重庆时，雷震还特别通知左舜生，"你的提议已实行了"，所以他断定毛泽东接受蒋介石的邀请，到重庆与蒋介石举行会谈，其"最初的动机"就是他"这个无意中的提议"。因此，他对毛泽东抵达重庆机场时，"国民党的要人们，除邵力子外，似乎没有其他可注意的人到场"，非常不以为然，认为国民党故意要表现得自高自大，代表的是没有诚意。之后，他听说"两方面距离太远，绝不能有所成就"，心理压力更大，担心毛泽东在重庆遭遇不测，他无法向共产党交代。于是，"在去延安的六位参政员请毛、周吃饭那一晚"，他要周恩来"劝毛早回延安"，说"久留也绝无结果，而且难保不夜长梦多"。我想从这件事里，也许对梁实秋的猜测可以看出一二。

我想，正是由于以上这些，左舜生于1949年之后虽然定居香港，没有随侍在蒋介石周围，"但依然与台湾方面保持良好关系"。据黄宇人说，"每逢台方人士在港举行国庆或者其他文化活动，都推他为领导人"。而且蒋介石也一如既往，"每年对他都有馈赠，为数不少"。就我所知，国民党撤守台湾的最初几年，由于政权朝不保夕，工农业生产近乎瘫痪，政府财政收

---

1 《悼念左舜生先生》，《传记文学》第15卷，第5期。

入十分有限，根本自顾不暇。流寓海外的党外人士和社会名流，还能像在大陆时期一样获得馈赠的，大概除了被蒋介石放逐的陈立夫，就只有他和胡适、于斌这少数几位了。

这也决定了他对国民党的基本态度。他到香港后不久，便加入了许崇智、上官云相、宣铁吾发起的"反共民主同盟"。不久，又伙同许孝炎、程沧波、李中襄等人，组织了一个"反共聚餐座谈会，仍每周举行一次，少则十人，多则二三十人"。他还规定自己"每月写一万五千字，每星期至少两篇，一切以反共为原则"。

不过，他凭借与蒋介石的关系，也未免有些妄自尊大、"恃宠而骄"。早在 1951 年 2 月，雷震代表国民党去香港，安抚和拉拢在港的反共人士时，左舜生就在座谈会上质问雷震："台湾做法变更否？是否仍为武力统一、一党专政、一个领袖？"[1]让台湾方面很不满意，派人提醒他"在香港批评台湾，要注意台湾人的感受"。迫使他写信给雷震，发牢骚说："平日在公开场合，为政府、为国民党辩护最多者，此间以弟及彭昭贤、丁文渊三人用力最勤。这不是随意可以瞎说的。台湾的任何一位朋友，一问丁、彭，完全可以明白。"[2]

好在这是件小事，"当局知其用心良苦，未行深究"。可是他却没有收敛。1956 年 10 月，蒋介石届临 70 大寿。当时台湾各界兴师动众，大张旗鼓地为蒋介石祝寿。雷震经人劝说，也在《自由中国》上组织了一期"祝寿专号"，连同社论在内，共刊出 16 篇文章，拟"为此春酒，以介寿眉"。但这 16 篇文章名曰祝寿，实际上多半冷嘲热讽，借以向蒋介石"直率抒陈所见"。据黄宇人说："其中有一篇文章（指刘博昆的《干戈与清议》），当权派认为是以慈禧太后比喻蒋校长，发动其他报刊，予以围剿。"雷震为了对抗这种压力，写信给胡越（即司马长风），要胡越在香港找人写文章，声

---

1 《雷震日记》，《雷震全集》第 33 卷，第 38 页。

2 《雷震秘藏书信选》，《雷震全集》第 30 卷，第 122 页。

援《自由中国》，胡越便找到了左舜生。

左舜生听说这件事，"不值台北当权派之所为"，便在胡越主编的《祖国周刊》上写了篇文章，题为《对台北压迫自由一个抗议》，"大意说，他细读《自由中国》半月刊祝寿专号的各篇文章，并不觉得对蒋总统有何不敬之处；纵有人认为某一篇文章有以慈禧太后比喻蒋总统之嫌，他以为就算如此，也没有什么不可原宥的大罪。因为慈禧太后能使曾国藩等保全爵禄，以终一身，实比胡汉民、杨永泰等的结局为佳"。结果文章刊出后，台湾一片哗然，张群向人表示："左舜生这样做，无异是向我们表示绝交了。"从此取消了一向对他的馈赠，"他们在香港的工作人员也逐渐和他疏远，并将他已担任数年的文化委员会常务委员解除"。[1]

他大概没想到以他与蒋介石的交情，关系竟然如此脆弱，仅仅一次"抗议"就导致了这样的结果。这让他对"台北当权派"大为不满，索性开始破罐子破摔。首先，他到香港之后，虽然"加入了反共阵营"，《自由人》杂志每期的头版文章，多半出自他的手笔，但是他对"第三势力"却一直不感兴趣。认为"第三势力运动"缺乏社会基础，缺少强有力的领导人，只靠美国人的豢养和扶植，最终"难于有成"[2]。张发奎、顾孟余对他一再拉拢，他始终敬而远之。然而1956年"战盟"和"中国政盟"相继解散，"第三势力运动"面临瓦解之后，他反倒接受了张发奎、黄宇人的邀请，加入"中国民主反共联盟"，主编联盟的机关刊物《联合评论》。在《联合评论》上公开打出"为民主而反共"的旗号，强调"如果反共而不民主，即令反共可能成功，在实质上也无异于'以暴易暴'，其价值乃不值一顾"。[3]

继此之后，他便不断批评、指责国民党政权。客观地说，在这件事之前，他也经常对国民党说三道四，说他"默察台湾两三年来的作风，以及

---

1 黄宇人：《我的小故事》下，第155页。
2 《对复国建国的一个期待》，《左舜生先生晚期言论集》上，第50页。
3 《短评两则一：所期待于艾森豪总统者》，《左舜生先生晚期言论集》中，第933页。

一般的政象，确实太少改进，而且有若干方面，比较在大陆的时期，且已反动有力"[1]。特别是，他不满国民党一党独大，排斥"在野党"的做法，1954 年去台湾时，曾一再向人抱怨，青年党在台湾日子不好过，被排挤到了"实际的政治圈子以外"，"哪怕是在各县市当一个校长，或一个厂长，也还是无法安于其位"[2]，但是因为"投鼠忌器"，他说话总是留有余地，从来不针对蒋介石，反而强调"实际改革后的国民党，久已失其领导作用，而集党、政、军、特、青大权于一手而加以操纵者，乃另有其人"[3]。而经过这件事之后，他对国民党的批评便无所顾忌，还逐渐将矛头指向蒋介石。

1959 年前后，蒋介石"总统"任期行将届满，有些人"体察圣意"，提议修改"宪法"为蒋介石的连任铺路。到了 4、5 月间，"台北的修宪连任论，突然甚嚣尘上，几乎是众口一词，以为中华民国的总统，非蒋先生永远做下去不可"，他这时接连发表了两篇文章，谈蒋介石的连任问题。认为这件事根本无须讨论，"中华民国宪法"做了"硬性规定"，"任何人担任总统，最多只以两届为限"，超过两届还要做下去，"听凭你变出何等花样，不是毁宪，便是违宪"。[4]

他还提醒"劝进者"不必多此一举，"做总统并不需要特殊人物"。"如果我们能遵守宪法，举责任内阁之实，则做一个中华民国总统，只要神经正常，五官端正，而又略娴国际礼仪，能接见国宾"者，"既可以胜任愉快"。既用不着千手观音，也用不着三头六臂的哪吒。相反，"如果我们对内靠蒋总统一个人的威望以资镇抚，对外也靠蒋总统一个人的威望以资维系，一旦到了蒋总统终于不能不倦勤的一天……便难免不发生空前的危险"[5]。

1 《谈团结及今后反共工作》，《左舜生先生晚期言论集》下，第 1360 页。
2 《述最近留台观感》下，同上书，第 1340 页。
3 《谈团结及今后反共工作》，同上书，第 1360 页。
4 《再谈蒋连任问题》，《左舜生先生晚期言论集》上，第 290 页。
5 《对蒋总统连任问题一个最后的陈述》，同上书，第 313 页。

话说到这里他还觉得不够，接下来又写了一篇文章，问蒋介石："蒋先生能不能出国一行？"建议蒋介石"将总统的责任交出"后，可以组织一个"规模宏大的"访问团，其中包括五六位科学家，五六位实业家，五六位高级翻译，去世界各地见见世面，进而"利用一次多方访问的机会"，向各国传授自己三十年的反共经验。他认为，反共一定是世界性的，仅靠国民党政权难以取胜，"这对当前全世界的反共运动，必有裨益"[1]。

他是湖南人，笔上也辣味十足。这些话表面上很"婉转"，都是说给"劝进者"听的，但是傻子都看得出，他处处皮里阳秋，指桑骂槐，实际针对的是蒋介石。这让许多人替他提心吊胆，认为他敢于发表这样的文章，是下决心"与台湾绝交"，以后"不拟再来台湾"了。[2]他似乎也做了这种准备。据说在"国民大会"召开之前，秘书处听说他要与张君劢、张发奎等人联名，发表一篇《我们对毁宪发动者的警告》，曾派人送给他四万元港币，请他不要在宣言上签名，结果被他拒绝了，将这四万元退回秘书处。[3]在这之后，国民党中央又派中常委胡健中到香港，劝他和张发奎取消签名，回台湾参加"国民大会"，也同样遭到他的冷遇。

但是他经过一番发泄，隔海大吵大闹了一阵后，很快发现得不偿失。他自到香港后，一直住在九龙的钻石山。当时钻石山是变相的难民区，他由于家累重，生活上就更为困窘。他最初办了一家杂货店，以"落难尚书""在野党魁"的身份，亲自经营，既负责进货，也掌管店面。后来经营不下去了，转以教书和写作谋生，但收入显然没有增加。他曾写信告诉雷震，说他从前是"数米为炊"，现在是"炊后数米"[4]，可见生活之窘。

最要命的是他还有两项嗜好：一是打牌，一是听戏。据说他每次打牌，

1 《蒋先生能不能出国一行？》，《左舜生先生晚期言论集》上，第327页。
2 《雷震全集》第39卷，第37页。
3 《雷震全集》第40卷，第249页。
4 《雷震全集》第30卷，第89页。

都恨不得打个通宵。有人奉陪不起了，他便笑着说："怎么？我的年纪比你大好多岁，我还能再战，你这个少壮派反而想逃吗？"他还经常告诉别人，他母亲临终时，他问母亲还有什么心愿未了，他母亲说："就是牌没有打够。"这也让人经常拿这件事取笑他，说"你应该多打牌，打得越多越好，你死后就可以做个孝子，见到你母亲说，'妈，我替你打够牌了'"。听戏，也是他自小养成的嗜好。他早年住在上海哈同路的民厚北里时，就喜欢与田汉、欧阳予倩、唐槐秋等人交往，出入"南国社"的实验剧场。他当时最喜欢京剧和文明戏（话剧），到了香港后，香港几乎没有京剧，他又转而喜欢上了黄梅戏。许多人都记得，50年代，弥敦道百老汇戏院上演黄梅戏《梁山伯与祝英台》时，一进戏院的大厅，就能看见大厅的一侧，竖立着他与凌波小姐的大幅合照，每让围观者啧啧称奇。

而打牌和听戏，都是最要钱的。何况他还交游广阔，常周旋于酒席谈笑之间，这更让他不堪负重。他为了维持这种场面，只好再去求助蒋介石。据黄宇人说，1962年秋天，左舜生应邀去美国讲学，他以备办行装和安家为名，写信给在台湾的夏涛声，托他向蒋介石请求补助。夏涛声去求见张群，经过张群转告，蒋介石应允给他两千美元。他收到这两千美元，知道不是件光彩的事，希望台湾方面能替他保密，不料有人故意让他难堪，将这件事透露给《新闻天地》周刊，被《新闻天地》以头版位置报道出来。

黄宇人说，消息传到香港后，民社党的罗永扬来找他，说"我们都被左舜生出卖了，应该将左舜生开除"。黄宇人同他去找张发奎，张发奎听了，也大吃一惊。三人一起商量如何处理，黄宇人的意见是，"他这么大年纪，也因为太穷了。我们不必和他动气，请他不要再来，就得了"。但罗永扬不同意，坚持要开除左舜生，请李璜任《联合评论》的主编，黄宇人和张发奎也只好同意了。然而到了下午，张发奎又改了主意，说："台湾这样做，其目的就是在拆散我们，我们若要左舜生不再来，岂不是中了他们的计？"态度有些犹豫。但是黄宇人说，"倘若仍留他和我们在一起，别人就会以为我们批评台湾，就是借此向他们讨钱，我们以后的言论，还有什么价值？"最后决定将左舜生找来，看他是什么态度。

黄宇人说，第二天上午，他将左舜生约来，左舜生倒很坦然，"详述他自认识蒋校长后，历年多次接受赠钱的经过，并表明他用蒋的钱，乃是很平常的事，今后的政治立场和言论绝不会有任何改变"。他说，左舜生既然如此说，大家也不便深究。过了几天，左舜生去了美国后，《联合评论》召集了一次会议，讨论这件事，大家在会上"一致指责其非"，但最后决定原谅他一次，"但将这天的发言详细记录下来寄给他，作为对他一种精神上的惩罚"。

他说左舜生收到发言记录后，立刻回了一封信，说他很感谢大家的谅解，今后"一定以事实来报答《联合评论》的朋友"。但是罗永扬还是耿耿于怀，对这个处理很不满意。他向黄宇人说："他拿我们去卖了两千美元，我们自己也可以去卖。"而且从这以后，公开与在香港的国民党特务接触。这让黄宇人非常失望，认为"事情演变至此，倘若再继续下去，必将有更丑的事发生"。在会上直接提出，"不如早日停刊，还可以得个好始好终，以免将来使人以为笑谈"。《联合评论》最终的解体，也就从这件事开始。

黄宇人说，他对左舜生后来的表现，同样也很失望。左舜生临行前表示，他同蒋介石是主客关系，不会因为拿了蒋介石的钱，就改变自己的政治立场，结果还是"吃人家的嘴软，拿人家的手短"。从美国回香港后，对蒋介石的态度出现明显的改变。1966 年 11 月，左舜生在《民主潮》上发表了《青年党与国民党合作的史料》，公布了许多国、青两党合作的细节。他在文章一开始，便谈到了他对蒋介石的认识。

他说他自从与蒋介石第一次见面，"到现在已经是三十二年了"。经过这三十二年，他终于知道"任事与做文章不同，做文章是坐在书房里，高谈'日近长安远，长安远日近'，而任事却要面对现实，不容丝毫躲闪，有时一个重大问题发生，内迫于分歧意见的难于一致，外逼于所谓清议的多方责难，硬既不可，软又不能，真可以使人绕室彷徨，不知所可。蒋先生在过去的四十三年，便日处于这样的环境之中，大家只看见他升降周旋，雍容雅步，好像是行所无事，实际他的心志之苦，可能是不足为外人道的"。而蒋介石就是在这种极端困难的情况下，靠自己艰苦卓绝的意志，"依然交出了三篇精心结构的杰作"。一是"黄埔建军，首定粤局，仅以数年时间，造成全国的统一"。二是领导八年抗战，取得最后的胜利。三是"坐镇台湾，以十余年的积极建设，造成了一个家给人足的小康局面，今后不出三年，反攻复国的基础，便可以完全奠定"。

他说以上这些，都是他这三十二年亲眼看到的，也"都积有不少亲切的体验"。其中他"体会最深的"，是蒋介石对待党外人士的态度。他说蒋介石每次接见党外人士，或有事要征询意见，"他一定是和蔼可亲，你就是不愿多说，他也一定多方诱导，使您觉得尽所言。即令您所说的无关宏旨，或显与事实不合，他也绝不采取拒人于千里之外的态度"。"质言之，在这三十几年中，（他）从来没有过一度因与蒋先生谈话，而引起任何不快之感。"从而近年无论在香港，在日本，在美国，他每当听到有人批评蒋先生，一定会站起来反驳，"根据亲身经历的事实而力证其不然，其目的即在减少大家对他的误解"。

我相信任何人读了这篇文章，都会发现他前后变化之大不可以道里计，俨然就是换了一个人，而且他的"亲切的体会"，没有几个人能感同身受。如徐复观在给蒋介石"祝寿"时说，蒋介石在"受言纳谏"上的拙劣，"这是大家有目共睹的"。"尤其是到了台湾以后，蒋公的闻见，更是经常在过滤器的保护之下"，以至于有机会接近蒋介石的人，"只能对蒋公的感情负责，而不能对客观事实负责"[1]。可见左舜生这些"体会"若非言不由衷，也只能是他一个人的感受。

当然，他改变对蒋介石的态度，也许与他接受馈赠无关，而主要是年

1 《我所了解的蒋总统的一面》，《自由中国》第15卷，第19期。

龄的原因。这正如他所说，他在写这篇文章时，"蒋先生已届八十高龄"，他自己也正在走近这个年龄，而且两人都是一样的英雄迟暮，老病浸寻。阮毅成在《悼念左舜生先生》里，便提到过"左先生近年也常来台湾，但是他每来一次，精神体力就差一次"。老而弥坚者固然有之，但最终免不了一心回向，和光同尘。而这使他理解了蒋介石的"心志之苦"，对蒋介石的处境产生了同情心理。

因此，他从美国回香港不久，便打消了从前的怨怼，多次找机会去台湾，而每次去台湾也都会受到蒋介石的礼遇。他比喻自己的感受是"失落番邦的游子，始得重返故国"[1]。1966年9月他到台湾时，有人问他，"上次选举总统和这次选举总统，你为什么不来，是不是与蒋总统有什么过不去？"他回答说："不是，我从民国二十三年（1934）第一次与蒋先生见面，到现在他对我都很了解，昨天我见到他的面，我很高兴看到他身体非常健康，精神饱满，我认为这是天命，在他的继续领导之下，我们国家将更有办法。"[2]已经绝口不谈"违宪""毁宪"，"天命"两字庶乎一语道尽！

左舜生这一生表现出来的两种面孔，当然会给人以不同的观感。有人认为他热爱民主，刚正不阿，政治立场始终没有改变；也有人认为他为德不卒，没能保持晚节。我认为不必这样绝对地看。蒋介石一生独裁，但对人总是留有余地；他给人的关切、眷顾，不完全是虚情假意。是以许多人脱离国民党后，对国民党可能深恶痛绝，而对蒋介石却留有一份好感。如果从这个角度去看，他对蒋介石的这份感情也就不难理解了。这也正如他自己所说，在蒋介石八十高龄的时候，"朋友们要我说几句话，我自然是义不容辞的"[3]。

2014.4.12

1　沈云龙：《述往事，忆舜老》，《传记文学》第15卷，第5期。
2　《谈毛泽东的怪想》，《左舜生先生晚期言论集》下，第1580页。
3　《青年党与国民党合作的史料》，《左舜生先生晚期言论集》中，第1216页。

一世书生常乃惪

　　常乃惪字燕生，山西榆次县人。他是现代史上的一位风云人物。早在五四运动时期，他便被推举为北京学联的教育组主任，与周长宪、黄日葵、孟寿椿等人共同主编北京学联主办的《国民杂志》。毕业后曾于燕京大学任教，加入鲁迅创办的"莽原社"，是《莽原》周刊的主要撰稿人之一。1925年3月加入青年党后，任中央常委、宣传部长，又先后主持《醒狮》《国论月刊》《新中国日报》《青年生活》周刊，或任主笔，或任发行人。他的思想、文章也从此风靡一时，被誉为"梁任公第二"。特别是他提出的"生物史观"，用进化论解释历史与社会，创立"社会有机论"，是对青年党最重大的思想贡献，被视为与共产党的唯物论，国民党的唯生论鼎足而三，"正如唯物史观是共产主义之理论基础，唯生观是三民主义之理论基础"，唯生史观"乃国家主义的理论基础"。

　　不过他不幸病逝后，在党内最常被人称道的，不是他的思想理论，而是他的才华与人格。所有回忆、悼念他的文章，都提到他早在中学读书时，便以文章出众，有"山西状元"之称。成年后步入文坛，更是文备众体，于诗词骈散、铭诔序跋，皆为一时之彦。"不论是关于哲学的，文学的，甚至艺术的，总是行云流水，一泻千里，使人如坐春风之中，受着他的化育。"[1]他在生活上安贫乐道，不求名利，素患难行乎患难，素贫困行乎贫困，更足以为人表率，做青年党人格的楷模。

1947年8月，常乃惪于重庆病逝后，郑振文曾回忆说，1937年夏天，他到武汉出席青年党代表大会，正赶上首届国民参政会开幕，常乃惪也在武汉，两人曾同寓一室。首届国民参政会7月2日在汉口成立，接下来的两个月，每天都是暑气蒸腾，乃武汉一年中之最热。他见常乃惪每天出门，都穿着一袭旧纺绸长衫，开完会回来后，总是"汗流浃背，衫上斑斑皆汗迹"。有一天，他忍不住劝常乃惪，天这么热，何不换件衣服？想不到常乃惪的回答是："仅此一袭而已！"他听了心下不忍，当即解下自己的衣服，赠给常乃惪。常乃惪倒也"欣然接受"，第二天，出席参政会，还将他的扇子也借了去。他当时开玩笑说："此扇书画俱佳，幸勿遗失！"而"彼答曰：如遗失，当负责赔偿"。结果晚上回来，"果遗失矣"。他借故罚常乃惪"作长歌一首"，常乃惪又欣然应诺，当即伸纸搁管，一挥而就，题为《亡扇歌赠郑子铎宣》，诗中有一段：

> 郑子磊落南海客，来从瘴岭翻湖荆。凌霄一羽日万里，俯视城郭寥晨星。神州华城忽破碎，对此万感徒纵横。堂前握手坐长叹，相慰傲骨犹崚嶒。文章只供覆酱瓿，志气颇欲摩苍旻。虽无明珠岁万颗，尚有白纸一扇招飘轻。……我失郑子扇，郑子索我歌。我歌一字当一珠。赠子招凉三百颗，好驱炎日入华胥。[2]

从这段故事里，既可以看出常乃惪的才华，也可以知道他的简朴。

而且他的捷才又不限于诗。据说青年党历次代表大会，"发布的告同志

---

1 郑凌苍：《永恒的悲痛》，《青年中国周报》1947年8月3日。
2 《怀常燕生同志》，《青年生活》第18期。

书和对时局宣言，十之八九系其手笔。往往全会开会，讨论发表宣言时，大会提示要点，公推燕师起草，燕师退席，不一刻钟，即已草成，当众宣读，不加删改，即通过发表"[1]，简直就是梁任公的翻版。他的简朴也不是自恋，为了求名士风度，故意"自奉俭薄，敝恶不堪"[2]，提醒人去注意他的"襟上扬州旧酒痕"。他在齐鲁大学任教时，与周谦冲是邻居，两家仅隔着一道竹壁，彼此"互通声气"。据周谦冲的太太说，常乃惪一家的生活是同事中最清苦的，"吃的真是一菜一粥，小菜豆腐"。她还记得有一次，她家的用人去常家借火，出来时对常家的用人说："你们每天总是一个菜，不是白菜就是南瓜、洋芋，像喂猪一样，是谁吃得来？"[3]但就是这样的生活，"从来没有人听见他叹过一口气，没有人比他更安贫乐道"[4]。

当然，也许有人认为，他的才华让人敬佩，他的简朴就算不了什么。抗战期间十儒九丐，家家啼饥号寒，哪个人不是这样？吴大猷在《抗战期中之回忆》里讲过他一家的生活细节。他说1945年初，有一天，一家人为了改善生活，"好不容易买了两条鲫鱼，拿回来放在小院子水缸前，准备清洗"。谁知回到屋里不过几秒钟，出来时鱼就少了一条。抬头一看，看见一只乌鸦叼着一条鱼，飞上了屋顶。鱼能被乌鸦叼上屋顶，足见其小，可就是这么小的鱼，一家人要改善生活，也只舍得买两条。而"两条丢了一条，是更惨的事"[5]。据说，闻一多一家"食口较重"，生活更有所不如，闻一多在世时，家里衣物便变卖殆尽，只剩下"两张小板凳，两口破箱子"，还有一把破藤椅。可见教育界生活艰苦，是当时的普遍现象。

1　陈善新：《常燕生先生精神永在》，《青年生活》第19期。

2　常乃惪是富家子弟，榆次常家是当地望族，很容易令人误解。1924年他在燕京大学任教时，洪业就曾对他产生这种印象。以至于常乃惪辞职时，他没有尽力挽回，成为"一生中最大的遗憾之一"。见《洪业传》，商务印书馆2013年版，第124页。

3　周刘敦勤：《常燕生先生的家庭生活》，《青年生活》第19期。

4　黄欣周：《哭常老师》，《青年生活》第19期。

5　台湾《传记文学》第5卷，第3期。

话是这样说，实际则不尽然。吴大猷、闻一多固然都是知名学者，但是论身份都是普通的教授。而常乃惠却不同，他不仅是知名学者，还是在野党的领袖，国民参政会的议员。当时像他这种地位的人，不知自爱，目无法纪，利用党政关系巧取豪夺者在所多有。薛光前说，他在交通部任秘书时，最苦恼的就是人情请托。"每天收到各方推荐人事的八行信，可谓川流不息，源源不绝。"在这些川流不息的人当中，来自国民党内的反倒很少，最多的就是"所谓社会贤达或民主人士"，"其中尤以时任国民参政员的黄炎培、沈钧儒两人走动最多。有时要借汽车、汽油，有时要装电话、订车位，处处想占便宜"[1]。

黄、沈两人毕竟都是政客，还算不上学者。顾颉刚先生有件事，更让我错愕。1948 年 1 月，他在经办大中华图书公司时，为了推销自己编印的教科书，竟然去南京求见蒋介石。要蒋介石给他下个"条子"，他拿去求见财政部长徐柏园，领取一百四十亿的书款。他还预备好了一套"民众读物"，夸说内容如何重要，问蒋介石"可否由国防部买一些分发与部队"。我想顾先生书生气再重，也不会不知道今夕何夕，现在是什么时候。就在前一天，他在家信里刚刚说过："这一星期来，逢人就谈时局，大家都觉得毫无办法。经济崩溃了，政治、军事哪有站得住之理"，国民党业已处在崩溃的边缘。而他在这个时候去求见蒋介石，谈的不是黎民百姓、国家大事，而是自己的那点生意，盘算着"此事如走得通，只要一营一本，就有极大的销路"。准备回苏州后，再"写一呈文上来"[2]。说句难听的话，这与抢着发国难财的人，又有什么不同？薛光前在上面谈到黄、沈两人时，得出的结论是，"这般自命'贤达'的分子，心底最自私。一面讨尽便宜，一面还要标榜清高"。这实在发人深省。

1 《抗战时期从事交通工作的回忆》，《故人与往事》，台湾传记文学出版社 1977 年版，第 186 页。

2 《致张静秋》，《顾颉刚书信集》卷五，中华书局 2011 年版，第 175 页。

但是这样的事，常乃惪则从来没做过。相反，"当时若干权贵，以其为当代大儒，送资欲济其窘，悉遭拒纳"[1]。据黄欣周说，常乃惪襫被度川，到成都的最初几年，因为找房子困难一直居无定所。以他的身份和地位，本来也可以找人写封"八行信"，向交通部或其他什么部请托。但是他却有所不为，宁愿和几个学生凑合着住在一起。后来搬到竹林巷的"冰庐"，住不到两年，"突然房东要取佃了，常先生这一位外省人，续租既不行，便慷慨承诺搬迁"[2]，等于被房东赶了出来。他搬到岷峨书局后，环境就更加不堪。岷峨书局是他到成都后创办的一家出版社，名为书局，实际只有一楼一底，楼下是门市和书库，他一家人只能住在楼上。以他十余口的大家庭，局促可以想见。所有去过他家里的人，都说"这房子太不成样了"，总让人有不祥的预感，但他还是坚持住着，直到他最小的女儿绍潞染病不起，死在这间房子里，他才搬到齐鲁村八号，在生活上有所改善，有了"几间小小的茅屋，薄薄的地板，窗外是一口水井"。尽管在周围的同事中他生活还是最苦的，但毕竟安顿下来，度过了生命的最后几年。

1945 年 11 月，首届国民大会召开后，国民党公开宣布"还政于民"。依照政协会议协商的结果，次年 4 月政府改组后，常乃惪代表青年党参加国民政府，担任行政院政务委员，后改任国府委员。当时曾有很多人认为，他担任政务委员后俨然政府要人，再无须安步当车，生活可以彻底改善了。所谓"不但身荣，连家门也有幸运了"[3]。这种说法不是没有道理。中国社会一向以做官为荣，而做官未必皆有政治抱负，图的是袍笏登场骄其妻妾而已。所以做官总与发财有关，两词可谓一义之转。平时以不做官相标榜者，实则是不想做小官；平时以不爱钱相盟誓者，实则是不想收小钱。而求名所以求利，做官所以发财。金钱两字，是不二法门。特别是青年党自创党

1 《常燕生先生生平事迹》，《青年中国周报》1947 年 8 月 3 日。

2 张功燦：《常先生的俭约生活》，《青年中国周报》1947 年 8 月 3 日。

3 李璜：《学钝室回忆录》下，香港明报月刊社 1982 年版，第 637 页。

以来，东躲西藏，做了二十多年的"孤魂野鬼"，可谓一事无成，连个"边区政府"也没有，现在终于有了和国民党"共同执政"的机会，很多人早就"有心做官，无心办党"，心理发生严重的扭曲。

李璜在《学钝室回忆录》里说，早在政府实行改组之前，青年党已经迫不及待，"四川同志纷纷地奔向京沪，思向青年党中央求得一官半职来做"。4月23日，左舜生被提名为农林部长，他被提名为经济部长后，他从南京回到重庆，发现家里早就"贺客盈门，接应不暇"，有的人一进门，还先找他家的祖宗牌位，先行敲磬叩首，恭贺李家出了"朝廷一品大臣"。有些党内同志更是提早守候在他家里，表示要随他一起去南京上任。"好像经济部既由李璜担任，则此部便是青年党的私产了；经济部各级职员在千人以上，好像都要换青年党的人来做了。"几天后，他去上海，在中常会上表示，自己不做经济部长，开始竟然没有人相信，以为他又是假清高，继续讨论"两部的次长人选问题"。他忍不住说，青年党执掌两部后，最好"不要更换两部熟手，而只以本党同志少数去任参事，先行学习"，以免又"陷入国民党一向办党的覆辙"，立刻引起列席会议的中央委员的不满，"开腔大唱反调"，甚至准备挥拳动武，对他"不客气起来"。[1]

政务委员在政府中的地位，也许不如经济部长显要，但毕竟也有职有权，俗称"不管部部长"。除去政府配备的官邸、汽车不说，私人的馈送也少不了。李璜说，他被任命为经济部长后，消息一经刊出，四川军阀刘文辉、邓锡侯两人就登门祝贺，于"恭贺之余，一人留下一部小汽车，要我出去应酬"。他由成都回重庆，"飞机一落重庆机场，又见接机的人众排列成行，好像等我下机检阅队伍一样"，其中有不少是"执礼恭贺"的。[2]政务委员打个五折，起码也有一部汽车、一半的贺礼吧？这还是明的，暗地

1　李璜：《学钝室回忆录》下，第640页。
2　同上书，第638页。

里有多少，谁又说得清楚？

可是事情落在常乃惪身上，情形就完全相反了。据黄欣周说，常乃惪告诉他，自己本来不想做官，这次出任政务委员，完全是党内相争不下的结果。最后才决议由他出任，以平息各方的争端。他顾虑党内的团结，只好答应了。而他去南京开了一次会，去官邸看了看，回来后很不惬意，写了篇《学人与政治》，认为学者不宜从政。决定将家仍然留在成都，以后除了开会，不去南京，或回成都或去上海，多读点书，"同大家一起搞文化工作"。他还告诉黄欣周，他这几年，已经感到精力不济，一到晚上就不能写文章了。感叹地说，"照这样下去，恐怕只能再写十年，在这十年我应该好好写点东西"，以后只好以诗词自娱了。这样看来，他这次出任政务委员，非但谈不上发财，反而成了负担。

首先，他做了政府官员，齐鲁大学的房子就不能再住了。他在成都转轮街 37 号另外租了几间楼房，月租是食米一石。但是家还没有搬过去，他又和齐鲁大学商量，能不能继续在学校兼职。他还想继续兼职的原因，就是不想搬家。他担任政务委员后，每月的薪资连同办公费在内，一共有 205 万。而以当时成都的物价，食米一石，就约值百万。他搬进新家，只这一笔房租，就要用掉收入的一半。靠剩下的一半来抚养十口之家，显然有很大困难。因此，他做了政务委员以后，生活上几乎没有任何改变。依旧保持着书生本色，"朴素之态一如畴昔，不因变态之荣达而改其素行"[1]。据他的秘书陈一萍说，他去南京就职时，穿的还是平时那件旧棉袍，后背上补着好大一块补丁。以至于有一天，他去孙科家里开会，"守门的卫兵见他粗布棉衣，虽从汽车里出来，还是怀疑他的身份，挡着盘问，进门后，又看见他背上补的那块疤，都抿着嘴笑起来"。最让他尴尬的，是他就职后，由上海回成都时，"临行没有旅费，跑了几天，好容易才借到一笔款子。回成

---

1 李满康：《常燕生先生言行之一班》，《青年生活》第 19 期。

都不久，他就来信，嘱领薪后即付债款，免人非议；后又来信，要我将款汇蓉，以济急用，从这两信看来，经济的绳索，已把他捆紧"[1]。

当然，最让人想不到的，是他这次回成都后，竟然一病不起，从此离开人世。郑凌苍在《常燕生先生逝世经过》里，记述了他一生最后的经历。据郑凌苍说，他是6月17日从上海回成都的。回来后身体就"感觉不适"，打算将家事略做处理后，休息几天，8月初再去南京。7月19日那天，他因为山西同乡要在成都创办一所晋蓉小学，希望在山西会馆驻扎的军队能够迁出，与好友杨九思在新蓉餐厅宴请孙震和他的几位幕僚。席间便感觉不适，"头脑昏晕，并时做干呕"。当时还以为是寻常小病，感染了时症而已，不料第二天便病情加重，除了头昏干呕，还出现了发烧症状。到了23日下午，"突然手脚抽搐不已，胸膈也跳动得十分厉害，呼吸同时感到局促"，人已陷入昏迷状态。

家人见到这种情状，立刻惊慌起来，想送他去医院救治。"其更惨者，则是此时家中竟一文莫名"，拿不出治病的钱来。好在他还兼着华西大学的教职，住院费可以打折，几家亲友临时凑泊，集了点钱，将他送到华西大学医院。经过抽血、化验，病情一时不能诊断。延到第二天，再次检查血液和脊髓，才怀疑是大脑炎或尿毒症。这时他患病的消息已经传了出去，四川省政府派省立医院院长黄克维前往会诊，确定为急性脑炎，但是对病情也束手无策。经过一番抢救，病情不见好转。他勉强撑过了两天，于7月26日早7点辞世。终年50岁。

他病逝后，丧葬又成了问题。当时"他家里仍然一贫如洗，几乎到了无以为殓的境地"。最后由四川省政府提供三千万元丧葬费，他的遗体才得以安息。而大家在执绋送葬时，也彻底明白了，这二十几年来，他"全赖其教书所得以供养众多的人口，故其生活之艰窘，极似一般穷苦的公教人

---

1 《留在人间的印象》，《青年生活》第19期。

员，淡食素衣，即至今日，亦丝毫未改常态"。正为如此，他的死格外令人悲痛。据我不完全的统计，他病逝后，青年党报刊发表的悼念文章多达上百篇。这些文章中的绝大多数，都谈到了他的才华与俭朴。换言之，也就是他的学识与人格。特别是许多基层党员，在国大代表和政府阁员的提名中，看透了党内高层人物的丑态，发现他们"一见有官可做，则忽然改其故常，相争不已"，更理解了他人格高尚，是"青年党的灵魂"。据说，有人公开表示，"青年党里人人可以死，独有常燕生不能死；有些人早就该死，然而偏偏不死，常燕生是最不能死的一个，偏偏死到他！"甚至激愤到当场宣布，"现在常燕生死了，青年党可以解散了"。[1]

这些对他的评价，绝不是一时的感触和激愤。1949 年国民党撤守台湾后，随国民党去台的青年党分子很快便发生内讧，分裂成"中园"派、"整委会"派、"临全会"派、"自清运动"派等四五个派系。彼此为了国民党的小恩小惠（每月六万元的经费），你争我夺，互相陷害。陈启天为了把持这六万元的经费，"希望政府支持他与余景陶这一派"，甚至不惜诋毁自己过去的党魁，告诉国民党早在抗战前，他便与曾琦、李璜两人意见不合，他主张"联蒋抗日，而曾、李则反是"。最后经过党内讨论，决定实行"拥蒋抗日"后，曾琦仍不死心，又同王师曾、林可玑两人"去南京、上海与汪伪组织联络，并拿汪伪组织的款子"。他还向国民党检举夏涛声和李璜，说夏"曾随陈仪工作"，有投共之嫌，李"已参加许崇智之第三势力"，为达到目的真是不择手段。[2]当时继雷震之后，代表国民党负责"统战工作"的阮毅成曾在《中央工作日记》里深有感触地说："自从该党的曾琦、常乃惪等故世以后，该党便摒弃了它的国家主义，领导人物和中坚分子大都流于政客型作风，一味只知在现实政治圈子里'穷泡'"，已经毫无党性、人

---

1 黄欣周：《哭常老师》。
2 《雷震全集》第 33 卷，第 95 页。

格可言。他得出的结论是:"这便是今日青年党趋向没落的最大原因。"[1]从后面去看青年党的历史,盖棺论定,更可以发现常乃惠人格的不凡。

写这些怀念文章的作者,有许多是常乃惠的学生。我猜他们所以悲愤欲绝,除了痛惜他的才华,感怀他的人格,还与他性格温顺,处事谦和,在党内经常受人排挤有关。[2]有关这件事我拿不出什么证据。但是余家菊在《怀念常燕生》中说:"人之论人,率以自己准依。平允之论不易得,而知心之谈,尤难得人而吐。故燕生貌平庸如常人,绝不标异于群众。燕生持身卑约,柔弱自守,虽面受侮辱,夷然处之。自识燕生以来,未见其与人忿争。"[3]显然言有所指。

黄欣周说得更明白了。他说常乃惠处世待人"度量之大,胸襟之广,是我一生所仅见的。尽管有些小人背地说他,甚至当面讥讽他,他从不计较,更不怀恨记仇。有时朋友看不过了,替他打抱不平,他反而会替对方解释,使你立刻也心平气和了"。而这都证明了"常先生无负于青年党,青年党却辜负了常先生","假如其他党人中有这样一个常燕生,他们早就将他抬高起来,然而青年党对于他,二十多年来从没有标榜过他。相反,外间的人因为他是青年党人,有了门户之见,将他的真正价值抹杀了"。[4]

总之,在中国现代史上,常乃惠是位值得纪念的人。他思想瑰丽,学识广大,在哲学、史学、社会学以至于文学上,都富有创见。在同时代人中,有他这样学识的极为少见,有他这样人格的也极为少见,像他这样的学识与人格统一在一个人身上的,就更为少见。史学家评价历史人物,依据的无非是言论、事功与品格三项。然而言论和事功都有时运,有偶然,有侥幸,只有品格一项,既无偶然更无侥幸。是以一个历史人物的真实意义,

---

1 《传记文学》2010 年 6 月号,第 96 卷第 6 期。
2 常乃惠有两个别号,"柳下"和"平子"。可见他在为人处世上,有意学古人柳下惠和近人宋平子(恕)。而在外人看来,柳、宋两人都性格柔和,有"达心而懦"之病。
3 余家菊:《怀念常燕生》,《青年中国周报》1937 年 8 月 3 日。
4 杭余夫:《痛哀》,《青年生活》第 19 期。

恒在此而不在彼。学术界历来有一种成见，叫"不以人废言"，也"不以人废史"，我以为这两句话，或许可以适用于一般的历史人物，而对于一个思想家、政治家来说，无论他的思想多么富丽堂皇，一旦被人发现人格卑下，这就是对他思想的毁灭。

常乃惪在太太萧碧梧病逝后，深感生死无常，曾预先写了一副挽联，留待自己死后悬挂。联语是："读范缜灭神论，知黄泉渺渺，心物皆空，浩气还太虚，任虫臂鼠肝，自由迁化；作华严性海观，见帝网重重，刹尘互入，众生弥宇宙，有醯鸡程马，无限绵延。"上联说的是"朽"，下联说的是"不朽"，将自己的一生，交给后人评说。这种人生态度同样令人感怀。

2013.6.10

南京和谈中的梁漱溟

  梁漱溟是抗战结束后，民盟的几位领导人中奔走国共之间，促成国家统一最积极、最热心的一位。据他自己说，他是"一个对于国家统一要求最强的人"。因此早在 1938 年 1 月，便"从武汉去延安，访问毛泽东先生，想求得进一步的团结统一"[1]。及至抗战结束后，更是积极调解国共纠纷，"经常奔走于蒋氏与毛氏之间，去时先向蒋氏陈说，回时又将所闻于毛者报告于蒋"[2]，称得上一片苦心。想不到在南京和谈期间，他作为民盟的秘书长却在调停中犯了严重的错误。不仅使和谈归于失败，还导致了民盟内部的分裂，成了一生的憾事，也成了一生的污点。他对这件事始终痛心疾首，说由于自己"轻于一掷"，让周恩来产生了误会，使"最后一谈之失败，失败在我手里"[3]。

  南京和谈是马歇尔调停失败后，国共两党在彻底决裂之前，于 1946 年 10 至 11 月间举行的最后一期和谈。这次和谈与此前不同，是由新上任的美国驻华大使司徒雷登建议，由以民盟为首的"第三方面"发起的。梁漱溟所说的周恩来的"误会"，是指南京和谈进行了一周后，"第三方面"见国

---

1 《八年努力宣告结束》，《梁漱溟全集》第 6 卷，山东人民出版社 1993 年版，第 614 页。

2 张君劢：《评周鲸文著〈风暴十年〉》，香港《再生》第 2 卷第 5 期，1959 年 3 月 1 日。

3 《过去和谈中我负疚之一事》，《梁漱溟全集》第 6 卷，第 828 页。

共双方争执不下，国民党提出的八条与共产党回应的两条，立场与条件相距甚远，决定综合双方的意见，自己提出一个方案，进而决疑止争；梁漱溟更是急于求成，希望"求得一个折中方案，以争取问题早日得到解决"。"误会"就出在这里。

这个"折中方案"包括以下三项内容：一、国共双方即日下令全国军队，各就现地一律停战。双方军队应依照已经达成的整编、统编方案，办理其驻地分配问题，由三人小组协议定之。关于东北中共驻军地点问题，应在停战时先行获得谅解。其地点拟为（一）齐齐哈尔，（二）北安，（三）佳木斯。二、全国地方政权问题，一律由改组后之国民政府委员会依据政协决议，及和平建国纲领之规定解决。其有争议之地方，并依军民分治之原则，尽先解决。但沿铁路各县地方政权，除经中央接收者外，应由中央先派县长、警察一律接收。三、依据政协决议及其程序，首先召集综合小组，商议政府改组问题，一致参加政府。并商决国大问题，一致参加国大。同时尽速召开宪草审议会，完成宪草修正案。

"第三方面"经过讨论后，认为这个方案"至大至公"，对国共双方都很公平，没有任何偏袒之处，于是抄录了一式三份，在下午一点首先送给马歇尔和孙科，又于下午三点送给周恩来。

不料梁漱溟与李璜、莫德惠赶到梅园新村，将方案送交周恩来，"第二条刚提说两句，周面色骤变，以手阻我，说：不用再往下讲了！我的心都碎了！怎么国民党压迫我们不算，你们第三方面亦一同压迫我们？今天和平破裂，即先对你们破裂。十年交情从此算完。你们今天就是我的敌人！态度愤激，泪落声嘶"[1]。据李璜和蒋匀田说，周恩来还指着梁漱溟，大声斥责："你这出卖朋友的东西，中共哪一点对不起你，你如此不讲良心。"[2]"蒋

---

1 《过去和谈中我负疚之一事》，《梁漱溟全集》第 6 卷，第 829 页。
2 蒋匀田：《中国近代史转折点》，第 123 页。

介石要把我们打倒在地上，你们也要踏上一只脚？"[1]李维汉甚至通知警卫，要将梁漱溟扣押起来。

梁漱溟一向以为与共产党关系良好，几天前还代表民盟与共产党达成共识，"表示民盟今后将加强同共产党合作，第三方面今后有任何重要主张和行动，民盟必事前同共产党协商并征求同意"[2]。现在看到周恩来一反常态，当场被吓得瞠目结舌，"茫然不知所措"，"呆坐着不发一言"。经过李璜的提醒，才匆忙去找黄炎培、章伯钧和罗隆基，商量补救的措施。几个人闻讯后赶到梅园新村，经过商量，分头去找孙科、马歇尔，佯称方案里还漏抄了一条，需要重新补录，将文件收回"请周过目，声明作废，周先生才收泪息怒"[3]。

周恩来虽然平息了怒气，"第三方面"经受这一次的打击，却对和谈失去了信心。有人觉得自己忙碌了十余天，结果是自讨没趣，"连第三者的颜面都损害了"[4]，当晚便不告而别，径自返回了上海。在第二天下午的例会上，沈钧儒、章伯钧也一改初衷，要求收回方案，宣布撤销签名，从此不再出席会议。情绪最低落的当然是梁漱溟。据蒋匀田说，黄炎培知道这件事发生后梁漱溟心里不快，当晚曾邀约了几个人，"大家共同安慰梁漱溟，以解其心里烦闷"，梁漱溟当时还强颜欢笑，"处之若无其事地说：为国牺牲，生命且所不计，何在乎一点闲气呢？"[5]但是只隔了一天，便辞去民盟秘书长，回重庆办勉仁书院，"向较深远处努力去了"[6]。剩下的人虽然还不死心，而能做的事情只剩下收拾残局。

1949年新政权成立后，梁漱溟对这段历史非常自责，多次在民盟会议

---

1 李维汉：《南京和谈前后》，《政治协商会议纪实》下，重庆出版社1989年版，第1632页。

2 叶笃义：《虽九死其犹未悔》，北京十月出版社1999年版，第34页。

3 《过去和谈中我负疚之一事》，《梁漱溟全集》第6卷，第829页。

4 李璜：《学钝室回忆录》下，第617页。

5 蒋匀田：《中国近代史转折点》，第123页。

6 梁漱溟：《浅近与深远》，《梁漱溟全集》第7卷，第674页。

上检讨，痛骂自己"糊涂不中用"，"不配担当国家大事"。只是他虽然痛骂自己，把自己骂到不堪，对"那折中方案有何严重错误"[1]，始终不能理解，不知道问题出在哪一条，哪一款。他说当时"周先生激愤之余，说话无伦次"，他在"惶恐中亦听不清"。经他过后一再回想，"似乎问题在这里：一、第一条加入东北共军驻地三点，不算是太要不得。但既规定关外驻地，亦应将关内驻地一同规定好，既规定共军驻地，亦应将国军驻地同予规定。而我们则没有。二、第二条加入政府派县长警察接收共方之二十县，于共方大不利。尤其是政府新编有一种保护铁路之交通警察，为戴笠手下忠义救国军所编，那对于共方较之正式军队还更受不了。而我们却没想到"[2]。但是蒋匀田认为，关键不在这里。

蒋匀田是民社党的常委，也是民盟代表团的秘书。他说事情发生时他也在现场，根据他的判断，问题出在第二条。他说在最初的方案里，第二条的表述是："沿长春铁路各县地方政权，除经中央接收者外，应由中央先派警察一律接收"，但是最后定稿时，梁漱溟认为"地方政权应当归属中央"，对第二条做了修改，"将长春两字删去，变为沿铁路各县地方政权"。他说他当时便提出过疑问，认为"东北铁路甚多，不指定其名，与原稿有异，恐生问题"。然而"梁先生很严肃地回答：你能不希望国家统一吗？"话说得义正词严，令他无法反驳。结果周恩来看到这份方案，只"略加阅读"，即指着这一条说，"这一条不要说我不敢答应，即是毛主席也未便应允"[3]。这也使"包括各方面之调人会，即因半句文字之涂改，而一散永散"[4]。

比较两人的说法，蒋匀田说得更明确、更具体。梁漱溟在1950年写《我参加国共和谈的经过》时，似也认同了蒋匀田的说法，说"失败就失败在

1 《过去和谈中我负疚之一事》，《梁漱溟全集》第7卷，第830页。
2 同上。
3 蒋匀田：《中国近代史转折点》，第122—123页。
4 同上书，第123页。

这里"[1]。但是回头去看这段历史，问题又并不这么简单。

"折中方案"文字虽短，自相矛盾的地方却很多。罗隆基后来在《第三方面和谈内幕》中，便指出了许多失误。例如第一条既然规定，国共双方的驻地"由三人小组协议定之"，何以又规定共产党军队在东北的驻军地点？而这恰恰是蒋介石所希望的。据马歇尔说，他与蒋介石谈判时，便就这一问题反驳过蒋介石，说蒋介石的态度"是不现实的，他企图只规定中共军队的驻地，而2月25日的基本方案，是要求确定双方的驻地"[2]。还有，第二条既已规定，全国地方政权问题，"一律由改组后之国民政府委员会依据政协规定"解决之，何以又代行"改组后之国民政府委员会"的职权，规定东北铁路沿线地方政权的接收办法呢？类似的地方，还不止于此。总之，引起周恩来强烈不满的，绝不是只言片语，更不是"半句文字之涂改"，而是"在大原则上"犯了"严重的政治错误"[3]。

因此在讨论方案时，就有人提出这个问题，"认为这个方案太偏向蒋介石的八点，不完全是折中，共产党方面不能接受"。散会后，罗隆基与章伯钧同车回民盟总部时，心里都很不踏实，"对这个方案不太满意"，认为这个方案与共产党提出的条件距离太远，"共产党方面不可能接受"[4]。无奈梁漱溟作为"第三方面"的首席代表，对这些意见听不进去。反而几次强调，蒋介石提出的八条，"其中第四条只指华北、华东就地停战，而他的提案则包括东北在内，于共产党方面有利，所以是折中"。忘记了近两个月来，东北形势已经发生变化，国民党"抢占了四平街、长春、安东等地，（东北）已非二月十日前的东北了"[5]。他"折中"出来的结果，可谓正中蒋介石的下怀，是蒋介石求之不得的。

1 《梁漱溟全集》第7卷，第943页。
2 《国共内战与中美关系——马歇尔使华秘密报告》，华文出版社2012年版，第287页。
3 罗隆基：《从参加旧政协到参加南京和谈的一些回忆》，《文史资料选辑》第20辑。
4 同上。
5 同上。

　　而所以出现这种情况，又与"第三方面"的立场有关。在南京和谈之前，并没有所谓"第三方面"这个称号。据说梁漱溟起程来南京时，马歇尔曾经向他表示，中国的各种政治势力中，"青年党与国民党一致，民主同盟与共产党一致，可惜中国无第三个力量，可以左右政局"[1]。意谓南京和谈若要取得成功，民盟和青年党都必须调整立场，站在国共之外，充当"第三个力量"。梁漱溟受马歇尔的启发，一到南京，便打出了"第三方面"的旗帜，说几个月来，国共和谈所以一再失败，令社会各界失望，"分析原因，盖因国共双方皆有力量，而此外则没有。大局为此矛盾之两大力量所支配，其他的人皆莫如之何。为保证今后免于失败，必须在矛盾之两力以外，有一奠立和平之力量出来"。希望通过促成国共和谈，将"第三方面"的潜力凝聚起来，形成所谓"第三种力量"。

　　他还表示，以前由马歇尔主持的国共和谈，总是被动多于主动，受国共两党的支配和摆布。从今天起，第三方面要"团结一致，采取主动"策略，以"舆论为后盾，当真负起责任来"，"对于任何一方之不爱惜和平者，断然声明其责任，以舆论制裁之。我相信这就是莫大之力量"。

　　但是实际进入和谈后，他便发现"此路不通"，这都是自己一厢情愿。"第三方面"标榜的"第三个力量"，国共双方根本就不买账。所谓"以舆论为后盾"云云，更是一句空话。和谈开始后，国内各大报纸关注时局的发展，的确都派有记者到南京采访，其中有中央社的彭清、《中央日报》的陆铿、上海《申报》的刘问渠、《新闻报》的陈丙一、《大公报》的孔昭恺、《东南日报》的赵浩生、《新民报》的浦熙修等等，他们虽然政治立场不同，但都有一个共同的认识，就是不承认"第三方面"的地位。认为"第三方面"号称中立，其实也是利益关系中的一方，并不能真正代表国共两党以外的广大"第三势力"。所以罗隆基作为"第三方面"的发言人，每次召开

1　唐纵：《在蒋介石身边八年》，第620页。

记者招待会时下面都有人大声"起哄",称"官腔!官腔!"有一次,罗隆基恼羞成怒,还站在台上与记者短兵相接,互相对骂起来;罗隆基指着对方说:"你不懂!"对方也反过来指着罗隆基,说"你才不懂!"最后一场招待会"即在'你不懂!你才不懂!'的吵闹声中不欢而散"[1]。

这都让"第三方面"很没面子,不知道所为何来,也对调停失去了耐心。特别是10月27日,黄炎培在与国民党代表会商时,话还没说几句,就遭到陈布雷"声色俱厉的驳斥",回去后情绪悲恸,已经失去控制。他在交通银行的会议室向"第三方面"介绍会商经过时,"讲到此处,不禁慨然说:我对今天政府代表的态度,感觉不快事小,但政府如此苛求,恐怕我们无法努力下去"[2]。梁漱溟被人称为"最后的儒家",但他自抗战以来在调和国共关系上,一向都很主观、急躁,动辄以强迫态度要求国共双方听从他的意见,"声明"自己"不能等待完成此事"[3]。这时他受了黄炎培情绪的感染,更有些气急败坏,说事情走到这一步,"第三方面"必须强硬起来,把国共"两方的提案都不算",自己提出一个提案,以此据一止乱。"这个方案,如果一方接受,一方不接受,我们就站到接受方面去。"[4]甚至只要有一方不肯接受,"彼等即退出调解地位",各自回上海去。[5]

当时在场的人听到他的说法,都吓了一跳。当即有人表示怀疑,认为"将国共两方的提案都不算",不仅道理上说不通,事实上也是办不到的。但梁漱溟不加理会,反问道:"那怎么办?你们说怎么办?"接着,"继续说了一段很坚决的话:'到了现在我们只有用第三方面的力量来压服不肯接受方案的任何一方。我们第三方面的作用就在这里。要不然,我们就只好

1 赵效沂:《报坛沉浮四十五年》,台湾传记文学出版社1981年版,第156页。

2 蒋匀田:《中国近代史转折点》,第120页。

3 梁漱溟:《我努力的是什么——抗战以来自述》,《梁漱溟全集》第6卷,第172页。

4 李维汉:《南京和谈前后》,《政治协商会议纪实》下,第1632页。

5 《蒋中正总统档案·事略稿本》(67),第383页。

撒手不干。'"他讲到激动处，还"以掌拍桌，态度十分坚决"。[1]他在这种情绪下主导的方案，势必顾此失彼，出现严重错误。

根据蒋匀田的回忆，"第三方面"在拟定"折中方案"时，由于急于求成，对国共双方的分歧根本没有做深入的分析，完全是凭主观臆断。特别在东北问题上尤其如此。东北问题本来是方案中最大的难点，也是国共和谈的焦点，但是出席和谈的"第三方面"代表，多不熟悉东北事务，便推举黄炎培、莫德惠和梁漱溟负责提案，决定由"莫、梁、黄三位先加以研究，再提交大家来解决"[2]。理由是"莫德惠是东北人，对东北情况特别熟悉，黄炎培平日对这些技术问题也颇能考虑"，实际上黄炎培对东北所知甚少，这十几年根本没去过东北，在拟订方案时只好知难而退，将这件事都交给莫德惠。莫德惠倒是东北政坛上的元老，不久前曾代表国民政府回东北实行"宣慰"。但是他在东北只待了很短时间，即随东北行营撤回北平，同样不了解东北局势的现状，更不清楚东北战事爆发后，国共双方军事争夺的要点。他仅凭主观上的揣测，认为"中共的心理，必要洮南、牡丹江、黑龙江三点。政府对洮南绝不会让步。牡丹江一点，可能让予中共，以换合江"。进而断定，"佳木斯地方很大也很肥沃，中共得之大可满意；而政府只用警察去接收沿铁路线交通各县，也不会对中共有何威胁"[3]。

他的这些说法黄、梁两人根本就听不懂，如梁漱溟后来承认的那样，"连这些地点各在哪里，当时都未搞清楚"，只好相信"莫先生是东北人，熟悉东北情形"[4]，由莫德惠一言定夺。而梁漱溟情绪就更为急躁，恨不得一推了之，说："我盼我们三人，赶快把整个解决东北问题的方案，能即研究出来，交卷了事。"[5]第二天，拿到会上讨论，"第三方面同人"当然也

1 罗隆基：《从参加旧政协到参加南京和谈的一些回忆》。
2 左舜生：《近三十年见闻杂记》，中华艺林文物出版有限公司1976年版，第105页。
3 李璜：《学钝室回忆录》下，第618页。
4 《我参加国共和谈的经过》，《梁漱溟全集》第6卷，第943页。
5 蒋匀田：《中国近代史转折点》，第121页。

都看不出名堂，一致认为"这办法对于国共双方心理要求，都照顾到了"，"要得"。

如此一来，后果就不难想象了。以至于"折中方案"提出后，不仅遭到周恩来的拒绝，蒋介石也不满意。于当天晚上便邀莫德惠、黄炎培、徐傅霖等人晤谈，申明"第三方面不宜自提方案，以免丧失其第三者立场"，只能"在政府所提出的八项原则内"，实行调停和讨论。[1]正如罗隆基所说，"这种事不先经过国共双方当事者的讨论，就凭空来解决这些难题，这种解决方案怎能不犯错误呢？"当然，这是否是蒋介石故作姿态，还可以讨论。

颜炳华、李润林在《梁漱溟与中国民主同盟》里说，1982年两人在编写《梁漱溟先生年谱》时，曾就这件事问过梁漱溟："莫德惠怎么知道东北铁路沿线的41个县，国民党控制21个，中共控制20个呢？莫德惠提出让中共让出20个县的政权，由国民党派县长、警察接管，显然是替国民党政府说话，所谓不派军队、照顾中共的话是骗您的！"梁漱溟听完后，"愣了一会儿，从沙发上站起来说，'我当时哪知道那些铁路警察是戴笠的军队改编的呢？'"[2]依照这种说法，梁漱溟认同莫德惠的方案，完全是由于不了解情况，被莫德惠骗了。

但是我对这种说法，只能表示怀疑。从国共和谈的前后经过看，自同年4月中共攻占长春后，梁漱溟便作为民盟的秘书长，应马歇尔的邀请参与了国共和谈。这半年来虽然打打停停，形势一再改变，但他对东北的基本情况不可能完全不了解。梁漱溟说过，莫德惠与张公权从东北回来后，都向他介绍过东北的情势。张公权为了向他了解延安的情况，还出于"交换"的心理，介绍得尤为详细。因此他完全知道东北铁路沿线的41个县，分别由国共两党控制着。国民党控制着21个县，中共控制着20个县。甚

1 《蒋中正总统档案·事略稿本》(67)，第384页。
2 《梁漱溟先生与中国民主同盟》，《梁漱溟》，群言出版社2011年版，第405页。

至还知道"东北百分之九十以上都在中共手里"[1]。至于"国民党派县长、警察接管"问题,则是民盟介入国共和谈后,早就提出过的方案。周鲸文在《风暴十年》中说,马歇尔来华调停,抵达重庆的第四天,他曾代表民盟与马歇尔有过一次长谈,"主张国共军队同样撤出东北,由地方保安队维持地方治安",后来被马歇尔搁置了。[2]而民盟一直认为,这个被搁置下来的方案"不失为一个可行的方案"[3],现在由莫德惠提出来,只是稍加改造而已。

所以他认同莫德惠的方案,绝不是一时不察,被莫德惠骗了,而是主观地认为和谈要取得成功,国共双方都必须做出让步。国民党既让出了二十一个县,共产党为了表示诚意,也应该相应地让出二十个县,至于这些县都分布在哪里,战略地位是否同等重要,他既不可能了解,也完全没有考虑。这才会擅自做主,把"沿长春铁路各县地方政权",删去"长春"两字,改为"铁路沿线各地方政权"。正如他自己所说:"假如我们从容一些,沉着一些,在制成这一折中方案之后,分别找国共双方代表,征求他们意见,他们必然各就自己的要求,说出许多批评指责和反对拒绝的话来。尤其在他们所争执的地方,可以听出许多我们外人不甚留意的事情,然后我们第三方面再把方案重新订正一过,再拿出来,就比较妥当而不易失败。"[4]

不过尽管如此,梁漱溟痛定思痛,将和谈失败的责任完全归咎于自己,认为自己的"轻于一掷"破坏了和谈的大局,导致了民盟组织的分裂,却又未免过于自责,换言之,有些言过其实了。即便他真能"从容一些,沉着一切",也只能"比较妥当而不易失败",而还是改变不了失败的结局。

首先,蒋介石对于这次国共和谈,一开始就很不情愿。从《王世杰日

1 《梁漱溟全集》第6册,第906页。
2 周鲸文:《十年风暴》,时代批评社1959年版,第31页。
3 《梁漱溟全集》第6册,第910页。
4 同上书,第943页。

记》中看，蒋介石同意接受和谈，颁布休战令，主要是受马歇尔的逼迫，屈从于美国政府的压力。王世杰担心马歇尔回国后，再次成为"史迪威事件"，"向蒋先生力言不可逼马歇尔返美，并力主休战若干日。蒋先生勉允予所请……政府可同意休战十日"[1]。所以第二天，王世杰听说周恩来竟不领情，"拒绝休战十日，意以此为马歇尔及我政府间缓兵之计"；马歇尔"亲赴上海邀周恩来"，也遭周恩来拒绝，实在难以理解，"惊讶不置"[2]。蒋介石更是十分恼怒，电促邵力子、吴铁城等人返回南京。

因此和谈开始后，国民党便一面应付和谈，一面加紧军事行动，继攻下张家口之后，又攻下东北重要城市安东。可见这次和谈，基础非常脆弱，国共双方特别是国民党方面，从一开始就没有诚意。蒋介石公开以"停战令"为要挟，逼迫共产党就范，说如果"共党不提出参加国民大会之代表名单，则政府绝不能下停战令"[3]。而共产党在接受谈判后，也很快就看清了蒋介石的心理，明白蒋介石和谈是假，玩弄和利用国民大会是真，试图将破坏宪政民主的罪名，加诸共产党的头上。进而"以政府一面商谈，一面进兵安东为言，谓将不愿继续谈判"[4]。到了谈判后期，更是直接向美方提出要求，将"共产党在南京、上海和重庆等地的人员，由美国军用飞机陆续撤退飞返延安"[5]。谈判的破裂早就是意料中的事，"第三方面"做出再大的努力，和谈的局面也维持不了几天。

其次，"第三方面"看似一个整体，代表社会"第三个力量"，实际内部各怀鬼胎，各有各的算盘。从当事人后来提供的材料看，有些人在到南京之前，实际已经接受了蒋介石的八条。甚至如罗隆基所说："所有第三方

---

1 《王世杰日记》第5册，第403页。
2 同上书，第402页。
3 《蒋中正总统档案·事略稿本》(67)，第385页。
4 《王世杰日记》第5册，第412页。
5 《国共内战与中美关系——马歇尔使华秘密报告》，第281页。

面领导人均认为八项建议'不坏'。"[1]有些人到南京的目的，主要是想替国民党做说客，劝共产党"识时务者为俊杰"，应不失时机地提交国民大会代表名单，尽快组建联合政府。左舜生后来很坦率地说，他早就料到了和谈的结局，所以会"毅然地参加"，"只是想把中共这个代表团送走，把国大促成，宪法颁布了再说"[2]。而国民党从和谈一开始，也对"第三方面"不断采取分化、拉拢的对策，试图分而治之，各个击破。当时负责这项"统战"工作的，是侍从室第六组组长唐纵。他在1946年5月，曾向蒋介石提出一个16人的名单，其中包括彭学沛、徐复观、端木恺、李惟果等人，指定其"与各党派分子来往"[3]。

据罗隆基说，在南京和谈期间，他的小同乡、小同学、国民党宣传部长彭学沛找过他两次，告诉他"民盟在参加国民大会问题上，是不可能有一致行动的"，而且暗示"张君劢是一定参加的"。他还明确许诺罗隆基："倘你参加国大，你还是新政府的部长。"[4]张君劢所受到的待遇更高。他除了是民盟常委，还是民社党的主席，"政府对张氏倚重之殷，亦显然与众不同"[5]。他每次往返上海、南京，都有国民党要员陪同，乘坐国民党提供的专机。周恩来在谈判中就曾提醒蒋匀田，共产党已经获得消息，"政府已电请在东北的张公权回来，劝说君劢先生，答应政府贵党参加国大，请你注意"[6]。

因此和谈开始不久，蒋介石便胸有成竹，明确地告诉马歇尔，"他并不认为各少数党派已经统一于反对在目前情况下参加国民大会的立场上了。他相信一两天内，不同的反应就会明朗起来"。后来的情况果然如此。当蒋介石经过审时度势，相信形势差强人意，已经可以落下和谈的大幕了，向

1 《国共内战与中美关系——马歇尔使华秘密报告》，第284页。
2 《所谓国共和谈——答复中央日报的第二点》，《左舜生先生晚期言论集》（下），第1443页。
3 唐纵：《在蒋介石身边八年》，第608页。
4 罗隆基：《从参加旧政协到参加南京和谈的一些回忆》。
5 上海《大公报》，1946年11月15日。
6 蒋匀田：《中国近代史转折点》，第130页。

"第三方面"表示,"纵使共产党不拿出名单,只是你们拿出来,我亦可以下停战命令"后,"第三方面"立刻出现分化、瓦解的局面。

左舜生首先站出来,"声明我们青年党脱离民主同盟,不再参加此种会议,政府既接受我们意见,我们也不能不考虑参加国民大会"[1]。曾琦说得最为明白,他告诉蒋介石,"吾辈无所谓,吾辈部下就希望分得几部,做官吃饭"[2]。在这之后,民社党和社会贤达经过一番做作,也"有条件"地提交了国大代表名单。而且正如外界观察的那样,青年党对于共产党和民盟拒绝出席国大,"其辞若有憾焉,其心实甚喜之"[3]。以为共产党退出国大后,自己就是最大的在野党。国民党为了拉拢自己,势必让出更多利益。据王世杰说,曾琦、左舜生两人在提交名单前,依然忘不了这件事,又对政府改组之后"该党之国府名额与行政院部长及政务委员席数",斤斤计较了一番。[4]

事情过去后,左舜生站在青年党的立场上,对梁漱溟有过一段评价:"梁漱溟的头脑长于分析而短于综合,他于一件件孤立的事实看得很仔细,而对于一个大体的趋势却看不明白。当时的大势是:一、国共终无妥协的可能;二、中共根本不要民主;三、中共根本讨厌如国民大会的这样一个组织;四、即令中共勉强参加了国大,参加了政府,国共的武力冲突也还是要迟早爆发;五、其时的'民盟'除极少数人还想保持一个中立的态度之外,大体上却早已偏向中共,丧失了第三者的资格,这些都是梁漱溟不能完全理解的。"[5]

这段评价是否正确,我不能肯定,但是在"第三方面"的和谈代表中,可以说梁漱溟鹤立鸡群,是唯一保持中立态度、一心为和平奔走、没有个人政治野心的。正如他自己所说:"章、罗他们在政治上有野心,有欲望(更

1　蒋匀田:《中国近代史转折点》,第125页。

2　《黄炎培日记》第9卷,华文出版社2008年版,第211页。

3　储安平:《和谈一年》,《观察》第1卷,第24期。

4　《王世杰日记》第5册,第426页。

5　《近三十年见闻杂记》,第102—103页。

何况曾琦、莫德惠、王云五之流），而我没有。"[1]只是他决然想不到，他作为民盟的秘书长，在和谈中出力最多，奔走最力，而和谈失败后，无论是民盟内外，还是左翼右翼，都将责任推到他的头上，说他既自以为是，又妄自尊大，不经共产党同意，便答应了国民党很多条件，弄到最后难以收拾[2]，成了破坏和谈、分裂民盟的历史罪人。他在 1950 年前后，只得服罪认错，接连发表《告香港骂我的朋友》《过去和谈中我负疚之一事》《我参加国共和谈的经过》等文章，承担起这个他承担不了的责任。历史弄人亦如造化弄人，这又岂不哀哉？

2013.4.15

---

1 《我参加国共和谈的经过》，《梁漱溟全集》第 7 卷，第 894 页。

2 徐复观：《周恩来逝世座谈会（发言记录）》，《明报月刊》第 11 卷，第 2 期。

背信弃义的张君劢

1946年1月10日，在马歇尔的调停下，国共两党签订了《停战协定》；同一天上午10点，政治协商会议在重庆召开。参加政协会议的共有36位代表，其中国民党9人，共产党9人，民主同盟9人，无党派及社会贤达9人。蒋介石在开幕式上做了"四项承诺"，将和平建国纲领交付政协会议商讨，史称"旧政协"。政协会议召开时，张君劢正在英国考察，1月16日才受邀赶回重庆，只参加了会议的后半程。不过他虽然只参加了半程会议，却居功甚伟，凭借自己对宪政问题的长期研究，对政协会议的成果做出了重大贡献。

由张君劢起草的宪法草案，采取偷梁换柱的手法，对"五五宪草"的原则做了根本的修改，将总统制改为内阁制。新宪法规定，总统是名义上的国家元首，行政院对立法院负责，为国家最高的权力机关。这明显不利于执政党而有利于在野党，更极大地限制了蒋介石的个人独裁。因为如果蒋介石做总统，在行政上便没有实权；如果他追求实权做行政院长，又有被倒阁的危险。这部宪法给他造成的困难，从他为了竞选总统及连任总统，一再修改宪法、增加临时条款上就可以看得很清楚。可以说，台湾后来能够走上民主道路，也与这部宪法有很大关系。

据说张君劢在起草这部宪草时，每拟定一条，"当晚即以拟就的条文，邀集中共代表周恩来、秦邦宪、李维汉等会商，向渠等解释每条条文的设想，以期第二天在宪草审议会中减少阻力，易于通过。当时的周恩来对于君劢先生的意见迭次表示特别尊重"[1]。因此，经审议会通过后，不仅"在野各方面莫不欣然色喜，一致赞成；尤其是周恩来简直是佩服之至，如获至宝"[2]。周恩来为了表达谢意，还在陶行知家里设宴，宴请张君劢的学生蒋匀田。

蒋匀田后来回忆，当天出席午宴的除了他和陶行知，只有周恩来和董必武。周恩来在席上问他："假使国民党能接受十四名国府委员的要求，君劢先生愿否参加？"说共产党方面"甚盼君劢先生与东荪先生能同时参加，多几位敢讲话的人，始能收实际效果"。蒋匀田回答说，民社党恐怕很难摊到两位国府委员。周恩来立刻表示，"假使君劢先生同意，我们愿让出一位"。蒋匀田在表示谢意后，又问周恩来："你们毛先生参加否？"周恩来说："只要君劢先生参加，毛先生一定参加。"[3]可见在政协会议期间，共产党对张君劢的敬重，以及两党之间的沟通与默契。蒋匀田在《中国近代史转折点》中，还两次提到毛泽东在重庆谈判期间，曾向他表示，"这次来重庆访问，最大的憾事就是未能见到张君劢先生"[4]。张君劢也对与共产党的合作抱有很高期待，他曾告诉叶笃义，他在重庆同共产党的关系搞得很好，"美国人对蒋介石不满意，将来可能成立联合政府"[5]。

张君劢的这种立场，在南京和谈时也没有改变。他告诉马歇尔，"国民党的军事权力越大，或军队越强，政府的民主就越少"，而蒋介石又是"一人独裁者，已经独裁了二十年，因而习惯于完整和公认的权力"[6]；他赞同

---

1 蒋匀田：《张君劢先生一生大事记》，台湾《传记文学》第14卷，第4期。

2 梁漱溟：《我参加国共和谈的经过》，《梁漱溟全集》第7卷，第900页。

3 蒋匀田：《张君劢先生一生大事记》。

4 蒋匀田：《中国近代史转折点》，第3页。

5 叶笃义：《虽九死其犹未悔》，第16页。

6 《国共内战与中美关系——马歇尔使华秘密报告》，第299页。

共产党的主张，坚持国民党必须遵守政协程序，在国大召开前首先改组政府，反对国民党单方面召开国大，将一党的地位置于国家之上。他还以民初进步党的教训为例，说"我们决不单独参加国大。当年进步党坐视袁世凯压迫国民党，而其结果，进步党同国民党一样，同归失败"[1]。直到11月14日，和谈破裂前一天晚上，他还要蒋匀田代他发表一项声明，称民社党"不赞成在国府与行政院改组以前，即召开国大，不使各在野党派，能先取得政治平等的地位，以参加制宪大会。如一党片面召开国大，必使现在的和谈失败，而造成分裂。民主社会党为国家前途计，不能不严正考虑我们之决策，拒绝参加非属全国性的国民大会"[2]。

正因如此，11月16日，周恩来在决定回延安之前，还特意向蒋匀田告别，请蒋匀田转告张君劢："中间的道路是没有的"，"两年之内，我们一定可以统一整个大陆，到那时我们再见"。[3]可见在和谈破裂的前夕，共产党依然相信张君劢，将张君劢看作民盟的中坚力量。想不到几天后，张君劢与王世杰会谈时，却突然改变了立场，称民社党不反对出席国大，只是要"提出若干条件"[4]。随后，又在给蒋介石的信里说，只要蒋介石保证"早日表示结束党治，一面彻底执行停战命令，一面彻底实现政协决议之精神，则民主社会党同人，虽深以各党不克共聚一堂为憾，然在此还政于民之日，自当出席，以赞大法之完成"[5]。

他的这番表态突如其来，让外界感到非常诧异。在当时的政治人物中，张君劢一向德高望重，正如储安平所说："中国这几十年来的立宪运动，几乎无不有其参加。"他的"学问、操守、私德，在今日中国"，也都是"属于第一流的"。因而他的突然转变很让人不解，不明白他"一生从事民主运

---

1 《自由丛刊》第1辑。

2 蒋匀田：《中国近代史转折点》，第144页。

3 同上书，第150页。

4 《王世杰日记》第5册，第427页。

5 蒋匀田：《中国近代史转折点》，第178页。

动，尽心尽智，不计一丝个人名利"，何以会在这个时候一反常态，"不仅抛弃了政协立场和民盟立场，同时也抛弃了民社党的固有立场"[1]，做出这种背信弃义的行为？

在民盟内部，大家对他都感到失望。据罗隆基说，他在听到消息的当晚，便去张君劢的弟弟张嘉璈（公权）家里找他，希望劝止这件事，说服张君劢回心转意。但是张君劢自知理亏，躲在楼上不愿见他，后来看他赖着不走，才勉强走下楼来。经过交谈，罗隆基发现他心意已决，"无法再同这位老朋友谈下去了"，立时做了绝交的表示。而且话说得很不客气："搞政党搞到卖党投靠的地步，对于这样的政党领袖，还有什么政治原则和政治道德可谈呢？"[2]

从当时的报章和相关资料看，外界对张君劢突然改变立场，在一片哗然之后，曾有各种不同的揣测和解释。其一，是说他被国民党收买了，中间人就是张嘉璈。据说雷震在"青年党应允参加国大后，敦请君劢先生亦牵领国社党参加国大，被君劢先生谢绝，乃建议蒋主席电邀张公权回宁，本手足之情，以说服君劢先生"[3]。其二，是在原民主宪政党分子尤其是伍宪子、李大明的压力下，他碍于两党情分，不忍见民社党分裂，只好同意参加国大。其三，是他一向好名，自民国以来便孜孜于做"宪法之父"。特别是他这次起草的宪草，是他精心构思的"杰作"，他不希望白费心血，像二十年前那样被束之高阁，变成一堆废纸。其四，是接受了美国人的拉拢。据叶笃义说，张君劢作为民盟的常委，主持民盟的国际关系委员会，司徒雷登和马歇尔总是对他施以劝诱，"鼓励他把第三方面团结起来"，"一方面向国民党施压，一方面孤立共产党"。民社党后来出席国民大会和参加国民

1　施复亮：《自食其言的民社党》，《民主报》1946 年 12 月 7 日。

2　罗隆基：《从参加旧政协到参加国共和谈的一些回忆》。

3　同上。

党政府，"在很大程度上是同马歇尔和司徒雷登的拉拢分不开的"[1]。其五，是他受到党内"急于要求做官者"的利用，这些人为了一己之私，不择手段地"拼命拉张君劢参加"[2]。张君劢曾很无奈地说过，"这伙人跟着我这许多年，好不容易等到了今天，联合政府就要成立了，我还能够要他们老饿着肚皮跟着我吗？"[3]

但是无论原因是什么，这对他的名誉都是严重伤害，是他一生中的政治污点。从后来的结果看，更"无疑地是个大错误和大失败"。据说张东荪得知消息后，曾写信给张君劢加以阻止，表示"民社党交出名单之日，即我事实上脱离民社党之时"，同时又写信给张嘉璈，请张嘉璈出面晓以大义，保全乃兄的名誉，谓"君劢四十年声名不易得，望友以全之"[4]。尔后不出所料，民社党向国民党提交代表名单，同意出席国民大会后，"背信弃义""卖友求荣"一类恶名，便纷纷落在张君劢头上，使民社党在一朝之间，成了"自食其言的民社党"。

接着，民社党又遭到民盟的唾弃，被勒令退盟。据《黄炎培日记》记载，12月24日中午，张澜、鲜特生由重庆到上海，周孝怀在家中设宴，张君劢、伍宪子等人也陪同出席。而就在这天下午，民盟常委会通过正式决议，将出席国大的民社党党员开除盟籍。同时致函民社党，谓"民主社会党违反政协，参加国大，与本盟政治主张显有出入"，"应予退盟"[5]。

民社党顾及颜面，受不了这个打击。为了自我辩解，在《再生》杂志上发表了一篇声明，声称"本党既无武力，又无地盘，对于接近民主之路，岂能舍而不顾"[6]。他们以为利用这个理由，既可以向社会表白自己的苦衷，

1　叶笃义：《虽九死其犹未悔》，第27页。

2　同上书，第40页。

3　罗隆基：《从参加旧政协到参加国共和谈的一些回忆》。

4　叶笃义：《虽九死其犹未悔》，第40页。

5　《中国民主同盟文献》（1941—1949），第250页。

6　《民主社会党关于退出民盟声明》，《再生》第145期。

也可以反击共产党，并间接地挖苦了民盟，结果却是不打自招，等于承认了自己见利忘义，进一步遭到社会舆论的挞伐。"一部分报纸在其电讯、评论、漫画之间，对于张氏备施嘲讽，似非将此人前途毁灭，不足快意。"[1] 连上海的英文报纸《字林西报》也登出一个全版广告，说他"独裁而贪求权力"。有些与他杯酒论文、相往多年的老朋友，也开始指责他"不能用自己的人格，来承担自己的信仰和知识"，与他翻脸无情、割袍断义，将他改名称作"张君卖"。他在《答复罗努生、沈衡山两君评语》中，曾经很感叹地说："岂有去年 11 月曾朝夕晤对，共谋国是之人，今暌离不及数月，而劢之为人，在两公眼中，竟成为一文不值矣。"[2]

政党本来是人格的集合体。张君劢人格的破产，带来的是党性的堕落。民社党是在政协会议之后，由国社党和民宪党联合组成的。在两党合并之前，由张君劢领导的国社党，原本是个"家族性政党"，党内的核心人物不是他亲族就是他的学生。他一旦不能以身作则，放松了党的固有原则，党务立刻就成了家务，你争我要，乱成一团。梁敬錞说，1947 年初国民党公布了《施政方针》和《国民政府组织法》，准备召开所谓"行宪国大"之前，张群听说他要去上海，曾请他顺便去看望张君劢，代表张群邀请张君劢参加内阁。他到上海后，同林宰平一起去张家，发现张君劢说话时总是坐立不安，桌子上的电话铃声不断，"都是民社党总部，催他前往会客"。张君劢颇感无奈，说："党部来客，多半是要我替他们介绍位置，安排职业，我怕见他们。"两人离开后，林宰平很有感慨，说："君劢一别十年，还存书生本色，真是难得，但党魁怕见党员，总不是好办法吧。"[3]

何止不是好办法，就在梁、林两人去后不久，民社党在参加政府问题上便出现了严重的分歧。据国民党情报机关报告，张君劢提出的参加"四

1　储安平：《论张君劢》，《观察》第 1 卷，第 19 期。

2　《再生》，第 185 期。

3　梁敬錞：《君劢先生二三事》，台湾《传记文学》第 28 卷，第 3 期。

机构"名单，有一半是他的"家族亲戚门人"，这在党内引起了轩然大波。一部分中常委联合给他写信，要求他撤回国民政府委员的提名。[1]民社党元老张东荪、梁秋水、胡海门则致函上海民社党总部的刘景尧，请其转交党内革新派分子汪世铭、孙宝刚、郭虞常等人，内容略称："张君劢背信弃义，卖党求荣，弟等决另组独立民社党，希兄等加入，共襄盛举，并已约伍宪子、李大明两兄取一致行动，以资对抗。"两个月后，汪世铭、孙宝刚等人便在上海礼查饭店，召开了所谓"党务革新会议"，决定组织民社党的"革新委员会"，选举伍宪子、李大明、梁秋水等15人为委员，并通过大会宣言，称"张君劢受宵小之包围，逞一己之私图，专制垄断，不顾中常会历次决议，失信国人"，要求民社党召开全国代表大会，检讨过去政策上的错误，清除党内专断自私分子。

据说张君劢听说这个消息，一时间"痛苦万分"。一年前，他同意民社党出席国大，本来是顾虑两党的情分，不忍看到这个刚刚成立的政党出现分裂，想不到现在为了参加政府，党内又闹出更大的矛盾。而且竟然是众叛亲离，兄弟反目，"分裂"两字又何足道哉！蒋匀田将这一天，称为"党史上最悲惨的一页"[2]。

而更重要的是，民社党付出沉重代价后，换来的是蒋介石的一纸空文。以张君劢对蒋介石的了解以及此前宪政期成会的教训，他对蒋介石能否信守承诺，从一开始就没有信心。为了约束蒋介石，他在决定参加国民大会之后，以民社党主席的身份向蒋介石提出四项要求，作为民社党参加国民大会的"交换条件"，目的就是逼蒋介石做出公开承诺，作为两党签订的契约。即便这样，他还是很不放心，曾向雷震表示："蒋中正是过河拆桥的人，有求于人的时候，可以满口答应，等到不需要你的时候，就一

1　张君劢：《中国第三势力》，"中华民国"张君劢学会 2004 年版，第 230 页。
2　蒋匀田：《中国近代史转折点》，第 171 页。

脚踢开，完全无视对方的人格"，而且十分怀疑蒋介石的"守法精神"[1]。而结果依然如此，蒋介石承诺的宪政、民主与自由，一项也没有实现。他以自己"四十年声名"所做的这笔政治交易，最终事与愿违，"宪政徒有虚名，政治实情与平日主张，相去甚远"[2]。

现在回过头去看，这部由他起草的《政协宪草》，在起草前就一直遭到反对。在政协会议闭幕的当天，谷正纲、张道藩便在中常会上大吵大闹，反对《五五宪草修正案》，说《修正案》的十二条原则将《五五宪草》破坏殆尽，"国民党完蛋了，什么都没有了，投降给共产党了"[3]。1945年1月31日，政协会议闭幕后，蒋介石也于当天的日记中说："审定协商会所商定之宪法草案审议会之组织与宪法原则案，不禁骇异莫名。余初以为《五五宪草》是阿科（指孙科）自身所主持，其加入宪草组必力争其主张，为本党负责，保持总理对宪法及《建国大纲》一贯之主张也。不料其协议结果，所有本党党纲与总理主张以及其《五五宪草》全部在根本上整个推翻，重新换取一套不三不四、道听途说，而彼即引以为是，竟订定此一违反总理革命之原则，真使人啼笑皆非、欲哭无泪矣，为人奈何！"

进而在国民党六届二中全会上，当《宪草修正案》遭到CC派的攻击时，蒋介石也见机行事，以孙科对这项重大议案"并不请示，亦不提常会征询意见"，使自己遭受蒙蔽为借口，同意"就其荦荦大端，加以补救"[4]。在这之后，蒋介石还在四届二次参政会上发表讲话，说："政协会议在本质上不是制宪会议，政治协商会议关于政府组织的协议案，在本质上更不能代替约法。"政协会议只是"扩大政府的范围，而绝不是推翻现在国民政府的基

---

1 《制宪国民大会始末》，《雷震全集》第23卷，第38页。
2 《张君劢启事》，《再生》（香港）第1卷，第17期。
3 梁漱溟：《忆往谈旧录》，金城出版社2006年版，第226页。
4 蒋介石日记，1945年2月2日。

础，另外来组织一个政府"[1]。国民参政会被称为"战时国会"，他这番话等于直接在国会上宣布，否定了政协决议的法律地位。

因此《政协宪草》草成后，最终能否在国民大会上通过，从一开始就是个疑问。事情的发展也正是这样。在蒋介石做出公开承诺后，民、青两党在国民大会上首先看到的一幕，就是这部《宪法草案》被做了重要修改，由原来的 14 章 149 条改为 14 章 175 条。其中最重要的改动，是加强了总统的"核可权"，将原来的内阁制改为总统与行政院长的"双首长制"，张君劢称之为"英美混合制"。其次，是规定省宪（自治法）不得"与国家法律相抵触"，变相地取消了地方自治权。接下来，在第二年"行宪国大"时，蒋介石为了进一步扩大总统权力，又指使王宠惠在"大房子里面盖了小房子"，以"戡乱"为理由，于《宪法》中增加了一项"戡乱时期临时条款"，将内阁制彻底改变成总统制。而正如张君劢所说，增加"临时条款"就是修改《宪法》，国民党的"立宪""行宪"，终于成了两场闹剧，"将主席之名改为总统，把旧酒装入新瓶"而已。

不仅如此，国民党为了控制国民大会，顺利地修改《宪法》，还利用民、青两党分布不广、缺乏基础组织的弱点，在国大代表的选举上大做文章，使民、青两党在很多地区提不出候选人，或者虽然勉强提出候选人，以人脉和经费不足根本无法当选。而最后当选的代表，则是张冠李戴、改头换面的国民党员。这当然让民、青两党十分愤慨，"谓国民党不独不守信用，简直不知信用为何物"[2]。张君劢还在《民声报》上发表谈话，表达对选举活动的愤懑，说："此次选举只是骗人的戏法，包办选举，扣留选票，涂改选票，违法事，不胜枚举，此实窃盗民主。"这也决定了他与国民党的合作，势必也是有始无终，重蹈覆辙。

---

1 《蒋介石在国民参政会上演说要点》，《政治协商会议资料》，四川人民出版社 1981 年版，第 433 页。
2 《雷震全集》第 31 卷，第 34 页。

首先，他在同意民社党出席国大时，便给自己留下了余地。据王世杰在日记中说："张君劢与余商谈数次，彼所组织之民主社会党决定参加国大，但彼个人将不列入该党代表名单内，以留彼与中共及民盟分子接触之余地。"[1]民社党向国民党提出代表名单，出席国民大会后，张君劢又随即请张东荪撮合，多次与中共代表董必武会晤，希望取得中共的谅解，为以后与中共恢复和谈，组织"联合政府"做准备。结果被国民党发现后，怀疑他让民社党参加国大和政府，从一开始就别有用心，是要借"国民党危机，有机可乘，欲获得政权，以控制党务，获得财权以控制军队，其阴谋甚大"[2]。其次，是在总统、副总统选举时，他要求国民党"为表现天下为公、友党共济的精神，副总统一职，应由国民党以外人士出任"，换言之，将副总统一职让与民、青两党。当这项要求被国民党拒绝后，他便不顾蒋介石的态度，决定民社党将票投给李宗仁，这直接导致了孙科的败选。

而更有甚者，是他在淮海战役尚未结束时，便在白崇禧之前致函蒋介石，要蒋介石下野，将总统职位让给李宗仁，恢复与中共的和谈。[3]此后，又在《大公报》上发表谈话，要国民党"开禁"，使热心和谈者能够打消顾虑，有"为和平奔走的机会"。据雷震说，他当时觉得事关重大，为这件事去找过张君劢，"力言总统下台后，局面会垮掉，因今日和不可能，唯有战以图存耳"，希望张君劢收回成见。但是张君劢坚持己见，认为"总统下野，一切方可改革，不然战亦不能，和亦不能"[4]。

张君劢的这一系列做法，当然会触怒蒋介石，引起蒋介石的怨恨。

据蒋匀田说，在张君劢致函蒋介石，要蒋介石下野时，他正在美国访

1 《王世杰日记》，第431—432页。
2 唐纵：《在蒋介石身边八年》，第656页。
3 《雷震全集》第31卷，第125页。
4 同上书，第116页。

问。当时马歇尔从报上得知消息，曾向他表达过意见，马歇尔说他不相信张君劢会这样做，即便敢于这样做了，蒋介石也不会同意引退。而即或同意引退，也不可能交出所有的军队。马歇尔还说，以自己对李宗仁的了解，"肆应这种局面，亦非李之所长……到那个时候，蒋总统的亲信助手，即必说蒋总统若不受谗下野，不会遽然失败，而诿过于建议劝其退位之人"。换言之，在这种时候劝蒋介石退位，很可能正中蒋介石的下怀，最终被蒋介石所利用。马歇尔要蒋匀田将意见转告张君劢，希望张君劢谨慎行事，"不要再惹出在渝时蒋对张的误会"，再被软禁汤山三年。蒋匀田说他与马歇尔谈过后，"长夜深思，不能成眠"，随即给张君劢写了一封航空信，"劝他勿在此际，作代人负历史失败责任之建议"[1]。

但是蒋匀田匆忙回国后，发现蒋介石对张君劢嫌恶已深，后果已经无法挽回了。他说大约在 1 月 16 日，蒋介石决定引退之前，他接到总统府宴请的通知。当天出席晚宴的，除了孙科、张群、王世杰、吴铁城、张治中等国民党要员，"党外人士"只有他与张君劢和左舜生。他说蒋介石入席后，首先便问张君劢："现在我们都是中共所宣布的战犯了。贵党前函劝我下野的主张，是否可以改变呢？"张君劢听了，表情很不自然，只好解释说："我之所以劝你下野，不是说你恋位，也不是以此为谈和平的条件，而是现在大多数文武官员，贪婪成习，改革甚难。他们皆是你一手栽培，你因眷念多年旧属，亦不便清除。换个新手领导，或可较易整肃，以振颓风。"蒋介石知道他言不由衷，郑重地表示："贪污无能之辈，多已阵亡，现在能临危坚定，继续奋斗者，皆是清白有为的同志了。"[2]

这也使张君劢在 1949 年前后，在去留之间进退两难。既不能留在大

---

1 蒋匀田：《中国近代史转折点》，第 234 页。但蒋匀田在写这本回忆录时，对自己多有掩饰。实际上他是张君劢的得意弟子，两人对蒋介石的态度是一致的。1949 年 1 月 15 日，雷震曾去找他，"告以不可随便主和。渠云和是不可能，惟对蒋公下野则甚坚持，谓非如此则不能改善现局，盖渠二十年一贯之作风则无法改正也"。见《雷震日记》，《雷震全集》第 31 卷，第 120 页。

2 蒋匀田：《中国近代史转折点》，第 241 页。

陆，也不便去台湾。据刘永宁先生说，他在整理父亲刘家麟的文札时，发现了 1948 年 12 月，张君劢曾与他父亲有一段对话。他父亲问："留还是走？"张君劢回答说："在日本人下做顺民，和在共产党下不同，这不是两个党的斗争，而是两个主义的斗争，时间会拖得很长，况且蒋要比毛民主一些。"[1]以意逆志，张君劢这段话的意思，显然是希望去台湾的。雷震在日记中说，国民党在撤走台湾之前，担心张君劢会留在大陆，加入共产党的联合政府，曾派他与王世杰去见张君劢，"大意说联合政府一案最毒辣，千万不可接受"，邀请张君劢随国民党去台湾，即使暂时不去，也要对今后的出处做出承诺[2]，但张君劢最后还是没有下这个决心。

原因是，张君劢对要不要去台湾，始终有为难之处。据万仞千说，"君劢之不愿去台北，因渠劝介公下野，局势变得如此坏，该党自应负责"[3]。民社党内也有人责备他，"三十七年冬徐蚌战事虽曰失利，然天下事尚有可为，乃先生昧于情势，误于和谈，拥李宗仁而劝蒋总统下台，以致中枢无主，士无斗志，共党遂乘暇抵隙，席卷大陆"[4]。这都不免让他觉得愧对蒋介石。但我认为更重要的原因，是蒋介石不欢迎他。所以他两次表达去台湾的意愿，都遭到了蒋介石拒绝。

张君劢这两次表达意愿，一次是在 1949 年 10 月。据王世宪在《追忆张君劢先生》中说，张君劢在去印度之前，曾专程由澳门飞台湾，向蒋介石辞行。他于这时去见蒋介石，显然不是为了向蒋介石道歉，承认自己在和谈问题上铸成大错，而是为了民社党的前途，也是为了自己的后事。但是蒋介石对他的态度，显然让他感到了失望，所以他来去匆匆，在台湾只停留了一天。

---

1 《说南宋序言》，未刊稿。
2 《雷震日记》，《雷震全集》第 31 卷，第 175 页。
3 《雷震全集》第 31 卷，第 222 页。
4 梁朝威：《答张君劢先生书》，《民主中国》（复刊号）第 10 卷，第 1 期。

　　另一次是 1958 年 10 月。王世宪说他于这年 6 月接到了张君劢的一封信。张君劢在信里说，他为了做环球讲演，10 月底将由孟买去香港，希望在到达香港之前，能接到"行政院长"陈诚的邀请函，由香港转去台湾。王世宪说他接到信后，便同民社党代主席石志泉一起，向陈诚转达了张君劢的意愿，"盼望这封邀请的信，能越早寄到香港越好"，但是他一直等到11 月初，报纸上已经登出张君劢到港的消息，依然没有得到陈诚的邀请函。[1] 而这时张君劢留在香港，还在对蒋介石抱着一线希望，在《过港答客问》时，有人问他："先生是否将赴台湾一行？"他的回答是："我还没有决定，有事情就去，没有事情就不去。"[2] 不知道他在这个时候，是否想起了周恩来留给他的话："中间的道路是没有的。"

　　但正所谓"其毁也成"，蒋介石拒绝他去台湾，也成就了他的晚年，使他遭人唾弃之后，又恢复了人格的光彩。1950 年 2 月，许崇智在香港发起"第三势力"运动时曾多次写信给他，称自己是一介武夫，不懂政治，请他"出来领导"，他始终没有同意。回信说他已"辞去党主席，梦岩在台拥护介公，如他另有活动，则对不起梦老"，言外之意，就是对不起蒋介石。然而两年之后，他则接受了张发奎的邀请，与张发奎、顾孟余共同发起"中国民主自由战斗同盟"，正式加入"第三势力"运动，开始一方面反共，一方面反蒋。主张民主与反共不可以偏废，"反共大业，应以民主为方针"[3]，而不是维护国民党的一党专制。在这之后，他还多次与左舜生、李璜等人发表联合宣言，反对蒋介石违背"宪法"，出任第三任"总统"。他还几次邀请胡适在海外共同组织反对党，促进台湾走向"民主化"的道路。有位学者在谈胡适与张君劢时，得出的结论是两人"殊途同归"。其实这种说法很难成立，两人一生的道路始终和而不同，更像是这句话的反面。

---

1 《追忆张君劢先生》，《传记文学》第 28 卷，第 3 期。
2 《民主中国》（复刊号）第 1 卷，第 4 期。
3 《悼徐梦岩》，《民主潮》第 8 卷，第 4 期。

当然，联系他以往的出尔反尔，他最终的政治选择，同样也受到一些非议。据说香港一家报纸曾登载一则通讯，其中说："以一个居于领导地位的政治家，照一般常理，必定是在一个坚决的主张之下，百折不挠地向着那个目标去努力的。然而张氏却没有那样，他忽而毁党，忽而讲学；忽而反对国民党，忽而又拥护国民党；而其所以拥护，并非国民党接受了他的建议，或是他所反对的问题已经消除。像这样的作风，想来在现代的政党活动史中，恐怕很难找得出相同的例子……"[1] 不知道张君劢是否看过这篇文章，在看文章时，是否又想起了周恩来留给他的话："中间的道路是没有的。"

2013.4.18

---

1 焦大耶：《第三势力全本演义：第三百六十一行买卖》，见陈正茂：《50 年代香港第三势力运动史料搜密》，台湾秀威资讯科技股份有限公司 2011 年版，第 225 页。

失望的罗隆基

最近连续写了两篇文章，谈 1946 年的政协会议和南京和谈。而谈这段历史，不能不提到罗隆基。罗隆基自从留学回国后，便热衷政治，而且就性格而论，又与左舜生十分相似，"事非经过他，便非好事；文不出他手，便非佳文"[1]，格外喜欢出头露面，因此在政协会议和南京和谈时期，表现得异常活跃，是报界追踪采访的首要对象。他后来也对这段往事，写过长篇的回忆文章，题为《从参加旧政协到参加南京和谈的一些回忆》。但是对照其他的文献，他文章中的说法，有一些不尽真实，对自己当时的表现，也有许多隐瞒和美化。

从后来的表现看，参加政协会议和南京和谈的"民主人士"，其中除了极少数人以外，大部分都是政客，试图利用国共两党的对峙，从中谋取自己的政治利益，罗隆基更是不落人后。据他自己说，早在政协会议前夕，国民党中央宣传部长彭学沛便以同乡、同学的关系，约他去家里吃年饭。在饭桌上说："抗战胜利了，国家处处需要人才，像你这样的人，最好到政府中来担任一些实际工作，你何必费时间老搞民主同盟这类没有政治前途的活动呢？"劝他不要参加政协会议，说"只要你决定不参加政协，

---

1 《黄炎培日记》第 9 卷，第 259 页。

自然会有下文"。

几天后，张群又派范予遂来，把话说得更明白了。范予遂说："岳军（张群的号）先生为你打算，在政协结束以后，最好到外国去做个大使。你的同学和朋友，目前在国外做大使或公使的，总在十个以上，他们有的人学历和才气还不如你呢。"约好了如果他同意，可以不动声色，在政协会场上与张群"握手为定"[1]。罗隆基说他当时听了，"内心的确有些动摇"，但是经过考虑，没有答应。

而他所以没有答应，主要是他出于对形势的判断，已经志不在此。以李璜对他的了解，"罗隆基是一功名中人，其热心政治，好出风头，无非总想当一个部长而已"[2]。因此，他认为"政协开过后，迟早要成立联合政府的，我迟早会爬上政治舞台的"，何必急于去做政治交易，以"牺牲我一贯反对国民党一党专政的政治主张，而去做这个'握手为定'的买卖呢！"[3]后来果然如他所愿，政协会议在"极度和谐兴奋中散会"后，民盟商定在政府改组时，提出七名国府委员，一名部长，一名政务委员，这位部长人选便是罗隆基。看来各党派合作组成的"联合政府"的意愿，已经水到渠成了。

不料，接下来的情况并不乐观。国共虽然签订了停战协定，东北问题却悬而未决，一直处在打打谈谈的状态。而且双方厉兵秣马，都在做大战的准备。连唐纵也承认，"停战协定，共产党固有破坏之处，国民政府亦有不少破坏之处"[4]。从4月起，民盟便接连召开记者招待会，对时局发表声明，电请周恩来及张群、邵力子来上海，呼吁双方"恢复合作"，遵守停战协定。同时也将罗隆基召至上海，积极与马歇尔沟通、磋商。5月21日，张君劢、沈钧儒、章伯钧、梁漱溟又以民盟领导人的身份，联名致电蒋介

1 罗隆基：《从参加旧政协到参加南京和谈的一些回忆》。
2 李璜：《谈王造时与罗隆基》下，台湾《传记文学》第39卷，第3期。
3 罗隆基：《从参加旧政协到参加南京和谈的一些回忆》。
4 唐纵：《在蒋介石身边八年》，第608页。

石与毛泽东，发表对时局的声明，谓"东北停战签字逾五十日，而双方激战未已"，"同仁宁愿死于公等之前，不愿身见其事"，呼吁双方"即刻停战"。但是这一系列的呼吁、调停、斡旋，都没有收到实质效果。进入 7 月以后，东北战事进一步扩大，从地区冲突发展成全国性内战，国共和谈的前景大势已去，开始走向破裂的边缘。

正因为这样，出席南京和谈的"第三方面"代表都对这次和谈抱有高度期望。客观地说，自从政协会议以来，参与国共和谈的各党派人士普遍对共产党有所迁就。道理很简单：毛泽东在重庆谈判期间便告诉各在野党派，"没有我们这几十万条破枪，我们固然不能生存，你们也无人理睬"[1]。但是这次和谈又与以往不同，蒋介石在攻下张家口的同一天，便未经与各党派商量，对外宣布国民大会于 11 月 12 日召开。要求各党派提交国大代表和国政委员名单，以便改组政府和召开国民大会。所有人都明白，这已经是最后通牒，"最后的最后一次"和谈了，以后"中国的政治斗争愈来愈尖锐，政治家所能走的路也越来越狭窄"[2]；如果这次和谈失败了，所有在野党派、社会贤达和"民主人士"，都不可能再像过去那样，任意依违于两党之间，而必须在国共之间做出最后的选择。

因此，在南京和谈期间，"第三方面"固然期待和谈能够成功，晚一点把大家逼到这条路上，但是更关心的问题，实际是国共两党的前途，换言之，到底谁输谁赢，谁胜谁败。据蒋匀田说，他在和谈开始之前，便就这件事私下问过梁漱溟、章伯钧和罗隆基，发现三人的见解和主张都与在重庆时"各有不同"，发生了很大变化。罗、章两人都支持共产党，"认为中共之将取代国民党，似成定局，除非发生奇迹，美国能制伏苏俄的干扰"。而这种情况几乎不会发生，因为"国民党不立即结束训政，实行民主，美

1　蒋匀田：《中国近代史转折点》，第 3 页。
2　储安平：《论张君劢》，《观察》第 1 卷，第 19 期。

国亦必不肯援助"[1]。

这种对国共政治前途的判断，当然会反映在谈判立场上。罗隆基早在十年前就与国民党结怨甚深，在民盟昆明支部时，已经与共产党私密接触，成了"三人小组"成员之一。现在基于这种认识，更是积极站在共产党一边。他作为"第三方面"的发言人，每一次召开新闻发布会，所有人都听得出他的发言深文周纳，明里暗里袒护共产党。例如他说"民盟的苦心只是为了争取和平，为了和平，我们可以做任何人的尾巴"。谁都听得出，他说的"任何人"就是共产党。他说"不管是国民党要打或者是共产党要打，我们都反对"，谁都听得出他说的"或者是"，是否定语气，"意思说：假如共产党要打"。更没有人会忘记他那句名言："国民党有百非而无一是，共产党有百是而无一非。"[2]在谈判破裂后，罗隆基还"直言无隐地"告诉司徒雷登："中共不打算把军队归于国有，他们准备撕毁政治协商会议的一切决议案，同时反对宪法。""他们的敌人不是蒋介石，而是美帝国主义及其武器。"[3]这与其说是代表"第三方面"，不如说是代表共产党说话。

当然，这也并不是说，他的立场一成不变，没有任何动摇。首先，在南京和谈期间，国共内战的情势对国民党是比较有利的。外界都能看出，周恩来自9月以来积极呼吁停战，目的就是为了解救张家口之围，而就在和谈开启的前一天，蒋介石攻下了张家口，几天后，又占领安东，在全局上获得了主动权。因而国民党攻下张家口后，党内一致认为，"此事证明，中共显已过分高估其抵抗能力"[4]，南京《中央日报》还为此发行一张号外，宣告"天下事大定矣"。蒋介石对战事的发展更表现出高度的自信。10月29日，在召见黄炎培、徐傅霖、李璜等谈判代表时说，如果"共党与各党

---

1 蒋匀田：《中国近代史转折点》，第87页。

2 邓兴：《我看和平运动》，《青年中国》1947年5月7日。

3 《司徒雷登日记》，黄山书社2009年版，第32页。

4 《王世杰日记》第5册，第465页。

派不提出其参加国民大会代表名单，则政府决不能下停战令"[1]。在这种情况下，有些人难免信心动摇。黄炎培在日记中说，他当时曾和罗隆基一起找周恩来谈了两个小时。他问周恩来："我很忧虑，蒋非打不可，早看清楚了。中共实际的力量怎样？准备没有？"周恩来的回答是："我们看法是相同的，我们当然有准备，多缓和一天总是好的。"[2]

其次，在和谈开启之前，"第三方面"本来认为成功的机会很大。因为在目前的情形下，停战对共产党有利。共产党出于权宜之计，也会接受蒋介石提出的八条。正如周恩来说的，"多缓和一天总是好的"。结果和谈开始后，他们发现事实不是这样，共产党要的不是"面子"，而是"里子"，心里逐渐产生反感，认为共产党"漫天要价"。特别是他们为了"替历史负责"，提出的"折中方案"遭到周恩来的拒绝后，很多人都觉得自讨没趣。认为周恩来的"表演"很不理智，"已把各方感情弄坏，好像不存和平之想"[3]。左舜生便曾质问："共产党是不是有打到底的企图？"张君劢也发牢骚说："共产党要我们来南京谈，但又不肯让步，形势变了，还是那一套。"言下甚为不满。而罗隆基更觉得屈辱。据说当天他赶到梅园后，被李维汉无端地痛骂了一顿，指着他说："罗隆基，你简直不是人！"[4]以罗隆基当时的社会地位，这对他的自尊心无疑是严重的伤害。

据说第二天，周恩来也觉得过意不去，在饭桌上屡以敬酒表示歉意。但是罗隆基显然未尽释怀，对共产党的态度也有所改变。蒋匀田说，11月11日，蒋介石发表停战声明后，张君劢又对和谈产生了幻想，在临时会议上提出："十二日若国大如期召开，时间是否还来得及？"罗隆基一反常态地说："中共对记者发言，有'停战未经协商'一句，未免失言。"而且不

1　《蒋中正总统档案·事略稿本》（67），第385页。

2　《黄炎培日记》第9卷，第209页。

3　梁漱溟：《最后协商的建议》，《梁漱溟全集》第7卷，第682页。

4　李璜：《谈王造时与罗隆基》下。

顾张君劢劝止，继续说道："我们应当劝劝中共，不必太固执，让他们了解我们，不是总跟着他们走的。对中共方面，我们要做点功夫，使他们不要太过度。"以至于会议一结束，蒋匀田就向他表示说，你今天好像换了一个人。以前在重庆时，CC派给你改了名字，管你叫"罗隆斯基"。如果他们今天在会场上，听到你说"我们也可以拥护政府"，"我们也不一定跟中共走"，说不定发现自己错了，又把你的名字改回来，去掉那个"斯"字，叫你罗隆了。[1]不仅如此，两天后，他又因为自作主张，没有听从张申府的建议，取消给蒋介石信上的签名，引起外界"某些揣测的谣言"。

11月11日，原定国大召开的前一天，"第三方面"以不愿意看见和谈破裂，希望集中残余的力量，再做最后一次努力，请求蒋介石将国大延期一个月召开。经过商量，推定由胡政之起草函件，在场的民盟代表都在信上签了名。但下午两点，情况又有了变化，沈钧儒、章伯钧、张申府去梅园请示了中共代表后，回来又"对此函表示异议"，说中共方面已经得知，蒋介石不肯让步，只答应国大延期三天，而"国大延期三天，毫无意义"，要求取消签名。[2]

罗隆基说，当时张申府也打电话给他，要他回交通银行将名字涂去，但是他犹豫了一下，没有去。他后来解释说，他没有去取消签名，是因为在起草这封信时，就说好了"此信只代表个人，不代表团体"，所以"涂名一事不是民盟代表事先商妥的一致行动"，而且他早就知道，"蒋介石不可能根据这个函件，就将国大延期一个月"[3]，取不取消签名意义不大，结果都是一样。但事情不会这么简单。我怀疑他没有取消签名，仍然和他遭到李维汉的责骂，始终心有余恨有关。

这件事果然产生不良后果。罗隆基说，第二天，蒋介石看到这封信，

1　蒋匀田：《中国近代史转折点》，第142—143页。
2　《黄炎培日记》第9卷，第216页。
3　罗隆基：《从参加旧政协到参加南京和谈的一些回忆》。

特别问道有谁取消了签名，其中有没有罗隆基？拉拢他的意味非常明显。接着，彭学沛就来找他，"极力怂恿"他出席国民大会，说："大会后政府一定会改组，民盟不是预定你做部长吗？倘你参加国大，你仍是新政府中的部长。"彭学沛还告诉他政府已经决定，将原定给共产党的经济、交通两部，仍旧交给民主党派。现在共产党不参加了，"我为你着想，就在这两部中挑选一部怎样？"好在罗隆基没有丧失理智，虽然"沉吟了一下"，最终还是拒绝了，问彭学沛："浩徐，你要坐乃公于炉火之上吗？"[1]但是消息还是传了出去，令很多人对他的"行止表示关心"。

郭沫若特意派人到南京，一下子送给他十几本自己的著作，暗示他不要"棋错一着全盘输"。周恩来显然也听到了什么，在离开南京前，找他单独谈了一次话。见面说的第一句话，就是问他："和谈失败了，你失望吗？"接着又说："我们早知道这是蒋介石的假和平，本来不要到南京来，不过我们怕朋友们受欺骗，并且怕朋友们失望，所以陪着来了。"暗示共产党是不会让他失望的。但他心里还是很不踏实，反过来问周恩来："今后当然只有打了，共产党打得赢吗？"[2]

所以他对自己的决定，后来又有悔意。据说国民大会结束后，他曾去找过张君劢，提出恢复民社党党籍，而且张君劢也同意了。然而一年后行政院改组时，民社党经过投票表决，决定不担任部会首长，只接受了两席政务委员位置，原因是张君劢认为，国民党有军队有特务，地方政权也大多在其手中，齐大非偶，民社党只掌握一两个部会，无法遂行党的一贯主张。蒋匀田说，如果民社党"和青年党一样，也要两个部长，罗隆基很可能担任一部"[3]。当然，事情是真是假，还有待证实。

众所周知，两年后，共产党没有让罗隆基失望。中央人民政府成立后，

1　罗隆基：《从参加旧政协到参加南京和谈的一些回忆》。

2　同上。

3　蒋匀田：《中国近代史转折点》，第143页。

他被任命为森林工业部部长,而且级别为四级,让他常以自己是"四级部长"自鸣得意。但是他一生的悲剧,也从此开始。他与共产党的关系可谓"始乱终弃",其中的原因很多。但是说到底,恐怕是他有些健忘。了解他的人,都说他平时记忆极好,记得住许多女人的名字,可是他偏偏忘了李维汉那句话:"罗隆基,你简直不是人!"

2013.4.25

钱端升的转变

钱端升是著名的法学家、政治学家，也是在新中国成立之前，最早表态拥护新中国的高级知识分子之一。近些年来，有关钱端升的介绍时有所见，但是这些文章普遍根据一种错误的说法，以讹传讹，认为以他的学术成就和社会地位，做官的机会很多，但他"高尚其志，不事王侯"，宁愿薄尚书而不为。在国民参政会上力主民主与宪政，是蒋介石最畏惧的参政员之一。其实这种说法既不是事实，也不符合一般自由主义知识分子的心路历程。

从钱端升一生的道路上看，他与许德珩、陈翰笙等人不同，一开始并不是"左翼学者"，而是持自由主义观点的国民党党员。自由主义者的普遍特征，是既主张民主与宪政，也不反对与政府合作，希望通过与现政府的合作来扩大政府的执政基础，改善政府的执政理念。钱端升自然也不例外。而且他认为，在国难当头之际，救亡图存是国家的首要任务，一度主张极权主义，呼吁党内外"团结"，"允许蒋先生做最高领袖"[1]。据张崧年说，1936年2月，他因参加救国会活动被捕入狱，出狱后遭到清华大学解聘，

---

1 《对于六中全会的期望》，《独立评论》第162号。

就是张奚若和钱端升两人"发起的运动"[1]。而这也是清华建校以来，首开以政治理由解聘教授的先例。

古人说："欲做官，近长安。"钱端升两次离开母校清华大学，去南京中央大学任教，这也被人看作出于政治目的，求与长安较近，争取做官的机会。[2]抗战爆发后，他更是率先接受政府征召，作为胡适的助手去欧美从事抗日宣传。据说胡适出任驻美大使后，他对自己没能留在美国，任大使馆参赞，还曾对胡适颇有怨言。他回国后，也一直希望进入政府，发挥自己的政治才干。而且他在国民党内有个强有力的靠山，替他代为谋划，那就是王世杰。

从《王世杰日记》看，王世杰对他一直非常器重，早在任教育部长期间，便将他推荐给蒋介石，经蒋介石同意，随胡适赴欧美作抗日宣传，从事所谓"民间外交"活动。1938年2月，王世杰还建议朱家骅"在英德法各设一永久性机关，以统一宣传工作，并提议请钱端升主其事"[3]。此事不成，他又请陈布雷设法，将钱端升留在重庆任职。据钱端升说，1938年9月，他从美国返回重庆后，陈布雷领他去见蒋介石，他与蒋介石在谈话当中，谈起"自身行止"时，说北大想请他回去接替周炳琳，担任法学院院长，蒋介石表示"很好"；知道他已当选为国民参政会参政员，当下更无异议，似乎"这已满足了他位置人的苦衷"。但是他"自蒋处出来，布雷大感其窘，盖布雷曾受人之托，欲另为我设法者也"[4]。

这中间到底出了什么差错？目前还不清楚。1941年初，王世杰又授意郭泰祺，提名钱端升做外交部次长。这次与前几次不同。在这之前，王世杰还没有进入权力核心，在国民党内的影响力有限。而现在，他是蒋介石

1　舒衡哲：《张申府访谈录》，北京图书馆出版社2001年版，第195页。

2　易社强：《战争与革命中的西南联大》，九州出版社2012年版，第182页。

3　《王世杰日记》第1册，第178页。

4　《胡适来往书信集》中，第381页。

的核心幕僚，在外交事务上有很大的发言权。不料，钱端升运气不好，事情又出现了意外。

据李铁铮说，王世杰本来已经求得蒋介石的同意，准备自任外交部长，但是陈果夫听说后表示反对，提出外交部长一职要有三个条件：一、必须是资深党员；二、是职业外交官；三、曾在英、美国家任职。王世杰既不具备这三项条件，只好知难而退，推荐郭泰祺以自代，再由郭泰祺提名钱端升做外交部次长。结果便大打了折扣。据傅秉常说，蒋介石从外交部业务上考虑，认为"郭泰祺驻节国外多年，于国内形势难免隔阂"，而"徐叔谟留部甚久，熟悉部内事务，故以挽留叔谟续任外次为宜"。[1]

这可能只是台面上的理由。我认为这件事不成，另外还有一个原因，就是郭泰祺出任外交部长，被人称为"坐收渔人之利"，他事先毫不知情，是以也毫无准备。他接到任命后，便自作主张地致电蒋介石，选定夏晋麟为政务次长，钱泰为常务次长，而且不经蒋介石同意，便自行任命，通知夏晋麟回国就职。[2]郭泰祺本来是汪精卫的亲信，在任驻英大使时便经常通过私函向汪精卫推荐驻外使节，他这一次又故技重演，很可能使蒋介石产生恶感，进而影响到对钱端升的任用。这也决定了他上任后不到一年，便被蒋介石当众免职，极尽羞辱。

只是尽管如此，王世杰还不死心，继续想方设法，为钱端升创造从政的条件。抗战时期国内生活艰困，很多政府官员和大学教授都希望有机会出国，借以改善一下生活。浦薛凤在《悼念王兄化成》里说，他凭着王宠惠的关系，得以去美国出席旧金山会议，差点与王化成产生误会，使十几年友情毁于一旦。而钱端升在抗日期间，能够四次出国开会和讲学，没有王世杰关照是不可能的。王世杰在兼任国民党宣传部长后，便派钱端升出

1 《傅秉常口述自传》，中国大百科全书出版社2009年版，第73页。
2 夏晋麟：《我五度参加外交工作的回忆》，台湾《传记文学》第28卷，第2期。

席太平洋学会会议，从事所谓"学术外交"活动。直到 1943 年 10 月，他率"议会代表团"访问英国，在途经美国时，发现美国的新闻媒体受左派势力的影响，出现一些不利于中国政府的报道，而国民党驻美宣传机构 CNS 却听之任之，又打电报给蒋介石，提醒蒋介石加强对美宣传，"考虑加派钱端升君来美国"[1]。王世杰从来谨小慎微，"举轻若重"，他为人谋热心到如此的程度，在一生中也极为少见。

钱端升对自己"屡试不售"，在仕途上一再受挫，当然会感到失望。不过，他最初还能好整以暇，以平常或正常的心理看待，对于蒋介石和国民党政府，都没有表现出明显的怨言。浦薛凤晚年在《太虚空里一游尘》里，谈到过钱端升在西南联大的情况。他说钱端升刚到联大任教时，似乎有些精神恍惚，还没有调整好角色，说话官气很重，"对于对内对外重要问题，除掉打官话，或类似打官话外，皆模棱两可"。谈起抗战的前景更是言不由衷，令很多人反感。

当时联大教授对抗战前途普遍抱有悲观态度，在一起长吁短叹。特别是广州、武汉接连失守后，这种情绪加剧蔓延，担心日军继续西进，"岂特西南摇动，大局亦难逆料。盖若广西被占，即等于云南顿成前线"。只有钱端升每次谈起时局，都显得胸有成竹，"总是提到积极乐观"，劝大家"勿太消极，勿过分悲观"。尽管浦薛凤也是仕途中人，后来做过救济总署的副署长、行政院副秘书长，当时还是听不下他这些官话，以为这不是朋友、同事之间的交谈，而更像是政府的对外发言。所以他屡次劝告钱端升，"希望是希望，推测是推测，一基情感，一本理智。若以希望撬入推测之中，尤其是故意为之，此乃对外或对民众宣传。非知识领袖关起门来讨论研究，或知己朋友彻底交换意见之应有态度"[2]。

---

1 《王世杰日记》第 4 册，第 262 页。
2 浦薛凤：《太虚空里一游尘》，第 164 页。

　　浦薛凤还提到，钱端升还通过王世杰从重庆弄到一笔钱，在联大办了一份《今日评论》，经常以聚会的名义约集同人，向大家约稿。浦薛凤说，他每次接到邀请也会如约参加，但实际上不感兴趣，从心理上说只是"敷衍"。觉得钱端升的立场不切实际，"在言论则落入窠臼，在行为则随波逐流"。这些都说明，钱端升自从接受政府征召后，由于"进入角色"太深，积重难返，回联大执教时已经与环境有些格格不入，以致"除了滑头朋友外"，大家都对他"抱敬而远之的态度"。浦薛凤甚至认为，他留给人的这些不好的印象，也影响了他在仕途上发展，否则以他的才华，在"实际政治界必能早有前途"[1]。

　　钱端升在国民参政会上，表现得也很平淡。他由于经常出国开会、讲学，出席会议的次数很少。所谓"令蒋介石畏惧"云云，大约是指 1945 年 7 月 15 日，他与周炳琳不顾国民党中央的决定，在大会上发言，反对在国共问题还没有妥善解决之前，匆忙公布国民大会召开的日期。这等于接受了共产党的主张，与蒋介石唱反调。所以吴铁城作为中央党部秘书长，曾在中常会上做出检讨，以"未能约束党员"自请处分。但是除了这次的"不识大体"，他在此前历届参政会上都没有单独提出过议案，更没有任何"让蒋介石畏惧"的表现。他就财政、宪政等问题附署的提案，在做大会发言时也只是泛泛而论，要求政府就一些社会疑问给予解答，要公务人员以身作则，厉行政府倡导的节约运动，而不是像傅斯年、黄宇人那样直接针对孔、宋家族，呼吁政府惩治豪门资本。

　　钱端升在宪政问题上就更加保守。早在 30 年代初期，他便认为要建立宪政国家，"宪法乃不急之务"，拥护国民党实行"训政"，培养社会公民意识和法制观念。[2]抗战爆发后，大多数知识分子都希望通过抗战解决国内的

1　浦薛凤：《太虚空里一游尘》，第 164 页。
2　《评中华民国宪法草案》，《钱端升学术论著自选集》，北京师范学院出版社 1991 年版，第 479 页。

一切问题，将"抗战"与"建国"混为一谈。对于民主宪政、言论自由的热情，甚至超过对抗战的热情。在报纸上、在国民参政会上，将大大小小的问题一律举发出来，向政府施加政治压力。他则不赞成这种做法，认为在目前的形势下，抗战高于一切，一切有关宪政与民主的讨论，都要服从抗战的大局。在《今日评论》的时评中说："抗战以来，无论国民党党外党内，所有党派都宣告拥护三民主义和宣言拥护抗战到底。全国所有的人，除了汪逆汪奸之外，没有一个人敢反对政府或反对国策的。每人都只有一个目的，即抗战求全，每个人都只有一个希望，即抗战胜利。我们今后必要保持这种团结的情况，然后我们才能有光明的前途。"[1] 因此，对于共产党"以武力从事政争"更十分不满，认为这"根本不是政党活动，而是军阀的惯技"。即便在抗战结束后，他也同王世杰一样，认为在国民党内实行民主，比建立社会民主制度更有意义，不赞成蒋介石在条件不成熟的情况下，急于宣布修改宪法，在民主政治上"玩火自焚"。

但是在1943年前后，他对国民党的态度出现显著变化。1942年11月，国民政府派他去加拿大参加太平洋学会会议，本来希望他在会上阐明立场，说明中国军队在缅甸战场上的失败，英国人要负主要责任。英军在战场上毫无斗志，开战不久即撤离部队，还以隐瞒和欺骗手段，诱使中国军队孤军深入，掩护英军撤退；最后中国军队以巨大的代价，使数千英军得以突围。而事后丘吉尔毫不领情，明知"我军被欺受诈，为其牺牲，而且仍在缅境被困，未脱险境"，在国会讲演时却"对于我国只字未提"；这于情于理，都让中国人难以接受。

而钱端升却认为，这都是中国政府的一面之词。在大会发言时，反而站在英国一方，认为"就缅甸局势而言，中国的看法是不正确的"。他还举出一些实证，说"在缅甸战役中，中国第六军的表现也不好。他们用在当

地征用的汽车做买卖，甚至还以一些缅甸僧侣充当日本第五纵队为理由，焚烧了一些缅甸寺庙"[1]。此后，他还写信给丘吉尔以及其他英国政府领导人，谴责中国在蒋介石的统治下，"一、国民党专制；二、党外优秀分子，无法参加政府；三、经济状况危急，政府要人亦通同舞弊"[2]。并且警告英国人，"国民党和中国军人都是反英的"[3]。

了解中国现代史的人都知道，抗战时期中英关系始终不好，两国名义上是盟国，实际上相互嫌恶，猜忌甚深。甚至在开罗会议上针锋相对，在涉及双方利益的问题上出现重大分歧。丘吉尔为了报复蒋介石，多次故意贬低开罗会议的地位，主张《开罗宣言》不是"宣言"，只是"一次会议的新闻公告"。之后又采用更卑劣的手法，在德黑兰会议上联合斯大林，以两票对一票，推翻了许多在开罗会议上对中国的承诺。可以想见，这时钱端升以"战时国会"议员的身份，向丘吉尔状告国民政府，无异于授人以柄，为对方提供口实，使国民政府颜面尽失，在对英外交上更加被动。英国援华委员会主席克里浦斯便告诉顾维钧，他对于"此类破坏英方对中国观感的事"，虽然十分痛心，一再向公众做出解释，但所能起到的效果有限，"远不如中国人此类函件影响之深"[4]。

钱端升作为国际问题的专家，不可能不知道中英关系的现状。他所以这样做，显然与他屡试不售，在仕途上一再碰壁有关。特别是他发现身边的同事一个个后来居上，去重庆出任政府的要职，更难免怀忧丧志，有"斯人独憔悴"之感。据何炳棣说，1945年春，他去美国留学之前，有一天，在校园里遇见钱端升，钱端升邀他去办公室谈话，说你们这一辈学问的基础，比我们那时要成熟得多，出国深造后前途不可限量。"最要紧的是，不

---

1 《顾维钧回忆录》第5册，第116页。
2 《宋子文驻美时期电报选》，复旦大学出版社2008年版，第205页。
3 《顾维钧回忆录》第5册，第343页。
4 《宋子文驻美时期电报选》，第205页。

要三心二意，一边教书，一边想做官。你看蒋廷黻多可惜，他如果不去行政院，留在清华教书，他在外交史方面会有大成就。"[1] 言谈中感触甚深，恐怕既是在教导学生，也是"夫子自道"。

只是即便如此，钱端升在政治上还留有余地，没有在一怒之下，站到国民党的对立面。1945 年前后，是民盟在昆明最活跃的时候。据龙绳武说，闻一多、费孝通、潘光旦等人经常利用联大校友会的活动，宣传民盟的政治主张，扩大民盟的社会影响力。[2] 以钱端升与张奚若的关系，不可能没有接触过这种场合。但是他并没有接受环境的感染，加入民盟去做"共产党的尾巴"。1945 年 11 月国共谈判期间，他两次与张奚若、周炳琳等人联名致电蒋介石与毛泽东，都是站在社会"中间派"的立场，对国共两党不偏不倚，各打五十大板。要求国共两党不能只顾一党之私，以"坐地分赃"的方式，在军队和地盘上讨价还价；"一党专制固须中止，两党分割亦难为训"，主张从国家与人民的利益出发，尽快成立立宪政府。

俗话说"听其言，观其行"，最能说明他政治立场的，是他在学潮中的表现。1945 年 12 月昆明的"一二·一学潮"，是抗战后全国性学潮的导火线。事情的起因是 11 月 25 日的时事晚会。在时事晚会的前一天，西南联大、云南大学、中法大学、英语专修学校学生自治会，接受 15 个学生团体的倡议，共同决定于 25 日晚七点，在云大致公堂举办"反内战时事晚会"。不料消息传出后，国民党云南省党部十分紧张，召集云南省党政军首长联席会议，决议"各团体学校一切集会游行，若未经本省党政军机关核准，一律严予禁止"。次日清晨，由云南《中央日报》刊出。学生自治会看到报纸后，为了控制局面，临时决定将会场改在西南联大，同时取消闻一多、吴晗做大会讲演，改请钱端升和伍启元。可见他在联大学生的心目中，当时

---

1 何炳棣：《读书阅史六十年》，广西师范大学出版社 2008 年版，第 173 页。

2 《龙绳武先生访问记录》，"中研院"近代史所 1991 年版，第 123 页。

还不是"左派教授",而是"国民党改革派"。他当晚在大会上的讲演也平淡无奇,只是附和政协会议的主张,强调联合政府的必要性,认为"苟无联合政府,则内战无法停止,老百姓将增无数不必要之痛苦"。对国民党发动内战的行为,并没有做任何谴责。在当时说这种话,实在是"老生常谈"。

从钱端升公开发表的文章中看,他在 1948 去美国讲学之前,政治立场没有明显的变化;在国共和谈问题上,还发挥自己的政治想象力,提出了一个"最低限度的统一方案";建议两党互相承认对方政权,"以土地换和平",在两党各自的政府之上,建立一个统一的全国性政府,"代表中国管理全国性的交通,并执行两政府协同的外交政策"。为了避嫌,他强调这个政府既不是西方的联邦政府,也不是共产党提出的联合政府,而是他独创的"联立政府"[1]。直到 1949 年初,他看到"国内解放战争进展十分迅速,形势发展令人快慰"[2],国共两党大势底定以后,才迈出最后一步,公开与国民党决裂,同其他"中国的自由主义者或民主个人主义者"[3]一样,并发表了文章《统一战线、人民政权、共同纲领》。

从以上可以看出,钱端升与国民党政权的关系,同大多数自由主义知识分子大同小异,都经历了从合作到不满,从不满到决裂的道路。随着他在仕途上不断受挫,对国民党怨气渐深,在政治立场上也逐渐发生转变。至于他为什么"屡试不售",荏苒难进,始终没有走上从政的道路,既非不愿,也非不能,而是由于阴差阳错,造成他在仕途上的挫折感。近人张翰风有一首写男女约会的诗:"分明与君约,月上阑干时。侬家月上早,君家月上迟。"以一方住在山里,一方住在平地,月亮升起的时间不同,最后未能见面。我拿这首诗来比喻钱端升,也许有点不伦不类,但事实确很相似。例如 1943 年 9 月,王世杰在组建访英代表团时,他本来也在名单当中,是

1 《唯和平可以统一论》,《观察》第 2 卷,第 4 期。

2 《我的自述》,《钱端升学术论著自选集》,第 698 页。

3 毛泽东:《别了,司徒雷登》,《毛泽东选集》第 4 卷,人民出版社 1991 年版,第 1385 页。

代表团预定的成员之一。但是就在这段时间，蒋介石接到宋子文的电报，知道他不久前曾写信给丘吉尔，攻击蒋介石与国民政府。以当时的中英关系，可以想见蒋介石的愤怒，他也最终从名单中被剔除了。

只是王世杰不知道其中的内情，在回国途中，仍然打电报给蒋介石，要蒋介石派钱端升到美国，主持国民党在北美的宣传机构，这又是何其不合时宜！不仅无法促成其事，而只会适得其反，增加蒋介石对钱端升的恶感。真是"刘郎已恨蓬山远，更隔蓬山一万重！"从这件事还可以发现，王世杰从政以后，虽然成为蒋介石的入幕之宾，但同时也因近而见疑，因密而致疏，进至与蒋介石越走越远。而以钱端升的性格，更不是官场中人，他如果真的走上从政道路，更难逃王世杰的下场。这也是一代知识分子的宿命。

2013.5.11

蔡元培的"治术"

凡是谈蔡元培的文章，一般都是谈他的思想与人格，说他既"包容百家"，又能"有所不为"，而很少有人谈他的"治术"。有人甚至认为，他书生气很重，是个俗称的滥好人，经常被"欺之以方"，根本就无"治术"可言。所以他无论走到哪里，都很容易被人"包围"，被人利用。在民元教育部时代，受张元济等人包围；在北大初期，受"三沈二马"包围；在中央研究院时代，又受胡适、傅斯年等人包围，一生逃不出樊篱，死而后已。[1]只有胡适却持相反的观点，对蔡元培"受人包围"，有完全不同的理解。他认为，这非但不是被人利用，而恰恰是善于用人，是一种"无为之治"的高超治术。

1935 年 7 月，他在给罗隆基的信里说："我与蔡孑民先生共事多年，觉得蔡先生有一种长处……能充分信任他手下的人，每委人一事，他即付以全权，不再过问；遇有困难时，却挺身而负其全责；若有成功，他每啧啧归功于主任的人，然而外人每归功于他老人家。因此，人每乐为之用，又乐为尽力。迹近于无为，而实则尽人之才。"他还以杨杏佛为例，说"试看他近年用杨杏佛，杏佛是一个最难用的人，然而蔡先生始终得其用。中央研究院之粗具规模，皆杏佛之功也。杏佛死后，蔡先生又完全信托丁在

1 沈尹默:《我和北大》,《北大旧事》,生活·读书·新知三联书店 1998 年版,第 171 页。

君；在君提出的改革案有不少阻力，但蔡先生一力维持之，使在君得行其志。现在在君独当一面，蔡先生又无可为了"[1]。这也就是冯友兰所说的，蔡先生"治事从容不迫，虽在事务之中，而有超乎事务，萧然物外的气象，这是一种很高的精神境界"[2]。

胡适这封信名义上是写给罗隆基，实际是写给蒋介石的，准备请罗隆基"带给蒋先生一看"。他认为蒋介石"是个天才，气度也很广阔，但微嫌近于细碎，终不能'小事糊涂'"，缺少的是治事用人的智慧。而"蔡先生的这种长处"，恰恰"可以补蒋先生之不足"。他在信里说，他去年已经就这件事，给蒋介石写信"略陈此意"[3]，但蒋介石"似乎不甚以为然"。他怀疑蒋介石的漠视，可能是因为他这封信写得太匆忙，当中有些话"说得不明白"，以致蒋介石未加深思，误解了他的意思。以为他只是拾古人之牙慧，重申曾文正"君逸臣劳"的老一套。所以他这封信就写得很长，起承转合，几近于一篇论文，为的就是让蒋介石明白，他不是讲"君逸臣劳"，教蒋介石养生术，而是想让他"明白为政之大体"。

他写完了这封信，还是觉得言犹未尽，意犹未足，又在《独立评论》上发表一篇文章，详细讲解什么是"为政之大体"，什么是"做最高领袖之道"。他在这里把话说得更明白了。他说蒋介石做官有个最大的缺点，就是遇事拿得起，放不下，过于操心，"不能把他自己的权限明白规定，在于干涉到他的职权以外的事。军事之外，内政，外交，财政，教育，实业，交通，禁烟，卫生，都往往有他个人积极干预的痕迹。其实这不是独裁，只是打杂；不是总揽万机，只是侵官。打杂是事实上绝不会做得好的，因为天下没有万知万能的人，所以也没有一个能兼百官之事"。

---

1 《胡适日记全编》6，安徽教育出版社 2004 年版，第 533—534 页。
2 冯友兰：《我所认识的蔡孑民先生》，《追忆蔡元培》，中国广播电视出版社 1997 年版，第 163 页。
3 他的这封信，是托蒋廷黻带给蒋介石的。"信中只谈一事，劝他明定自己的职权，不得越权侵官，用全力做自己权限以内的事，则成功较易，而责任分明。"见《胡适日记全编》6，第 359 页。

说到这里，他便举出蔡元培的经验，说"譬如一个校长时常干预教务长的事，则教务长的命令必不能被人看作最后的决定，而人人皆想侥幸，事事皆要超越教务长而请命于校长。如此校长则变成教务长，而教务长无事可办了"。这对于做校长的人来说，就是得不偿失，最终自己"忙得要命，而教务的事也终于办不好"。写文章少不了引经据典，他又引用了两段《淮南王书》里的话，所谓"处尊位者如尸，守官者如祝宰"云云，劝蒋介石对这两段"政治哲学"加以"考虑"。因为在他看来，蒋介石的地位既不同于希特勒，也不同于墨索里尼，"他的特殊地位是双重的，一面他是一个全国的领袖，一面他又是一个军事最高长官"。作为军事长官，他固然必须亲临前线，甘冒矢石，"守官如祝宰"，但是作为最高领袖，他只需要"处高位"而已。"他的任务是自居于无知，而以众人之所知为知；自处于无能，而以众人之所能为能；自安于无为，而以众人之所为为为。凡察察以为明，琐琐以为能，都不是做最高领袖之道。"[1]

胡适一生好为人师，他对蒋介石的规劝，可以被看作一番好意。但是他也说了一段很危险的话。他说："这三年多，蒋先生声望的增高，毁谤的减少，其间也很得力于他的让出国民政府主席，让出行政院，而用全力做他的军事职责。汪蒋合作的大功效在此。"他劝蒋介石再接再厉，继续走这条路，"用他的声望和地位，毅然进一步作宪政的主张，毅然出来拥护宪法草案，促进宪政的实行，使政府各部分权限都有一个宪法的规定"，"而他自己则不做总统，不组政府，始终用全力为国家充实自卫的力量，作一个有实力的西园寺公，作一个不做总统的兴登堡"。他认为这才是中国"政制改革的大路"[2]。这段话所以很危险，是明显有"拥汪抑蒋"之嫌，暗示蒋介石只懂军事，不懂政治，只有雄才，没有大略，不适合做国家的政治领导

---

1 《政制改革的大路》，《独立评论》第 163 号。
2 同上。

人；这个国家的政治领导人，应该属于汪精卫。

罗隆基看了这封信后，是否将信转交给了蒋介石，蒋介石又是否看过胡适后来的这篇文章，目前都不清楚。实话说，我最初注意这件事，很怀疑胡适的说法，以为他吹捧蔡元培的治术，是为了劝诫蒋介石有意编撰的故事，所谓"为了打鬼，借助钟馗"。其实他对蔡元培的"治术"经常很不以为然。例如在民权保障同盟问题上，他便担心蔡元培被人利用，曾写信给蔡元培说："我所耿耿不能放心者，先生被这帮妄人所包围，将来真不知如何得了呵！"[1]而他所说的"这帮妄人"，主要指杨杏佛。而杨杏佛又是当时中央研究院的总干事，可见他对蔡元培在领导中研院时实施的"治术"，其实很不满意。但事实又不尽然。

胡适担任驻美大使时，自己也身体力行，采取"无为而治"的作风。他上任后首先表示，自己"从未在政府机关做过事，对公文程序一向外行"，以后将大使馆各项业务，交给"各位专业人员助他完成"[2]，自己主要做大使馆外的工作，多与美国政府上层人物交朋友、打交道，多去美国各地演讲，向美国人民介绍中国的抗战。其实他的演讲还不限于此，经常超出他的大使身份，内容五花八门，宗教、文学、学术、人生、考据无所不谈。据他自己说，他在1942年这一年，便"旅行一万六千英里，演讲百余次"[3]，可见在使馆的时间少之又少。

据傅安明说，当时胡适经常告诉下属，他这套"领导艺术"，是从蔡元培那里学来的。他说蔡元培"在北京大学及中央研究院时代，只谈政策，不管行政"，将行政交给属下，自己则取"无为而治"的态度。但是"无为而治"也不是一事不做，"而是尽量授属员完成他们职权以内的事，培养他们的学识能力，训练他们负责任，让他们每个人都能负起责任来处理他们

---

1 《胡适日记全编》6，第223页。

2 傅安明：《回忆胡适之先生》，台湾《传记文学》第71卷，第1期。

3 《胡适致翁文灏、王世杰》，《胡适之先生年谱长编初稿》第5卷，第1777页。

职权以内的事情，也可以说是一种分层负责的制度。只有这样，做长官的人，才有时间做他的政策思考、结交朋友、选用人才等等他属员不能帮他做的事情"。他说："一般长官都喜欢用自己的聪明，干预属员的专业工作，有时候也会做得很出色，但是以后他的属员就会把别的事情也送来请他管，事情管多了，什么事也管不好，手下人反而不必尽心办事，不愿负责了。"他在讲这段话时很可能意有所指，指的就是蒋介石。

当然，他这套无为而治的"领导艺术"，是否行之有效，达到了预期的效果，一向说法不一。以傅安明的说法，胡适的管理方法效果很好，经过胡适的培养和训练，在使馆内建立了一种分层负责制度，使同人都能各尽其责，发挥自己的专业才能与抱负。而胡适自己则"有时间专心做他的政策思考、结交朋友、政要沟通、应酬演说等等属员所不能帮他做的事情。遇有必要，他会与属员分层合作，完成任务"[1]。胡适正是借助这种"领导艺术"，从使馆的琐碎事务中解脱出来，得以"运用一切方式和力量推动日、美交恶"，"把美国带进太平洋大战，使中国有可以'翻身'的机会"[2]。美日最后交涉失败，实有胡适的影响。这一切，正如左舜生所说："六七十年来，像胡先生这样不辱使命的驻外使节，我们还能举出谁呢？"[3]

据说日本人早就看到了这一点，当时《日本评论》杂志曾有评论说："日本要派三个人同时使美才能挡得住胡适一人。那三个人是鹤见佑辅、石井菊次郎、松冈洋右。鹤见是文学的，石井是经济的，松冈是雄辩的。"[4]所以胡适能够创造奇迹，不仅改变了中国，也改变了世界，即和他的"无为而治"有很大关系。

但是也有人不以为然，认为他任驻美大使时，大使馆基本处于瘫痪状

1 傅安明：《回忆胡适之先生》。

2 余英时：《重寻胡适历程》，广西师范大学出版社 2004 年版，第 58 页。

3 《我为什么主张胡适作副总统？》，《左舜生先生晚年言论集》上，第 148 页。

4 傅安明：《回忆胡适之先生》。

态。他因为不熟悉使馆工作，加以"待下素宽，且不喜过问细事"，只好将使馆的日常工作交给参事负责。前任参事应尚德调职后，他先将馆务交给陈长乐。从资历上说，陈长乐的确是资深的外交官，但是他负责管理的一年，根本不能胜任。使馆人员每天无所事事，所谓"分层负责制度"，就是轮流坐庄，每以打麻将取乐；直到刘锴从驻英使馆调来美国担任参事后，业务上才有所改善。即使是这样，大使馆的工作品质和效率，也经常为人诟病，许多来美国出差的人员，回国后都向政府抱怨，在美期间备受使馆的怠慢。钱端升便委婉地劝过胡适，使馆对于"去美之吾国人""不妨稍敷衍敷衍"[1]。魏道明接任驻美大使后，曾对人说过，胡适在任时，大使馆的重要职员经常跑去纽约，巴结从国内来的权贵，而置公事于不顾。[2]胡适一心骛外，"只好个人荣誉事"[3]，除了忙着去各地讲演，还要去领各大学的博士学位，对职内工作更打不起兴致。据说胡适离任后，原来办公室的储藏室里堆满了美国各界的来信，这些信都没有拆封，更未予致复。"某当局"致送给他的特款，他虽然在回信时"璧谢"了，但钱还在账上，实未退还。[4]

当时傅斯年远在重庆，也听到不少于他不利的传闻。说他上任两年，职员班子还未组织好，"凡事自办，做事效率难说"，而且"馆中纪律亦欠缺"。甚至"看到人家打牌，自己也加入"。遇事知难而退，"只拉拢与中国既已同情者，而不与反对党接洽"，在外交上始终打不开局面。所以他的"无功待时"之说，"自不易为人解也"。他为此曾写信告知胡适，谓"此事似值得考虑"。而综合上述，造成这种局面的原因，正是他的"无为之治"出了大问题。正如傅斯年所说，胡适在行政管理上一窍不通，"自以为并我亦不若，更不必说丁大哥（丁文江）"[5]，以致"其在大使任内，对国家贡献

---

1 《傅斯年致胡适》，《胡适来往书信集》中，第 477 页。

2 张忠绂：《迷惘集》，第 96 页。

3 《傅斯年致胡适》，《胡适来往书信集》中，第 478 页。

4 张忠绂：《迷惘集》，第 96 页。

5 《傅斯年致胡适》，《胡适来往书信集》中，第 478 页。

虽大，而缺乏踏实帮手，为群小所乘"[1]。

但是不论别人怎么说，胡适始终信奉"无为而治"的领导艺术，相信这不仅是管理学上的窍门，也是治理国家的大法，是"做最高领袖之道"。1956年他在《自由中国》组织的"祝寿专号"上，再次旧事重提，将《淮南王书》里的那几句话送给蒋介石做"寿礼"，劝蒋介石将精力放在大事上，不要察察为明，只顾了在小事上用心。他还送给蒋介石"六字心法"："无智，无为，无能"，希望蒋介石以这六个字为药石，作为今后的养生续命之道。蒋介石接了他"寿祝"后，到底有何感想，目前也不清楚。不过，蒋经国控制的"国防部"总政治部，当时曾下发了一本长达61页的小册子，题为《向毒素思想总攻击》，驳斥他的"六字心法"，看来蒋介石还是执迷不悟，又"误解"了他的一番好意。

2013.5.17

1　张忠绂：《迷惘集》，第96页。

胡适与傅斯年

胡适一生交游广阔，结交的朋友很多。以王世杰对胡适的了解，在看了胡颂平的《胡适之先生年谱长编》以后，也不禁叹为观止。但是他最信赖的朋友，始终都是傅斯年。1951年11月，《自由中国》因为发表胡适的"抗议信"，在台湾政坛引起轩然大波。罗家伦作为胡适"最忠实的学生"，决定以这层关系写封信给胡适，说明整件事的内情，信里首先便说："如孟真在，这封信是轮到他写的，伤哉，孟真之死！"说起来，胡、傅两人不仅亦师亦友，相知相契，甚至达到可以互相包办代替的程度，在有关对方重大利益的事情上，不问对方的意见，就可以代为做主。例如1946年8月北大复原后，教育部任命傅斯年为北大校长。傅斯年认为有胡适在上，自己做校长不合适，不经胡适同意，便直接上书蒋介石，提出应由胡适任校长，在胡适回国上任之前，由自己暂时代理。

邓广铭在《胡适在北京大学》中说，傅斯年当时还向人表示，"只有他做代理校长，等到胡适回国之日，才能顺利地把校长职务交予胡先生。倘是别人，就怕要在代理期间另作策划，由代理而转成正式校长，使胡无法接任"。邓广铭还说："傅在代理期间，关于聘任教员，特别是文科各系教员的事，有时并不与胡相商，即自作主张，事后，胡也从无异议。"这一点都不错。最突出的事例，是他上任后即在报上发表声明，"决不延聘任何伪北大之教职员"。他知道胡适碍于情面，性不绝人，做不了这种事，在给太太的信中说："大批伪教职员进来，这是暑假后北大开办的大障碍，但我决心扫荡之，决不为北大留此劣迹。实在说这种局面之下，胡先生办远不如我，我在这几个月给他打平天下，他好办下去。"[1]

这样的例子还有很多，不妨再举一个：1947 年 2 月，蒋介石请傅斯年出面，邀请胡适任国府委员兼考试院长。傅斯年听了，立刻打了回票，说："自大言者，政府之外应有帮助政府之人，必要时说说话，如皆在政府，转失效用；即如翁咏霓等，如不入党，不在政府，岂不更好？自小言者，北大亦不易办，校长亦不易找人。"两人"如此谈了许久"，无论蒋介石怎么说，傅斯年都不答应，"反复陈说其不便"。以致王世杰听说了，都对他不以为然，认为在国家大事上，你怎么能不问胡适的意见，就替胡适做主呢？何况"受人之托，不要从中打岔"[2]。

胡适对傅斯年也是一样。1948 年 1 月立法院选举，黄宇人、甘家馨等人为了抵制陈立夫，推举傅斯年任立法院副院长。当时傅斯年正在美国治病，胡适也是不经与傅斯年商量，便打电报给南京，替傅斯年代做主张，说"傅斯年因北京大学校务甚繁，无暇兼顾他事，回国后将辞去立法委员，请万勿选他做立法院的副院长"云云。事实上傅斯年回国并没有辞职，直到逝世时还是立法委员。[3]

当然，两人的你中有我，相互信任，不代表在任何事情上都没有歧见。相反，两人在很多问题上，经常立场、观点距离甚大，始终各执己见。例如 1933 年 4 月，胡适便在日记中提到一件事："午前到中央研究院，见着李仲揆、傅孟真。孟真为我最近的文字（《保全华北》）大生气，写了一封信来，说他要脱离《独立评论》。但他希望主张的不同不至于影响到私交。

1　傅斯年：《致俞大彩》，《傅斯年全集》第 7 卷，联经出版事业公司 1980 年版，第 299 页。

2　《傅斯年致胡适》，《胡适来往书信集》下，中华书局 1980 年版，第 169 页。

3　黄宇人：《我的小故事》下，第 77 页。

其实他当时不曾见我的原文，只见了日本新联社发表的‘摘要’，其中有一段是原文没有的，又是最容易使人生气的！（说‘中日亲善不至于被冯玉祥破坏了的’。）”[1]《独立评论》是“九一八”事变后，胡适、傅斯年、蒋廷黻等人共同创办的政论杂志，是1932年到1936年间，北方学界思想言论的重镇。蒋廷黻后来在做口述自传时，特设有《九一八事变与独立评论》一章，可见在当时救亡图存的年代，这本杂志对所有创办人都意义非凡。用胡适的话说，是在“那无论如何的局势里”，“还可以为国家尽一点点力的工作”。现在傅斯年却因为胡适的一篇文章，提出要脱离《独立评论》。

以胡适的说法，傅斯年对他的文章“大生气”，是因为没有看到原文，完全是一个误解。后来见了文章的原文，“他的气平多了”。事实不是这样。众所周知，胡适在抗战前和抗战初期，发表过很多怪论。甚至认为国难当头，整军经武不如普及教育，拿五亿元教育小学生，比买飞机大炮有用得多。他提到的这篇文章，完整的题目是《保全华北的重要》。文章内容很简单，要说的话几乎都在题目上。华北是中国重要的富源，也是北方学术文化的中心，现在华北面临最危机的时刻，不能任由华北“糜烂牺牲”而“决不委曲求全”[2]。这些话听起来没有任何不对。的确，华北应该保全，东北也应该保全，中国的每寸土地都应该保全。

但是要保全华北，必须要付出代价。这胡适在文章里也有所暗示，就是承认伪满洲国政权，以牺牲东北来保全华北，所谓“丢卒保车”。但是傅斯年曾对东北史做过长期研究，认为东北地处关隘，是国家的战略命脉，更看重东北的地位。早在热河失守之前，他就在文章中说：“比起东北失地来，平津扰乱实在是一件小事。天津至多不过是个上海，上海既可牺牲，何以天津不可以？至于北平，有些斯文先生们，以所谓文化事业及国宝为

1 《胡适日记全编》6，安徽教育出版社2001年版，第216页。
2 《保全华北的重要》，《独立评论》第52号。

虑。然而国宝也者，在太平盛世固然是宝，在这些年头，直若石呆子的扇子，"比起东北的损失来，真不值得什么。"这些话简直就是说给胡适听的。傅斯年真是太了解胡适了，胡适还没把话说出来，傅斯年已经料敌机先，把自己的回答放在前面。

而且他也不认为，丢卒就能保车，放弃了东北就可以保全华北。认为日本对东北的侵略，只是大陆政策的一部分，今后势必向长城以内发展，"这是像太阳一样明白的事实"。东北沦陷后，日本的气焰已经更加嚣张，先后发表"天羽声明"和"广田三原则"，"高谈起东亚门罗政策"，不承认国联对日本侵略事实的裁决；威胁中国不许向西方国家求援，西方国家也不得干涉中国事务。"中日问题绝无和平解决之望，而在今天希望与日本和平解决者，真是作梦。"[1]

傅斯年的判断很快就被证实。1935 年 9 月 24 日，天津驻屯军司令官多田骏在招待日本记者时，散发了一本《日本对华基础观念》的小册子，里面明白地说："现在之华北实为最容易、最迅速得以实现为乐土，且以此为必要之地域"，"华北问题解决之重要性质如此，帝国对外之发展将依此而卜其成否"[2]。可见日本人已经决定将华北收入囊中，纳入自己的控制之下。

客观地说，当时在对日问题上，与胡适持同样观点的不在少数，在一部分人中逐渐成了"共识"。他们普遍认为放弃东北四省，日本人就会停止侵略，转过去经营东北。以东北领土之广、资源之富，足够日本人去开发经营，中国亦得"以空间换时间"，获得十年的和平与安宁。甚至在潜在心理上，认为东北根本不是中国的地方，"中国以前何尝有东北？奉天本来是满清带来的嫁妆。他们现在不过是把自己的嫁妆带回去就是了"[3]。因

---

1 《日寇与热河平津》，《独立评论》第 13 号。

2 《中华民国重要史料初编——对日抗战时期》第六编，《傀儡组织》（二），中国国民党中央党史委员会 1981 年版，第 27 页。

3 《"低调俱乐部"和"前奏曲"》，《汪精卫集团投敌》，上海人民出版社 1984 年版，第 192 页。

此 1937 年 8 月，国民党在武汉召开临时代表大会，汪精卫所起草的大会宣言，对中国的领土问题逐一列举，而唯独没有提到东北，后来在东北籍代表的抗议下，才加入了"除东北问题作合理之解决外"一句。这说明早在抗战爆发之前，东北问题已经"不是问题"了。

但是别人可以持这种主张，胡适则不行。胡适是学界的意见领袖，他发表这种议论，代表的是学术界的认知，这将给国家和民族造成严重的后果。因此三年后，傅斯年为了这个问题，又再次与胡适争执起来。1935 年 6 月，胡适在日记中说："《独立》聚餐。我将昨与王雪艇函意提出来，孟真大不以为然。这个情形又与三年前无异。孟真说，这块糕，宁可再割一块去，不可使它整层的劈去。他的热诚可敬，但他是不肯细细平心考虑的。为国家谋，不能不细心，不能不远虑。"[1] 傅斯年所说的"不可使它整层的劈去"，指的就是胡适主张以放弃东北为代价，"与日本公开交涉，解决一切悬案"，换取所谓"十年和平"。

以上两例都是立场、观点上的分歧。除此之外，两人也因为性格不同，各执一端，经常对人对事有不同看法。而每次发生这种情况，通常都是胡适觉得傅斯年过于武断，太容易感情用事，太"富于爆炸性"[2]。经常"像蟋蟀一样，被人一引就鼓起翅膀来"[3]。而在傅斯年看来，胡适又太"无斗争性格"，做事太瞻前顾后，出尔反尔，优柔寡断之至。

先说傅斯年的武断、鲁莽、感情用事。这类事最突出的例子，是 1938 年初行政院改组后，孔祥熙上任不到两个月，傅斯年就凭个人成见，断言"其人一切措施不孚内外之望，则国家力量，因以减少多矣"，一再上书蒋介石，并在国民参政会上发动连署，要求罢免孔祥熙。使孔祥熙堂堂阁揆，

---

1 《胡适日记全编》6，第 507 页。
2 《雷震日记》，《雷震全集》第 34 卷，第 176 页。
3 罗家伦：《元气淋漓的傅孟真》，罗久芳：《罗家伦与张维桢》，百花文艺出版社 2006 年版，第 255 页。

竟然因此名声扫地，成了人人可以唾弃、人人可以触侮的"尿桶"。而胡适受陈光甫的影响，不赞成他这种做法，当时曾打电报给他，试图加以劝止，怕他鲁莽行事冤枉了好人，也得罪了蒋介石。结果傅斯年接到电报，便掷于一边，"以为事在进行，不便与'特任大官'¹商榷，不妨事后再详陈其故"，照样一意孤行。一年后才解释说：孔祥熙这人坏透了，其"为私损公，毫无忌惮，先生久在国外，未能深知"²。

再说胡适的瞻前顾后。还是上面提到的例子：蒋介石请傅斯年出面，邀胡适任考试院长兼国府委员，被傅斯年矢口回绝；胡适听说后，也郑重表示"坚不愿加入政府"，"毁了三十年养成的独立地位"。但是事情没有结束。蒋介石得知胡适的态度后，又再次致电胡适；经过一番好言解释，胡适又犹豫了。在给傅斯年的信里吞吞吐吐，有了准备接受的表示。这让傅斯年大为不满，当即打电报说："示悉，至深惊愕。此事如先生坚持不可，非任何人所得勉强。如自身太客气，我在此何从为力？国府委员纯在政府地位，五院院长为当然委员，绝与参政会不同。北大应振兴之事多矣，如兼职在三千里外，全蹈孟邻先生覆辙，三十年之盛名，为社会国家计，绝不可毁于一旦，使亲者痛心，学校瓦解。再进忠言。"

他以气犹未舒，言犹未尽，在同一天内，又给胡适写了封长信，话说得更重，谓："此事全在先生一颗不动摇之心，我已代辞多次了，是无用的，尤其是先生那样客气之下。我们又不是一个政党，谁也替谁保不了，只在自己而已。"³胡适接到傅斯年这封电报，这才知道此路不通，最终致电蒋介石，表示"北大此时尚在风雨飘摇之中，绝不许适离开，道义上适亦不愿离开北大"⁴。可见胡适这次得以保全盛名，全赖傅斯年的劝止；没有傅

---

1 "特任大官"指胡适。当时胡适任驻美大使，为政府特任官。

2 《傅斯年致胡适》，《胡适来往书信集》中，第479页。

3 同上书，第189—191页。

4 同上书，第192页。

斯年，胡适很可能已经"下水"了，落得个"卿本佳人，奈何从贼？"

从以上事例还可以发现，胡、傅两人性格不同，在处世上也大异其趣。傅斯年恩怨分明，毅然不回，具有强烈的正义感和爱国心；而胡适则圆融老练，见机行事。到了老年更是炉火纯青，如蒋廷黻所说："有的时候他讲的一段话，我们都搞不清他是赞成还是反对。"[1]这也使很多人追随一生，最终对胡适失去了信心。明白了以往对胡适"估价太高"，而胡适实际上"妥协性太大"，"无斗争性格，非政治之人物"。甚至如果"留在北平不出来，一定靠拢，连梁漱溟这种表现都没有"[2]。但是这并不等于说，傅斯年与胡适相比，更憎恶国民党，是更坚定、彻底的自由主义者，而胡适则与国民党走得更近。有时候恰恰相反，傅斯年可能比胡适更有权谋。这一点，在他的倒孔事件上，已经看得很清楚。

傅斯年在这件事上，虽然披坚执锐，必欲将孔祥熙置于死地，但是从一开始就避重就轻，采取了最安全的策略，声明自己何以要倒孔，完全是为蒋介石着想；"为爱惜介公，不容不反对他。"[3]所以他"闹老孔闹了八年"，最后并没有落得马寅初的下场，反而声名大噪，成了社会正义的化身。胡适担心他为了倒孔，得罪到蒋介石，根本是多此一举。有些国民党立法委员后来便发现了其中的奥秘，说："傅斯年虽然一样反对孔、宋，但他乃是别有用心。他所反对的只是孔、宋两个人，并不是孔、宋所代表的资本主义和豪门政治。"[4]据罗家伦说，傅斯年"主张经济平等，消除贫富界限。他自称为主张自由社会主义的人"[5]。王汎森也认为，从"中研院"史语所收藏的傅斯年档案中，能够看出傅斯年的自由主义具有社会主义的思想成分，

1 《李敖有话说》，友谊出版社2005年版，第71页。
2 《雷震日记》，《雷震全集》第34卷，第115、116页。
3 《傅斯年致胡适》，《胡适来往书信集》中，第479页。
4 黄宇人：《我的小故事》下，第75页。
5 《元气淋漓的傅孟真》，《罗家伦与张维桢》，第254页。

将自由与平等看得同样重要[1]，我对此只能存疑。

为了说明这一点，再以《自由中国》为例。1949年3月，国民党败走台湾之前，雷震鉴于国民党内士气瓦解，失败主义流行，"京沪舆论全是一面倒，均是主和，甚至连备战谋和亦无人敢言"，在王世杰的支持下，提议不分党派共同成立自由中国大同盟，"以反对共产主义，阻止政府走向投降之路"。当时胡适虽然正准备起程去美国，但是对这件事仍表示支持，还在去美国的船上，为《自由中国》撰写了办刊"宗旨"。而傅斯年却反应冷淡，"东拉西扯，不得要领"。讨论时"怪论甚多，可云全不赞成，而自己尤不愿出名，以为现任大学校长诸多不便也"[2]。后来虽然同意参与其事，但"不愿出面，似对本志尚有不能同意之处，并云予办刊物，渠不过帮忙耳"[3]。雷震在台湾发起"自由中国运动"时，傅斯年的态度也很冷淡，认为"此种运动，自非立时可以生效"，书生救国缓不济急。

从表面上看，傅斯年这种"全不赞成"的态度，似乎是对国民党失去了信心，对"反共救国"也不感兴趣；他后来远走台湾，也不是追随国民党，而是台湾在政治和文化上小腆犹存，所谓"海内山河非汉有，岭南民物是周余"而已。实际绝非如此。

据雷震说，1952年2月，张佛泉两次告诉他，"当初发起自由中国运动"时，傅孟真曾经劝告胡适"不要与王雪艇搞在一起，因王之政治生命已被中苏友好条约及金圆券葬送以去了"[4]。这说明早在"两航案"事发之前，傅斯年已经预见到王世杰的政治前途，他之"怪论甚多"，他之"东拉西扯，不得要领"，并不是对国民党绝望，而是顾虑政治的危险性，不想再与王世杰走得太近。而胡适自以为"深谋远虑"，当时却毫无警觉，始终被蒙在鼓

---

1 王汎森：《胡适与傅斯年》，《傅斯年：中国近代历史与政治中的个体生命》，生活·读书·新知三联书店2012年版，第293页。

2 《雷震全集》第31卷，第166—167页。

3 《雷震全集》第32卷，第95页。

4 《雷震全集》第35卷，第31页。

里。傅斯年与国民党关系之深，以及个人的政治敏感性，可能都为胡适所不及。

1954 年 4 月，王世杰被蒋介石免职后，有一次，曾与雷震谈起胡适与傅斯年。他说胡适"对政治有很多地方是门外汉"，这句话听上去不好听，实际上是很高的评价。他对傅斯年的评价，就远没有这么高，认为傅斯年"虽多少有用权术之处，但还有勇气"[1]。王世杰晚年在日记里，也对两人有所评价，认为"北大只有两根半骨头，即蔡孑民、胡适之、傅孟真"[2]。对傅斯年的评价依然很高，但是相比于胡适，毕竟只是"半根骨头"。王世杰的这段评语，是研究傅斯年的人最应当注意的。

2013.4.27

---

1 《雷震全集》第 35 卷，第 272 页。
2 《王世杰日记》第 7 册，第 171 页。

顾颉刚与童书业

　　顾颉刚是史学界的一代宗师。他对现代史学的贡献，不仅表现在个人的学术成就上，还表现在他创办的各项学术事业上。他以《古史辨》成名后，便不满足于独善其身，将更多精力放在组织学术团体、创办学术事业上，为史学界培养造就了许多人才。因此，他1980年病逝后，史学界纷纷发表文章，称赞他在"造就人才方面的贡献，恐怕比学问方面贡献更多"[1]。不过从他的书信、日记里，又可以看到相反的一面，他这种无私的精神，好像经常不被人理解。有时还会使师生反目，不欢而散；彼此间是否还以师生相认，已经很让人怀疑。只有童书业、刘起釪等少数几位，始终与他保持着良好的关系，真可谓寥寥无几。

　　为什么会这样？当然原因很多。而我认为最主要的原因，是他当年看中的学生都是一代人中的佼佼者，也是后来史学界的重镇，其中许多人志向远大，自命不凡，很容易看淡师生关系。彼此相处稍有不快，便会觉得"顾先生是好人，就是太琐碎。不在一块儿共事，热情、爱护、照顾；一块儿共事，啥都琐琐碎碎有意见。还是远着点好"[2]。而不会反过来想：既然

1　杨向奎：《回忆顾先生的几件往事及对我的影响》，《顾颉刚先生学行录》，中华书局2006年版，第456页。

2　何兹全：《怀念顾颉刚老师》，《顾颉刚先生学行录》，第452页。

"顾先生是好人",只是琐碎了一些,师生情重,何以不能谅解这一点?何况当时大学名师荟萃,学生没必要从一而终,只认一个人做老师,这都会影响到师生间的关系。

以谭其骧为例。谭其骧在燕大读书时很受老师的赏识,据葛剑雄说,洪业、邓之诚对他尤其器重,两人经常劝告谭其骧,跟顾颉刚走没有前途,"应该集中精力做学问,跟顾颉刚搞学会、编《禹贡》,只会荒废学业"[1]。邓之诚还请谭其骧住自己家里,食宿由他供给,以减轻谭其骧的生活负担。"以后谭其骧能以研究生身份登上大学讲坛",在辅仁大学和燕京大学授课,"也是由邓之诚大力举荐的"[2]。杨向奎也是一样。他在北大读书时,顾颉刚、傅斯年、钱穆、李济等人都在学校授课。他后来虽然说"在上述名教授中,顾先生对我的影响最大"[3],但是也承认他是傅斯年的"直接学生"。而傅斯年在学界和教育界,都是比顾颉刚更有势力的"大人物"。1938年初,杨向奎以避战乱去兰州,顾颉刚推荐他任甘肃学院的讲师,傅斯年给院方写了一封信,他立即就被聘为教授。

顾颉刚病逝后,杨向奎接连发表多篇文章,解释他与顾颉刚的关系,说他1940年离开齐鲁大学研究所,是觉得受了委屈。他说他到齐鲁大学,本来是顾颉刚答应了的,不料他"满心欢喜"地见了老师,"先生忽然变了卦,见面不久就对我说'我们还不一定请你的!'"他觉得"万里迢迢,原来是空","只好另做打算"[4]。实际恐怕不是这样。在他决定离开齐鲁大学之前,顾颉刚曾在日记中提到:"拱辰(杨向奎)告我,渠得张苑峰信,知向英庚款请求补助事不成矣。盖历史部分,立武本交孟真(傅斯年)看,孟真将拱辰之卷分与济之,济之以其不在考古范围内去之。孟真借刀杀人,

1 葛剑雄:《悠悠长水——谭其骧前传》,华东师范大学出版社1997年版,第82页。
2 同上书,第35页。
3 《杨向奎学述》,浙江人民出版社2000年版,第11页。
4 杨向奎:《回忆顾颉刚老师》,《顾颉刚先生学行录》,第210页。

其术如此。而究其根，只因拱辰和我合作《三皇考》耳。"[1] 我怀疑这件事才是他决定"另做打算"的真正原因。

童书业的情况就完全相反。童书业虽然是史学奇才，旧学修养在谭其骧、杨向奎等人之上，但自小为家庭所害，拒绝新式教育，连初中文凭都没有。离开了顾颉刚的奖掖，他即便再发愤积学，操觚不懈，也很难在学术界出人头地。许多人说，童书业是天生的"读书种子"，心思单纯，不懂得人情世故，"直至离开人间，对社会、对人的了解仍如赤子一般"[2]。其实也不尽然。抗战期间，他回家乡安徽枞阳避难时，曾写过一篇《记赵肖普君》，将赵肖普与北宋诗人梅尧臣相比，认为两人的不幸都是由于"处世之道未尽"，以倨傲不逊之性，"深嫉已达之士"。其中特别谈到，"当世重学校之士，而肖普（以幼贫失学）未尝出身于学校；当世重资历，而肖普出身佣书，其不为人所重视也固宜。肖普疾人之轻之也，乃益轻人"，"终致抑郁困穷，为世所弃"。[3] 可见他对人情世故，也有自己的领会和理解。

因此，他自与顾颉刚结识后，便懂得这份关系的重要性，在《东南日报》上发表文章，称顾颉刚是"极诚恳朴实的学者"，自己愿意做他的"一个私淑弟子"。据说他在认识顾颉刚之前，还动过一番心机，他的绘画老师王季欢给他出个主意，要他注意顾颉刚的文章，顾颉刚发表一篇，他就反驳一篇，以引起顾颉刚的注意。童先生的女儿童教英在给父亲写传时，否认有这件事，称"这纯然是空穴来风之言"[4]，而即便有，也是可以理解的。

1935年6月，童书业离开杭州，随顾颉刚到北京后，因为没有学历，只能做顾颉刚的"私人助理"，由顾颉刚个人每月提供数十元的生活费。据说顾颉刚邀他到北京，是请他帮自己编《尚书学论文集》的。但是童书业

1　《顾颉刚日记》（四），台湾联经出版事业股份公司2007年版，第364页。

2　王学典：《顾颉刚和他的弟子们》，中华书局2011年版，第152页。

3　《童书业论著集外集》，中华书局2010年版，第40页。

4　童教英：《从炼狱中升华——我的父亲童书业》，华东师范大学出版社2001年版，第34页。

到北京后，除了按计划编《尚书通检》外，还帮顾颉刚做了大量其他工作。包括帮顾颉刚搜集、考订春秋史史料，编写其在北大、燕大两校的《春秋史讲义》，编辑《禹贡》杂志，搜集和起草《中国疆域沿革史》等等。他还与顾颉刚合作写了大量考据文章，如《禅让传说起于墨家考》《墨子姓氏辨》《夏史三论》《有仍国考》《汉以前人的世界观与域外交通的故事》《董仲舒思想中的墨教成分》，等等。

而且这些合著的文章，有些固然可以说是合著，但主要是他独自完成的。例如《夏史三论》，顾颉刚的初稿《启与太康》只有几千字，史料和观点都不充分，经过他的整理和扩充，在《史学年报》上发表时已成为四万字的长文。他曾经告诉夏承焘，他为了证明《左传》《史记》有关少康中兴的记载，都是后人伪造的，"东汉以前，无记少康中兴之事者"，"曾遍翻东汉以前书籍，方敢下此断言"[1]。故文章发表后，便在史学界引起强烈反响。他替顾颉刚编写的《春秋史讲义》，后来也经顾颉刚同意，定名为《春秋史》，以他个人的名义在上海开明书店出版，可谓"实至名归"。吕思勉在《春秋史》的序言中，对这部书做了极高的评价："以予所见，言春秋者，考索之精，去取之慎，盖未有逾于此书者矣。"

进一步说，从以上两个例子，还可以看出顾、童两人学术风格的不同。顾先生由于早年就读北大，感受时代风气较早，对传统形成了怀疑的态度，在学术上善于发现问题，推翻成说，但是因为他发现的问题太多，贪多务得，也留下许多有待解决的问题，容易受人质疑。"禹是一条虫"就是典型的例子。而童先生由于长期浸淫古籍，专心致力于传统经典，加以记忆力超常到惊世骇俗，不仅十三经大部都能背诵，甚至某字在某书中出现几次，都能准确指出，因此，在史料的分析、对比上，也更加细致、精审，可以补充老师的不足。

---

1 《夏承焘集》第五册，浙江古籍出版社 2005 年版，第 477 页。

　　以上还是我粗略的统计，遗漏下来的一定不少。如吕思勉在《春秋史》的序言里，便提到童书业在编《春秋史讲义》时，还据"金石刻辞及《诗》《书》《左》《国》中散见之文"，编写过一部《春秋考信录》，"与此编相辅而行"，后来在战乱中遗失了。客观地说，童书业自 1935 年 6 月来京，到 1937 年 9 月南归，做顾颉刚的"私人助理"只有两年，他在短短两年做这么多的事，每月只拿数十元的生活费，实在少了一点，恐怕还不如做"书佣"，换了别人早就怨声载道了。赵肖普说，谭其骧在编《禹贡》杂志时，便经常抱怨得不偿失，说顾颉刚用人，喜欢"将少数之钱分于多数人"，"常使人处于吃不饱饿不死之地"[1]。

　　而童书业尽管付出得更多，却没有一句怨言。反而在顾颉刚的研究领域，围绕顾颉刚提出的问题，在《浙江图书馆馆刊》《文澜学报》《考古社刊》《禹贡》以及天津《益世报》《大公报》上，以个人名义发表多篇文章。计有《丹朱商君的来源》《丹朱与灌兜》《帝尧陶唐氏名号溯源》《墨翟为印度人说正谬考案》《三统说的演变按语》《"尧舜禅让"说起源的另一猜测》《评卫聚贤古史研究第二辑》《道家出于儒家颜回说评议》《许行为墨子再传弟子说质疑》《李泰棻著尧典纠谬》等，继续帮顾颉刚扩大学术影响。顾颉刚晚年的读书笔记中，记有一件童书业给他的信，说："生过去著述上最大之成绩，实为绘画史之考证。古史之著述不过补订我师之学说而已。"这足以说明两人的关系。

　　因此，顾颉刚对他的工作，也是极为满意的，曾在日记中说："《九州之戎与戎禹》一文，自 5 月 7 日始草，至 26 日草毕，历 20 天，得万余言。《春秋时代的县》一文，自 5 月 29 日始草，至今日毕，历 11 天，得二万余言。后一文比前一天做得快而且多，以大部分材料已由丕绳（童书业）代为搜集之故。在我现在的生活中，居然能在一个月作出两篇长文，可谓奇

1　《顾颉刚书信集》（卷三），中华书局 2013 年版，第 203 页。

迹。"[1]顾颉刚还在许多场合说,《春秋时代的县》是他最得意的文章之一。他在这段时间,还经常将自己的文章请童书业作序或跋,如《三皇考序》《潜夫论中的五德系统跋》《九州之戎与戎禹跋》等等,以帮助童书业树立在史学界的地位。

两人的这种关系,在分手后也没有改变。从顾颉刚的日记中看,抗战期间,他由于从事的社会工作太多,将"立功"置于"立言"之上,在社会上过于活跃,曾引起过许多人的误解。有些人对他长期心怀忮刻,这时更是借机落井下石,飞短流长,将他称作"卫聚贤一流"。使"古史辨派"的学术地位经常被人歪曲、误解,由"毁誉参半"变成了"毁多誉少"。当时他身边的门生弟子,很少有人理解他的苦衷,不仅不敢站出来替他辩护,反而觉得自己受了连累,纷纷写信指责他的不当。杨向奎、赵肖普便都给他写过长信,对他"致力实用之学,于纯学术不甚关心",表示"颇不以为然"[2]。

赵肖普还在信里暗示,他今天的"食稻衣锦""席丰履厚",都是靠欺世盗名换来的。实际的成绩功业,远不如傅斯年、冯友兰和钱穆,这是做学生的最觉得丢脸、也"最难于对答人问的事"。故"吾师今日,名已极盛,位亦极尊,人人想见实在可副此盛名高位之成绩,而不幸吾师仍在以虚应之,致在在失人所望。……盖吾师虚名虚势已足,若仍宣传号召,不以实示人而以名示人,则必将为侪辈所嫉忌,识者所鄙笑。况今日之时代亦大非昔年之时代,征实者日多,听其言即观其行,如不符焉,斯不服矣"[3]。话说得如此刻薄,很让人怀疑他写信的用意。

所以顾颉刚给两人的回信,话也说得非常痛彻,谓:"刚之所求,整理国故、普及教育二事而已。而十余年来,所业断续不常,旋转于泥泞之中,

1 《顾颉刚日记》(三),第652页。
2 《顾颉刚书信集》卷三,第109页。
3 同上书,第204页。

推其故，实由于私人之经济力不充，而又不欲曳居侯门，受人侮辱，又不能突梯滑稽，博人欢爱。性既耿介，事业心又弥强，以是坎坷。今欲求剥极之复，惟有改途易辙，凭此虚名与实学向社会换钱，以所得之钱达自己多年的愿望。故刚入商界者手段也，作文化事业者目的也。……总之，十余年来，我志趣未变，我工作计划亦未变，所变者惟有经济观念，以前不觉此问题之重要，今则觉其太重要耳。"他还很负气地说，一旦经济问题得到解决，以后宁愿放弃教职，"必当偏重编辑工作"，以"一书之出，读者万千，较之按时上课，日对数十学生者，其效力自宏耳"[1]。有人说这是他误解了学生的好意，话也许不错，但首先是学生误解了老师。

当时童书业远在上海"孤岛"，也许同样不能体会他的意愿，理解他的苦衷，但是每次听到这些飞短流长，都会站出来申辩，为自己的老师辩护。他还与开明出版社联系，编辑《古史辨》第七册，扩大"古史辨派"的学术地位，使"《古史辨》在上海大出风头"[2]。这也让顾颉刚感到很意外。他本来计划能将《古史辨》编到20册，由于抗战爆发后，民族情绪高涨，"在重庆气氛中，则以疑古为戒"[3]，不得不放弃了。现在《古史辨》能在上海出版，他自然感到快慰，故于日记中说："得丕绳来书，知《古史辨》在上海销路甚好，开明书店嘱其编第七册……并谓今年内即可出版。此日此时，此种书居然能销，大出意外"，相信"彼日又可大张旗鼓矣"[4]。他后来在《古史辨》再版序言中也对第七册评价很高，说"这一册的文章讨论最细，内容也最充实，是十余年来对古史传说批判的一个大结集"。认为第七册与第一册，是《古史辨》各册中最有价值的两编。

当然，童书业有时候一时情急，顾虑不周，也会给顾颉刚带来一些麻

---

1 《顾颉刚书信集》卷三，第112页。

2 《顾颉刚日记》（五），第179页。

3 同上。

4 《顾颉刚日记》（四），第204页。

烦。例如 1940 年 2 月，汪馥泉在上海创办《学术月刊》，他不知道汪馥泉
背景复杂，从《春秋史讲义》中抽出一章，以顾颉刚的名义发表在《学术
月刊》上，令顾颉刚被人诬指为汉奸。顾颉刚曾在日记中说："昨锡永告我，
谓渠在渝遇见卫聚贤，卫谓我与童书业已投降伪组织。归告履安，曰：
'然，卫某在沪宣传汝已得伪组织五万元！'呜呼，卫之造谣一至此乎！"[1]
他只好在重庆发表声明，说明他未曾向《学术月刊》投稿，月刊上文章是
别人未经他同意，从旧讲义中摘送出去的。

还有一件事，也很让顾颉刚为难。早在 1937 年 6 月，童书业曾在《文
澜学报》上发表文章，批评卫聚贤的《古史研究》第二辑讨论古史"谬解
古书""穿凿附会""妄事臆测"，致与卫聚贤结怨。卫聚贤因此气急败坏，
到处造谣生事，诋毁童书业和顾颉刚。1940 年 8 月，童书业在上海遇见卫
聚贤的学生金祖，两人发生口角。金祖遂向老师告状，将童书业"种种刺
耳之言函告卫氏"。卫聚贤又在给孙次舟的信里，大骂童、顾两人。孙次
舟将信拿给顾颉刚看，顾颉刚只好向孙次舟解释，说自己"对于私人打架
不感兴趣"，"愿以小孩胡闹视之"。然后在日记中说："丕绳总是为我树敌，
可恨。"[2]

不过他笔上说"可恨"，实际并不怪罪童书业，两人在之后的年月里，
仍然一如既往，"学问之切榷从未间断"[3]。抗战胜利后，他一到上海，便托
付童书业一项庞大的计划，编写《中国通史》。据黄永年说，当时顾颉刚计
划编写的《中国通史》，分三个层次，"高层次的是专门著作，中的供大中
学生阅读，低的则更要通俗"。他交童书业首先编写的，是中等层次的一
编。他为了解决童书业一家的生活困难，还请童太太带三个女儿搬去苏州，
住在自己的家里，每月给童家二十万元。1946 年 5 月，他得知童书业不幸，

1 《顾颉刚日记》（四），第 349 页。
2 同上书，第 421 页。
3 童教英：《从炼狱中升华——我的父亲童书业》，第 52 页。

患上了强迫性观念症，难以再帮自己完成计划，感到非常失望。曾在日记中说："丕绳精神有病，常疑心其稿子将被人盗窃，虽理智知其不然，而此念纠缠弥甚。予所提拔之人，若侃燮，则死矣。若逢原，则罹心脏病，一事不能为矣。今丕绳又如此，天之厄彼正所以厄吾也，怅甚怅甚！"[1]形同孔子知颜回死，说"天丧予！天丧予！"

他绝对不会想到，童书业遭此不幸后，竟然以绝大的毅力克制了这种顽症。据童教英先生说，她父亲当时的病况非常严重，"被层出不穷的怪念头折磨得极度衰弱，经常感到头晕、眼花，每分钟心跳一百多次，非常容易疲劳。最痛苦的是自知力很强，很清楚这些怪念头都是不合理的、不可能成为现实的，却又在行为上无法遏制"[2]。他后来经人介绍，认识了上海虹口医院精神病专家粟宗华，在粟宗华的指导下，利用各种方法顽强地控制自己。"如他怕梦游起来放火或剪掉文稿，睡觉时就故意放一把剪刀和火柴在枕边，不管怎么恐惧，不管怎么通宵难以入眠，都坚持不动，直到不再害怕，然后白天时也把剪刀和火柴放在手里，使自己相信自己不会精神错乱，不会放火、剪稿。"

他就是通过这种办法，经过半年的理疗，1947年初病情已经大有好转，不仅"几乎完全恢复了工作能力"，还根据自己的病历，在《西风》和《大中华》杂志上，发表了《钻出怪病的樊笼》《下意识与精神病》《不要怕你的病》等多篇文章，指导其他病人摆脱痛苦。他还应中华书局编辑所长舒新城的邀请，写了《精神病与心理卫生》一书，1949年初由中华书局出版。

顾颉刚更不可能想到，1949年以后，童书业一个"精神病患者"，比他更能够适应新旧社会的变化，在思想上走在了他的前面，简直像换了一个人。1949年8月，童书业经杨向奎推荐，被聘为山东大学历史系教授、历

---

1 《顾颉刚日记》（五），第656页。
2 童教英：《从炼狱中升华——我的父亲童书业》，第129页。

史研究所研究员。同年9月，他到山东大学后，很快就适应了学校的教学环境，开设了许多他过去从未接触的课程。据他自己说，他在山大开设过二十多门课，其中包括《辩证唯物主义与历史唯物主义》《马列主义名著选》《中国社会发展史》《中国近代史》《五四运动史》《中国农民战争史》《古代东方史》《美学》等等。山东大学的校史档案里，还保留着当时学校对他教学工作的评价："在教学和研究工作上很认真，讲课也有系统，敢于大胆分析，提出自己的见解，有说服力，是为同学所欢迎的教授。自己也肯钻研，是历史教学中的骨干力量。"

他在政治运动中表现得也很出色。他到山东大学不久，随之而来的就是知识分子思想改造运动。思想改造运动始于1951年冬，是旧时代的知识分子进入新社会后遇到的第一道难关。思想改造的主要内容，一是交代自己的历史，二是检查自己的思想根源，俗称"脱裤子"；知识分子嫌其不雅，喜欢称作"洗澡"。他这一关虽然过得也不容易，"在运动中作过九次思想批判，自己反复斗争，才写出了较为接触思想的思想小结"[1]，但还是顺利过关了。他的好友赵俪生送给他的评语是："已站稳人民立场。"[2]因此运动还没有结束，他便被聘为历史系副主任、文学院学术委员会委员；1953年2月，又被聘为《文史哲》杂志编委会委员。后来还进入校一级机构，任校务委员会的委员。

当时还在上海的顾颉刚，也注意到了他的思想变化。1951年2月，在读书笔记中，记有他谈"中国社会发展史"的来信，评论说："丕绳心志不纷，历史知识已极丰富，近年又得史观理法，一经贯穿，遂能道人所不能道，使人昭若发蒙，如此，洵乎才不可离学也。"于是从1951年开始，两人的关系便颠倒过来，经常需要学生给老师"发蒙"，帮助老师改造落后思

1　童教英：《从炼狱中升华——我的父亲童书业》，第183页。
2　王学典：《顾颉刚和他的弟子们》，第200页。

想，适应时代的变化。

从《顾颉刚日记》中看，他在解放后的最初几年，对社会变化很不适应，经常在日记中发表不满，谓共产党干部"每盛气凌人，一副晚爷面目，自居于征服者而迫人为被征服者"[1]。在思想改造运动中，他更无所适从，觉得"思想而能改造，简直是一件不能想象的奇事"。一再大发牢骚，说："三反之时，不贪污不如贪污，思想改造时则不反动不如反动，以贪污反动者有言可讲，有事可举，而不贪污不反动者人且以为不真诚也。好人难做，不意新民主主义时代亦然，可叹矣！"[2]童书业知道他在运动中难以过关，便将自己的"思想改造提纲"寄来，帮助他端正认识，克服抵触情绪。他也接受了学生的好意，"抄丕绳寄予思想提纲入册"。1953 年 2 月，童书业出差到上海，还多次与他长谈，为他指出思想上的错误，说他"待人接物为封建主义的，学术思想为资本主义的"，要他"治马列主义与世界史"[3]。顾颉刚调往北京后，1955 年 3 月，童书业去北京出差时，也多次与顾颉刚长谈。据童教英的了解，"此时的长谈"可能也是"对顾颉刚一些对现实的不解做些解析，希望帮顾颉刚适应现实"[4]。所以每一次的长谈都对顾颉刚触动很大，他于谈话后总要"服药眠"[5]。

两人这种"师生关系"的变化，是完全可以理解的。从上面可以知道，童书业早年不幸，长期处于社会下层。后来虽然有了顾颉刚的拔擢，而因为没有学历，只能做顾颉刚的"私人助理"。即便他发表了大量文章，在史学上取得重要成就，仍然没有得到公正的待遇，找不到一个稳定的教职，"在乱世中颠沛流离，过着坎坷困苦的生活"；一家人能活下来，经常要靠"节衣缩食"这四个字。据顾颉刚说，1947 年初，他应辛树帜之邀去兰州

---

1 《顾颉刚日记》（七），第 253 页。

2 同上书，第 254 页。

3 同上书，第 346、347 页。

4 童教英：《从炼狱中升华——我的父亲童书业》，第 189 页。

5 《顾颉刚日记》（七），第 668 页。

大学任教时，本想请童书业代理他在复旦大学的教职，结果被校方拒绝了，"他们表示不要"。顾颉刚怀疑校方拒绝的原因，是周谷城、周予同等人出于同党自卫，怕他有了童书业的帮助，在复旦植根太深，"势力在上海扩大"[1]。实际未必，恐怕真正原因还是童书业的"文凭问题"。反倒是新政权建立后，童书业终于当上大学教授，得到了过去靠个人努力无法获得的待遇。这种脱胎换骨的改变，自然让他对新政权抱有好感，相信"国内知道童书业的名字，是党的栽培，万分感激，欠党的东西太多了"[2]。在迈向新社会的道路上，走到了顾颉刚的前面。

1962 年 11 月，山东大学党组织在给童书业做鉴定中，也对这一点做了正确的结论，说："童出身官僚地主家庭，在旧社会时一心埋头故纸堆中，只想如何成为学者，不问政治。由于独立谋生，各处流荡，没有较长时间的固定职业，生活清苦，因此适应环境的思想非常浓厚。反动政权当权时他反对共产党，当党的力量强大时随着形势的变化对党的态度就逐渐好转。解放前在光华大学时曾讲过辩证唯物主义……解放后对党的政策表示拥护，思想改造中进行了自我批判，能积极专研马列主义"，还将他的政治态度，划定为"中左"，这是当时党组织给予知识分子的高度信任。

当然，由于对社会变化的感受不同，两人在思想上的距离，也给彼此间的关系带来一些波澜。童书业在思想改造运动中，发表过一系列自我批判的文章，其中影响最大的，是他为了划清与顾颉刚的界限，在 1952 年《文史哲》第二期上发表的《"古史辨派"的阶级本质》一文。他在文章一开头便说：

> 现在已是全国解放后的第三年了……解放以后，我曾好几次在学

1　《致张静秋》，《顾颉刚书信集》卷五，第 45 页。
2　童教英：《从炼狱中升华——我的父亲童书业》，第 255 页。

习讨论会上和报纸上批判了自己的反动思想和错误思想。但所批判的几乎只限于我自己的东西，不曾对我过去所隶属的学派……疑古学派的史学作过整个的检讨，这篇文字就是试想从根源上批判疑古派的史学，以消除史学上资产阶级思想的重要一环。

接着，他便对"古史辨派"的阶级本质，做出了根本性的结论，说："所谓'疑古派史学'是美国实验主义传到中国后的产物，它的首创者是五四时代资产阶级的代言人、当前的战犯胡适。"这便从根本上否定了"古史辨派"的地位，将"古史辨派"定性为反动学术流派，具有最卑鄙的两面手法，"真实意图是右面抵抗封建主义，而左面抵抗无产阶级"。据赵俪生介绍，童书业后来在肃反运动中为了过关，还给党组织写了一份《童书业供状》，"说的是有一个受美国情报局指挥的，隐藏在大陆很久、很深的，以研究历史、地理、绘制地图为幌的反革命集团，其最高首脑是顾颉刚。各地分设代理人，上海代理人是杨宽，山东代理人是王仲荦，东北代理人是林志纯，底下还有一句'我和赵俪生也是成员'"[1]。

可以想见在当时的政治环境下，这件事可能会产生什么后果。好在省委宣传部长夏征农在青岛采取了"有反必肃，有错必纠"的原则，这件事才没有造成严重的后果。但是他为了自己过关，就编造这么大的谎言，陷害自己的老师、朋友，即便在当时也不理于人口，引起过很多人的反感，认为"一个人的思想固可变，但不能变得太快，亦不能变成极端之不同，否则便是作伪矣"[2]。甚至连学校"肃反工作领导小组"的成员，也对他的表现不以为然。赵俪生说，他为了这件事，曾与孙思白"多次展开激烈的争论"；孙思白说赵俪生答应童书业的恳求，去校组织部"替童要求将《供

---

1 《赵俪生高昭一夫妇回忆录》，山西人民出版社 2010 年版，第 174 页。
2 《致王树民》，《顾颉刚书信集》卷三，第 391 页。

状》焚毁的事，是一件严重无原则的行为，因为这份文件需要永远保存下来，作为童书业不惜陷害自己老师好友的品质问题的铁证"[1]。

但是从这两个例子也可以发现，随着政治运动的加剧，形势一再重演，他的表现越来越极端，也越来越反常，说明他的强迫观念症又复发了。赵俪生说，童书业平生有"六怕"，开始最怕的是失业，后来最怕的就是政治运动。"每当运动前奏，'先吹吹风'的会开过之后，第二天童的脸马上就像烟灰一样的颜色。"[2]所以肃反运动结束后，他精神也崩溃了。据童教英说，她父亲这次旧病复发，症状与上一次不同，"是以一种缓慢的、渐进的形式发展的。'反革命分子'这五个字如蛆附骨般深印在他脑海中，时时刺激他出现一些强迫观念症状"[3]。

这也让他格外痛苦，分不清自己什么时候是正常，什么时候是病态。有时"明知自己思想接近发疯，而不能控制"。他发觉情况不妙，又给从前的医生粟宗华写信，希望粟医生给他出一份证明，证实他的反常行为、他的"明知自己想法荒唐而自己不能克制，是强迫性精神病的特征"[4]。在肃反运动后期，他感觉最痛苦的时候，还给校领导写过《请求书》，说你们不要再逼我了，"再逼我，我受不了，会乱说的"。希望"领导立刻把我管制起来，因为这样做，不但对人民有利，可以免除许多防卫手续，就是对我自己说，也非常好。因为我这几天神经已经紧张到不可支持的地步，吃烟怕走火，烧饭怕失火，一举一动，都怕再造成罪行，这样继续下去，一定要精神错乱的"。

也许正因为他弄不清自己是正常的，还是病态的，他在政治运动中的表现没有改变他对顾颉刚的私人感情。每次政治运动过后，他还是像过去

---

1 《赵俪生高昭一夫妇回忆录》，第174页。

2 同上。

3 童教英：《从炼狱中升华——我的父亲童书业》，第214页。

4 王学典：《顾颉刚和他的弟子们》，第194页。

一样，每次去北京出差，都去看望自己的老师。而以顾颉刚待人之宽厚，也很快就原谅了他，将他"背叛师门"、陷害自己的行为，看作应付政治运动的被迫之举，"以彼辈与《古史辨》之关系太深，故不得不做过情之打击"[1]。反而"以其平和的性情及对人事的洞察"，劝童书业在政治运动中要想得开，放得下，进而"与丕绳夫人共劝丕绳息事"[2]，似乎师生关系又颠倒过来。童书业每次来看他，他更是热情款待，陪童书业吃饭、品茗、见客、逛书店。他甚至很痛惜山大不懂得爱惜人才，没有照顾好童书业，令他身体见坏，"背愈弯，咳亦愈甚"。1961年12月，童书业到北京查阅资料，因为事先没有安排好，一时找不到住处，让顾颉刚非常气愤。在日记中说："丕绳研究瓷器史，自山东大学来京搜集资料，有助教徐鸿修同行，而不先接洽住处，径投历史研究所，以为必可宿，至则三位所长皆在高级党校学习，连杨向奎亦去，无人为之觅居地，大窘，只得到八楼与山东旧同学同榻。丕绳固不解事，山大当局乃亦不解事乎？"[3]

所以历史研究所的人都记得，他们每隔几年，就会接到北京站派出所的电话，"说他们正在询问一个形迹可疑的人，他没有证件，自称是教书的，认识你们所里的许多人"。然后过不多久，就会发现童书业戴一顶蓝布棉帽，穿一件颜色深一块、浅一块的棉袄，腰上系一条带子不像带子、绳子不像绳子的物件，脚上穿一双破旧的蓝布胶鞋，挟着皱巴巴的黄色书包、带着"似笑非笑的表情"，出现在办公室门口。再由历史所派人，在街道积极分子的监视下，送到顾家。[4]

1957年7月，顾颉刚因为身体不好，去青岛疗养了近半年时间。当时虽然正值"反右"运动的高潮，外传顾颉刚也被打成"右派"，两人还是不

1 《致王树民》，《顾颉刚书信集》卷三，第391页。
2 童教英：《从炼狱中升华——我的父亲童书业》，第193页。
3 《顾颉刚日记》（九），第370页。
4 胡一雅：《润物细无声》，《顾颉刚先生学行录》，第379页。

受政治干扰,多次倾心长谈。顾颉刚日记里,记叙过两人在中秋节的谈话:

> 中秋夜,丕绳与予谈,谓湖帆之画能融合四王、宋元,又加以创
> 造,故能独步一时。然聪明有余,功力尚不足,以其未经科班出身也。
> 予因谓草桥中学出三人,湖帆之画,圣陶之文学,予之史学,皆是聪
> 明逾于功力者,以清末民初,群不悦学,我辈皆由自己摸索而来,未
> 得名师传授也。故圣陶之诗,富于天趣而溢出绳墨。予亦自知根柢始
> 终未打好。丕绳云:"现在人做历史研究文字,大都经不起覆案,一覆
> 便不是这回事。其经得起覆案者只五人:先生、吕诚之、陈寅恪、杨宽、
> 张政烺也。然吕先生有时只凭记忆,因以致误。陈先生集材,大抵只
> 凭主要部分而忽其余,如正史中,只从《志》中搜集制度材料,而忘
> 记《列传》中尚有许多零星材料,先生亦然,不能将细微材料搜罗尽
> 净,以是结论有不正确者。杨宽所做,巨细无遗矣,而结论却下得粗。
> 其无病者,仅张政烺一人而已。"闻此心折。予之文字太快,故有此病,
> 不若苑峰之谨慎与细致。[1]

以我所知所见,像这样真诚、坦率的谈话,在学术界是极少听到的。
只有在最纯洁的师生、朋友间,才能如此披沥相示,促膝相谈。这也使顾
颉刚有了"白帝托孤"的想法。1965 年 11 月,他以病情加重,"肠疾、脑疾,
两症俱发",在入院做手术之前,为了安排后事,写信给童书业,内中说:
"我不幸,自 1963 年发现便血症后,医生查不出病因,……十月此病又发,
因即住入北京医院,定于明日动手术。如能治愈,则学术工作尚可延长若
干年,否则只有瞑目以待尽矣。我自少年来,治学既有目标,分当有所成
就。不幸五四运动以后,写作较多,声闻过情,骤获大名,衣食之不乏赖

---

1 《顾颉刚日记》(八),第 316 页。

此，而人事之牵缠，毁誉之交加亦由于此，四十年来，能安定治学者殆无几时。倘使病不能愈，真当衔恨入地。平生积稿，只有赖诸位至交为作整理。您为最知我者，所负责任亦最重也。"

想不到寿夭之事不可测，顾颉刚手术后病情好转，身体又恢复了健康。而两年之后，1968 年元月，童书业却先于他去世了。顾颉刚得知童书业病逝，十分悲痛，曾在给辛树帜的信中说："近得蜀中来信，知文通、中舒两君先后去世，此皆为笃学有卓见者，而竟不寿。童君书业，年仅六十，而遽逝于先，为国惜才，怅恨何极。"[1]总结顾、童两人的一生，实在有许多令人感慨之处，绝不是一篇文章所能道尽的。2003 年，赵俪生先生在顾颉刚百年学术讨论会上说："顾先生一个重要功德，就是在生活上资助了很多后辈学者，如童书业。只有顾先生这样功德伟大的人，才能欣赏童书业这样的天才。"[2]这话说得真好。能说出这样话的人，应该既是顾先生的知己，也是童先生的知己。

2014.2.14

1 《致辛树帜》,《顾颉刚书信集》卷三，第 297 页。
2 《顾颉刚先生学行录》，第 462 页。

夏承焘与任铭善

近代以来的中国，始终处于急剧变化的时代。而每一次社会变革，都改变了许多人的命运，既造就了许多英雄，也埋没了许多人才，使一代学人从此凋落。任铭善即是其中之一。任铭善字心叔，江苏如皋人，是夏承焘最得意的弟子。1935年他于之江大学毕业后，先后在之江、浙江两所大学任教。1949年以前，已经是浙江大学国文系的知名教授，被马叙伦称为"经学江南第一"。他生前发表的著述不多，死后陆续被整理出版，有《礼记目录后案》《汉语音史要略》《古汉语通论》《无受堂文存》等。除此之外，《夏承焘学词日记》中还录有他的许多谈片，都是他平时留下的学术心得，不妨抄录几条以见一斑：

> 夕听心叔谈等韵之学，谓清人为汉学者不屑治宋人之学，故钱大昕、戴震皆不明等韵，惟江慎修好宋学，故能知此学。近代黄季刚一生治声韵，亦于此曚然。又谓语言文法，皆愈进步愈简约，北方方言简于南土，由南土进化较慢。竹汀谓古无轻唇音，实是误说。其所举古无轻唇音之例证，亦可为古无重唇之例证，实则古有重唇，亦有轻唇也。

> 心叔过谈，谓汉人治经，各经各法，如为《诗经》作训诂，为《尚

书》作章句，为《易》作微，从无为《诗》作章句，为《书》作微者。康成治三《礼》，于《周礼》用集解体，《仪礼》用□□体，《礼记》则兼用两者。至清人高邮王氏以降，则治经、治子、治史，皆有一法。除寻章摘句，别无功夫。

夕心叔来谈杜甫之创作力，能以乐府民歌入诗，以赋散文入诗，以古诗风格入近体，以近体律令入古体，又以大境界大议论入诗，后来东坡词或受此影响。后人如义山、山谷，皆以杜为出发点再出发。又谓《说文》中如邦、彻、秀诸上讳字，其解说在封、澈、秃上，全书帝讳例皆如此，此前人未尝言者。

类似这样的散金碎玉，《夏承焘学词日记》中还有不少。从这些片段中既可以看出任铭善的学识，也可以发现两人在学术上的无私，已经达到"知无不言，言无不尽"的境界。而夏承焘之对任铭善，也从来不以老师自居。早在 1938 年 7 月，他便在给任铭善的父亲任雨楼的诗中说："自我识心叔，平生兼师友。段王承绝学，邹夹辨前疑。有子翁何福，过庭教可知。"[1]这绝不是他一时的谦词。夏承焘日记中的一段，可以作为佐证。"午后听心叔讲演古代数之观念，引征繁博，极可钦佩。有此良朋，足慰平生。"[2]潘希珍在《卅十年点滴念师恩》里，也提到她在之江大学读书时，便知道夏师"非常钦佩心叔师治学之严谨，自谦不如他"。曾在给她的信里说："汝之不及无闻，犹我之不及心叔。"[3]

而且两人的关系不止于此。1944 年 4 月，夏承焘在总理纪念周上演讲"意

1　夏承焘《天风阁学词日记》二，浙江古籍出版社 1992 年版，第 34 页。

2　同上书，第 619 页。

3　《夏承焘教授纪念集》，中国文联出版公司 1988 年版，第 162 页。无闻指吴无闻，潘希珍的同学，后与夏承焘结婚。

义与趣味","大意谓：小事当知意义，大事当求趣味，不愿做之事则知义，又须感味"。学生听得心领神会，"时时哄堂"。任铭善却很不以为然，认为为人师表，主持风教者，不应该"谐语太多，戏谑不择人地"，让他很觉得惭愧。在几天后的日记中说，"前旬以心叔一语，至今戒对学生有谐谑语……予兄弟中，未有如予轻肆者，当勉作庄重"[1]。可见他对任铭善，不仅是以"师友"相待，甚至看作"畏友"。以后也屡以"畏友"称之，谓"心叔真畏友也"[2]。

只是两人虽然以"师友"相待，性格却相去甚远，甚或截然不同。夏承焘性情通达，为人脱略不羁，不喜与人争执，处世"但求周圆，不触其要害"，被称为"永嘉先生八面锋"[3]。而任铭善却"性情褊狭，辞气太厉，主观性太强"[4]，既严于律己，也严以责人，平时锋芒毕露，令人难以向近。据说1952年院系调整后，他担任浙江省师范学院的副教务长时，每次去课堂上旁听，听到讲解有误，便当堂站起来纠正，令讲课的人下不了台。他解释说，"对小人要宽，对君子要严"，但是看在外人眼里，像这样"面责人过"总是不近人情。

两人因为性格不同，在后来的政治环境中命运也不尽相同。从《夏承焘学词日记》中看，在建国初期，浙大校领导对任铭善很器重，校长马寅初、教育部长马叙伦都希望他当中文系主任。但是他性格上的弱点也开始暴露出来。与郑奠、陈学昭"意见不合，起很多是非"，"刘操南对彼尤怨恨"。令夏承焘慨叹："心叔干才学问诚可爱佩，而性情褊狭，多口舌是非，是其一大病痛。"[5]因此，马寅初离开浙大，调往北大后，代校长王劲夫便认为任铭善"锋芒太露"，不适合做中文系主任。任铭善为了争一时的意气，提出离开浙大，重回之江大学任教。

---

1 《夏承焘教授纪念集》，第555页。

2 同上书，第643页。

3 《夏承焘集》第7册，浙江古籍出版社1997年版，第275页。

4 同上书，第170页。

5 同上书，第106页。

可以想见，以他这种性格，很难在后来的政治环境下生存。从《夏承
焘学词日记》中看，他在每一次的政治运动中，几乎都要面对过去留下的
积怨，处境非常困难。"三反"运动一开始，他在大会上做完检查，就成为
中文系的众矢之的，"共同意见为自高自大，脱离群众，轻作批评，战斗性
强于团结性等等"[1]。这些意见有些可能出于善意，有些则是出于私愤，发泄
平时对他的不满。例如刘操南便情绪激动，说自己当年升讲师时，"被其打
击，时思自杀，旋晕倒在地，载往广济医院，医院不肯收"，几乎面临生命
危险。[2] 即便是系主任王西彦，"谓与心叔私交甚好"，"也甚不满其个人英
雄主义，好打击别人，抬高自己"[3]。因此他的情绪"颇为波动"，"谓各小组
意见，对彼三分之一是诬词"[4]。

进入"思想改造"阶段后，他的处境更加不好。在全系师生大会上连
续做四次"思想检查"，每次都"历时两小时"以上，交代自己"与之江关
系，与民主党派关系，末谈社会关系"[5]，仍然无法过关。其中一次，会议从
上午开始，"各同事提意见至六时未竟"，又决定"六点半先散会，明早续
开"。当天晚上，系主任王西彦特意去找夏承焘，"谓焦副院长以心叔工作
积极，而缺点亦多，今日各同志提意见甚尖锐，虑其体弱动气"，请夏承焘
出面"婉言相劝，稳定其心情，勿以批评尖锐闹情绪"[6]。他最后虽然勉强过
关了，却留下一条很长的尾巴，说他"不忠诚老实"，还有历史问题没有交
代清楚。[7]

1　《夏承焘集》第7册，第240页。
2　同上书，第204页。有关这件事，《竺可桢日记》中曾有记载，谓刘操南升讲师时，"以所交文章
涉及科学"，"任铭善（心叔）诸人大以刘为然。当国文系欲去张仲浦时，任、徐（声越）二君即反对，
谓必先去刘操南，卒之张仲浦、刘操南皆留学校，因之新聘教授发生困难"。
3　《夏承焘集》第7册，第309页。
4　同上书，第241页。
5　同上书，第273—280页。
6　同上书，第280页。
7　同上书，第279页。

而这"历史问题"到底指什么？始终不清不白。从后来揭出的检举材料看，他的"历史问题"应主要指他在浙大任教时，曾受过文学院长张其昀的器重。故 1948 年 5 月，浙大学生利用壁报发动学潮，要"张其昀引咎辞职，佘坤珊更应滚蛋"时，他为了支持张其昀，曾与徐震锷（声越）带头罢教，"以不上课函相示"[1]，表示要与张其昀同进退，有打击、破坏学生运动之嫌。但是校方从来没有把事情讲清楚，只谓"学校当局掌握的材料，不肯具体说，须心叔自觉检讨"。这也使他后来在"肃反"运动中，被怀疑为"历史反革命"。

夏承焘的情况则不是这样。他作为老一代知识分子，社会关系复杂，与不少清朝遗老、汉奸文人都有来往，在思想改造运动中，理应比任铭善面对的困难更大，遇到的问题更多。运动开始不久，他便被指出有"宗派主义"。首先给他提意见的是系主任王西彦。王西彦在互助小组会上，说他与任铭善、徐震锷、陆维钊住在浙大罗苑宿舍时，互相结为同党，"为中文系宗派核心"；因为"此宗派若无"，他在系里"断无此势力"。这让他完全没有想到。他过去也听说过，浙大中文系有"遵义派""龙泉派"，但一向不以为意，从不认为与自己有关。而现在"自问平生未尝有意排斥人，只有一味奖借人，周旋人，竟初不料名隶宗派"。熟悉当代史的人都知道，在历次政治运动中，宗派主义都是顶大帽子，虽然谈不上反革命，但是"三害"之一，同属于"非法活动"。所以他立刻备感压力，"归语内子，半生厌恶权势，自命清高，乃被人看作宗派核心，诚不自料"[2]。

而这还是小事，从他后来被揭出的问题看，无论是"作文颂扬施德福"[3]，还是上书请求释放龙榆生，帮钱仲联出书、找工作，说鲁迅的文章

---

1 《竺可桢全集》第 11 卷，上海科技教育出版社 2006 年版，第 112—115 页。

2 《夏承焘集》第七册，第 268 页。

3 1937 年至 1942 年，之江、沪江、东吴、圣约翰四所教会大学，在上海成立"联合大学"，施德福为联合大学校长。

也有知识错误,将《元史·郑德辉传》中的元裕误以为元遗山,都可能被
上纲上线,说他美化帝国主义、同情汉奸、打击新文化运动的旗手。但最
后都大事化小,小事化了,没有给他造成严重后果。他经过小组会后,只
在大组会上做了一次检查,就顺利过关了。结论是:"同意夏同志这个检
查,并希望依照努力方向,克服以往缺点,尤其是名士作风、宗派主义思
想、对帝国主义仇恨心不够这几点。"[1] 有些人还鼓励他今后"将乐观气氛带
到词中去","若能从词中钻出,以新观点治词,当有大成就"[2]。这已经不是
批评,而实近于表扬了。所以思想改造运动结束,王西彦被调往上海华东
师大后,他在系务会上被一致"推为代主任"。党委还主动来找他,动员他
入党,"谓对予注意已久,予如请求入党,可无问题,我们甚欢迎"[3]。

两人在同样的政治环境下,何以待遇不同,冷暖不同,说到底,都与
处理问题的态度有关。从夏承焘日记中看,早在新政权建立之前,他已经
对社会变化有了心理准备。国民党撤离台湾时,许多浙大教授都"担心时
局,营营不安",怕共产党来了以后"生活方式大变,上流人平日养尊处
优者,将甚感痛苦,家庭离析将为必然之势"[4],他的反应却很达观,认为
应"放大眼光,坚定心志,以接更新时代,断不可畏葸灰心,自斫丧其生
机"[5]。新政权建立后,他更是积极地接受新思想,理解新事物,在很短的时
间里,就读完了毛泽东的《实践论》和艾思奇的《辩证唯物主义和历史唯
物主义》。在土改运动中还两次要求参加工作队,去实践中锻炼自己,改造
自己,以"不负此千载一时的机会"[6]。因此,在"三反"运动之前,他已经
完成了初步的思想改造,相信"有批评与自我批评,做人治学皆比昔日容

1 《夏承焘集》第七册,第282页。

2 同上书,第242页。

3 同上书,第518页。

4 同上书,第20页。

5 同上书,第22页。

6 同上书,第197页。

易"[1]。对在政治运动中面临的问题，都能从正面看待。

他被揭发有宗派主义后，最初确有压力，在感情上难以接受，"谓予四人中，意见多参差，且多矛盾"，怎么会是宗派？但是很快就采取虚心态度，将这项罪名接受下来，认为"出于不知不觉者，其思想情况更可怕"；"旁观者分明是宗派，予等不自觉耳"。开始向同事征求意见，"问应如何克服此不良倾向"[2]。他的态度也立刻被人接受了。"操南谓多接近群众，有意见大家商量，勿限于小圈子。西彦谓遇实际问题，先为工作着想，勿为私情起念。"[3]他为了在运动中更好地改造自己，在大组会上做检查之前，还写好了"思想改造大纲"，请系主任王西彦和学生代表提意见。之后一连几天，根据系主任和学生代表的意见，反复修改大纲，将"旧时一念污邪，皆倾倒而出"[4]。他还几次在会上表示，"受诸同志批评甚感痛快"。如果十年前就有这样的运动，"予当不致偷堕如此"[5]。

而任铭善则完全相反。据夏承焘说，他在解放前还有抗拒思想，曾在诗中说："画梅如画松，貌同势不同。爱此岁后土，不受秦王封。"后来虽然主动要求去苏州革命大学学习，但以他一向的孤高耿介，对共产党和新政权恐怕也只有政治上的认同，而没有从思想上认同。这也使他在思想改造运动中对各方的批评很不服气，不是认为"三分之一是诬词"，就是认为"思想改造中，必欲以交代者为彻头彻尾之小人，此大偏差"[6]，将别人给他提的意见，说成是"人身攻击"，是"海外奇谈"[7]。因而不仅不能像夏承焘那样，将大事化小，反而将小事变成大事，使自己与周围的关系更加紧张，

---

1 《夏承焘集》第七册，第 131 页。

2 同上书，第 286 页。

3 同上书，第 287 页。

4 同上书，第 271 页。

5 同上书，第 275 页。

6 同上书，第 274 页。

7 同上书，第 279 页。

在政治运动中越陷越深。

这一点在运动过去后，看得很清楚。从夏承焘日记看，他在代理系主任期间，遇到的问题主要来自孙席珍，而这些问题又都与任铭善有关。在思想改造运动期间，孙席珍就几次指斥他"依傍心叔"，说他在任铭善与郑奠的矛盾上，不能采取公正立场，一味偏袒任铭善，"对心叔言必称舜尧"，对郑奠"挖苦刻薄，近于诟詈"[1]。现在孙席珍依旧抓住他不放，说他做了系主任，还是忘不了"依傍心叔"，任由任铭善"越俎代庖，干涉系务"[2]；"打击汪玉岑"、"报复王焕镳"。"谓以汪玉岑教苏联文学，只是糟蹋学生光阴，将贻害下一代云云。"[3]孙席珍还与汪玉岑去教务处大闹，谓"汪玉岑教学基本正确"，反倒是夏承焘"问题严重"[4]，指控他与任铭善的"宗派集团"，迟早会"发展为反革命集团"[5]。

以夏承焘对任铭善的了解，在这件事情上当然站在任铭善一边，斥责孙席珍袒护汪玉岑，彼此"互相标榜"，是一股"歪风"。但也不得不承认"心叔做事太犀利，太意气"[6]，不理解他何以有学问不做，热衷做行政事务，徒惹人怨，真是愚不可及。他为了解决矛盾，组织全系教师学习《矛盾论》，结果矛盾没有解决，反而进一步加深，任铭善与孙席珍在会上竟至"短兵相接，辩论甚剧"[7]。他只好将难题上交学校。而在学校为中文系召开的"团结会"上，王焕镳甚至"拍桌子"表示，自己与夏某人"无矛盾"，但平时"受心叔压迫"，不满其"跟心叔走"[8]，意谓只要任铭善做教务长，他就不能做系主任。"团结会"不能团结，他"为校务系务进行计"，只有"决向系

---

1 《夏承焘集》第七册，第275页。
2 同上书，第307页。
3 同上书，第331、340页。
4 同上书，第330页。
5 同上书，第469页。
6 同上书，第294页。
7 同上书，第307页。
8 同上书，第408页。

会及院长室提请辞职"[1]。

因此，思想改造运动后，每次政治运动一来，夏承焘都很担心任铭善，怕他人缘不好，树敌太多，在运动中又悻悻取怨，成为被"运动"的对象。1955年7月1日，"反胡风运动"刚刚开始，夏承焘看到《浙江日报》转载了一篇郑奠的文章，"记胡风浙大事"，便预感到"此事将牵涉心叔"。果然，7月7日，省委宣传部长杨源时来浙大做完"启发报告"后，任铭善在小组会上便被揪了出来，"对心叔提意见者颇多"，"午后合并三组互相批评，自始至终一二十人皆提心叔缺点"。而且事情还不止于此。校领导在老教师座谈会上表示，"此次运动意义之大，目前尚不能估计"。在接下来的"肃反"运动中，任铭善的问题又进一步升级，被怀疑有"反革命活动"，家里既遭公安机关搜查，自己也被隔离审查。

任铭善被隔离审查后，夏承焘也受到牵连。校领导和系主任先后找他"久谈"，说在任铭善问题上，大家对他都很谅解，不必"以心叔被搜，情绪波动"。但是"师生关系今昔不同"，"新旧社会交谊不同"，老师对待学生不能"只重其才之一面"，使"私人感情胜于阶级感情"。要他站稳阶级立场，主动揭发任铭善，"对反革命不可软心肠"。肃反委员会还派人调阅了他所藏的信件，查看是否有人向他"思想放毒"[2]。

这让他非常为难，以致"思心叔事，半夜即醒，不复成眠"[3]。他认识任铭善已经20年了。"心叔初来之江，仅十八岁，今年四十矣。与予相处二十年，中间仅两年暌隔。"正如任铭善自己说，他"与家人相处，亦不及与予之长久，谈话亦不及与予之多"[4]。特别是在浙大龙泉分校时，两人朝夕相处，他于每天晚上，都看到任铭善在灯下苦读，笃学之勤，为人所不及。

1　《夏承焘集》第七册，第307页。

2　同上书，第481页。

3　同上书，第480页。

4　同上书，第306页。

他曾将当时心情，写在诗里："邻任真痴人，深灯勘亥豕。"两人于"师友"之外，恐怕还多了份父子之情。但事情发展到这一步，"心叔此次以反革命被搜查，不知真相如何"，他只能承认过去"对学生过于偏爱"，"未能及时责善"，下决心"站在人民一边，真理一边，指出其过失。期无负于人民，亦无负于良友！"[1]第二天，在全系的大组会上，连续交代了三小时。"内容为：一、中文系小集团问题；二、我与任铭善之关系；三、我与之江、任铭善与之江之关系；四、我的海外的反动的社会关系。"[2]

经过这一次的交代，他对政治运动的认识，也远超过几年前的思想改造。进而想起自己十年前给学生讲课，曾讲过五、七言绝句从第三句起，就要下一转语，"尝作《思转》一文示诸生"，"谓绝句式的人生，要在第三句能转"[3]。对自己的今天有了无限的感慨：自己已经55岁了，正处在五、七言绝句的第三句上，"再不打转身，便是结束下场"。王士禛论白居易诗说："白诗好处，在转折处省力。"要做到这一点，作诗既难，做人就更不容易。他于当夜黯然遣怀，写了一首七言绝句："无多心血一长檠，忽忽埋头过半生。为问转庵今转否，楼头日夜大江声。"可见他这一夜，内心都很不平静。

不过就在他考虑如何"转身"时，任铭善经过肃反委员会审查，并没有发现反革命的问题，被解除隔离审查。这使两人都如释重负，几有劫后余生之感。"夕心叔来，小谈即去。谓二十五年来，未尝与予有四五十日隔绝消息，抗战中予在雁荡山，久断音讯，尚在报上登一诗寄怀。此次乃真成隔绝，又谓此次乃真实受教训。"[4]只是任铭善经过这次教训，并没有真的改变自己。这也使他在1957年"反右"运动中，终于无法脱离厄运。

1　《夏承焘集》第七册，第485页。

2　同上书，第481页。

3　同上书，第304页。

4　同上书，第488页。

他在"反右"运动中的问题，首先是在民主党派内部被揭发出来的。他作为民进浙江省委的副主席，在 1957 年 5、6 月间，多次参加政协、统战部举办的整风座谈会，据说他在座谈会上大放厥词，反对党的领导，否定历次政治运动的成果，说这些政治"成果"，"是用无数身心损害换来的，是用无可估计的情绪伤害和工作损失换来的，是用一些轻易地丢掉的生命换来的"。主张由民主党派成立"助党整风委员会"，帮助共产党改进作风。直到 1957 年 6 月 8 日，《人民日报》发表了社论《这是为什么？》，《浙江日报》作为头条新闻刊出，整风运动开始转向后，他依旧坚持顽固立场，在民进小组会上说，《人民日报》社论有"语法上的问题"，"我看了《这是为什么？》就有反感"，继续鼓吹"任花自放，任鸟自鸣"。

其实早在"反右"开始之前，夏承焘已经看出风向不对，很担心任铭善在整风运动中的表现。在政协举办的整风座谈会上，提醒他一个人即便"忠心耿耿为人民"，"如果一意孤行，也容易出现偏差"，劝他论人论事"勿过露锋芒"[1]。现在看到这些检举材料，更痛感"心叔有才，而思想意识之病痛亦甚大，（不知）应如何挽救此人"[2]。7 月 17 日，校领导找夏承焘谈任铭善的问题，说"愿与心叔面谈，但须心叔先深自检讨，自知错误之严重"。他得知校领导的态度，立刻去找任铭善，"留一条劝其深自检讨"，"并问肯与陈良修部长面谈否？"

任铭善在他的劝说下，写了一份检讨书《我的悔恨》。在检讨书里，承认自己"为一个封建知识分子"，由于接受孔、孟思想太深，信奉师道尊严，"在意识深处，还保留着一个跟党对抗的根源"。但是同以往历次运动一样，他心里的抵触情绪很大，认为自己经过"八年的思想改造"，已经"在理论上接受了马克思列宁主义，在组织上接受了党的教育和领导，在日常

---

1 《夏承焘集》第七册，第 613 页。
2 同上书，第 625 页。

工作上也能守住方向""各人对彼发言，多与事实不符""不免有传闻失实之处，也不免有诬蔑和挑拨，以及人身攻击的地方"。这显然不符合"反右"斗争的基调，在小组会上遭到"一致驳斥"，要他交代"与宋云彬、林达汉有何关系"，在整风会上"反对和风细雨，拉拢肃反被打者，是何用心？""在上海曹阳中学开民进会，与林达汉有何活动？"令夏承焘和吴天五"相顾浩叹"，"谓心叔又闯祸矣"[1]。

在这之后，学校连续几天召开全院大会，"揭发心叔右派言行"。还有人专程"从温州赶来，检举心叔，材料甚多"。学校各处的墙报上，都贴出了标语、快板、小说、漫画，"载心叔与张其昀关系，大加斥责"。中间还出现了一首词："平生好，最好是吹牛。经学江南夸第一，盛名海外列前头。怎不害此羞？"[2]在如此强大的政治压力下，任铭善终于身心崩溃。据夏承焘记："晨，杜妈来，告昨夜心叔大呕血，而不肯入院。午又来告腹痛甚巨，愿即入院。觅汽车司机不得，雇三轮车行，予与珠珠送其入浙大医院。急诊医师以其腹硬，已有腹膜炎，透视验血，白血球增一万，后决定入外科。晚七时（蒋）云从来告，医院有电话来，病重，胃已穿孔，须即开刀。……晨闻胃切去五分之四，输血一千二百 CC。"

经过两个月医治，出院后，夏承焘去家中看他，他情绪低落，一言不发，"但以一纸相示，谓四日来，如顽铁在热砧上千锤百炼，此等教育为生平所未经。觉二十年来，一贯未离反动立场一步，而数月来尤自欺欺人，但此次虽是一大转机，究能自持几许时日，老根能不再发芽否，殊不能自保，应下终身工夫，不能稍懈云云"[3]。终于像其他"右派分子"一样，承认了自己一贯反动的立场，"是不耻于人类的狗屎堆"。经中文系建议，被划

---

1 《夏承焘集》第七册，第 627 页。

2 同上书，第 629 页。

3 同上书，第 659 页。

定为"极右分子","撤销一切职务及学衔，监督劳动，酌给生活补助费"[1]。最后经校党委会同意，"照顾其多病，留校资料室工作，监督其在本校农场工厂中劳动，月给十五元"[2]。

需要说明的是，在这场"反右"运动中，夏承焘也多次在大会上发言，"揭发心叔与张其昀事及《浙江日报》事，并制一联：是非莫以温情判，罪恶须凭野火烧"[3]。在"处理极右分子任铭善的批判大会"上，夏承焘还与蒋云从夫妇一起，对任铭善大声"呵斥"，在公开场合与右派分子划清界限。他的表现也得到了同事的谅解，说他从前"以被惑于任铭善，对彼有浓厚之温情，脱离政治，易犯错误，幸在人代会中乃得提高"[4]。"反右"斗争结束后，他还参加了向党交心的竞赛活动，"交心共一百条"[5]。在向党交心之后，他从上海的报纸上得知，郭绍虞走在他前面，已经于去年"光荣入党"，再次向党组织提交了入党申请书，希望自己在60岁时完成"绝句式的人生"，也成为一名共产党员。近十年的政治运动改天换地，洗心革面，在人际之间造成如此大的变化，实在令人感叹。

任铭善被打成"右派"后，两人从"师友"关系变成了"敌我"关系，任铭善下放图书馆劳动，夏承焘则当选校务委员，彼此似乎长时间没有接触。直到1962年3月，任铭善被摘去右派帽子后，才"来小坐，四年不来矣"。"四年不来矣"五个字，感触万端，无限复杂，然亦一语道尽，说明两人的关系已经不复从前了。1964年6月，夏承焘在日记中说："心叔去冠以后，努力工作，得一部分党员之信任，然又好臧否人物，好出主意，引起旁观者又欲揽大权之谤，六七年前故态渐渐又萌，甚以为惧。"这都预示了他在"十年动乱"当中，将再一次遭遇厄运。正如潘希真所说："以心叔

---

1 《夏承焘集》第七册，第665页。
2 同上书，第695页。
3 同上书，第659页。
4 同上书，第667页。
5 同上书，第675页。

师不妥协、嫉恶如仇的性格，真不知在大动乱期间，何以自处？他又焉能不死呢？"

有关任铭善在"文化大革命"中的遭遇，夏承焘日记中没有记载。我只知道他在 1957 年做胃溃疡手术时，已被发现有肝硬化症状，1967 年便转为肝癌去世了。据说他临终前说了这样一句："我死了，夏先生可以少一条罪名了。"他死去十年后，夏承焘为他写过两首挽诗，前一首写两人的交谊，后一首写他的为人。诗很平淡，几乎体会不出两人的关系，这对熟悉两人的人来说，更觉得不能餍足。不过，后一首诗对了解任铭善的为人，毕竟有所帮助。诗是这样写的："拥鼻听吟福侧行，路人都怪气纵横。高年厚福君无份，论定长沙一贾生。"

所谓"论定长沙一贾生"，是指陆维钊给任铭善的评语："谓往读贾谊文，不能想见其为人，近识心叔，觉贾生如在面前。"[1]任铭善病逝后，一代英才也就此陨落了。我在前面提到的他的几本著作，都是在他去世后才被整理出版的。这已经不是他学术生命的开始，而是他学术生命的结束。

2014.3.15

---

1 《夏承焘集》第七册，第 117 页。

龚德柏与王芃生

　　龚德柏与王芃生的名字，现在已经很陌生了。但在六十年前，两人都是著名的日本问题专家，王芃生著有《日本古史辨证》《日本关系之科学研究》《时局论丛》。龚德柏有关日本问题的文章更多，有《揭破日本阴谋》《征倭论》《中国必胜论》《日本必亡论》等等。两人在抗战期间，曾在一起从事对日情报工作。抗战结束后，也双双获得政府颁发的胜利勋章。我在《奇人龚德柏》里根据文章的需要，曾谈到两人在国际问题研究所的一段经历。这段经历虽然时间很短，前后不到两年，但是留下来的是是非非，经常成为被人讨论的话题。

　　在回顾这段经历之前，先介绍一下两人此前的交往。

　　说起来，两人都是湖南人，早在日本留学时已经是好朋友。据龚德柏说，他对王芃生在仕途上崛起，还有过很大的帮助。1922 年 10 月，美国在华盛顿召集九国会议，解决巴黎和会遗留问题。这对于中国非常重要，中国政府接到邀请后，也对会议期待很高，"盼望彻底解决山东问题，废除不平等条约，免受日本在中国大陆推行领土扩张和经济渗透之害"[1]。当时他和王芃生正在日本留学，都很关心这个会议，"谓此次如再失败，中国休

---

1 《顾维钧回忆录》第 1 册，第 220 页。

矣！" [1] 但是根据平时的接触，他深知政府的驻日官员心思都用在做官上，"对日本情形毫无所知"，怀疑国内的官员也好不到哪里，在会上势必毫无建树，愧对国家。于是他同王芃生商量，由王芃生写一篇关于日本问题的意见书（即《华会之预测与中国应有之准备》），"由他携往北京，代王芃生向政府活动，使他得参加华盛顿会议"。

这件异想天开的事，在他回到北京后，通过范源濂的关系找到了汪大燮，居然成功了。王芃生得以咨议的身份加入中国代表团，出席了华盛顿会议。王芃生正是凭着这份资历，回国后在外交界异军突起，赞襄办理山东一案，任鲁案督公署调查部副部长，行政处副处长。"从此一帆风顺，到死为止。" [2] 在这之后，他也多次甘冒风险帮助过王芃生。最重要的一次，是1928年1月宁汉分裂时，王芃生担任何键的参谋长，他帮助王芃生将20万元军饷，由上海押解到长沙。

按理说，两人既有以上交谊，理应情同手足，一辈子都是朋友。何况龚德柏在太太病逝后，看上了王芃生的亲戚"某小姐"，彼此正在鱼雁往还之中，很可能在朋友之外，又会添上一层"姻亲之谊"。谁料两人在国际问题研究所时，却不能善始善终，反而反目成仇，走上了"近于绝交的状态" [3]，如同古人说，"交情中替，药石成仇"。这其中的原因，王芃生在世时没有谈过，准确说是没有留下文字，但是代他说话的人不少。潘世宪与郭福生在回忆文章里，都提到"王、龚两位日本通，先前是顶好的朋友"，"然而龚毫无合作诚意，常以'日本权威自居'，工作上专横独揽，漠视王芃生的领导"，"对王芃生的一些做法和用人，都非常不满。在对敌伪情报分析方面也和王芃生有意见出入"。"王芃生虽然秉性宽厚，礼贤下士，但原则

---

1 王芃生：《一个平凡党员的回忆与自我检讨》，见《王芃生与国际问题研究所》，《株洲文史》第15辑，第233页。

2 《龚德柏回忆录》上，第79页。

3 《龚德柏回忆录》下，第237页。

问题并不让步，彼此矛盾越来越深，龚德柏处境也日益孤立，遂于1939年下半年，自请离职他去。"[1]

张令澳在《侍从室回梦录》里，说他在侍从室第六组主管情报时，经常去找王芃生，对两人关系也有所耳闻。以他的了解，王芃生学识丰厚，"有很强的研判情报能力，且在处理事务时有奇谋，这是军统、中统的一般特务所能望其项背的"，所以"抗战初期，他呈交蒋介石的条陈，多数被采纳，一度甚得蒋之信任"，"倚之为左右手"[2]。而龚德柏则"平时疯疯癫癫，说话大言不惭，时常写些不伦不类的条陈、策论，献给当权者，但总不见对其重用"。于是便"羡忌王的地位，颇想取而代之"；"开始造谣生事，肆意攻击王芃生"。他说他还记得，龚德柏写了一封告发信，称"王芃生经常去中共领袖周恩来房中同周密谈，而且一谈就是几个小时。还说所内被王信任重用的好几个职员都是共产党"。侍从室吩咐军统做了调查，证实这完全是无中生有，"于是侍从室认为所告不实，不予处理"。而"诬告被拆穿后，龚德柏自觉丢脸，便无法在研究所待下去了"[3]。

以上这些说法，后来被许多文章所采用，几乎成了定论。但是龚德柏作为当事人，说法完全相反。他说不是他嫉妒王芃生，"羡忌王的地位"，而是王芃生对他存有戒心，担心被"取而代之"。而且这种迹象出现很早，他到国际问题研究所不久，王芃生就一反常态，对他流露出这种态度。他怀疑其中的原因可能与他到武汉后接受蒋介石的召见有关。他说他是1938年7月，接到王芃生的电报，从长沙到武汉的。当时蒋介石正准备改造情报系统，在军统局、调查局和军令部二厅之上，成立一个最高情报委员会，自己亲自主持。不久前刚在会议上宣布，王芃生为办公室主任，杨宣诚为副主任。所以他来到武汉后，王芃生的"口气很大"，说他"已奉蒋介石面

---

1 《王芃生与国际问题研究所》，第45、70页。
2 张令澳：《侍从室回梦录》，第84、86页。
3 同上书，第94页。

谕，组织中央情报委员会"，要他"在该委员会未成立之前，先在国际问题研究所办事，为他编辑情报"[1]。

一个月后，他在接受蒋介石的召见时，王芃生也在座。蒋介石问他："对日本有什么看法？"他想起日本刚经历一次台风，粮食损失严重，据报在数百万石之上，便将这件事"略略向委员长报告"，说日本经过这次风灾，粮价可能会持续上涨。他本以为这是件小事，不料蒋介石非常重视，又问了他许多问题。他第二天遇见蒋百里，蒋百里也觉得奇怪，问他："今天委员长谈过日本大米要涨的问题，不知是谁告诉他的？"他认为就是这件事，使王芃生产生了戒心，"盖在他的脑海中，我在委员长面前如此受尊敬，弄得不好，将夺了他的地位"[2]。

他意识到其中的原因后，便采取了回避的态度，"借避警报方便为名，迁往李子坝一处办公，对于所中之事，一概不闻不问，只管情报之编缮"[3]。甚至为了避嫌故意不与侍从室的人接触，怠慢了不少老朋友。在报上发表文章也概不署名，以免王芃生看了有所嫉妒。但王芃生还是不放心，以"小事情不必烦你"为借口，将他"废为闲曹"，不让他有参与机要、接触情报的机会。有一次，还指使所里的庶务王国康对他行凶，以"一个小小庶务，公然敢打第二位长官的嘴巴"[4]。他找王芃生质问，王芃生则一再狡辩，不承认是自己指使的。他实在待不下去了，只好提出辞职，于1940年8月，离开了国际问题研究所。

两人的说法谁是谁非，一时很难断定。但是我认为，结合相关的资料，龚德柏的说法更值得重视。他说王芃生是日本问题的专家，长期从事外交与情报业务，但是由于性格关系，实际"只是个书生"，对日本问题的了

1 《龚德柏回忆录》下，第206页。
2 同上书，第207页。
3 同上书，第235页。
4 同上书，第236页。但何凤山说，是龚德柏打了王国康。见何凤山：《怀念好友王芃生先生》，《王芃生与国际问题研究所》，第118页。

解也是学术性多于实用性，特别是他知识面狭窄，缺乏国际常识，这都影响了他的判断力，这使他在处理情报时经常闹出笑话，"借虚伪情报邀功"。而这种情况一再出现，侍从室便非常不满，主管情报业务的第六组组长唐纵更"极看王芃生不起"。

他为此举了几个例子：一是 1939 年 4 月，王道源从香港寄来一份情报，说汪精卫与日本首相平沼签订了一份卖国协议，并附有协议的全部条文。二是 1940 年 3 月，研究所接到仰光发来的情报，"报告英国有一百五十万兵在荷兰，拟于初夏向德国进攻"。三是国际问题研究所的一位驻英情报官（应指何凤山），从美国寄来一份报告，说德国近两年在军事上进步甚快，武器装备已经优于美国。美国只有 150 厘米口径的大炮，而德国有 240 厘米口径的大炮。王芃生对这三份情报都非常重视，自己亲自整理出来，"直接发交缮写人员缮好，以便赶快呈报侍从室"。但是他看过后，认为这三份情报都不可靠。最后由于他的制止，称"你若一定呈报，我就辞职"，才没有闹出"借虚假情报邀功"的笑话。

客观地说，他的说法并不都对。从后来公布的材料看，汪精卫与平沼之间确有密议。1939 年 1 月平沼上台后，汪精卫曾拟定过三个方案，派高宗武去日本与平沼协商；最后平沼召集五相会议，同意汪精卫的第三方案。这第三方案的主要内容是：一、以国民党的名义组织"反共救国同盟会"。二、在日军迫近西安、宜昌、南宁时，由汪精卫出面发表声明，号召西南将领参加"和平运动"。三、再次确认近卫文麿第三次声明和自己在"艳电"里的声明。四、建立"中央政府"，名称为"国民政府"，地点设在南京。他认为以王道源的身份，充其量是"第十流的情报员"，不可能获得如此重要的情报，未免一概而论，说法过于武断。

但是其他两项情报，都存在很明显的错误。他在第二份情报后面，做了这样的签注："自开战至今半年多，英国只送十五万兵至法国战场，足证英国陆军人数之少，何来百五十万人送至荷兰。即令有此项大军，但欧洲国家，绝不许敌对国家，有一兵一卒借中立国为根据地以入侵己国。若英国果有百五十万人入驻荷兰，德国何以一言不发？"分析很有见地。至于第三份情报，常识上就更加可笑。正如他所谓，"不但某君的头脑有问题，即王芃生的头脑也有问题"。他看完报告后愈发卖弄文字，对报告者极尽挖苦。在150厘米的"美国大炮"下面，写上一句："我们可在炮内打一桌牌。"在240厘米"德国大炮"下面，又写了一句："我们可在炮身内开一桌酒席。"他说王芃生看了他的签注，表情很不自在，反而责备他说："在缮写以前，何以不说？"[1]

他的这些说法固属一面之词，但是对照唐纵日记，却绝非无稽之谈。1940年10月3日，唐纵曾在日记中说："敌首相阿部在其对地方长官会议上报告，促进伪中央政权之成立，以期事变之速为解决。然若认此为事变之结束，则又属错误，此正否定王芃生之结论。王芃生判断敌情，从未应验。如料敌不会在广州登陆，料敌在今年七月会崩溃。委座骂王芃生谓，你的言论有时比无理智的还无理智，比无常识的更无常识。其言虽苛，但不为过。"[2]其中"料敌不会在广州登陆"一条，尤其值得重视。有关这件事，龚德柏在回忆录里也提到过。他说他到国际问题研究所不久，1938年10月1日下午，他收到一份从香港发来的情报，说据香港政府情报人员报告，"日本海军已在香港外海集中，据他们的判断，日本一定进攻广东，请中国政府注意"。他收到这份情报后，以为"情报非常重要"，便"即刻编出，交缮写人员缮好，拟作号外呈报侍从室"。

但是王芃生看了情报后，认为"该项情况靠不住，日本绝不敢进攻广东"，让他把情报放在一边。他放不下这件事，第二天问起来，有人告诉他，王芃生在将这份情报送交侍从室时，在上面做了一条签注，说："日本

1 《龚德柏回忆录》下，第223页。
2 唐纵：《在蒋介石身边八年》，第101页。

不敢攻广东。"而侍从室相信他的判断，也忽视了情报的价值，没有送呈蒋介石。结果广州失陷后，政府在军事上毫无准备，战事立刻危及武汉。蒋介石对此极为不满，多次在情报会议上指责情报人员失职，在广州失陷前没有获得任何情报。直到次年2月在重庆，还在公开谈话时说，"广州失守之前，没有日军将在广东登陆的情报"[1]。

而面对蒋介石的不满，这时王芃生又自作聪明，犯了个大错误。他为了替自己辩护，将这份情报"用油印刷出来，发送各重要机关，以表明他有情报"，但是对自己当时的签注，则"略而不发表"。他的这种做法，无疑是避重就轻，将责任推给了侍从室。我猜，很可能就是这件事，造成了唐纵对王芃生的不满，从此"极看王芃生不起"。

这件事更严重的后果，是唐纵对他的不满，直接影响到蒋介石；使蒋介石对他有了成见，骂他无理智，无常识。这使王芃生更畏首畏尾，对情报的判断失去信心。据张忠绂说，他在军委会参事室时，正是中日战事最紧迫的时候，他发现王芃生每次被问到对战事发展的看法时说话都模棱两可，不知所云，"时而认为美日战争即将爆发，时而美日间战争一时无望"。这让他很瞧不起，认为王芃生同王世杰一样，都"属于先求无过的一派"[2]。其实王芃生的"模棱两可"未必是出于圆滑，而是出于胆怯，对自己的判断没有信心。龚德柏想必也看出了这一点，这才开始"羡忌王的地位，颇想取而代之"。否则，如果真如张令澳所言，蒋介石对王芃生"倚之为左右手"，龚德柏再无头脑，也不会有此妄想。

话说到这里，还要纠正一种说法。张令澳在《侍从室回梦录》里介绍王芃生"出色的情报工作"时，曾举了一个很重要的例子，说1941年5月20日，侍从室六组收到一份急件，称："据国际问题研究所王芃生急报，6

---

1 《龚德柏回忆录》下，第209页。
2 张忠绂：《迷惘集》，第114页。

月份内如美国与德国关系仍能维持现状，则德国将在一个半月内有对苏俄发动战争之可能。"他说当时罗斯福的特使居里正在重庆，蒋介石在阅后批示："请夫人即告居里先生。"一个月后，情报果然被证实了，德国人不宣而战，对苏联发动了突然袭击。他说这件事让美国人深感意外，开始对中国刮目相看。"记得在两天后"，居里在给蒋介石的电报里，便提出在对日情报上，希望能与中方继续合作，其中有如下一段："苏联突遭德军入侵，使总统深感阁下提供情报之准确，倘阁下日后能将有关日本可能之动向及其他重要急切之情报随时见示，此当为总统所希望者也。"

他的这一说法言之凿凿，许多文章都根据他的说法，几乎成为定论。认为蒋介石交给罗斯福的情报，是王芃生提供的。事实又不尽然。

张令澳是侍从室的普通官员，接触的情报范围有限。从唐纵日记中看，早在王芃生之前，驻德大使陈介、武官桂永清、专员谭伯羽，都向国内提供过同样的情报。桂永清的情报更加肯定，说至迟在6月，德国即会攻击苏联。所以1940年5月10日，唐纵在"上星期反省录"中提到："近来驻德陈介大使及桂武官、谭专员等均先后来电，谓德军有于最近攻苏之讯，桂武官且有至迟至六月即可实行之说。"[1]这件事的功劳，不能都算在王芃生的头上。

从以上可以知道，王芃生主持国际问题研究所时，在处理情报上确曾有过许多失误，甚至出现过两份情报"相互矛盾、大唱反调"的情况，一再引起蒋介石的不满。张令澳、何凤山说王芃生"有很强的研判情报能力"，在八年抗战中"上呈帷幄的机密报告"，无不"料事如神，对于日寇之一举一动，洞烛先机，了如指掌"[2]，不免很让人怀疑。所以他在研究所威信也每况愈下，反对王芃生的不只有龚德柏，还有洪松龄、罗坚白、顾高第等人。

1 《龚德柏回忆录》下，第207页。
2 何凤山:《怀念好友王芃生先生》,《王芃生与国际问题研究所》,第119页。

龚德柏离开研究所后，日本专家青山和夫也多次向王芃生发难，"攻击王芃生情报判断失误，所内人浮于事，贪污腐败严重，由此使得外籍人士难以安心工作"。据说青山和夫还提出要离开研究所，去印度新德里工作。因此到了抗战中期，王芃生便心灰意冷，情绪消沉。

张令澳在《侍从室回梦录》里说，1943 年秋天，王芃生因为"腹背受敌"，已经力不从心，有了"独力难支"之感。有一次，"突然向邵毓麟提出，打算邀邵来研究所担任副主任，被邵婉言谢绝了"[1]。1945 年抗战胜利前夕，王芃生因病入院治疗时，还"密呈"蒋介石一份报告，说自己因为有病，"拟辞去国研所职务"，想以此作为试剂，"试探一下蒋介石对他的看法"。王芃生身为国际问题研究所所长，本来是蒋介石的重要幕僚，地位与戴笠相若，现在为了试探蒋介石的心意，换取蒋介石的同情，竟然出此下策，他与蒋介石的关系也就可想而知了。

据邵毓麟说，抗战结束后，他协助何应钦去各地从事受降工作，其间每次回重庆，必访王芃生详谈。在他看来，政府"对日缘渊较深者，不外张岳军、何敬之、王芃生三先生"，以张、何两人当时另有要务，王芃生理应是"负责战后对日工作"的最佳人选。王芃生自己也正盼望如此，但"无奈因人事上障碍，即此志愿亦无由实现"。所以两人每次见面，他从王芃生之"强颜欢笑"里，都可以看出"其内心之抑郁"。而不久后，王芃生便"旧疾复发，病卧北平"，从此一病不起。[2]张令澳在《侍从室回梦录》里说，王芃生在北平卧病时，他曾去看望过。当时王芃生心情很坏，说话"已经不像在重庆时的含蓄保留"，而是"声色俱厉，不胜感慨"，对抗战后的社会状况十分不满。这让他看了很有感触，觉得"政治这个东西真是太现实了：日本甫倒，'日本通'也就鸟尽弓藏，去日本担重任的不是懂日本的，

1　邵毓麟在《纪念一个不大平凡的国民党员》里也提起这件事，见《王芃生与国际问题研究所》，第107 页。
2　同上。

却是圆滑崇洋的旧军阀商震，这又如何说呢？"[1]

是啊，"这又如何说呢？"当然，我这样说，不是要替龚德柏翻案，说他对情报独具慧眼，为王芃生所不及。事实上，龚德柏在来研究所之前主要是个报人，从事情报业务的经验，远不能与王芃生相比。但是他对新闻与情报有一种独到的理解，认为"情报与新闻，名虽不同，而实则一也"，这两者的区别，不过是"新闻使人人得见，而情报只少数高级人员得见而已"。因而早在日本留学时期，任"中日通讯社"记者时，就有意接触具有政治背景的人物，搜集日本政府出版的内部资料，对于情报有特殊的敏感。他最津津乐道的一件事，是他先于国内各家通讯社，首先报道了轰动一时的"皇太子妃的新闻"。

他说 1920 年的一天，他接到一份日本警视厅的公文，要求各通讯社"关于良子女王之事，一概不许登载"。他看了很奇怪，以为事有蹊跷，便去找《读卖新闻》的记者大庭柯公。大庭告诉他，良子女王是预定的皇太子妃。由于她的家族与萨阀（海军）亲近，她当了皇太子妃，就意味着海军将会得势，所以长阀（陆军）坚决反对。但是他们的反对没有理由，便找出一个借口，说良子女王的先辈有人患夜盲症，而夜盲症是遗传的，皇族要保持高贵的血统，不能与夜盲症的家族结亲。"这时候该问题闹得正厉害，所以警视厅下令，禁止报纸登载此事。"他知道这些来龙去脉后，便张大其事，将"该新闻的内容，源源本本写成一稿"，发往国内。"这样的好新闻，各报当然都登载了"，让他大大出了次风头。[2]

还有一件事，也是他经常挂在嘴上的。他在后藤新平的一本小册子里，发现他在攻击大隈内阁时说，大隈内阁曾为逊清王者善训练过一支勤王军队，引发了郑家屯事件，使中日关系一度陷入危殆。这件事发生时，大家

1　张令澳：《侍从室回梦录》，第 96 页。
2　《龚德柏回忆录》上，第 45 页。

都莫名其妙，过去一直众说纷纭，莫衷一是，经他讲出这段内幕，这才真相大白。后来刘彦在写《中日外交史》时，便采用了他所提供的材料。

他回到国内后，在各家报纸担任主笔时，也经常发挥这项特长。最突出的例子，是张作霖在皇姑屯被炸当天，他就认定了这是日本人所为，"因为革命党人和东三省马贼，不能有那样大、那种有力量的炸弹，更不能将其埋于南满铁路桥下。因该桥由日本军队监视，平时视为禁地"。首先在《申报》上发表评论，揭露日本人的阴谋。不久之后，他又从日本政府发布的《政府公报》中，查到日本国会的会议记录，发现反对党曾就这件事向田中内阁提出过质问，他便"根据该记录，作成一书"，以《日本人谋杀张作霖》的书名出版。据说这本书出版后，张学良请人翻印了五千册，"一面读我的书，一面流泪"[1]。他在主编《革命军日报》时，还经常"捏造故事"，根据前一天的情报预先报道战况，居然也八九不离十，从来没有被人发现，这更称得上是新闻史上的"奇闻"。

他既然有这份特长，便"自信对于新闻与情报的判断，有一日之长"。因此离开国际问题研究所之后，并没有就此放弃，离开情报工作。蒋介石也还想利用他的特长，得知他与王芸生闹翻，便每月给他五千元研究费，要他独立从事情报研究。于是他便利用这笔经费，自己搜集情报，在报纸上发表时评。

他说在1944年以前，重庆《大公报》《扫荡报》发表的社论，许多都出自于他的手笔。文化供应社还以"统购统销"的方式，收购了他一大批文章，"分寄东西南北地区各报纸杂志"，最后被分送到了哪里，在哪家报纸上发表，连他都不知道。他的这些文章，除了少数评论内政，其他都是对战局的观察和预测，而且每每言谈微中，算无遗策。例如1943年2月，美军攻占了马绍尔群岛后，他便在《政治与军事》月刊上发表文章，预言

---

1 《龚德柏回忆录》上，第181页。

下一个目标将是塞班岛。三个月后，美国果然在塞班岛登陆，他的预言"完全实现"。继塞班岛之后，他预言的下一个目标是小笠原岛，结果又对了大半。而在硫磺岛战役后，他根据美军的"跳岛战术"，更大胆地预测美军不会攻占台湾，下一个目标将是琉球。后来美军采取的战略，又证实了他的预料[1]，真是"英雄所见略同"。

以他对日本政情的了解，积年累月，更能见微知著，做出准确的判断。例如1944年7月17日，东京广播报道，东条英机对内阁做了重要改组，自己放弃兼任参谋总长职务，任命山杉元为参谋总长。同时岛田辞去海相专任军令部总长，而以野村邦直接任海相。他根据这条消息断定，东条英机已经在为下台做准备了，便向蒋介石提交了一份报告，于19日送到侍从室。果然只隔一天，20日上午8时，东条内阁便宣布总辞。报告的准确性让侍从室大为惊讶。邵毓麟本来是王芃生的至交，对他有些成见，这时见了他，也称赞他"分析得非常好"[2]。他还在日本投降之前，在1945年7月23日的《世界日报》上做了准确的预告：《日本将在数星期后投降》。几天后，在懿训女中演讲时，又进一步断定，说大家放完暑假回来，在重庆已经看不到欢庆胜利的场面了。

正因为这样，他简直成了预言家，他的文章极受欢迎，"文稿销路极佳"。重庆的任何一家报纸，只要他"寄文章去，没有不登的"。而且他在重庆发表文章，外地读者早就等得急不可耐，"任何小地方的杂志，都愿意转载"。不要说西安、昆明、贵阳这些大城市，"连湖南沅陵那样小的地方报纸，都直接向我要稿子"。最后他的名气之高，发展到"凡是抗战区域，大概都知道有龚德柏这一作家"[3]。因此抗战结束后，他所到之处，"行市非

---

1 《龚德柏回忆录》上，第246页。

2 同上书，第260页。

3 同上书，第242页。

常高"[1]，何应钦还请他以顾问身份随同自己去芷江和南京，出席在华日军的受降仪式。有关这些内容，我在《奇人龚德柏》里已经不厌其烦，做了很详细的介绍，这里就不再重复了。

文章写到这里，读者对龚、王两人的反目成仇，想必都有所了解。简单地说，就是两人性格截然相反，龚德柏争强好胜，独断专行，而王芃生虽然表面慈恕，实则心胸狭窄，对权力和地位患得患失。总之，两人以性格的对立，根本难以合作，是书生共事又一个失败的范例。这中间的是是非非，绝不能以一面之词定论。龚德柏说，他与王芃生关系恶化，还有一个原因，就是受了共产党的影响。有关这个话题，只能留待以后再谈了。

2013.12.12

---

1 《龚德柏回忆录》上，第273页。

从中央政校看"党化教育"的失败

　　舒芜先生的口述自传里，有《南温泉，白苍山》一章，介绍抗战期间自己在中央政校任助教时的经历和见闻。其中有些内容，很让我觉得意外。在我原来的印象里，中央政校原名为"国民党中央党务学校"，是国民党北伐成功后，为了培养基层党务人才，推行三民主义而设立的，校长是蒋介石。1929年成立了大学部，更名为中央政治学校后，依然没有放弃这一宗旨，还是以"造成实行党治的政治建设人才"为主。所以学校在专业的设置上，为了配合国民党的施政需要，只设有政治、经济、外交、法律、新闻等科系，没有一般综合大学都有的国文系。

　　但是舒芜先生说，中央政校虽然不设国文系，抗战后，鉴于学生的国文程度低落，规定一年级学生都要学习"普通国文"，所以也聘有国文教授。而且聘任的教授，都是响当当的人物。当时舒芜先生所"助理"的，是首席教授黄淬伯。黄淬伯是江苏南通人，早年就学于清华国学院，师从赵元任，擅长音韵学，毕业论文是《一切经音义反切考》。黄淬伯除了在中央政校授课，在中央大学也另有教职。而反过来说更好，因为抗战时期的中央大学，是全国最高学府，地位还在西南联大之上。舒芜先生说，他在给黄淬伯做助教时，曾看到一封陈寅恪写给黄的信，前面称"淬伯兄"，末尾署名"弟陈寅恪"。老师给学生写信，称"兄"的并不出奇，末尾署名"弟"

的却是极为少见。舒芜说他出于好奇，曾问过黄淬伯："陈寅恪先生为什么这样客气？"黄淬伯回答："他从来都是这样。"[1]

除了黄淬伯，学校聘请的国文教授，还有徐英和穆济波。穆济波也是当时很有名气的人物，早年信奉国家主义，曾是胡风的中学老师，我于其他文章中做过介绍。徐英字澄宇，毕业于北京大学，是林公铎最得意的学生，一向以古文辞见称，在诗词上也很有造诣。而且师徒两人都目空一切，"什么人都看不起，什么人都骂"。徐澄宇傲气之盛还在老师之上，当时在重庆与孙次舟齐名，"于当世名流，无一不痛詈"，连章太炎也不放在眼里。章太炎写过一本《论语骈枝》，他做了一部《广论语骈枝》，于章太炎颇有微词。他也因为这件事，惹怒了黄侃。黄侃认定他这么狂妄，一定是林公铎唆使的，某一天去林公铎家里实施谩骂，"以为公铎不通，于是两人破口"[2]。以徐澄宇这副脾气，在中央政校这种"官学"里，当然更谁也瞧不起，包括高高在上的国民党。

据舒芜先生说，他自从到了政校，"就时时刻刻提心吊胆，生怕他们强迫加入国民党。结果，过了好长时间，始终没有这回事"。但是有一天，学校特别党部下发了一份通知，内容是"奉校长谕，本校员工，须一律加入本党"。过了两天，党部书记长问徐英："徐先生见到那个通知没有？"徐英问："什么通知？"书记长说："就是那个一律加入本党的通知啊！"徐英又反问一句："'本党'是哪个党？"书记长一本正经地说："本党嘛就是国民党嘛。"徐英把头一歪："是国民党啊，我共产党都不入，我还入你国民党！"书记听了一怔，只好哈哈一笑，解嘲说："徐先生开玩笑，开玩笑……"[3]舒先生说他经过这件事，既领教了徐澄宇的"狂"，也发现学校对这个入党通知并没有认真对待，"估计就是个例行公事。大概蒋介石在

1 《舒芜口述自传》，中国社会科学出版社 2002 年版，第 115 页。
2 《吴梅日记》下，河北教育出版社 2008 年版，第 549 页。
3 《舒芜口述自传》，第 109 页。

上面随嘴讲了一句什么，下面怕追究，就原文照转了事"[1]。

这又让我大吃一惊。中央政校既然是国民党"训政"的产物，实行的理应是"一党专制"。但是从舒芜先生的介绍看，情况又好像不是那样。学校聘任的教授有许多不是党员，人事制度也泄泄沓沓、马马虎虎，教授想请一位助教，自己就可以擅自做主，无须任何"政治审查"，这与一般大学没什么两样。国民党推行的"党治"，也经常会遇到阻力，被校方应付将事，以"例行公事"处理。这与我们所理解的"党校"，实在有不小的距离。我为此也求证了一点材料，果然如此。

舒芜先生在政校的时间，应当是1942至1943年间，张道藩、程天放两任教育长时期。我手上有一份1946年政校教员的简历，时间虽然偏后一些，但基本情况不会有大的改变。从这份简历上看，政校共有教师119人，其中教授95人、副教授20人、讲师4人。有博士学位者15人，硕士学位者15人，学士学位者47人。曾在东西洋留学的，占65%以上。外交系主任陈石孚、法政系主任萨孟武、经济系主任赵兰坪、新闻系主任马星野、地政系主任汤惠荪、法政系代主任张金鉴、经济系代主任储一飞，都曾留学欧美或日本。而且教授、副教授里面有很多人是兼职，或同时兼任其他大学教授。教授上课以口讲为主，很少发讲义，更绝少采用课本。

可以想见，这些人留学海外，接触的是西方社会思想，养成的是西方价值观。要他们立刻脱胎换骨，为国民党的"党化教育"服务，显然有很大困难。舒芜先生便提到，图书馆长沈学植"是个比较有自由主义色彩的人"[2]，其他如周炳琳、薛光前、萧公权、汤吉禾、沈刚伯、罗廷光、陈之迈、刘博崑等人，都是被艳称的"自由主义知识分子"。左舜生是青年党的要角，也在中央政校任教七年之久，很受学生欢迎。周炳琳担任教务长时，甚至

1 《舒芜口述自传》，第110页。
2 同上书，第111页。

认为"我们努力推进党化教育的工作，这固然是当前的要务。但要实现优良的党化教育，我们同时也要注意教育化党"[1]，对国民党实施教育，这不啻是将党与教育的关系本末倒置。

特别是中央政校虽然实属"党校"，学生的水平却不低。在校生平均在500人左右，入学考试严格公正。据统计，每年新生的录取比例都接近或超过20：1，录取率远低于统招的5：1。而且学生的学习态度一般都"诚恳朴实，没有一般学生的浮嚣习气"[2]。左舜生就说，以他"三十几年以来在上海、南京、香港八九个大学教书的经验说，仍以政校学生成绩的平均分数较高"[3]。因此学生入学以后，"对于教员之选择甚见严格"，要求十分挑剔。认为"校内其他人员好不好，与我们学生没有关系，教员好不好，对于我们前途，关系太大"。"对不满意的教授或于课堂中使之难堪，或作消极抵制，甚或要求学校换人或罢课反对。"[4]每到学年之末，便向教务处呈述"哪一位教员好，哪一位教员坏，不管教员镀金或不镀金，博士或不博士"[5]。据萨孟武说："学生最讨厌的是教员自吹自擂，吹得呱呱叫，擂得响当当，一到讲学，没有一点内容。"[6]张道藩任教育长时，听信了傅斯年的举荐，聘请张圣奘来校教"中国政治思想史"，就出现过以上的情况。张圣奘出身北大，毕业后留学美国、德国，是美国俄亥俄大学博士。但他来校不久，就因为讲课浮夸，经不起学生执经问难"发生了重大问题"，被学生逐出课堂，令张道藩非常尴尬。[7]

有鉴于此，学校为了照顾学生的要求，只好甘言厚币，去请名气更

1　萧公权：《问学谏往录》，学林出版社 1997 年版，第 142 页。

2　同上书，第 200 页。

3　《青年党与国民党合作的史料》，《左舜生先生晚期言论集》中，第 1218 页。

4　张金鉴：《明诚七十自述》，三民书局 1972 年版，第 226 页。

5　萨孟武：《中年时代》，广西师范大学出版社 2005 年版，第 34 页。

6　同上。

7　《蒋碧薇回忆录》，学林出版社 2003 年版，第 365 页。

大、学问更深的教授。而越是这样的大牌教授往往越有一己之见,像徐澄宇那样,脾气很大,不容易接受国民党的摆布。只有极少数甘居下流,趋炎附势之辈,才会在自己写的书上面,印上一句:"总裁评语:研究甚有心得。"[1]在国民党的党治下,不以为耻,反而为荣。

校方也很了解这一点。1929年学校改制,成立大学部以后,以蒋介石之意,本来想同时增设外交、新闻两系,陈果夫便很犹豫,"认为外交系之设立,已经是借重校外人员,是否能彼此合作无间,达到预期效果,尚在不可知之数。若再开新闻系,亦是借重校外人士,实非妥善之道。盖新闻系人士与外交部官员不同,外交部官员效忠党国,彼此同心,而平津沪各报之言论,则时常反对政府或做歪曲报道,若令其来办新闻系,后果堪虞。……因此决定缓办新闻系,先培养本校新闻人才,待本校人才养成后,再行自办新闻系"[2]。所以拖到了五年以后,新闻系才正式设立。而即便如此,新闻系设立后,还是离不开校外人士。从1946年的课程表上看,赵敏恒、陆铿[3]都在新闻系兼职,讲授"新闻采访"课程,这两人虽然都在《中央日报》任职,但都非"效忠党国"之辈。当时在新闻系兼职的,还有中央大学的教授卢冀野。他虽然有点"官迷",但性喜诙谐,雅好散曲,被誉为"江南才子",只能说是个传统学者,够不上国民党的"党格"。

当然,仅从教师方面去看,还不足以说明政校的全貌。中央政校的最大特色,是有一套完备的训导制度。这套训导制度与其他学校不同,正如陈果夫所说:"过去一般学校里,训导员地位似较教员为低,中政校的训导,其地位与待遇,都与教授相埒。"[4]这被称为"教育人事制度的一大改革"。中央政校从成立之日起,便设立了训育处,分党政、编纂、军事三科。

---

1 《舒芜口述自传》,第116页。

2 《国立政治大学建校五十周年纪念特刊》,第17—18页。

3 陆铿是中央政校毕业生,1940年毕业,与乐恕人、沈锜等四人一起被分派到董显光主持的国际宣传处。

4 《三年半办理中央政校的感想》,国民党党史会藏,档案类号506:304。

1928 年 3 月，训育处改为训育委员会，委员会共设 18 位训育委员，正副主任由教务处正副主任兼任。同年 9 月，又恢复了训育处，设立了若干名专职训导员。从学校的"训导手册"上看，训导员从学生入学时起，便开始与学生个别谈话，对学生进行所谓"初始教育"。包括填写学生履历表、调查学生家庭状况、考察学生的个性、指导学生遵守规则、介绍学生入党指导、商定学生必读书籍、规划学生课余安排等等。当进入学习期后，训导工作还要进一步加强，包括指导学生参加党务活动、指导学生遵守党员守则、纠察学生纪律、视察学生上课及自修、指导学生阅读与写作、实施机会教育、考核学生思想品德、参加学生课外活动等等。总之，学生在校期间，凡一言一行，一举一动，都要被纳入训导员的掌控。训导员在学校的重要性，要远超过一般教授。"教授只管在教室讲课，都是有限责任；唯有训导是无限的，出了教室和宿舍之外，都在训导的职责范围之内。一个政校毕业生，可能早已记不清他的教授，但一辈子也不会忘记主管他的训导先生。"[1]

问题是，这套训育制度尽管被一再美化，称之为"不仅有关本校教育之成败，亦且有关中国政治之隆污"[2]，毕竟违反人性，严重限制了学生的自由，使"吸惯了自由空气的青年们，一踏进这个地域，会感到极大的不自在"[3]。所以经常遭到学生的抵制和反抗，中途退学的情况时有发生。萨孟武说，他到政校任教时，班上本来有两位女生，都是四川人，"后来不知何故，此两位女同学都离开政校"[4]。后来这种情况就更加普遍了。据朱立民介绍，他离开中央政校的主要原因，"就是觉得在军事管制、党化教育控制下，好像总不能随心念书"。特别是"受不了讨论三民主义的小组会议。这种会议每个礼拜有两三次，我觉得耽误了很多时间，我们实际上也没学到

1 赵友培：《文坛先进张道藩》，台湾重光文艺出版社 1975 年版，第 158 页。
2 《中央政治学校训导手册》，1941 年 7 月，第 1 页。
3 明毓：《中央政治学校的学生生活》，《独立评论》第 186 号。
4 萨孟武：《中年时代》，第 31 页。

什么"。虽然"每一科的老师几乎都是第一流的",他"为了大原则",还是决定退学了。[1]

1942年底，学校还发生过一次请愿活动，要求废除军事化管理。据承纪云说，在那天晚上，学生列队坐在中山堂的砖地上，一面高呼口号，一面派代表前往侍从室第三处，向陈果夫请愿。自从"五四"以来，学潮就是政府最头疼的事，何况这次城门失火，发生在中央政校。陈果夫听说后，担心事态扩大，"立刻就赶来，一进门就喊：'起来！起来！是谁让我的学生坐在这样冰冷的地上的，快起来，有话好说，绝不能让谁委屈我的学生。'"并当场表示，"制度是死的，人是活的，怎么能这样死扣条文"，要求学校改善制度。[2]

正因为这样，中央政校从1929年实行改制，成立大学部以后，在办学方针上就始终存在两种意见，彼此争论不休。一种以罗家伦为代表，主张办教育要有远见，应当采用大学教育的方式，为国民党培养长期性人才。对于教师的聘用，要"以学识为重，绝不讲情面"[3]，只看有没有学识，不论是不是党员。因此他在中央政校任教务主任代行教育长职权时，便一再延长学习年限，将第一期原定的6个月延长到11个月，将第二学期延长到两年，后来又设立了四年制的大学部，作为政校各院系的主干。第二种以蒋介石、戴季陶为代表，主张急用先学，实行短期教育的方式，以培养基层党务人员和政府公务员为主，为国民党的施政服务。相应在教师的任用上，固然一定要重视学识，但也要照顾党内的情面，注重聘用国民党的政治精英。而这两种意见的矛盾，越到后来争论越大，冲突也越严重。

首先，是学生的就业遇到了问题。中央政校成立时，为了在人事任免、

---

1 《朱立民先生访问录》，台湾"中研院"近代史所1996年版，第52页。

2 承纪云：《我所知道的国民党中央政治学校》，《江苏文史资料选辑》第15辑，江苏古籍出版社1984年版。

3 罗家伦：《本校的诞生与成长》，《政大四十年》，第10页。

学生招收管理、课程设置、专业设置以及经费的使用等方面，不受"大学法令"的限制和约束，在体制上直接隶属于中央党部，而非教育部。但是这样一来，学生毕业后便"妾身未明"，拿不到教育部颁发的学历，算不上严格意义上的"大学生"。于是用人单位便会产生怀疑，不知道他们除了三民主义和总理遗教之外，在学校里还学过什么，有时候连国民党自己都搞不清楚，经常向学校发函去问，要校方证明该生"入学资格如何，肄业年限如何，该项毕业资格是否系同专科毕业"，或解释"该科修业年限几年，入学资格是否为初中毕业"，请学校"迅以见复，以凭核办"[1]，这都给学生的工作和就业造成了很大的困扰。

按理说，中央政校既然是国民党的"党校"，专门为国民党招收、培养党务人才，国民党理应照顾学生的去向，安排学生的工作与就业。当时许多考入中央政校的学生，同时也考入了其他大学，甚至包括中央大学、西南联大、武汉大学、浙江大学这些国内知名学校。他们最后选择中央政校，图的就是"公费"与"就业保障"这两项。但是入学后才知道，学校在学生的培养上，固然采用"以需求而谋供应"，"采行实习制度，谋知行合一"的方法[2]，但就业保障却谈不上，国民党组织部并没有这项规定。从若干回忆中看，学校在办理学生就业时，一般都是以蒋介石或陈果夫的名义，交给学生一封介绍信，到派定的机关请求斟酌任用，尤其要"仰仗果公个人的信望及关系，分别推荐，或辗转介绍"[3]，因此许多政校毕业生的人事档案，在"介绍人"一档里，都写有"陈果夫介绍"字样。然而毕业生拿着这封信，最终能否如愿，还是个未知数，一切都要看该机关首长的脸色。尤其是政校自创办以来，长期为 CC 派所把持，被外界视为 CC 派的"干校"，国民党执政后期党政矛盾尖锐，许多由其他派系掌控的机关普遍对政

---

1 《国立政治大学函复各机关证明本校部院科班毕业生及修业生资历》。

2 张金鉴：《明诚七十自述》，第 226 页。

3 王德溥：《政海游踪》下册，台湾龙文出版社 1990 年版，第 246 页。

校毕业生持有敌意，没有"陈果夫介绍"还好，有了反而会适得其反。

以外交部为例，中央政校是当时国内各大学中唯一设有外交系的，学校设立这一专业的目的，就是为国民党提供外交人才。但是外交部在用人上，对政校毕业生反而更加挑剔，有时简直是故意刁难。例如朱振球在实习报告中说，"一月来之实习生活，苦矣哉。……外交部方面对我等之情形竟置若罔闻，认我等入部实习与其无关，且甚有不满者。我等实习后之任用，渠等以为无法理根据，且不能开此先例，为其他学校所援用"。王世杰接任外交部长后，对陈果夫更不买账。1946 年 10 月，陈果夫曾写信给蒋介石，严肃提出这一问题，说："政校外交系毕业生，每期由学校酌定名额，保送外交部，实习期满，按其成绩分发任用，办理有年，历届造就人才甚多，已著成效。最近外交部改订'各大学来部实习办法'，实习以后并非必予任用，因此使受专门训练而别无他业可寻之政校外交系毕业生，为之进退彷徨。"他认为，这对国民党的外交事业非常不利，要蒋介石责成外交部，"令部确定适当办法，以资保障，而励人才"[1]。

学生毕业后，要继续求学深造就更困难。中央政校虽然师资雄厚，教学水平很高，也培养出许多人才，除政治人物不论，在学术上颇有成就的陈烈甫、周策纵、赵炳良等人，都是中央政校出身，但是外界对于中央政校，还是始终执有偏见，不承认政校有资格称作大学。直到 1962 年，胡适在《民主潮》杂志上看到一篇文章写得很好，作者署名"韵笙"，他不知道韵笙是谁，夏涛声告诉他"此人是徐传礼，政大研究所毕业"，胡适还是半信半疑，说"政大居然能出这样一个人才。真使我惊异！"还特别在"政大"两字的后面，加了括弧，写上一句"所谓'政治大学'"[2]，以示其不屑，可见其成见之深。

1 《中央政治学校学生实习案》第 2 卷，台北"国史"馆藏，档案号：0910.25：5050.01。
2 《胡适日记全编》（8），安徽教育出版社 2001 年版，第 821 页。

而政校学生在国内遇到的问题，甚至在国外也会遇到。1941年2月，便有学生在美留学遇到困难，写信向陈果夫求助："生于去岁来此，恰好赶上哥伦比亚大学冬季学期，生即请求注册、课读，当蒙允许。惟美国有名大学，对于母校素不承认，研读学位恒感困难，盖按此邦规程，美国教育部认可外国之完全大学有一名册，母校未在教育部立案，亦未请求教育部通知各国政府，中央政治学校为一良好之大学，美国教育部未接我国教育部通知，对于我校根本不知，从而美国一般大学对于母校毕业生均不承认，允许在研究院读书已为特殊优待，研读学位则极困难"，希望陈果夫能"请求教育部照会此邦"。

陈果夫是否"请求"了教育部，我不知道，但这显然不是该生一个人的问题。其他人在国外求学、求职，也会遇到同样问题。该生在信中便提到，因为受学历所困，"在国外读书遭遇此项痛苦已有多人，请求母校设法者亦有人在"[1]。据说学校对于这类问题，过去"从来未注意办理"。但是随着事件的增加，问题便日益迫切，需要学校认真考虑处理。1945年3月，学校曾公布一则校令，要毕业生补交论文，与教育部协商补授学历。抗战结束后，中央政校迁回南京，为了进一步解决这一问题，1946年8月，国民党中常会最终决定，将中央政治学校与三青团的青年干部学校合并[2]，依照"大学法令"改为大学，定名为"国立政治大学"，隶属教育部。这也使学校从"党校"正式转为大学，迈出关键的一步。

只是在当时的社会背景下，迈出这一步，还不能彻底解决问题。自从抗战结束后，国民党接受政协会议的主张，同意修改宪法，结束训政，"还政于民"以后，社会的民主空气日益高涨。教育界更是首当其冲，在全国各地不断发生学潮，要求政府停止内战，落实宪政与民主。在南京"520学

1　国立政治大学档案，中国第二历史档案馆藏，112（4）：3056。
2　青年干部学校是三青团的"中央干部学校"，1943年在重庆创办。由蒋介石任校长，蒋经国任教育长，蔡省三任三青团书记长。胡轨、王政、谢然之、龚瑞祥、周鸿经、任卓宣、白瑜等人任指导员。

潮"期间，以陈英士和蒋介石命名的浙江英士大学和江西中正大学，过去一向落后、守旧，从来没有参加过任何学生运动，这次也一反常态，走上了第一线。

中央政校尽管不同于一般学校，长期受国民党的思想控制，但毕竟不是真空，学生在社会气氛的感染下，同样会深受触动，发现学校虽然改头换面，在名义上改为普通大学，但实质上没有任何改变。学校依然奉行"党化教育"，由国民党的总裁蒋介石任校长，与时代潮流格格不入。这种不合时宜的状况，使很多学生抬不起头来，一走出校门就感到脸红，甚至觉得"政治大学"这种校名，本身就是大学教育之耻，世界上没有哪所大学用"政治"为名的。这种情绪长期积累下来，终于爆发了"拒教育长风潮"。使中央政校的历史，发生了彻底改变。

这场风潮发生在 1947 年 4 月，南京"520 学潮"前夕。中央政校与青年干部学校合并后，最初仍以中央政校的教育长段锡朋任教育长。但同年4 月中旬，段锡朋以健康原因不能理事，辞去教育长职务，教育部派蒋经国接任。想不到公告张出后，立刻遭到了学生的反对，"全校学生大会"通过三项紧急决议，"一、派代表向教育部请愿，请收回成命，要求撤销任命，另派贤能人士，将蒋经国拒之门外。二、全校实行罢课，不达目的，决不复课。三、在校内外展开抗议运动"[1]。同时，还在校内贴出许多激烈的标语，对蒋家父子"极尽讽刺侮辱之能事"，"反对父子家校"，要蒋经国立即"滚开吧！"蔡省三、倪志强等人为了声援蒋经国，动员了一些"青年干校"的学生，准备进行反示威、反罢课活动，结果没有成功，被罢课学生驱逐出学校。[2]

据黄通说，这场风波发生得非常突然。他说在事发当天，他突然接到

---

1 蔡省三、曹云霞：《蒋经国系史话》，香港《七十年代》杂志社 1979 年版，第 166 页。
2 《访蒋经国旧部蔡省三》，香港《七十年代》杂志，1975 年 8 月号。

袁守谦的电话，说："政治大学闹学潮闹得一塌糊涂，我们都在组织部长陈立夫先生的办公室，党政要员和中央常务委员都在，就是不知道消息，究竟政治大学学潮怎么样，没有人了解，你查一查。"他打电话给政大的学生，才知道政大的风潮针对的是蒋经国，"学生反对蒋经国当校长（教育长），准备去游行，里里外外都是标语，闹得很厉害"[1]。这时蒋介石也听到了消息，立刻将陈立夫叫去，问他："政校发生风潮你知道吗？"陈立夫说："还不知道。"蒋介石告诉他："经国发表了政校教育长，学生们反对"，要陈立夫"赶快去处理"[2]。

有关这次风潮的起因，一向有不同的说法。许多国民党的历史著作，都将这次风潮定义为派系倾轧，甚至牵强附会，说成是共产党的挑动，而不愿意承认事件的真正原因。实际上，将这起风潮与"520学潮"联系起来看，政校学生对"党化教育"的不满，无疑是其中的根本原因。这中间即便有党派斗争，有共产党的挑动，利用的也恰恰是这一点。在整起事件中，学生反对的不只是蒋经国，还有他们的校长蒋介石；将蒋经国被任命为教育长，定义为"老子任命儿子"，这显然不是国民党派系间的内斗。据说，这场风潮对两蒋打击很大，风潮落幕后，蒋经国不仅拒绝到任，还与CC派结下梁子，蒋介石也辞去了校长职务。

蒋介石辞去校长后，改由顾毓琇接任，"党化教育"的局面更难以维持。1946年1月，香港"九龙事件"发生后，政大又爆发了大规模的学潮。国民党派陈立夫、李惟果、陈雪屏三位部长来学校劝阻，遭到学生的抵制；"行动委员会"经过讨论，不予接受。当天下午，顾毓琇亲上火线，率"几位大汉"锁住了校门，把守在校门口，"带着疲乏的声音劝阻着同学"。结果双方"一片混战"，"大部分同学哭了，顾校长眼泪也流下来了"。学生终于

1 《黄通口述自传》，中国大百科全书出版社2012年版，第230页。
2 陈立夫：《成败之鉴》，台湾正中书局1994年版，第356页。

冲出校门，经过莫愁路、汉中路、新街口、中正路、太平路、中山路，到达外交部。在办公厅前高呼："打倒磕头外交！""武力收回港九！"让学生没有想到的是，顾毓琇和训导主任也随后赶来，加入到学生队伍里，"和学生一起游行，呼口号，贴标语，轰动了市街！"[1]

从以上可以看出，中央政校隶属于中央党部，是国民党推行三民主义的实验区。没有国民党的"训政"，也就没有中央政校。正如周异斌所说："本校为新政治的策源地，在此党治时代，训政期间，自宜另成风气，不与普通教育机关相混同。"[2]因此，将中央政校的蜕变与解体，定义为国民党"党化教育"的失败，应当并不为过。所以蒋介石对中央政校一直很不满意，1943年2月，他在参加了中央政校建校16周年纪念会后，曾在日记中说："总觉政校无精神、无生气，不能负建立政治之基础也，奈何！"

2013.5.22

1　尚品:《政治大学游行记》,《观察》第3卷，第22期。
2　《中央政校的过去现在及将来》,《新政治》创刊号，1932年1月1日。

《中苏友好条约》与金圆券

　　《中苏友好条约》与金圆券，是抗战结束后国民党政府的两大败政，直接导致了国民党政权的垮台。依照一般的说法，这两项败政都是蒋介石授意的，在制定过程中虽然征求过"学者从政派"的意见，但实质是蒋介石个人的决策。所以这两项败政理应由蒋介石负责。然而在我看来，事实并不尽如此。

　　抗战时期的"学者从政派"，一般都喜欢以清高自许，表现得与国民党若即若离，即便是位列朝班的中枢大员，也经常是一边做官，一边批评朝政。以翁文灏为例，他在八年抗战中一直位居要职，是主持战时经济的政府首脑，但是在公共场合经常以局外人自居，"对于空军秘密消息任意指述；对于十中全会决议任意指斥；对于物价问题任意批评，一若与主管机关（经济部）无甚关系者"[1]。这都给外界一个错误印象，认为他们尽管身居高位，手上却没有实权，只是国民党政权的"装饰品"，国民党执政失败完全与他们无关。

　　而事实往往相反。国民党推行的许多政策，都是这些"学者从政派"建议的。特别是从抗战后期开始，"专家政治"甚嚣尘上，许多重大决策都

---

1 《王世杰日记》第3册，第398页。

与"学者从政派"有关。《中苏友好条约》和金圆券这两大败政，便是他们当时积极主张的杰作。

先从《中苏友好条约》说起。依照传统的说法，《中苏友好条约》的签订是蒋介石的既定政策。王世杰在出任外交部长之前，蒋介石已经明确告诉他："外蒙早非我有，故此事不值得顾虑。"[1]后来在国民党第七次代表大会上，蒋介石也向党内公开承认当时"忍辱谈判，不惜承认外蒙独立"，是他"个人的决策"。王世杰赴莫斯科签署这项条约，只是奉命行事而已。事实上，王世杰的角色不仅于此。他在这件事上不仅参与了决策，还起了关键的作用。

1945年9月，周鲠生在给胡适的信中说："中苏协定成立，解决了中外关系上最烦重之一个问题。此次中央对于中苏交涉下一大决心，雪艇兄之主张极有力。今后渠掌外交，如能辅佐介公，以同样决心解决其他对外问题，则真可望加强中国国际地位，安定远东政局矣。"[2]以周鲠生与王世杰的关系，显然对条约的决策过程有深入的了解。从信中还可以知道，以接受雅尔塔密约为代价，换取东三省行政权的统一，确保其"三十年的和平"，这不单是王世杰一个人的高见，也是以胡适为首的"学者集团"集体的共识，所以《中苏友好条约》签订以后，傅斯年、杭立武、罗家伦等人都一致叫好，支持这项"重大决策"。

当然，王世杰在做这"极有力"的主张时，还处在"旁观者"的地位，没有料到后来会被派作谈判代表在条约上签字，需要对自己的主张负责，而真的事到临头的时候，他的心情就复杂多了。他先是一再推托，不愿接任外交部长，之后，又提出与宋子文共同签字，不想自己独负其责。上了飞机后，他心里更加沉重，"一路上反复思此行之使命。肩上真如背负有万

---

1 《王世杰日记》第5册，第131页。
2 《胡适来往书信集》下，第29页。

斥之重担。予一生来从未感觉责任之重有如此者"。既认为不签订这项条约，"（一）苏军进入东北三省后，领土主权及经济利益必更难收回；（二）中共与苏联或竟发生正式关系。凡此均使我无统一，亦且对内对外皆无和平之可能"。又认为"此行之结果无论如何，在国人舆论及历史家评断总不免有若干非议"[1]。

好在他返回国内后，不辱使命，蒋介石对他的表现基本满意，认为最终签署的条约虽有一二处不当，但无关大体，"其已负责签字，已属难得，不愿重责也"[2]。这也使他第二天在立法院报告谈判经过时，对自己的卖国行径心安理得，以为自己此次出使，立了大功一件，颇有感慨地说："三年来，予所旦夕忧虑者，为抗战胜利，东三省仍不能收回。此约之成立，可以保全东三省。"所以这项条约的签署，意义极为重大，是"我国百余年来外交上最大之成功"。立法院长孙科也在会上表示支持，说："利害相权，利取其重。今中苏友好三十年，中国有三十年之安定，从事建设，又何惜区区之代价？……此约应该无人不赞成，不赞成的惟日本军阀或南京傀儡政府或反苏派而已。"说完便宣布，"赞成通过的人起立。"[3]

蒋介石在国防最高委员会与国民党中常会的联席会议上，更是高度称赞他此行的意义。说《中苏友好条约》的签订，不仅收复了东三省的主权，还具有实现民族主义，维护世界和平的深远意义。蒋介石还强调，外蒙古在北京政府时代，已经实际脱离了中国，"完成其独立的体制"，因此，国民党改组后，"国父已视之为兄弟之邦，待之为上宾"；现在若不承认其独立，"不仅违背国民革命的精神，且足以增加国内各民族的纷扰，贻误我建国的百年大计，亦影响世界的和平与安全"。他还预告将来对西藏问题，也将采取同样的立场，当西藏"在经济条件上能够达到独立自主的时候，政

---

1 《王世杰日记》第 5 册，第 140 页。
2 《蒋中正总统档案·事略稿本》第 62 册，第 274 页。
3 陈玄如：《不祥的雅尔塔秘密协定》，《中国一周》（1948 年 5 月）第 257 期。

府亦将与对外蒙古一样，扶助其独立"。[1]

不幸后果很快就出现了。东北行营组建后，刚刚赴东北实行接收，苏联置条约于不顾，先是竭力阻挠接收活动，阻止国民党军队进入东北，接着是要求国民党接受自己单方面提出的条件，建立双方的"经济合作"，而且为了达成目的，一再延迟撤军，以武力相威胁。最后，将大部分地区交给中共军队，使国民党军队进入东北后，进退失据，在战场上陷入被动挨打的地位，给国共内战带来了重要影响。中国"百余年来外交上最大之成功"，经过验证，不仅没有帮助国民党收回东北，更没有带来三十年的和平，反而使国民党匆忙陷入内战，真是"赔了夫人又折兵"。据说蒋介石听到这些消息，悲恸到不能自抑，在召集高级军事将领谈话时，"几于痛哭"。他在当天的日记中说："正午召见各高级将领十余人聚餐。下午气愤未息，故未到会，不胜为本党与国家前途忧也。"[2]

可是大错铸成，一切都晚了。1948 年初，国民党在东北战场上，便业已陷入困境；共产党军队控制了北宁线，关闭了东北的大门；平沈线也岌岌可危。四平失守后，长春更形孤立。陈诚看到大势已去，不愿意承担失败的罪名，托病求去。卫立煌赴其后任，只能困守沈阳，张皇失措，形同坐以待毙，在战略上失去了决定权。而东北战场上的失利，又进一步牵动全局，使国民党政权出现了全面危机。据熊式辉说，1947 年 2 月，蒋介石召见他，问他对大局的看法，他回答说："政治、经济、外交、军事、社会等方面俱不佳，其中当以军事为最甚。"蒋介石问他何以见得？他回答说："自南至北，由内而外，人人皆如此言。"[3]

在这种情况下，"学者从政派"理应吸取此前的教训，尽管不必像陈布雷、段锡朋那样，抱恨"书生无用"以一死了之，至少应当知难而退，打

1　《蒋中正总统档案·事略稿本》第 62 册，第 324 页。

2　蒋介石日记，1945 年 11 月 11 日。

3　熊式辉：《海桑集》，第 660 页。

消创造历史的幻想。而实际却完全相反。希望利用最后的机会一试身手者，仍然大有人在。据顾维钧说，1947年9月，前铁道部次长、现之江大学校长黎照寰告诉他，他最近在国内发起了一场运动，想联合国民党内外的自由主义者，组建一个新的政府，"美国大使司徒雷登对此也大加鼓励"。五个月前，他同几位民众领袖一起去南京"拜访了蒋夫人，请她对拟议中的运动予以合作"。同一天下午，他们还见到了蒋介石，蒋介石问他们瞩望的领导人是谁，让他们提出人选，他们回答必须是"一位国际知名人物"，并主张"颜惠庆可以胜任"[1]。

胡适在给傅斯年的信里，也认为蒋介石应该抓住机会，利用这最后一年的训政期，"充分抬出党内的最有希望的自由分子，给他们一个做事的机会"，简言之，就是"行政院长必须换人"，"冒一点险，抬出一个'全明星'政府给国人和世人看看"。这个全明星政府，可以"国民党的第一流人才为主"，再"配上三五个小党派和无党派人才，就像个样子了"[2]。胡适还设想过自己任行政院长，应当找哪些人组阁，同郑天挺一起草拟了一份名单。其中外交部长的人选还是王世杰，而副院长的人选，就是傅斯年。

所以会出现这种局面，是因为当时党内外的政治气氛，都对"学者从政派"空前有利。1943年9月，蒋介石在国民党五届十一中全会上，正式宣布了在抗战后一年内召开国民大会，重新制定宪法，还政于民。政协会议召开后，在野党领袖更急不可待，希望立刻成立"联合政府"，从而获得执政的机会。在这种背景下，美、英、苏三国也都敦促国民党兑现承诺，在三国外长会议后发表公报，要求国民党"建立一个团结而民主的中国"，这个团结而民主的中国，"必须由民主分子参加政府的所有一切部门，而且必须停止内争"[3]。因此，国共内战爆发后，美国政府首先站出来表达不满。

---

1 《顾维钧回忆录》第6册，第189页。

2 《胡适来往书信集》下，第174页。

3 《中央日报》，1945年12月17日。

1946 年 8 月，杜鲁门直接写信给蒋介石，表示"对最近事态之发展""大为失望"，指责国民党昧于时势，"不懂时代潮流，正在阻碍国家大计的推进"[1]。马歇尔在调停失败后，更于失望之余，明确地表示"挽救时局的出路"只有一条，就是"国民党内的顽固集团"放下权力，"由政府和小党派的自由主义分子掌握领导权"[2]。

在这之后，国民党在军事上的节节败退，更使美国人感到不安。1948年 2 月，马歇尔在向国会提交的报告中说，"我们必须准备好面对一项可能情况是：目前的中国政府恐已无法凭一己之力对付共产党武力或其他任何可能窜起的反对势力"[3]。基本上放弃了蒋介石，认为蒋介石领导下的国民党，不仅没有能力对抗共产党，甚至没有能力对付随时"可能窜起的反对势力"。这也使美国政府要重新考虑对华政策，开始在蒋介石之外寻找新的代理人，以免押在国民党身上的赌注前功尽弃。而司徒雷登则于 1947 年 9 月即告知美国政府，"一切迹象表明，象征国民党统治的蒋介石，其资望已日趋式微，甚至被视为过去的人物"，建议美国政府应该当机立断，转而支持李宗仁。[4]

这些对国民党不满的声音，都严重动摇蒋介石的地位。许多人认为国民党走到这一步，完全是蒋介石的独裁造成的，连康泽、陈布雷、唐纵这些蒋介石的"家臣"，也觉得蒋介石平时过于专权，说"委座处理政治，如同处理家事，事事要亲自处理，个人辛苦固不辞，但国家大政，不与各主管官商定，恐将脱节"[5]。希望蒋介石开放权力，给别人一些执政的机会。据蒋匀田说，当时张君劢便劝告蒋介石，"今后不要握军政外交与财政大权

---

1 《顾维钧回忆录》第 6 册，第 17 页。

2 《国共内战与中美关系——马歇尔使华秘密报告》，第 376 页。

3 邵玉铭：《此生不渝——我的台湾、美国、大陆岁月》，台湾联经出版公司 2013 年版，第 223 页。

4 程思远：《我的回忆》，北方文艺出版社 2011 年版，第 194 页。

5 唐纵：《在蒋介石身边八年》，第 451 页。

于一手，宜分任军权于何敬之，外交权于王雪艇"[1]。而国民党内更是怨声四起。在国民党六届二中全会上，萧铮、赖琏、余井塘、梁寒操、黄宇人等人发起"革新运动"，公然挑战蒋介石的权威，要求国民党"恢复党性"，依照党章的规定对蒋介石"行使领导权的方式有所限制"。一、蒋介石的最后决定权，"只能在中执委会的会议席上行使，不能在中执委会以外，以手令或面谕的方式变更中执委会的决议"。二、蒋介石必须"经常出席中执会，俟议案经过充分讨论并付表决后，如认为必要才行使最后决定权。不能在议案尚未表决前，先作决定，妨碍自由讨论"[2]。这都使"学者从政派"产生了幻想，以为在美国人的扶植下，可以建立一个真正的责任政府，从而依照民主政治的程序，创造出理想的政治局面。

但是最后产生出来的，不是胡适设想的"全明星政府"，而是翁文灏内阁。

依照以往的说法，翁文灏出任行政院长，完全是个偶然事件。蒋介石当选总统后，本来最属意的阁揆人选是张群。不料张群在立法院举办的假投票上，因为遭 CC 派排挤，输给了何应钦，翁文灏这才侥幸出线，捡了个便宜。事实并不尽然。张群落选后，有资格担任阁揆的人还有很多，何以翁文灏独能捡到这个便宜？何况翁文灏在六届二中全会上是"革新派"攻击的主要对象，他心里余悸未消，如果不是受人抬举，应当不会行此不智。现在知道，翁文灏出任行政院长，是陈布雷向蒋介石推荐的。[3]但是幕后主导的，很可能是王世杰。

王世杰1948年的日记很不完整，从2月13日到8月14日完全是空白，这中间的一段，只凭记忆补记了几项，据称属"必须付诸记录之事"。而这几项"必须付诸记录之事"，当中就提到了翁文灏，说："六月间行宪

1　蒋匀田：《中国近代史转折点》，第242页。
2　黄宇人：《我的小故事》下，第14—15页。
3　阮大仁：《蒋中正日记揭密》，华文出版社2012年版，第14页。

政府成立时，因我极力反对以军人为行政院长，于是何应钦未被请组阁，翁咏霓接受了组阁。"[1] 以下虽然没有更多的交代，但已经隐约透露出了这层消息。其中唯一的疑问，是从《王世杰日记》中看，王世杰对翁文灏并不看重，认为他不懂政治，"只是一个技术人员"[2]，为什么会一反常态，支持他任行政院长呢？

我认为让他一反常态的，很可能是胡适。1948年5月，朱家骅曾致电胡适，其中说："年来承乏教育部，实已心力交瘁。自问与子文、岳军均系旧游，乃以职责所在，致往往不无不谅之处。至孟邻、岫庐，抑或有所误会。此次翁兄组阁，弟在常会首先赞同，无论于公于私，均应竭力相助，义不容辞。但弟能置身阁外，或帮助更多，如再入阁，恐反于彼无益，或竟蹈过去覆辙而损友谊，反为不妙，想兄当能谅察也。"[3] 这则电文非常重要。从电文的内容分析，朱家骅主要是向胡适解释，自己为什么没有接受胡适的建议，加入翁文灏内阁。这便足以说明，当时胡适为了促成翁内阁的产生，曾广泛发动北大派，给许多人下发过"动员令"，在幕后起着重要的作用。

但是翁文灏被操纵上台后，势必形同傀儡，事事都要听命于人，自己在政策上无从自主。他上台后面临的最大问题，首先是财政问题。国民政府自抗战以来，财政上一直入不敷出。这种状况在战后仍无改变。1947年4月俞鸿钧任财政部长，在国府委员会第二次会议上做财政报告时说，本年度的财政预算原定为支出9万亿，收入7万亿。但从1到4月底，支出已超过5万亿，而收入只有2万亿。这样下去，预计全年的总支出，将超过20万亿，达到收入的一倍以上。[4] 到了翁文灏上台，发现情况远比这严

---

1 《王世杰日记》第6册，第179页。

2 《王世杰日记》第3册，第299页。

3 《胡适来往书信集》下，第401页。

4 《王世杰日记》第6册，第62页。

重。这一年的实际支出为 50 万亿，超出预算的五倍之多，而收入还不及支出的三分之一。[1]在这种情况下，谁做财政部长，就是新内阁成败的关键。翁文灏既然只是傀儡，在用人上无权自主，便只能听命于王世杰和胡适。依照蒋介石的意见，财政部长最好由张公权担任，其次是俞鸿钧，但王世杰认为张公权有"江湖作风"，才智不足以胜任，而"王云五之操守与作事精神，较张为优"[2]。最后在他的坚持下，王云五出任了财政部长。

储安平在《失败的统治》中说："要挽回党的颓局，当前的执政党必须赶快改变作风，换条路走，下大决心，大刀阔斧做几件福国利民的大事，以振人心。"[3]王云五上任后，果然不负众望，"大刀阔斧"地做了一件大事，就是废除法币，改用金圆券，实行币制改革。所谓币制改革实际是个老话题。早在抗战后期就有许多人在报上举行讨论，认为要整顿经济，克服日益严重的通货膨胀，必须从改革币制着手，废除法币，改用一种新的货币。但是政府换了几届，均以缺乏"作事精神"迟迟不敢尝试，直到王云五上任后才付诸实践。因而币制改革实行后，以胡适为首的"学者集团"都精神振奋，"钦佩翁先生这种敢干的精神"。认为"自由或死亡，没有中间路线"。徒法不足以自行，只有像翁文灏这样"下大决心"，抱着"只求一义，不顾生死"的态度，也许才能拨乱反正，"将这个摇摇欲坠之势扭转过来"[4]。胡适在报上公开发言，称赞王云五雷厉风行，"很有勇气"。傅斯年从美国回来后，也兴奋地写信给王云五，对他的魄力大加赞赏，"说此事关系国家之生存，非公之无既得利益者不足为此，卓见毅力，何胜景佩"。还说他"向来好批评很少恭维人的，此次独为例外"[5]。

只是要保证币制改革的成功，光靠舆论上的支持还远远不够。王云五

1 《王世杰日记》第 6 册，第 148 页。
2 同上书，第 29 页。
3 《观察》第 1 卷，第 3 期。
4 《陈之蕃致胡适》，《胡适来往书信集》下，第 419 页。
5 转引自吴湘相：《王云五与金圆券发行》，台湾《传记文学》第 36 卷，第 2 期。

在推行币制改革时，曾在《中央日报》上发表谈话，说币制改革成败的关键，在于政府能否做到收支平衡。而在目前的经济状况下，政府难以增加财政收入，要做到收支平衡，必须采取厉行节约的措施，大量减少财政预算，使每年的实际支出不超过9亿美元，即保持在36亿金圆券的水平上。而要达到这一目标，首先要缩减军费开支。因为军费开支是政府预算的最大项目，特别是国共内战全面爆发后，各地军情告急，大量官兵投入前线，军费急遽增加，各项费用加在一起，已经超过政府总收入的八成。军费不能大幅度缩减，政府的收支平衡便无从谈起。但是要缩减军费，又谈何容易？王云五自己做不到，只好求助于王世杰。

从相关资料看，王世杰作为蒋介石的核心幕僚，虽然不负责金融、财政事务，对金融、财政也一窍不通，但却在这个关键时刻，始终参与了金圆券的设计，是推动币制改革的重要角色。据徐柏园说，1948年7月29日，翁文灏就确定金圆券的最终方案，去莫干山请示蒋介石时，便是同王世杰一起去的。因此，王世杰为了支持王云五，保证币制改革成功，不惜得罪何应钦，建议蒋介石在国防部下面设立一个监理委员会，监管国防部的军费支出，使军队不得以备战、作战为借口，贪污、冒领军费，以减少军费的浪费和滥用。随后，又让雷震将这项建议，正式在行政院会上提出。"提请本会决定一原则，何者为缓，何者为急，重行提出，务使财务能够负责。"

不料何应钦在行政院会上，当场便暴跳如雷，"谓大家太不相信国防部，打仗就要钱，不愿出钱，仗不打了吧！"[1]进而以辞职相要挟。他还让翁文灏警告王世杰，谓"此事均系王世杰主张，谓王世杰何以要干涉国防部事务，渠（何）对王外部之失策，从未加以批评，王何以要干涉国防部？又雷震与王一伙之人，过去对国防部批评甚烈云云"。结果"此事虽经总统

1 《雷震日记》，《雷震全集》第31卷，第78页。

逼翁速行，翁因受到如此阻碍，即停止执行了"。王世杰为了解决这个难题，只好去找蒋介石，要蒋介石下定决心，向何应钦施压，要求国防部"必欲设此机关"[1]。

当时蒋介石对币制改革也抱有极高的期望。据张治中说，1948 年 8 月，蒋介石本已邀他与邵力子去庐山，商议和谈问题，"以蒋的经济新方案，大兴奋，谓此真可以制胜，和谈之取消以此"[2]。将国民党的生死存亡，都押在这件事上。因此他很支持王世杰的主张，将监理委员会的名称稍加变化，改为"筹划监理委员会"，"以减轻监理之意味"，遂要求国防部必须接受此议。然而何应钦又岂是易与之辈，他碍于蒋介石的压力，虽然不得不接受这项建议，接着，就给王世杰出了一道难题，提出要雷震任监理委员会秘书长。何应钦还让李惟果出面，向雷震表示歉意，说"前次院会与余冲突，彼自认失言，且云过去与他甚友好，且认我有头脑，有见解，故盼我任该会之秘书长，极有诚意"。雷震进退两难，只好问计于王世杰。而王世杰也苦无良策，建议他"去见见总统，说明如真正想整顿当可出来，否则另请物色更适当人选。或另去与何部长交换意见云"。可是他回去琢磨再三，觉得"此一定办不通"，"故未请见总统及访问何部长"[3]。

正在双方僵持不下之际，币制改革已经一败涂地。金圆券的地位只维持了一个半月，政府的各项管制措施便全部失效，物价一路飞涨，金圆券不断贬值，最后变成了废纸。币制改革的失败，带来的是一场浩劫，许多人短短一个月里被洗劫一空，倾家荡产。这件事我在其他文章里已经谈过，就不再重复了。而币制改革的失败，直接导致了翁内阁的下台。据说，翁文灏担任阁揆后，有人为翁内阁算了一卦。说这翁字上面的"八"字，八面玲珑，中间的"公"字，不圆不方，下面是"羽"字，为两个半月，故

1 《雷震日记》，《雷震全集》第 31 卷，第 56 页。
2 《黄炎培日记》第 10 卷，华文出版社 2008 年版，第 157 页。
3 《雷震日记》，《雷震全集》第 31 卷，第 62 页。

翁内阁的寿命不足三个月。[1]真是一语成谶。

　　不过翁内阁下台后，许多人不明真相，仍将这一败政归罪于蒋介石，储安平曾在《政治失常》里说："当翁氏上台之初，胡适之先生捧场，谓翁氏有勇气。我觉得当时翁氏并不是有勇气接受那个阁揆大任，他只是没有勇气拒绝总统这个组阁的大命罢了。"[2]其实这话只说对了一半。真正推翁文灏上台组阁，导演了这场悲剧的，不是蒋介石，而是王世杰与胡适。

2013.3.5

---

1 《黄炎培日记》第10卷，第146页。

2 《观察》第5卷，第13期。

谁愚弄了蒋介石

　　我在《胡适与"第三党"问题》里说，胡适在1949年前后，曾多次建议蒋介石将国民党"一分为二"，改造为两三个党，为民主政治创造条件。而蒋介石因为"饱受专家学者的愚弄"，没有听从胡适的建议。编辑在审稿时，不太同意我的说法，给专家学者几个字加了引号，改为"专家学者"。他显然认为，真正的专家学者都是实事求是的，不奢谈，不妄议，不会给人出馊主意。一般来说，这样的看法可能不错，但是让蒋介石饱受愚弄的，的确是不带引号的专家学者。特别是从抗战后期开始，蒋介石的几项重要决策，都是这些专家学者愚弄的结果。

　　先从小事情说起。1948年11月，美国举行新一届总统大选。当时中美关系正处在十字路口，国民政府理应慎重表态，为自己留有余地。据顾维钧说，他早在6月初就打电报建议政府，"为了避免美国政府做出不利反应，引起美国人的反感，我们应该聪明一些，在行将来临的大选中保持缄默"[1]。而国民党却采取孤注一掷的做法，不仅在报纸上公开表态，还动员美国当地的华侨，支持共和党的候选人托马斯·杜威。结果事与愿违，杜鲁门连任成功后，蒋介石才认识到自己的失策，急忙派人去美国向杜鲁门

<hr>

1 《顾维钧回忆录》第6册，第493页。

解释，杜鲁门的回答是："我可以理解，但不会忘记。"中美关系从此进一步恶化，成为无法挽回之局。据周宏涛说，当时给蒋介石出这个馊主意的，不是别人，就是大名鼎鼎的傅斯年。[1]

当然，这可以说还是小事。更严重的还是《中苏友好条约》与币制改革。这两项政策的失败，是导致蒋介石败走台湾的重要原因。

很多人认为，签订《中苏友好条约》是蒋介石"个人的决策"，蒋介石后来在党代会上也公开承认，这"是我的责任，也是我的罪愆"。王世杰在条约上签字只是代人受过。事实上，王世杰对外蒙古问题的立场，与蒋介石是完全一致的。蒋介石某些高调的说法，甚至来自于他的影响。据王世杰在日记中交代，1948 年秋天，他在巴黎出席联大会议时，马歇尔曾与他谈到如何处理琉球问题，他向马歇尔明确表示："我对原属中国之邻邦，乃至西藏、蒙古，今后应剀切主张许其独立。"[2]当时在国民党上层人物中，对国家领土持这种卖国主张、唱这种高调的，除了他与蒋介石君臣二人，恐怕不做第三人想。

王世杰对《中苏友好条约》的立场，也始终比蒋介石更顽固。蒋介石在下决心签订这项条约之前，一度悲愤至极，有过不惜决裂的表示，说："关于旅顺问题，宁可被俄强权占领，而决不能以租借名义承认其权利。此不仅旅顺如此，无论外蒙古、新疆或东三省，苟被其武力占领而不退，则我亦惟有以不承认、不签字以应之。盖弱国革命之过程中，既无实力，又无外援，不得不以信义与法纪为基础，而断不可稍予以法律上之根据"，"今日虽不能由余手而收复，深信将来后世之子孙，亦必有完成其恢复领土行政之权之一日。"[3]因此，当苏联出尔反尔，背信弃义之后，蒋介石便主张废

1　周宏涛：《蒋公与我》，第 74 页。

2　《王世杰日记》第 7 册，第 409 页。他的这段记述，与《顾维钧回忆录》中的记载不完全一致。见《顾维钧回忆录》第 6 册，第 520—521 页。

3　秦孝仪主编：《总统蒋公大事长编初稿》第 5 卷下册，第 692—693 页。

止条约，向联合国提起诉讼。在这以后，又多次下令台湾"驻联合国代表"，不惜动用否决权，阻止外蒙古加入联合国。而王世杰则直到晚年，犹且固执己见，不承认签订这项条约有什么不对，说："此一条约虽因苏联之抗阻实行，毕竟我能派遣具有精良武器之军队约三十八万人进入东北，接收沈阳、长春、哈尔滨、安东等地区。最后我军不战而为共匪吞没，半由共匪之渗透，半由于通货恶性膨胀，腐化了我军队。"[1] 这样看来，国民党政权的垮台真是国家民族的大幸，否则国家主权与领土在他和蒋介石手上，恐将所剩无几了。[2]

同样的例子，还有翁内阁的币制改革。依照以往的说法，翁文灏出任首届"行宪政府"的阁揆，主要是因为张群意外落马，使翁文灏捡了个便宜。现在知道，翁文灏的出线是陈布雷推荐的，而在陈布雷背后主导其事的，很可能是王世杰与胡适。有关这件事，我在其他文章中已经谈过，这里不再重复。更重要的是，翁文灏既然是受人操纵，代表北大派来抢占这个位置，上台后难免形同傀儡，在用人上听人摆布。新内阁组建后，面临的最大困难是财政问题。依蒋介石的意见，财政部长最好由张公权担任，其次是俞鸿钧。但是王世杰认为，"王云五之操守与作事精神，较张为优"[3]，结果蒋介石信以为真，再次受了愚弄。

王云五上任后踌躇满志，的确很有魄力。在当时千疮百孔的经济状况下，只用了不到两个月的准备，便开始推行币制改革，决定废除法币，改用金圆券。蒋介石为了判断币制改革的成败，几次召开会议，张公权、刘攻芸等人都持反对意见，认为目前准备不足，不是改革币制的时机，"对于安定民心，也未必能收宏效"，建议应当"慎重考虑"[4]。但王云五却每次都

---

1 《王世杰日记》第7册，第298页。
2 李登辉在《台湾的主张》里，仍主张中国文化与经济发展各不相同的七个地区（包括新疆、西藏、内蒙古、东北等），应当实行"高度自治"，可见当年王、蒋两人所唱的高调，今天国民党内还有人在唱。
3 《王世杰日记》第6册，第29页。
4 赵世洵：《〈王云老与金圆券质疑〉之补充》，《传记文学》第35卷，第6期。

信誓旦旦，坚持币制改革势在必行。

他认为币制改革能否成功，关键在于能否做到收支平衡，控制通货膨胀问题。而这两项看起来困难，实际上是可以做到的。今后只要"力从撙节，控制得宜"，政府年度的财政支出可以减至 9 亿美元，即金圆券 36 亿元。而每年的收入，累计各项关税可达到 24.6 亿元，总体上大致收支相抵。短缺的 11.4 亿元，"究竟并不太大，物价应可小康局面"，"可以用美援抵补其一部分，其尚不足之数，当发行金圆公债，以资弥补"[1]。结果蒋介石又信以为真，再次受了愚弄。

从现有的资料看，蒋介石对币制改革期望很高。据张治中说，蒋介石在推行币制改革之前，对国共战局已经失去了信心，曾决定要他与邵力子两人上庐山，"考虑和谈问题"，后来因为这个"经济新方案，大兴奋，谓此真可以制胜，和议之取消以此"[2]。因此，他为了推行币制改革，特别颁布了《财政经济紧急处分令》，并亲派蒋经国去上海，任经济管制的副督导员，不惜采用最严厉的手段管治上海金融市场[3]，大有成败在此一举的意味。不料，这项新政只实行了 40 天，政府各项管治措施便全部失效，金圆券一泻千里，在市场上成了废纸。

以上几件都可以证明，蒋介石每次受人愚弄，弄得"倾家荡产"，都是因为听信了专家学者的高见。这些学者个个大名鼎鼎，都是不带任何引号的。类似的情况，当然还不止这几件。其他如政协会议、对共产党坚持政治解决以及对中苏条约的后续处理，专家学者在中间发挥的作用，几乎无不如此。大凡论及蒋介石的著作，无不指责他独裁与专制，说他"不仅是行政院的头、军事委员会的头、党的头，如果化成实权来说，他是万物之

1　刘大中：《改革币制法案的检讨》，《新路》第 1 卷，第 16 期。

2　《黄炎培日记》第 10 册，第 157 页。

3　当时蒋经国为了维护上海金融市场，曾逮捕过著名的银行家李铭，后为吴国桢解救。据王新衡说，蒋经国还想杀陈光甫和李福生，俞鸿钧听说后期期以为不可，呈报蒋介石始得豁免。

首"[1]。从以上几件事可以发现，在他的专制和独裁的背后，还有被人愚弄的一面。

我没有通读过蒋介石的日记，不知道他遭人愚弄后，内心作何感想。从常理上推断，他不可能毫无怨言，而不迁怒于人。所以"两航公司案"发生后，他发现自己又被人愚弄了，便不待查问真相，立刻怀疑王世杰"蒙混舞弊"。

有关这件事的经过，历来的说法都不大完整。王世杰在晚年日记中，有较详细的交代。据他所说：1949年冬，国民党败退台湾后，中国航空公司与中央航空公司的百余架飞机仍然停在香港。国民党为了不让飞机落在共产党手上，由"行政院长"阎锡山与陈纳德签订了一项协议，将这百余架飞机以350万美元的价格，分期付款，不计利息，转卖给陈纳德、魏劳尔的民航航空公司。中国政府得知后，依据两航在合同上规定股权不得让与私人，向香港法院提起诉讼。

这场官司是香港历史上空前的大案，动用了近20位律师，打了将近三年。陈纳德在一、二、三审都失败了。陈纳德在二审失败后，担心官司无望，请律师端木恺请求国民党政权，宽限他暂不交付余下的125万美元。王世杰说，他接到申请书后，觉得这个时候向陈纳德要钱，"不特不能生效，陈等如因此而不积极上诉"，飞机还是会落在共产党手里，提议接受陈纳德的申请，"缓追"欠款。他说，当时蒋介石也赞同他的见解，在申请书上"亲批'如拟'两字，并亲署'中正'二字"。

然而1953年12月，情况又有了变化。陈纳德"在华府运动若干议员，出面反对英政府，并以向美国上下院提议停止美国对英经济援助相威胁，于是，英国伦敦政府之司法委员会，始承认陈等之所有权"，但是陈纳德打赢了官司，还是迟迟没有付清余款。依王世杰的说法，陈纳德迟不付款，

---

1 《何廉回忆录》，中国文史出版社2012年版，第106页。

不是故意拖延，而是"飞机尚未尽售，未及缴出"。这个理由本来很充分，也是可以谅解的，但是蒋介石不予理会，对此"甚怒"，先是严责经手人叶公超、严家淦等人，后来又从黄少谷那里查出了经他批示的公文，"乃谓余当时在公文上拟由不详，意存蒙混，免余秘书长职"。

依照王世杰的说法，蒋介石说他"意存蒙混"，根本是自己失察，错怪了好人。他在这件事上不仅毫无过失，甚至是有功之臣。因为在1949年底，"陈纳德未承办接收，则此百余架飞机被共产党取获，于一二日尽可大量运兵至台，扰乱或夺占台湾，其危险有不堪设想者。又如民国四十一年（1952）冬余如不提议缓逼陈纳德，则其诉讼殆不免完全失败，因陈纳德律师或不愿尽力在华府作政治活动"。蒋介石后来也一定明白了，"惟蒋先生既已先辱呵叶严诸人，乃不得不以余为'替罪羊'耳"[1]。

但事实绝非这么简单，这桩交易存在着很多疑点。

首先，从转让协议上看，协议的文本显然是陈纳德提供的，买卖双方的地位极不平等，所有文字都是保护买方利益，而且规定以英文为法定正本。其次，两航公司所拥有的资产，绝不止350万美元。其中仅中航的五架"空中霸王"客机，每架都在50万美元以上。各项维修保养器材，更近6000万美元。此外，央航所拥有的40架飞机中，有六架"空中行宫"是刚刚向美国订购的最新机型，每架也近50万美元，其中四架还没有交货。再次，在协议签署之前，"行政院"副秘书长倪炯声竟然自任董事长，出面召集中航董事会议，以125万美元收回泛美航空公司在中航的股权。换言之，"行政院"在这场交易中，不仅做赔本买卖，贱卖了两航资产，还陪送了125万美元。最后，是协议中明确约定，"本院经咨会外交部，准备全部有关此项转售之必须证明，根据尊意而转移与任何外国政府"。这说明陈纳德购买两航的资产，一开始就是为了转卖。所以协议签订后不到一星期，他

---

1 《王世杰日记》第7册，第46—50页。

便将两航以390万美元的价格，转卖给了美国民用航空公司（简称CATI），从中净赚40万美元。

从以上所述可见，这件事很可能一开始就是骗局。如刘敬宜所说，是陈纳德与魏劳尔的阴谋。两人经过一番策划，骗取了阎锡山的赞助，将两航的资产"统统归陈、魏两人所有，此案遂成为近代国际间之一大骗局也"[1]。而王世杰始终不明就里，认为"陈纳德将军绝非图利，其用意只在助我，使该百余架飞机不落中共之手"，中间拒不付款，不是有意拖延，而是"飞机尚未尽售，未及缴出应缴之款"。由此看来，他被蒋介石免职，绝不是蒋介石一时失察，对他有所冤枉，而是他作为"总统府"秘书长，代蒋介石行使耳目，却"不尽职守"，使蒋介石被蒙在鼓里。据雷震在日记中说，蒋介石在事发的当时，就看见了自己的批示，陈诚曾"调卷给总统看，谓你自己指示，何以骂人？总统乃喊雪艇来，谓他自己固然批错，他是昏庸，雪艇是蒙蔽，办事不尽职"[2]。所以尽管王世杰没有"蒙混舞弊"，故意欺骗蒋介石，蒋介石受人愚弄之感，却并无二致。

蒋介石处理此案的做法，更不像只是迁怒于人、给自己找台阶下。据说事发之后，"行政院长"陈诚几次为王世杰缓颊，"谓王先生近年公忠谋国之如何如何"[3]，蒋介石一概充耳不闻，决不给陈诚这个面子，甚至不接受王世杰自己辞职，"不欲在辞呈上签字，而必欲免职"，"交监察院察办"，故意羞辱王世杰，给王世杰以难堪。[4]此后，蒋介石又下令成立五人小组，由吴忠信、许静芝、周宏涛等人组成，调查王世杰"所经办之事件"。这都让人觉得，蒋介石对他积怨已久，要非一日。据雷震说，张佛泉曾两次告诉他，"早在发起自由中国运动时"，傅斯年已经预见到王世杰的政治前途，

---

1 刘敬宜：《斗法纪实——两航财产争夺案始末》，《文史资料选辑》总第114辑，第29—30页。
2 《雷震全集》第35卷，第173页。
3 同上书，第172页。
4 据说蒋介石批示的免职令，在"蒙混舞弊，不尽职守"后面，本来还有"永不叙用"四字，被陈诚反对删掉了。这使王世杰在1958年7月，得获"政务委员"职务，后又接替胡适任"中研院"院长。

当时曾劝告胡适"不要与王雪艇搞在一起，因王之政治生命已被《中苏友好条约》及金圆券葬送以去了"[1]。王世杰被免职后，又有人告诉雷震，蒋介石如此小题大做，是有意"借此欲去王先生耳"[2]。

王世杰的女儿王秋华后来也对人说过，1963年12月，她从美国回台湾探亲，"曾多方向亲友探询父亲被总统免职的原因，听说总统亲信侍从不满总统过分仰赖父亲之国策意见，曾告诫总统，勿成王某人之'yes man'，引起总统不悦，因此当总统忘记本人曾亲批两航缴款可延缓之事，反责父亲之公文录由不详，意存'蒙混舞弊'"[3]。这段话看起来牵强，却透露了许多消息。

廖硕石曾回忆说，王世杰被免职的第二天，副秘书长许静芝便急不可待，带领一些人，拿着蒋介石的手令，"气势汹汹地"查封了王世杰的办公室，"将办公室里的文卷柜和书桌，用盖好总统府大印的羊皮纸封条全部封起来。连办公室里的所有公私物件全部留下来，不许移动"。同时，他还另派一批人马，"直奔长安东路的王府，要收回那栋房子，要收回秘书长每天上班所乘坐的汽车，要撤掉他的电话"[4]。这些不近人情的做法，显然都很不简单，反映出落井下石的心理。

文章写到这里，似乎应该写几句结论，作为文章的结束语，但是我将文章看了一遍，觉得该说的话都写在里面了。据丁文江的弟弟丁文渊说，蒋介石在1930年前后，曾几度请丁文江出阁，丁文江都没有答应。丁文渊曾问他何以不去，丁文江回答说："蒋先生读书太少，恐怕难做朋友。"[5]用这句话去判断蒋介石，他后来饱受专家学者的愚弄，到底是读书太多，还是读书太少呢？这真要仁者见仁，智者见智了。

2013.3.14

1 《雷震全集》第35卷，第31页。

2 同上书，第172页。

3 转引自薛毅：《王世杰传》，武汉大学出版社2010年版，第170页。

4 《追怀王世杰先生》，台湾《传记文学》第52卷，第1期。

5 《雷震全集》第35卷，第173页。

再说早期留美学生之"兄弟会"

两年前我曾写过一篇《早期留美学生之"兄弟会"》。我写这篇文章时，还不知道林熙先生有关"兄弟会"的文章。最近翻阅旧杂志，在《大成》月刊第191、192两期上，看到了林先生两篇几乎与我同题的文章：《民初留美学生的兄弟会》和《〈民初留美学生的兄弟会〉续篇》，其中介绍了许多"兄弟会"的情况，也谈到了他自己在仁社的经历。这使我对这一问题又增加许多认识。

据林先生说，中国留美学生最早成立的兄弟会组织，是光绪三十三年（1907）由王正廷、郭秉文等人发起的。他说这年秋天，中国留美学生在赫福德（Hartford）举行联合会，从美国各大学赶来赴会的有160多人。当时王正廷、陈维城、郭秉文、余日章等人都在美国。他们早就互相认识，一起"联床夜话"时，谈到以后学成归国，若要更好地服务社会，建立一个新中国，必须"团结一班志同道合的人，互相结合，同一颗心，同一目标"，决定仿效美国大学生的兄弟会，自己也成立一个团体。由于他们都是基督教徒，便取《圣经》中的典故，将这个团体取名为David and Jonathan（大卫和约拿单）。成立时，没有制定章程，只在口头上做了三项约定："（一）兄弟间互相提携照顾；（二）新入会会员须得三分之二的兄弟投票，始得通过，如有一票否决，即不接纳；（三）宣誓严守秘密。"这个团体成立后发展很慢，经过十余年的努力，到 1919 年底只有 36 名兄弟。

在 David and Jonathan 之后，1917 年夏天，洪业、鲍明钦、刘廷芳、陈鹤琴等人又在留学生中成立了第二个兄弟会组织，取名 Cross and Sword。1918 年王正廷重游美国，见到洪业、鲍明钦等人时，他们不知道王正廷已经得风气之先，有了自己的兄弟会，又邀请他加入 Cross and Sword。因为当时兄弟会还处在初创期，规章"比较自由，又以该两会的宗旨相同，故容许兄弟跨会"，王正廷也就同意了，而这在后来兄弟会的规章中是绝不容许的。所以王正廷回国后，不久便觉得"跨会"的行为不合适，容易在两个兄弟会之间引起纠纷，"便邀两会的主脑人物几次商谈，两会的宗旨既然相同，为什么不合并为一个更有力量的组织"。最后大家都赞成此议，"推举王正廷等十兄弟，组织一个研究合并问题的委员会，并指定王正廷为召集人"。1920 年 8 月，两会兄弟通过了联合方案和章程，正式在上海合并，更名为成志学会，简称成志会。

林熙先生说，他后来在台湾见过一本《成志会五十年的历史》，是成志学会于 1959 年编印的。在他的记忆中，成志学会的会员有许多当时的社会精英，"他们在政界、教育界、银行界、工商实业界都占有相当高的位置，甚至有致身'卿相'的"。其中政界有：王正廷、王宠惠、孔祥熙、朱经农、董显光、蒋廷黻、查良鉴、徐淑希、刘锴、于焌吉、李迪俊、夏晋麟。教育界有：郭秉文、周诒春、张伯苓、陈鹤琴、邹秉文、刘湛恩、晏阳初、洪业、陆志韦、何廉、方显廷。银行界有：陈光甫、贝祖诒、王志莘、李道南、戴志骞。工商界及医药界有：刘鸿生、沈克非、颜福庆、胡惠德等人。

以上这份名单，对于了解民国史上的一些疑难问题，提供了很重要的线索。例如蒋廷黻为人清廉、耿介，待人不留余地，但是却对孔祥熙网开一面。据张忠绂说，蒋廷黻在任驻联合国代表时，公开袒护"某某著名贪污大员"，说"他们在未做官前固然没有钱，做官后，他们是有钱了，但这些钱不是由贪污得来，而是用他们的地位做生意，因之发了财"，令人"闻之作呕”，这种矛盾的现象，是否与兄弟会有关呢？再如抗战初期，陈光甫在美国经办对美借款时，始终得到孔祥熙的支持，与后来宋子文的境遇大不相同；他还一再通过孔祥熙，反对宋子文来美国做蒋介石的“全权代表”，里面是否也有兄弟会的因素？这些都是值得探讨的问题。我在《早期留美学生之“兄弟会”》中，曾怀疑蒋廷黻被免去救济总署署长后，有些副职和分署署长也一哄而散，这种“一荣俱荣，一损俱损”的关系很可能与兄弟会有关，在这份名单中也得到了证实。

林先生在这两篇文章中，都提到了他与仁社的关系。他说他是 1929 年留学英国时加入仁社的，当时留美学生的兄弟会组织，有些为了扩大势力，已经从美国发展到了欧洲，仁社即是其中之一。仁社的英文名字是 Phi Lambda，取名亦与《圣经》有关，Lamb 是羔羊，“性慈仁不忤物，故曰仁社”。当时仁社的总部已经由美国搬到国内，改设在上海，社长是福州协和大学校长林景润，共有社友三四十人，主要分布在银行界、商界和教育界。他还记得的会员，有陈长桐、孙广华、邝凯华、宁恩承、章益、陈廷锐、包可永、徐学禹、傅尚霖、陆谦受、周廷旭、张训坚、李德燏、汪一谔等人，其中有些人后来地位显赫，成为社会知名人物。

他说他加入仁社，是由陈长桐、陆谦受邀请的。1929 年 8、9 月间，中国银行在英国设立了首家境外经理处，张嘉璈去伦敦主持开幕典礼，兼往欧洲各国考察金融事业。当时陈长桐还是张嘉璈的秘书，随张一起到英国，在伦敦住了很长时间，经常与他们这帮留学生接触。他说他当时刚到英国，还没听说过兄弟会，更不知道陈长桐是仁社的核心人物。只觉得平时接触时，他对自己格外注意，一有机会就找他细谈，“从家世、求学与人生观，都是谈话的材料”。陈长桐还很关心他在留学生界的交往，问他都认识哪些人，有哪些谈得来的朋友。他举出的有陆谦受、舒庆春（老舍）、吴定良、傅坚白、潘渊、周廷旭等人。

他原本以为这都是闲谈，不料没过几天，陆谦受便来找他，说：“我们在中国里头有个学术组织，叫仁社，总社设在上海"，"这个组织丝毫不涉政治，但社员从政也不阻止，且鼓励之"，希望他能够加入。陆谦受还特别向他解释，"仁社的宗旨，是纠合一些志趣相同的人，在研讨学问之余，齐心合力，为社会服务。因为人总不能孤立的，结合很好的朋友，然后才能在社会上互相照顾"，因此"入社的条件很严，要品格高尚，心怀祖国才合资格"。自己和周廷旭是去年加入的，最近傅坚白也"已经答应参加"，希望他"考虑后予以答复"。

林先生说他接到邀请后，最初颇有顾虑。曾于当天的日记中记：

> 五点会后，我和谦受一起出大门到他的寓所，他交给我一本仁社的《同仁录》，一本社章略翻一过，待今晚细读，即乘公共汽车回家，在汽车站细细思考一下。这个仁社不知会不会像东林、复社这一类的性质，但一定不会像南社只谈爱国文艺的。它亦标榜爱国服务社会，又着重互相照顾，似有结党的嫌疑。……1925 年 11 月，我经杜国庠、李春蕃两先生介绍，加入国民党。一日，县书记长来训话，告诫新党员，要服从党和总裁的命令，"党指定一件事要你做，你不得借口拒绝。因为既有党员就没有个人的自由……"我恭聆之下，大惊失色，深悔加入，现在仁社会不会要你做什么你就得做什么呢？

不过，他虽然心存疑虑，怀疑仁社到底是个什么组织，却很信任傅坚白。傅坚白比他大五岁，1925 年于北京大学毕业后，由吉林省教育厅派到英国，在伦敦政经学院进修，是他"最钦敬而又最亲密的朋友"。既然傅坚白"答应参加"了，他也表示愿意考虑。几天后，他去找傅坚白，傅坚白说确有这件事，但他的"答应参加"是有条件的："一、加入后，如发觉仁社的所作所为不正当，他可以自由退出；二、如仁社命令他做一件事，这件事他万万做不到的也可以退出。"他也当即决定将这两项条件，作为自己的条件，"仁社肯答应，他就加入"。几天之后，他和傅坚白都接到通知，约两人第二天上午，在周廷旭家举行入社仪式。

他还记得，第二天是 1929 年 11 月 29 日，星期日。他说这天上午 11 点，他和傅坚白到周家时，陆谦受、陈长桐、张训坚已经到了。周廷旭稍做介绍，便举行入社仪式。仪式由张训坚主持。张让他和傅坚白先去旁边的一间客厅，用一块黑布蒙上两人的眼睛，然后好像捉迷藏一样，要他将手搭在周廷旭肩上，跟着周廷旭转了两圈，"似乎进入一个地方，站下来，不知弄的什么玄虚"。这时候张训坚突然用英语问道："这两人的品德好吗？"周廷旭回答说："是的，很好。"接着又转了二圈，再问："这两人的品德好吗？"周廷旭又回答说"很好"，仪式才停下来。继由陆谦受宣布仁社章程，然后揭去两人眼睛上的黑布。

林先生说他被去掉黑布，"眼睛恢复自由后，霎时间好像眼前一亮"，看到的是很奇特的景象，房间里空无所有，"只有小圆桌上两支红烛高烧着，房间的窗门尽闭，重帘下垂，黑黝黝的只有烛光，好像一片阴森景象，胆小的人恐怕会吓到也"。接下来，仪式又继续进行。他与傅坚白被要求分立左右，朗读桌子上的誓言，然后在誓言上签上名字。誓词当然光明正大，冠冕堂皇，"无非为国家人民服务，忠于本社云云"。宣誓结束后，仪式也彻底结束，"同人即以兄弟相呼，此即旧时义结金兰之精神也"。陈长桐还教他和傅坚白"一种秘密的握手式"，即在与人握手时，先将无名指与尾指弯下去，观察对方的反应，辨别是否是"自家兄弟"。整个仪式与梁实秋在《留美学生与兄弟会》中所披露的大体相似。

这说明当时中国留学生的兄弟会组织，虽然宗旨不尽相同，但"各项仪节，均学自美国兄弟社一般通例，略具神秘色彩，无非刺激心理，发生深刻印象"[1]。只是由于个人性格、文化习俗和想象力的不同，中国留学生的

1　浦薛凤：《万里家山一梦中》，台湾商务印书馆 1983 年版，第 93 页。

入会仪式较为简单,形式具体而微,远没有美国学生那么荒唐和刺激。亚历山德拉·罗宾斯(Alexandra Robbins)在《骷髅会的秘密》(*Secrets of the Tomb*)里,披露过骷髅会的入会仪式。骷髅会是美国大学最早的兄弟会,出现于耶鲁大学,据说该会接受新会员入会,要先将他领到一处称作"墓地"的场所,要求他们自进入"墓地"后,必须"发誓保持沉默,永远不得说出自己是协会会员。入会仪式包括仪式类型的心理训练,新成员在泥浆中摔跤,并且被殴打。然后要他们赤身裸体地躺在棺材中手淫,向协会坦白自己内心最深处的性隐秘"[1]。这种荒唐、残酷的入会仪式,在中国留学生中显然不会出现。

但即便这种简化的入会仪式,有些中国留学生也很反感。林先生说他加入仁社不久,就发现傅坚白"对仁社似乎很冷淡,大有深悔此举之意",想离开伦敦去巴黎,进而脱离仁社。他知道后,问傅坚白为什么,傅坚白说他"对仁社的印象不大好","仁社的朋友,的确个个都端谨有品,但是组织颇似江湖上的帮会,入社仪式俨然像拜老头子,只差没有跪拜效忠这一套把戏而已"。

傅坚白还告诉他,仁社的"戒条"是严守秘密,"对外不能承认自己是社友",提起仁社要以 PL 代称。但是入社后发现,仁社在外界已经是"公开的秘密","有好几个朋友问他是不是有仁社这个团体,还说是个秘密团体,后台有个拥有极大政治金融的大亨为大哥,凡属社友回国后,不愁找不到职业,找到大哥,大哥就有办法,并且找到的不是低级职位,起码是中级以上的"。他为了遵守社规,只能矢口否认。但是这样一再地说谎,他觉得"心里很痛苦",决定去巴黎一年,"把仁社的问题冷却一下"。待冷却一下后,他想"写信给老周,要求退出"。

他说傅坚白想退出仁社,也影响了他对仁社的看法。发现仁社的社章

1　亚历山德拉·罗宾斯:《骷髅会的秘密》,中信出版社 2010 年版,第 3 页。

里，有许多自相矛盾的地方。他最不能接受的，是仁社"既然光明正大，为什么要严守秘密？对外不得承认有此组织。既然不是秘密结社，不怕人家知道，为什么入社时宣誓要严守秘密呢？"这很让人疑心仁社有不可告人之处。浦薛凤在《万里家山一梦中》中，曾为兄弟会做过辩护，说兄弟会"严守秘密"的戒条，的确很容易让人产生误解。"或则疑心此为将来彼此援引，图谋私利。或则认为有政治作用"，"实则此皆不确"。兄弟会保守秘密的目的，主要是为了自己的活动不受干扰，便于"相互砥砺学业与品格"，以期学成之后，报效国家，为社会服务。他"自认就一己之经验言，因此获利不少"[1]。但事实绝非如此。兄弟会既为"兄弟"会，"就不是单纯的朋友组织，而是一个互相帮助的团体"，"彼此援引，图谋私利"是免不了的，甚至有些人加入兄弟会，看重的就是这一点。

林先生说他加入仁社的第二天，周廷旭就告诉他，加入兄弟会，对自己今后的发展很有好处。如今国内的教育界，尽管已经是留学生的天下，但留学回国的人很多，没有兄弟会做靠山，还是很难找到教职。比如"傅尚霖兄弟"最近回国任协和大学教授，"完全是陈长桐大哥鼎力帮助的"。他说傅尚荣的博士论文，在伦敦大学没有通过，"他人甚失意，又羞于回故里，一年以来，生活发生问题，端赖教会朋友救助"。这次陈长桐到伦敦后，听说有兄弟沦落异国，找不到出路，"便打电话给协和校长林景润，一说便成，校方寄来聘书，并束修一百镑。校长亦同社兄弟也。倘非此关系，未必如斯顺利"。罗廷旭还告诉他，听说傅尚霖回国后，对协和大学不大满意，认为这是"野鸡大学"，又想去北方发展，"正在由社中的头面人物为他想办法，到北平国立清华大学教书"。

兄弟会为了保持这项功能，在物色社员时就必须精挑细选，看重的不是学识和人品，而是家世背景和社会关系，称之为"拣蜂"。林先生说，他

1　浦薛凤:《万里家山一梦中》，第94页。

能够被选中，也因为是富家子弟。但他对此很不以为然，认为仁社既称是"学术组织"，理应重视学术、艺术人才，选择"爱国而又有中华文化背景兼品行端正的人"。他自加入仁社后，每次讨论发展新会员，他提出的都是学术和艺术界的人才，几次推荐潘渊、吴定良和朱光潜。说他们虽然都是拿笔杆的，"没有拨算盘的人那样有能力提供职业，但亦要有他们来助阵，PL 才有声望"。但是孙广华、周廷旭等人都不感兴趣。他们更看重施思明，"说施思明人很好，我们可以考虑他"。

施思明是驻英大使施肇基的儿子，当时在剑桥大学学习医学。这位施公子虽然英语极好，但不会说中国话，更不认识几个汉字，毫无"中华文化背景"可言。所以林先生坚决反对，认为像这样的"假洋鬼子"，"最好暂时不要考虑，看他将来回国不回国，回国后是不是想为国家做事，到时再来讨论好了"。施思明后来果然没有回国，甚至毕业后也没有从医，而是去纽约在联合国做事，据说"又兼做宋子文在美国财产的经理人"。而后来入会的汪一谔、李德燏，也都是很有家世背景的人物。汪一谔的父亲汪有龄，是上海有名的大律师，曾任司法部次长，参政院参政。李德燏则是上海银行界大亨李铭（馥荪）的侄子。

仁社这些"结党营私"的活动，给留学生界造成很复杂的印象。有些人百般接近，希望附骥其后，也有人敬而远之，还有人附骥不成，"乱散流言，诋毁仁社"。林先生说他没过多久，便也发现了傅坚白遇到的情况，有人一再向他打听仁社，说仁社是个"秘密组织"，有金融界的背景，后台是金融界的大亨，"可以为留学生回国安排职业，凡属社友回国后，不愁找不到职业，找到大哥，大哥就有办法"。尤其是有一位叫蒋睦修的，好像对仁社很熟悉，每次仁社社友一起活动，经常会与他"不期而遇"。有一次，蒋睦修还直接问他，"你们仁社在里面开会吗，让我也参加好不好？"周廷旭还告诉过他，蒋睦修曾正式提出"要加入仁社，希望他引进"，"并坦白地说入社后，他可以通过陈长桐，以便将来入中国银行云云"。

林先生说他看到的这些现象，都让他"很不舒服"，从而与傅坚白一样，也"对仁社有了不好的印象"。觉得"仁社虽无伐异的事例，但党同的事例似乎太多"。这既有悖"君子群而不党"的信条，也有违"大丈夫不为身谋"的本色。因此傅坚白从巴黎来信，正式提出退出仁社后，陆谦受和周廷旭都表示反对，拿出仁社的社章来，说社章里没有这一条，他却力排众议，坚持认为"还是让他退出好，既萌退志，勉强挽留，留得住人，也留不住心，浸至貌合神离，有何趣味？"这为以后自己退社留下余地。他说他加入仁社时，就有与傅坚白"共进退"的心理，两个月后，他为了顾及友情，趁陆谦受不在伦敦也提出了退社；最后在仁社的时间只有半年而已。

他说他离开仁社后，仍然与陆谦受、傅坚白保持着来往。陆、傅两人回国后，都在银行界服务，陆在中国银行总管理处，傅任中央银行经济研究处委员。但是他对仁社后来的情况就再无了解了。他说 1960 年前后，他在梁寒操的太太黎剑虹的《梁寒操与我》里，知道了自己离开仁社后，梁寒操也参加了仁社，这说明仁社的势力已经从金融、教育界，发展到了政界。可见仁社对民国政治、经济与社会曾经产生的影响，都值得做进一步的发掘。

2014.3.24

后　记

　　这是我近年来写的第三本书。我在写《前人后事》时，还只是为了适应生活变化，找件事打发余生而已。到了《世风士像》，就有了些"职业心理"，想把平时注意到的问题，尽可能整理出来。到了这一本，这种"职业心理"就越来越强，文章也就越写越长，不再是纯粹的随笔，而有了一些论文的性质。这对于我，可能是个进步，但是读者却未必喜欢。长文章总是不耐读，我自己就不喜欢读长文章，而且年龄越大，所见越多，越厌烦"思想性"的东西，特别是刻意去贩卖思想的所谓"论文"。我也知道这种偏执，带来的是文章缺乏思想。靳大成先生，知名学者，三十年的老朋友，每次说起我的文章，结论都是"有材料，没思想"。

　　谈历史的文章却缺少思想性，这显然是严重的不足。因为思想影响行动，任何重大的历史进程，都是由背后的思想活动推动的。1948年7月，浙大学生发动学潮时，校长竺可桢曾经提醒学生："苏联供给我们马列主义，美国供给我们白米面包，我们应该选择什么？自己要好好考虑。"我们知道，这件事早就有了答案，我们选择了马列主义。而我在写这篇后记时，台湾学生正在进行"太阳花运动"，向政府提出四项诉求，总括一句，就是"退回服贸，捍卫民主"。占领"立法院"两个星期了，政府依然一筹莫展，苦无对策。当年竺校长指出的困局，好像正在另一个空间重演；这也似乎说明，中国现代史虽然已经成为"历史"，但这段历史还没有结束。

　　这些问题应该交给思想家，至少是有思想的人去讨论。我还是借这机会，对这本书说几句。忘记了是谁说的，文章结集出版时，书名犹如一顶帽子，很难找到一顶最合适的戴上。上一本的书名《世风士像》，就因为自己起不出名字来，是由出版社代劳的。实话说，我对书名虽然不太重视，但对这个书名还是不太满意。所以决定这次不再诿过于人，自己找一顶帽子戴上，取名作《政学先生》。

从书名上就可以知道，这本书内容与上本一样，大部分是谈现代史上的政学关系，有些谈"政先生"，有些谈"学先生"，更多是谈"政学先生"，而且其中谈胡适的文章依然不少。不过，这些谈胡适的文章，主要是谈他离开大陆后的经历，也是我对胡适问题的总结。唯有《再说胡适与第三党问题》，是我前几年的旧作，当时觉得证据不够充分，没有拿出来发表。而这次重读此文，觉得文章中的一些细节还有价值，所以也收录在里面，以证明我在胡适研究上的进步。

还要说明的是，这本与上一本不同，有些文章自去年11月以来，先已在《书城》、《钟山》和《上海文化》上发表。因此我在这里，首先要感谢这三家杂志。感谢李庆西、贾梦玮和吴亮兄的抬爱。我还要感谢程德培先生，以德培多年来对我相与之厚，总是一再向人推荐我的文章；而且由于他的推许太过，让我听到了许多过情之论。我还要感谢的是台湾政大的廖敏淑小姐，这些年一直帮我查书、找书、买书；在我需要的时候，总是得到及时的帮助。这份情谊是我在大陆很难找到的。尤其廖小姐是很出色的学者，近年在清史研究上成果显著，我如此占用她的时间，这更让我感到过意不去。

当然，我最应该感谢的还是三联书店，感谢翟德芳先生，在今天的商业化环境下，愿意以珍贵的人力物力扶植一个不出名的作者，使我这些不伦不类的文章，再次鱼贯出笼。这份精神，这份心意，我都将永久铭记。

2014 年 3 月 31 日于北京

李村

图书在版编目（CIP）数据

政学先生／李村著. —北京：生活·读书·新知三联书店，2015.10
ISBN 978 − 7 − 108 − 05442 − 5

Ⅰ．①政…　Ⅱ．①李…　Ⅲ．①随笔 − 作品集 − 中国 − 当代
Ⅳ．① I267.1

中国版本图书馆 CIP 数据核字（2015）第 181962 号

策划编辑　刘　靖
责任编辑　鲍　准
装帧设计　蔡立国
责任印制　卢　岳
出版发行　生活·讀書·新知 三联书店
　　　　　（北京市东城区美术馆东街 22 号 100010）
网　　址　www.sdxjpc.com
经　　销　新华书店
印　　刷　北京市松源印刷有限公司
版　　次　2015 年 10 月北京第 1 版
　　　　　2015 年 10 月北京第 1 次印刷
开　　本　635 毫米 × 965 毫米　1/16　印张 21
字　　数　276 千字
印　　数　0,001 − 6,000 册
定　　价　38.00 元
（印装查询：01064002715；邮购查询：01084010542）